Тарзан Малпаў

Раздзел

У мора

У мяне была такая гісторыя ад таго, хто не меў магчымасці распавесці яе мне альбо іншаму. Я магу пахваліць панадлівым уплывам старога вінаграда на апавядальніка за яго пачатак, і маю ўласную скептычную недаверлівасць у дні, якія рушылі за баланс дзіўнай казкі.

Калі мой таварышны гаспадар выявіў, што ён мне так шмат сказаў, і што я быў схільны да сумневаў, яго дурны гонар узяў на сябе задачу, якую пачаў старадаўні вінтаж, і таму ён расказаў пісьмовыя доказы ў выглядзе затхлага рукапісу і сухіх афіцыйных запісаў брытанскага каланіяльнага офіса, каб падтрымаць многія характэрныя рысы яго выдатнага апавядання.

Я не кажу, што гісторыя праўдзівая, бо я не стаў сведкам тых падзеяў, якія яна адлюстроўвае, але той факт, што ў апавяданні пра яе я прыняў выдуманыя імёны для галоўных герояў, дастаткова досыць сведчыць пра шчырасць майго ўласнага пераканання, што гэта можа быць праўдай.

Жоўтыя, пацьмянелыя старонкі дзённіка даўно памерлага чалавека, а запісы каланіяльнага офіса выдатна спалучаюцца з апавяданнем пра майго таварыскага гаспадара, і таму я даю вам гісторыю, як я карпатліва вылучыў яе з гэтых некалькіх розных агенцтваў.

Калі вы не палічыце гэта надзейным, вы, па меншай меры, будзеце як адзін са мной, прызнаючы, што ён унікальны, выдатны і цікавы.

З запісаў каланіяльнай канторы і з дзённіка памерлага мы даведаемся, што нейкаму маладому ангельскаму шляхціцу, якога мы будзем называць джонам клейтанам, лорд грэйсток, было даручана правесці асабліва далікатнае даследаванне ўмоваў у брытанскім заходнім узбярэжжы афрыканскай калоніі з у простых карэнных жыхароў іншай еўрапейскай сілай было вербавана салдат для роднай арміі, якую яна выкарыстоўвала выключна для гвалтоўнага збору гумы і слановай косці з дзікіх плямёнаў уздоўж конга і арувімі. Ураджэнцы брытанскай калоніі скардзіліся, што многіх іх маладых людзей спакушалі праз сумленныя і светлыя абяцанні, але мала хто вярнуўся ў свае сем'і.

Ангельцы з афрыкі пайшлі яшчэ далей, сказаўшы, што гэтых бедных неграў утрымлівалі ў віртуальным рабстве, бо пасля заканчэння тэрміну прызыву іх белыя афіцэры былі навязаны няведаннем, і ім сказалі, што яны павінны яшчэ некалькі гадоў служыць.

І таму каланіяльны офіс прызначыў джона клейтона на новую пасаду ў брытанскай заходняй афрыцы, але ягоныя канфідэнцыйныя інструкцыі накіраваны на дбайнае расследаванне несправядлівага абыходжання з чорнымі брытанскімі прадметамі з боку афіцэраў прыязнай еўрапейскай дзяржавы. Чаму яго накіравалі, аднак, гэта мала моманту для гэтай гісторыі, бо ён ніколі не праводзіў расследавання, і, на самай справе, ніколі не дабраўся да месца прызначэння.

Клінтон быў тыпам англічаніна, якога лепш за ўсё асацыяваць з самымі высакароднымі помнікамі гістарычнага дасягнення на тысячы палёў бітваў - моцным, жывым чалавекам - маральна, маральна і фізічна.

У росце ён быў вышэй сярэдняга росту; вочы ў яго шэрыя, рысы рэгулярныя і моцныя; яго перавозка ідэальнага, моцнага здароўя паўплывала на гады яго армейскай падрыхтоўкі.

Палітычныя амбіцыі прымусілі яго перавесціся з арміі ў каланіяльную службу, і таму мы знаходзім яго, яшчэ маладога, даручанага далікатнай і важнай камісіі на службе каралеве.

Калі ён атрымаў гэтую сустрэчу, ён быў і ўзрушаны, і жахлівы. Перавага здавалася яму характарам заслужанай узнагароды за карпатлівае і разумнае служэнне і стала прыступкай для пасадаў, якія маюць большае значэнне і адказнасць; але, з іншага боку, ён быў жанаты на хоне. Эліс рэзерфорд на працягу трох месяцаў страшная, і думка аб тым, каб прыняць гэтую прыгожую маладую дзяўчыну ў небяспеку і ізаляцыю трапічнай афрыкі, ашалела яго.

Дзеля яе ён адмовіўся б ад сустрэчы, але ў яе не было гэтага. Замест гэтага яна настойвала на тым, каб ён прыняў, і, сапраўды, узяць яе з сабой.

Былі і маці, і браты, і сёстры, і цёткі і стрыечныя браты, якія выказвалі розныя меркаванні на гэтую тэму, але пра тое, пра што яны некалькі раілі гісторыі, маўчаць.

Нам вядома толькі, што ў светлую травеньскую раніцу 1888 года джон, лорд грэйсток і лэдзі аліса адплылі з дувэра на шляху ў афрыку.

Праз месяц яны прыбылі ў фрытаун, дзе зафрахтавалі невялікае паруснае судна - фувальду, якое павінна было даставіць іх да канчатковага пункта прызначэння.

І вось джон, лорд грэйсток і лэдзі аліса, яго жонка, знiклi з вачэй і ведаў людзей.

Праз два месяцы пасля таго, як яны ўзважылі якар і вызвалілі з порта фрытаун паўтара дзясятка брытанскіх ваенных судоў, прабіралі паўднёвую атлантыку, каб знайсці іх ці іх маленькі карабель, і на беразе св. Былі знойдзеныя абломкі. Хелена, якая пераканала свет у тым, што фувальда сышла са ўсіх на борце, а значыць, пошук быў спынены, калі б ён пачаўся мала; хаця надзея доўга захоўвалася ў тугі сэрцаў шмат гадоў.

Фувальда, баркенцін каля сотні тон, быў суднам такога тыпу, які часта можна назіраць пры ўзбярэжжы гандлю на крайняй паўднёвай атлантыцы, іх экіпажы складаліся з марскіх адтокаў - нязменных забойцаў і карабінаў кожнай расы і кожнага народа.

не стала выключэннем з правілаў. Яе афіцэры былі цьмянымі хуліганамі, якія ненавідзелі і ненавідзелі іх экіпаж. Капітан, у той час як пісьменны матрос, быў грубым у адносінах да сваіх людзей. Ён ведаў, ці, прынамсі, выкарыстоўваў, але два аргументы ў адносінах з імі - пакутлівы штыфт і рэвальвер - і не верагодна, што стракатая агрэгацыя, якую ён падпісаў, зразумела б зусім іншае.

Так што з другога дня выхаду з фрытауна джон клейтан і яго маладая жонка сталі сведкамі сцэн на палубе фувальды, як яны, як яны лічылі, ніколі не выходзілі за межы вокладкі друкаваных гісторый пра мора.

Раніцай другога дня было створана першае звяно ў тым, што наканавана было ўтварыць ланцужок абставін, якія скончыліся ў жыцці для яшчэ ненароджаных, такіх, як ніколі ў гісторыі чалавека не было.

Два матросы мылі палубы фувальды, першы дзяжурны, і капітан перастаў размаўляць з джонам клейтанам і лэдзі алісай.

Мужчыны працавалі назад, каб накіравацца да маленькай вечарынкі, якая стаяла ў баку ад маракоў. Усё бліжэй і бліжэй яны падыходзілі, пакуль адзін з іх не апынуўся адразу за капітанам. У іншы момант ён бы прайшоў міма, і гэты дзіўны аповед ніколі не быў бы запісаны.

Але якраз у гэты момант афіцэр павярнуўся да лорда і пані, і, зрабіўшы гэта, наткнуўся на матроса і, развянуўшыся галавой на палубу, перавярнуўшы ваду для вады, каб ён быў заліты брудным змесцівам.

На імгненне сцэна была смешнай; але толькі на імгненне. З залпам жахлівых клятваў, ягоны твар перапоўнены пунсовым паніжэннем і лютасцю, капітан вярнуўся на ногі і з узрушаючым ударам падаў матроса на палубу.

Чалавек быў маленькім і даволі старым, так што жорсткасць учынку такім чынам падкрэслівалася. Іншы матрос, аднак, не быў ні старым, ні маленькім - велізарны мядзведзь чалавека з жорсткімі чорнымі вусамі і вялікай шыяй быка, размешчанай паміж масіўнымі плячыма.

Калі ён убачыў, як ягоны памочнік спускаўся, прысеў, і, нізкім рыкам, наскочыў на капітана, разбіўшы яго на калені адным магутным ударам.

Ад пунсовага твар афіцэра пабялеў, бо гэта быў мяцеж; і мяцяж, які ён сустракаў і скарыў раней у сваёй жорсткай кар'еры. Не дачакаўшыся падняцця, ён вырваў рэвальвер з кішэні, страляючы пустым пушком на вялікай гары цягліц, якая ўзвышалася перад ім; але, як ён быў хуткім, джон глінтон быў амаль такім жа хуткім, што куля, прызначаная для сэрца матроса, была размешчана ў назе матроса, бо лорд грэйсток ударыў капітана па руцэ, як ён бачыў, як зброя ўспыхнула сонца.

Словы праходзілі паміж клейтонам і капітанам, прычым першы растлумачыў, што яму агідна жорсткасць, паказаная перад экіпажам, і ён не будзе мець нічога падобнага, пакуль ён і лэдзі грэйсток заставаліся пасажырамі.

Капітан ужо хацеў адказваць гнеўным адказам, але, падумаўшы лепш пра гэта, павярнуўся на пятку і, чорна, нахмурыўшыся, крочыў па карме.

Ён не клапаціўся супраць таго, каб супрацьстаяць англійскаму чыноўніку, бо магутная рука каралевы валодала каральным інструментам, які ён мог ацаніць, і якога ён баяўся - далёка ідучым ваенна-марскім флотам англіі.

Двое маракоў падхапілі сябе, стары мужчына дапамагаў параненаму таварышу падняцца. Буйны хлопец, які быў вядомы сярод сваіх таварышаў як чорны майкл, асцярожна паспрабаваў нагу і, выявіўшы, што гэта набраў вагу, звярнуўся да келітону са словам грубага падзякі.

Хаця таварышскі тон быў пануры, яго словы, відавочна, мелі на ўвазе. Калі ён ледзь скончыў сваю невялікую прамову, якую ён павярнуўся, і кульгае да прагнозу з вельмі відавочным намерам прадухіліць далейшую размову.

Яны не бачыліся з ім некалькі дзён, і капітан не здзяйсняў іх больш, чым непрыхаваны рохканне, калі ён быў вымушаны размаўляць з імі.

Яны бралі ежу ў ягонай каюце, як і да няшчаснага здарэння; але капітан асцярожна бачыў, што ягоныя абавязкі ніколі не дазваляюць яму харчавацца адначасова.

Астатнія афіцэры былі грубымі, непісьменнымі паплечнікамі, але крыху над нягодным экіпажам яны здзекаваліся, і былі занадта рады, каб пазбегнуць зносін з паліраванай ангельскай шляхтай і ягонай лэдзі, так што глітоны былі вельмі шмат для сябе.

Гэта само па сабе адпавядала іх жаданням, але таксама аддаляла іх ад жыцця маленькага карабля, так што яны не змаглі падтрымліваць сувязь з штодзённымі падзеямі, якія павінны былі завяршыцца так хутка крывавай трагедыяй.

У цэлай атмасферы карабля было невызначнае тое, што прадвесціць катастрофу. Вонкава, калі ведаць пра келітоны, усё працягвалася, як і раней, на маленькай пасудзіне; але тое, што было падпольшчыкам, вяло іх да нейкай невядомай небяспекі, як яны адчувалі, хаця яны не гаварылі пра гэта адзін аднаму.

На другі дзень пасля паранення чорнага майкла, клейтан прыйшоў на палубу якраз тады, каб убачыць, як чацвёра ягоных таварышаў пераносілі тулава аднаго з экіпажаў, у той час як першы паплечнік, у руцэ якога была цяжкая шпілька, стаяла свецяцца на маленькай вечарыне панурых маракоў.

Клейтан не задаваў ніякіх пытанняў - яму не трэба было - і на наступны дзень, калі вялікія лініі брытанскага лінкора выраслі з далёкага гарызонту, ён напалову вырашыў запатрабаваць, каб ён і лэдзі аліса пасадзілі яе на борт, бо яго баяліся няўхільна павялічваючыся, што нічога, акрамя шкоды, не можа прывесці да таго, што застанецца на паніжэння, панурым фувалда.

Да поўдня яны знаходзіліся на адлегласці размоваў ад брытанскага судна, але калі клейтан ледзь не вырашыў папрасіць капітана пасадзіць іх на борт, відавочная недарэчнасць такой просьбы стала нечакана відавочнай. Якую прычыну ён мог даць афіцэру, які камандаваў караблём яе велічы за жаданне вярнуцца ў той бок, з якога ён толькі што прыйшоў!

Што рабіць, калі ён сказаў ім, што двое непадпарадкаваных маракоў жорстка абыходзіліся з афіцэрамі? Яны хацелі б толькі пасмяяцца ў рукавах і тлумачыць прычыну таго, што ён хацеў пакінуць карабель толькі аднаму - баязлівасці.

Джон клейлтан, лорд грэйсток, не прасіў перавесці яго ў брытанскага ваеннага чалавека. Позна ў другой палове дня ён убачыў, як яе верхняя праца згасае ніжэй далёкага гарызонту, але не да таго, як ён даведаўся, што пацвердзіў яго найбольшы страх, і прымусіў яго праклінаць ілжывую гонар, які стрымліваў яго шукаць бяспекі для маладой жонкі некалькі кароткіх гадзін раней, калі бяспека была недасягальная - гэта бяспека, якая назаўсёды знікла.

У другой палове дня падняўся маленькі стары матрос, якога некалькі дзён таму капітан паваліў, туды, дзе клейтон і яго жонка стаялі побач з караблём і назіралі за памяншэннем абрысаў вялікага лінкора. Стары хлопец паліраваў латуні, і калі ён падыходзіў да акантоўкі, пакуль не наблізіўся да глінтана, ён сказаў:

"" за гэта трэба плаціць, сэр, на гэтым "караблі", - пазначце за гэта маё слова, сэр.

"што вы маеце на ўвазе, мой малайчына?" спытаў глінтан.

", хіба вы не бачылі, як '? Хіба вы не ўбачылі, што д'ябальская нераставаная частка" гэта таварышы, якія збіваюць "запальваючыя" агеньчыкі "для экіпажа?

"два разарваныя" ' "," тры штодзённыя. Чорны майкл так добры, як новы агін ", - гэта не хуліган, каб вытрымаць яго, а не" ", адзначце маё слова, сэр."

"вы маеце на ўвазе, мой мужчына, што экіпаж прадугледжвае паўстанне?" спытаў глінтан.

"мяцеж!" усклікнуў стары таварыш. "мяцеж, яны азначаюць забойства, сэр," пазначце маё слова, сэр. "

"калі?"

"удар" ідзе ", сэр; хіт ідзе", але я не кажу "вэнь", - я сказаў, што цяпер занадта шмат пракляты, але вы былі добрым днём ", я думаў, што больш няма" п. Правільна папярэджваць вас, але трымайце нерухомы язык у " ", калі вы "вуха страляць" ніжэй "заставайся там.

"гэта ўсё, толькі трымаеце нерухомы язык у ', інакш яны пакладуць таблетку паміж рэбрамі ," пазначце гэта маім словам, сэр ", і стары хлопец працягнуў сваё шліфаванне, якое захапіла яго адтуль, дзе стаялі глітоны.

"выведзены вясёлы светапогляд, аліса", - сказаў клейтан.

"вы павінны папярэдзіць капітана адразу, джон. Магчыма, праблема яшчэ не будзе прадугледжана", - сказала яна.

"я мяркую, што я павінен, але ўсё ж з чыста эгаістычных матываў мне амаль прапануюць" трымаць нерухомую мову ў "маім". Што б яны ні рабілі цяпер, яны пашкадуюць нас, прызнаючы маю пазіцыю гэтага чорнага майкала, але калі яны знойдуць, што я здрадзіў ім, не было б нам літасці, аліса ".

"у вас ёсць толькі адзін абавязак, джон, і гэта заключаецца ў інтарэсах даверанага аўтарытэту. Калі вы не папярэджваеце капітана, вы столькі ж удзельніка ўсяго, што вы, як калі б вы дапамаглі пабудаваць і ажыццявіць яго ўласнай галавой" і рукі ».

"вы не разумееце, дарагая", - адказаў клейтан. "я думаю пра гэта, пра мяне ляжыць мой першы абавязак. Капітан усвядоміў гэта ўмова, дык навошта тады мне рызыкаваць падвяргаць маю жонку неймаверным жахам у, мабыць, бескарыснай спробе выратаваць яго ад уласнай жорсткай глупства?" дарагая, вы не маеце ўяўлення пра тое, што вынікалі б з гэтага зграі, каб атрымаць кантроль над фувальдай ".

"пошліна - гэта абавязак, джан, і ніякая колькасць сафізіі не можа гэта змяніць. Я быў бы дрэннай жонкай для ангельскага лорда, і я быў бы адказны за яго ўсаджванне простай пошліны. Я разумею небяспеку, якую трэба прытрымлівацца, але я магу сутыкнуцца гэта з вамі ".

"майце так, як вы будзеце тады, аліса", - адказаў ён, усміхаючыся. "можа, мы займаемся непрыемнасцямі. Хоць мне не падабаецца знешні выгляд рэчаў, якія знаходзяцца на гэтым караблі, яны могуць быць не так ужо дрэннымі, бо магчыма, што" старажытны мараход "быў, але агучваў жаданні свайго злога старога сэрца а не казаць пра рэальныя факты.

"паўстанне ў адкрытым моры, магчыма, было распаўсюджана яшчэ сто гадоў таму, але ў добрым 1888 годзе гэта найменшая верагоднасць здарэння.

"але зараз ідзе капітан у сваю каюту. Калі я збіраюся папярэдзіць яго, я, магчыма, атрымаю звышлую працу, бо ў мяне зусім мала жывата, каб пагаварыць з грубым".

Так кажучы, ён нядбайна пакрочыў у бок спадарожніка, праз які праходзіў капітан, і праз імгненне пастукаў у дзверы.

"увайдзіце", прабурчэлі глыбокія тоны гэтага панурага афіцэра.

І калі клейтон увайшоў, зачыніў за сабой дзверы:

"добра?"

"я прыйшоў паведаміць пра сутнасць размовы, якую я пачуў сёння, таму што я адчуваю, што, хоць у гэтым нічога не можа быць, усё роўна, што вам узброены. Карацей кажучы, мужчыны разважаюць пра мяцеж і забойствы".

"гэта хлусня!" зароў ротмістр. "і калі вы зноў перашкаджаеце дысцыпліне гэтага карабля альбо ўмешваецеся ў справы, якія вас не хвалююць, вы можаце ўзяць на сябе наступствы і быць праклятым. Мне ўсё роўна, ці вы ангельскі лорд ці не. Я "я капітан гэтага карабля, і зараз вы не ўмешваеце нос у маіх справах".

Капітан працаваў да такога шаленства гневу, што ён быў даволі фіялетавым ад твару, і ён віскнуў апошнія словы на самым версе голасу, падкрэсліваючы свае заўвагі гучным стукам па велізарным кулаку і трасучы другі ў твары глітона.

Шэрая шэрсць ніколі не павярнула валасоў, але стаяла, прыглядаючыся да ўзбуджанага чалавека з роўным позіркам.

"капітан рахункі," ён цягнуў нарэшце, "калі вы памілуеце маю шчырасць, я мог бы заўважыць, што вы нешта задніца".

Пасля чаго ён павярнуўся і пакінуў капітана з той жа абыякавай лёгкасцю, якая была звыклая для яго, і якая, напэўна, была разлічана на тое, каб узняць гнеў мужчыны з білінгавага класа, чым зліўны паход.

Таму, калі капітан мог бы лёгка пашкадаваць сваю паспешную прамову, калі б глейтан спрабаваў прымірыць яго, яго нораў быў ужо незваротна настроены ў той форме, у якой застаўся клейтон, і апошні шанец сумеснай працы дзеля іх агульнага дабра не стала.

"добра, аліса," сказаў клейтан, калі ён зноў вярнуўся да жонкі, "я мог бы выратаваць дыханне. Субяседнік аказаўся самым няўдзячным. Справядліва кінуўся на мяне, як звар'яцелы сабака.

"ён і яго ўзарваны стары карабель могуць вісець на праўдай клапаціцца; і пакуль мы не будзем бяспечна сыходзіць з справы, я выдаткую сваю энергію на клопат пра ўласнае дабрабыт. Я, здаецца, першы крок да гэтай мэты павінен ісці да наш салон і аглядаю мае рэвальверы. Мне вельмі шкада, што мы спакавалі вялікія гарматы і боепрыпасы з рэчамі, прыведзенымі ніжэй ".

Яны знайшлі свае кварталы ў дрэнным стане беспарадку. Вопратка з іх адкрытых скрыначак і сумак рассыпалася па кватэры, і нават ложкі былі разарваны на часткі.

"відавочна, хтосьці быў больш заклапочаны нашымі рэчамі, чым мы," сказаў клейтан. "давайце паглядзім, аліса, і паглядзім, чаго не хапае."

Старанны пошук паказаў, што нічога не было прынята, акрамя двух рэвальвераў клейтона і невялікага запасу боепрыпасаў.

"гэта тыя самыя рэчы, якія я найбольш хачу, каб яны пакінулі нас", - сказаў клейтан, - і тое, што яны пажадалі ім і ім самому, з'яўляецца найбольш злавесным.

"што нам рабіць, джон?" спытаў у жонкі. "магчыма, вы мелі рацыю ў тым, што наш найлепшы шанец заключаецца ў захаванні нейтральнай пазіцыі.

"калі афіцэры здольныя прадухіліць паўстанне, нам баяцца няма чаго, а калі мяцежнікі перамагаюць, наша адзіная надзея заключаецца ў тым, што яны не спрабавалі сарваць альбо супрацьстаяць ім".

"правільна, ты, аліса. Мы будзем трымаць пасярод дарогі".

Калі яны пачалі выпрастаць кабіну, клейтон і яго жонка адначасова заўважылі кут паперы, які выступае з-пад дзвярэй іх кватэр. Як глінтон нахіліўся, каб дацягнуцца да яго, ён быў здзіўлены, убачыўшы, як ён рухаецца далей у пакой, а потым зразумеў, што яго штурхнуў хтосьці знутры.

Хутка і моўчкі ён падышоў да дзвярэй, але, пацягнуўшыся да ручкі, каб расчыніць яе, рука жонкі ўпала на запясце.

"не, джон," прашаптала яна. "яны не жадаюць іх бачыць, і таму мы не можам дазволіць іх бачыць. Не забывайце, што мы ідзем да сярэдзіны дарогі".

Клейтан усміхнуўся і апусціў руку на бок. Такім чынам, яны стаялі, назіраючы за маленькай белай паперай, пакуль яна нарэшце не засталася спакойна на падлозе проста ў дзвярах.

Потым глітон нахіліўся і падняў яго. Гэта была трохі змрочная, белая папера, груба складзеная ў ірваны квадрат. Адкрыўшы яго, яны выявілі грубыя паведамленні, надрукаваныя амаль неразборліва, і з мноствам доказаў нязвыклай задачы.

У перакладзе, гэта было папярэджаннем для глінтан, каб устрымлівацца ад паведамлення пра страту рэвальвераў альбо ад паўтарэння сказанага ім старога матроса - устрымлівацца ад смерці.

"я хутчэй уяўляю, што мы будзем добра", - сказаў клейтан з сумнай усмешкай. "пра ўсё, што мы можам зрабіць, гэта сядзець шчыльна і чакаць, што можа здарыцца".

Раздзел

Дзікі дом

I яны не павінны былі доўга чакаць, бо наступнай раніцай, калі клейтан выходзіў на палубу для сваёй звыклай прагулкі перад сняданкам, пачуўся стрэл, а потым яшчэ і яшчэ.

Відовішча, якое сустрэлася з яго вачыма, пацвярджала яго найгоршыя страхі. Перад маленькім вузлом афіцэраў стаяў увесь стракаты экіпаж фувальды, а на іх галаве стаяў чорны майкл.

Пры першым залпе з афіцэраў мужчыны пабеглі ў прытулак, і з месцаў, за якімі стаялі мачты, рулявы дом і каюта, яны вярнулі агонь па пяці чалавек, якія прадстаўлялі ненавісны карабель.

Да рэвальвера капітана іх дзве колькасці панізіліся. Яны ляжалі там, дзе яны трапілі паміж удзельнікамі баявых дзеянняў. Але потым першы памочнік кінуўся наперад на твар, і на крык камандзіра з чорнага майкла, мяцежнікі зарадзілі астатніх чатырох чалавек. Экіпаж змог сабраць толькі шэсць агнястрэльнай зброі, таму большасць з іх была ўзброена гаплікамі, сякерамі, люкамі і ломамі.

Капітан апусціў рэвальвер і перазагрузіўся, калі зараблялі. Пісталет другога памочніка заклінаваў, і супраць паўстанцаў было толькі дзве зброі, калі яны наваліліся на афіцэраў, якія пачалі аддаваць перад разлютаваным прыпынкам сваіх людзей.

Абодва бакі лаяліся і мацюкаліся лаянкай, якая разам з паведамленнямі аб агнястрэльнай зброі, крыках і енках параненых ператварыла палубу фувальды на падабенства вар'ята.

Перш чым афіцэры зрабілі дзесятак крокаў назад, людзі ішлі па іх. Сякера ў руках грубаватага негра распраўляла капітана з ілба да падбародка, і праз імгненне асталіся іншыя: мёртвыя альбо параненыя ад дзясяткаў удараў і кулявых раненняў.

Кароткая і гнуткая была праца мяцежнікаў фувальды, і праз яе ўвесь джон клейтан стаяў нядбайна, прытуліўшыся да кампаньёна, раздумліва дыхаючы па трубцы, як быццам бы ён, але глядзіць абыякавы матч па крыкеце.

Калі апошні афіцэр спусціўся, ён палічыў, што прыйшоў час, каб ён вярнуўся да жонкі, каб некаторыя члены экіпажа не знайшлі яе ўнізе.

Хаця вонкава спакойны і абыякавы, клейтон быў унутрана асцерагаўся і вытвараўся, бо баяўся бяспекі жонкі ў руках гэтых недасведчаных, паўкрутых, у рукі якіх лёс так бязбожна кінуў іх.

Калі ён павярнуўся, каб спусціцца па лесвіцы, ён здзівіўся, убачыўшы жонку, якая стаяла на прыступках амаль побач.

"як даўно ты тут, аліса?"

"з самага пачатку", адказала яна. "як жахліва, джон. О, як жахліва! На што мы можам спадзявацца на рукі такіх, як тыя?"

"сняданак, я спадзяюся," адказаў ён, адважна ўсміхаючыся, спрабуючы змякчыць яе страхі.

"прынамсі," дадаў ён, "я папрашу іх. Пойдзем са мной, аліса. Мы не павінны дазваляць ім думаць, што мы чакаем ніякага, але ветлівага абыходжання".

Да гэтага часу людзі акружылі забітых і параненых афіцэраў, і без прыстойнасці і спагады перакідвалі як жывых, так і мёртвых па баках судна. З аднолькавай бяздушнасцю яны пазбавіліся ад сваіх мёртвых і паміраючых.

У наш час адзін з экіпажаў падгледзеў набліжаюцца глітоны і з крыкам: "вось яшчэ два рыбы" кінуўся да іх узнятай сякерай.

Але чорны майкл быў яшчэ больш хуткі, так што хлопец спусціўся з куляй у спіну, перш чым зрабіў паўтузіна крокаў.

З гучным грукатам чорны міхайл прыцягнуў увагу астатніх і, паказваючы на лорда і ледзі грэйка, закрычаў:

"вось мае сябры, і іх трэба пакінуць у спакоі. Разумееце?

"зараз я капітан карабля," тое, што я кажу, ідзе ", - дадаў ён, звяртаючыся да глінтана. "проста трымайцеся за сябе, і ніхто вам не пашкодзіць", і ён пагрозліва паглядзеў на сваіх таварышаў.

Глітоны настолькі добра прыслухаліся да інструкцый чорных міхайлаў, што бачылі, але мала хто з экіпажаў і нічога не ведалі пра планы, якія яны стваралі.

Час ад часу яны чулі слабы водгалас сварак і сварак сярод мяцежнікаў, і два разы ў нерухомым эфіры раздалася зласлівая кара агнястрэльнай зброі. Але чорны майкл быў прыдатным лідэрам для гэтай групы стрыжняў, і, несучы іх, падпарадкоўваўся яго правілу.

На пяты дзень пасля забойства карабельных афіцэраў зямля была заўважана ахоўнікам. Чорны майкл, востраў ці мацерык, не ведаў, але ён абвясціў грайнтону, што, калі даследаванне дасць магчымасць паказаць, што гэта месца для пражывання, ён і ледзі грэйсток павінны быць вывезены на бераг са сваімі рэчамі.

"з вамі будзе ўсё ў парадку на працягу некалькіх месяцаў," растлумачыў ён, "і да таго часу мы змаглі зрабіць дзе-небудзь населены ўзбярэжжа і крыху рассыпацца. Тады я ўбачу, што апавяшчэнне ўлады там, дзе ты будзеш, яны хутка адправяць чалавека-вайна, каб прыняць цябе.

"цяжка было б пасадзіць вас у цывілізацыю, не задаючы шмат пытанняў", "у нас няма ніякіх вельмі пераканаўчых адказаў".

Клейтан выказаўся супраць нечалавечасці высаджвання іх на невядомы бераг, які павінен быць пакінуты на волю дзікім звярам і, магчыма, яшчэ больш лютым людзям.

Але яго словы былі безвыніковымі і схіляліся толькі да гневу чорнага міхаэла, таму ён быў вымушаны адмовіцца і зрабіць усё магчымае для дрэннай сітуацыі.

Каля трох гадзін дня яны падышлі каля прыгожага лясістага берага, насупраць вусця, які, здавалася, зачынены гавані.

Чорны майкл адправіў невялікую лодку, напоўненую мужчынамі, каб азнаёміць уваход, імкнучыся вызначыць, ці можа фувальда бяспечна працаваць праз уваход.

Прыблізна праз гадзіну яны вярнуліся і паведамілі пра глыбінную ваду праз праход, а таксама ў невялікі катлаван.

Да сцямнення баркенцін спакойна ляжаў на якары на ўлонні нерухомай люстранай паверхні гавані.

Навакольныя берагі былі прыгожымі з паўтрапічнай зелянінай, у той час як у аддаленні краіна ўзнімалася ад акіяна на ўзгорку і ўгоддзі, амаль раўнамерна апранутая першародным лесам.

Ніякіх прыкмет жылля не было бачна, але пра тое, што зямля можа лёгка падтрымліваць чалавечае жыццё, сведчыць багатае жыццё птушак і жывёл, пра якія назіральнікі на палубе фувальды часам выяўляліся, а таксама мігаценне маленькай ракі, якая ўпала ў гавані, у багацці забяспечваючы прэсную ваду.

Паколькі цемра асела на зямлі, гліцон і дама аліса па-ранейшаму стаялі ля чыгуначнага карабля ў маўклівым абдумванні будучай мясціны. З цёмных ценяў магутнага лесу пачуліся дзікія заклікі дзікіх звяроў - глыбокі роў льва, а часам і пранізлівы крык пантэры.

Жанчына сціснулася бліжэй да мужчыны ў жахлівым чаканні жахаў, якія чакаюць іх у жахлівай цемры надыходзячых начэй, калі яны павінны быць адзін на гэтым дзікім і самотным беразе.

Пазней увечары да іх далучыўся чорны майкл, каб загадаць ім рыхтавацца да пасадкі заўтра. Яны спрабавалі ўгаварыць яго адвезці іх на нейкі больш гасцінны ўзбярэжжа, недалёка ад цывілізацыі, каб яны маглі спадзявацца трапіць у сяброўскія рукі. Але ні просьбы, ні пагрозы, ні абяцанні ўзнагароды не маглі яго зрушыць.

"я адзіны чалавек на борце, які не хацеў бы хутчэй бачыць вас бяспечна мёртвымі, і, хоць я ведаю, што гэта разумны спосаб пераканацца ў нашых уласных шыях, але чорны майкл не з'яўляецца чалавекам, каб забыць ласку. Вы выратавалі маё жыццё аднойчы , а ўзамен я пашкадую вашага, але гэта ўсё, што я магу зрабіць.

"мужчыны больш не вытрымаюць, і калі мы не прызямлімся даволі хутка, яны нават могуць перадумаць аб тым, каб даць вам столькі шоў. Я пакладу ўсе рэчы на бераг з вамі, а таксама кулінарыі" посуд "некалькі старых ветразяў для намётаў", "досыць крупы, каб вы пратрымаліся, пакуль не знойдзеце садавіны і дзічыны".

"з пісталетамі для абароны вы павінны жыць тут дастаткова лёгка, пакуль не прыйдзе дапамога. Калі я бяспечна схаваюся, я ўбачу, што брытанскае кіраўніцтва даведаецца пра тое, дзе вы знаходзіцеся; на працягу жыцця мяне я не мог сказаць ім куды, бо я сам не ведаю, але з вамі ўсё добра.
"

Пасля таго, як ён пакінуў іх, яны моўчкі пайшлі знізу, і кожнае загарнулася ў змрочныя прадчуванні.

Клінтан не верыў, што чорны майкл маў намер паведаміць брытанскаму ўраду аб іх месцазнаходжанні, і ён не быў упэўнены, але ў некаторых выпадках вераломства разглядалася на наступны дзень, калі яны павінны быць на беразе з маракамі, якія павінны былі б суправаджаць. Іх са сваімі рэчамі.

Як толькі з-пад чорнага погляду майкала любы з мужчын можа іх ударыць, і ўсё адно пакіне сумленне чорнага майкла.

І нават яны павінны пазбегнуць гэтага лёсу, а не сутыкнуцца з небяспекай далёкага цяжкасці? У адзіночку ён можа спадзявацца выжыць яшчэ гады; бо ён быў моцным, спартыўным чалавекам.

Але што з алісай і тым іншым маленькім жыццём, якое неўзабаве можа быць запушчана сярод цяжкасцяў і сур'ёзных небяспек першабытнага свету?

Чалавек здрыгануўся, разважаючы над жудаснай цяжарам, страшнай бездапаможнасцю свайго становішча. Але гэта быў міласэрны провід, які перашкаджаў яму прадбачыць агідную рэальнасць, якая чакала іх у змрочных глыбінях гэтага змрочнага дрэва.

Рана наступнай раніцай іх шматлікія куфар і скрыначкі былі ўзняты на палубу і апушчаны ў чаканне маленькіх лодак для перавозкі на бераг.

Існавала вялікая колькасць і разнастайныя рэчы, так як гліняныя мясціны чакалі магчымага пражывання за пяць-восем гадоў у сваім новым доме. Такім чынам, у дадатак да шматлікіх прадметаў першай неабходнасці, якія яны прывезлі, было і шмат прадметаў раскошы.

Чорны майкл вырашыў, што нічога, якое належыць гліннянам, нельга пакідаць на борце. Будзь складана сказаць, ці будзе гэта з-за спагады да іх альбо ў падтрымку ўласных інтарэсаў.

Не было ніякага пытання, акрамя таго, што наяўнасць маёмасці зніклага брытанскага чыноўніка на падазроным судне было б складана растлумачыць у любым цывілізаваным порце свету.

Настолькі рупліўным быў у сваіх намаганнях ажыццявіць свае намеры, што настойваў на вяртанні яму рэвальвераў клейтона маракамі, у якіх яны знаходзіліся.

У маленькія лодкі таксама былі загружаныя салёнае мяса і біксвіт, з невялікай запасам бульбы і фасолі, запалкі і посуд для падрыхтоўкі ежы, куфар з інструментамі і старыя ветразі, якія абяцаў ім чорны майкл.

Як быццам і сам, баючыся таго, пра што падазраваў клейтон, чорны майкл суправаджаў іх да берага, і апошнім пакінуў іх, калі маленькія катэры, напоўніўшы карабіны свежай вадой, выштурхнулі ў бок фувальды, якая чакае.

Калі лодкі павольна перамяшчаліся па гладкіх водах бухты, клейтан і яго жонка стаялі моўчкі, назіраючы за іх адыходам - у грудзях абодвух пачуццё хуткай катастрофы і поўнай безнадзейнасці.

А за імі, праз край нізкага хрыбта, глядзелі іншыя вочы - цесна пастаўленыя, злыя вочы, якія блішчалі пад калматымі бровамі.

Пакуль фувальда праходзіла праз вузкі ўваход у гавань і, відаць, за праекціруемым пунктам, лэдзі аліса кінула зброю на шыю клінтана і прарвалася ў нястрымныя рыданні.

Мужна давялося ёй сутыкнуцца з небяспекай мяцяжу; яна з гераічнай стойкасцю глядзела ў жудасную будучыню; але цяпер, калі жах абсалютнай адзіноты быў на іх, яе перапоўненыя нервы саступілі месца, і рэакцыя прыйшла.

Ён не спрабаваў праверыць яе слёз. Лепш, каб у прыроды была магчымасць пазбавіцца ад гэтых доўга захопленых эмоцый, і гэта прайшло шмат хвілін, перш чым дзяўчынка - крыху больш, чым дзіця, - зноў магла авалодаць сабой.

"о, джон," усклікнула яна нарэшце, "жах ад гэтага. Што нам рабіць? Што нам рабіць?"

"аліса" ёсць толькі адно, што трэба рабіць ", і ён гаварыў гэтак жа спакойна, як быццам яны сядзелі ў сваёй жывой гасцінай дома", і гэта праца. Праца павінна быць нашым выратаваннем. Мы не павінны даваць сабе часу на роздум. , бо ў гэтым кірунку ляжыць вар'яцтва.

"мы павінны працаваць і чакаць. Я ўпэўнены, што прыйдзе палёгка і хутка прыйдзе, калі адразу відаць, што фувальда згубілася, хаця чорны майкл не трымае з намі свайго слова".

"але джон, калі б гэта былі толькі вы і я", усхліпнула яна, "мы маглі б трываць гэта, я ведаю; але ..."

"так, дарагі," мякка адказаў ён, "я таксама думаў пра гэта, але мы павінны сутыкнуцца з гэтым, як мы павінны сутыкнуцца з усім, што прыходзіць, мужна і з усёй упэўненасцю ў нашай здольнасці спраўляцца з абставінамі, што б там ні было. Быць.

"сотні тысяч гадоў таму нашы продкі цьмянага і далёкага мінулага сутыкнуліся з тымі ж праблемамі, з якімі мы павінны сутыкнуцца, магчыма, у гэтых самых першародных лясах. Што мы сёння тут, сведчыць аб іх перамозе.

"тое, што яны зрабілі, можа, мы не зробім? I яшчэ лепш, бо мы не ўзброены ўзростамі вышэйшых ведаў, і ці не ў нас ёсць сродкі абароны, абароны і ўтрымання, якія нам дала навука, але пра якія яны былі зусім невукі? "што яны дасягнулі, аліса, з інструментамі і зброяй з каменя і косці, напэўна, каб і мы дасягнулі".

"ах, джон, я хачу, каб я быў чалавекам з мужчынскай філасофіяй, але я, акрамя жанчыны, бачу сваім сэрцам, а не галавой, і ўсё, што я бачу, занадта жудасна, занадта неймаверна, каб перадаць словамі" .

"я толькі спадзяюся, што ты маеш рацыю, джон. Я зраблю ўсё магчымае, каб быць адважнай першабытнай жанчынай, прыдатным памочнікам для першаснага мужчыны".

Першая думка клейтона была арганізаваць спальнае месца для сну; тое, што можа абараніць іх ад лунання драпежных звяроў.

Ён адкрыў скрынку з вінтоўкамі і боепрыпасамі, каб яны маглі быць узброеныя ад магчымых нападаў падчас працы, а потым разам шукалі месца для спальнага месца ў першую ноч.

У сотнях ярдаў ад пляжу знаходзілася крыху роўная пляма, даволі вольная ад дрэў; тут яны вырашылі ў канчатковым выніку пабудаваць пастаянны дом, але пакуль яны абодва палічылі, што лепш за ўсё пабудаваць невялікую платформу на дрэвах, недаступных для буйных звяроў, у чыім царстве яны знаходзіліся.

Для гэтага клейтон выбраў чатыры дрэвы, якія ўтварылі прамавугольнік плошчай каля васьмі футаў, і, зрэзаўшы доўгія галіны з іншых дрэў, ён пабудаваў каркас вакол іх, каля дзесяці футаў ад зямлі, надзейна замацаваўшы канцы галін да дрэў з дапамогай вяроўка, колькасцю якой чорны міхайэль прыбраў яго з трыбуны фувальды.

Папярок гэтай глітоніі размяшчаліся іншыя меншыя галіны даволі блізка адзін ад аднаго. Гэтую пляцоўку ён заасфальтаваў велізарнымі пластамі слановага вуха, якія разрасталіся ад іх, і над лабамі ён паклаў вялікі ветразь, складзены ў некалькі таўшчынь.

На сем футаў вышэй, ён пабудаваў падобную, хаця і больш лёгкую платформу, каб служыць дахам, і з бакоў гэтага ён прыпыніў баланс сваёй ветразні для сцен.

Калі скончыў, у яго было даволі шчыльнае гняздо, да якога ён нёс свае коўдры і частку больш лёгкага багажу.

Цяпер было позняй другой палове дня, а баланс светлавога дня быў прысвечаны будынку грубай лесвіцы, з дапамогай якой дама аліса магла падняцца ў свой новы дом.

Увесь дзень лес каля іх быў напоўнены ўзрушанымі птушкамі бліскучага апярэння і танцамі, балбатнямі малпаў, якія назіралі за гэтымі новымі прыбыццямі і іх дзівоснымі аперацыямі па будаўніцтве гнязда з кожнай прыкметай вострага цікавасці і захаплення.

Нягледзячы на тое, што і грайнтон, і яго жонка ўважліва прыглядаліся да больш буйных жывёл, хоць два разы бачылі, як іх маленькія суседзі-сімяне прыходзяць крычаць і балбатаць з бліжэйшага хрыбта, кідаючы спалохана зірнуўшы на свае маленькія плечы, і праяўляючы гэтак жа ясна, быццам выступіўшы з прамовай, што яны ратуюцца ад страшнай рэчы, якая ляжала там.

Перад самым змярканнем клейлтан скончыў сваю лесвіцу, і, напоўніўшы вялікую катлавіну вадой з бліжэйшага патоку, яны змацаваліся для параўнальнай бяспекі паветранай камеры.

Паколькі было даволі цёпла, келітон пакінуў бакавыя заслоны, адкінутыя на дах, і, калі яны сядзелі, як туркі, на коўдры, лэдзі аліса, напружваючы вочы ў цемры дрэва, раптам працягнула руку і схапіла келітанаў рукі.

"джон", прашаптала яна, "паглядзі! Што гэта, мужчына?"

Калі клейтон павярнуў вочы ў той напрамак, які яна паказала, ён убачыў сілуэт цьмяна на цені ззаду, на хрыбце стаяла вертыкальная постаць.

Нейкае імгненне ён стаяў, нібы слухаючы, а потым павольна павярнуўся і растаў у цені джунгляў.

"што гэта, джон?"

"я не ведаю, аліса," адказаў ён сур'ёзна, "гэта занадта цёмна, каб бачыць дагэтуль, і гэта магло быць толькі цень, скінутая ўзыходзячым месяцам".

"не, джон, калі б не чалавек, гэта быў нейкі велізарны і гратэскны здзек над чалавекам. Ой, я баюся".

Ён сабраў яе на руках, прашаптаўшы вушы словы мужнасці і любові.

Неўзабаве пасля гэтага ён апусціў сцены заслоны, надзейна прывязаўшы іх да дрэў, так што, за выключэннем невялікага адтуліны ў бок пляжу, яны былі цалкам закрыты.

Паколькі цяпер было цёмна, у іх малюсенькай аэры яны кладіся на коўдры, каб паспрабаваць праз сон набыць кароткую перадышку забыцця.

Клейтон ляжаў тварам да адтуліны спераду, вінтоўка і дужка рэвальвераў.

Наўрад ці яны заплюшчылі вочы, чым з джунгляў за імі пачуўся жахлівы крык пантэры. Усё бліжэй і бліжэй ён падыходзіў, пакуль яны не пачулі вялікага звера прама пад імі. На працягу гадзіны і больш яны чулі, як яны нюхаюць і ляскаюць па дрэвах, якія падтрымліваюць іх платформу, але нарэшце ён блукаў па беразе, дзе клейтон добра бачыў пры бліскучым месячным святле - вялікі, прыгожы звер, самы вялікі ў яго калі-небудзь бачыў.

Падчас доўгіх гадзін цемры яны лавілі, але прыстойныя ўрыўкі сну, начныя гукі вялікіх джунгляў, якія кіпілі незлічонай колькасцю жыцця жывёл, трымалі свае перанапружаныя нервы, так што сто разоў яны былі здзіўлены да няспання пранізлівымі крыкамі альбо патаемнае перамяшчэнне вялікіх тэл пад імі.

Раздзел

Жыццё і смерць

Раніцай знайшлі іх, але мала, хаця і асвяжылі, хаця дзень зоркі яны бачылі з адчуваннем інтэнсіўнага палёгкі.

Як толькі яны зрабілі свой мізэрны сняданак з салёнай свініны, кавы і печыва, клейтон пачаў працу над сваім домам, бо зразумеў, што ноччу яны могуць спадзявацца на бяспеку і спакой, пакуль чатыры моцныя сцены фактычна не перашкодзяць жыцця джунгляў. Ад іх.

Задача была цяжкая і патрабавала большую частку месяца, хаця ён пабудаваў толькі адно невялікае памяшканне. Ён пабудаваў свой салон з невялікіх бярвенняў дыяметрам каля шасці сантыметраў, спыніўшы шчыліны з гліны, якую ён знайшоў на глыбіні некалькіх футаў пад паверхняй глебы.

У адным канцы ён пабудаваў камін з дробных камянёў ад пляжу. Іх таксама паклаў у гліну, і калі дом быў цалкам завершаны, ён нанёс пакрыццё з гліны на ўсю знешнюю паверхню таўшчынёй у чатыры цалі.

У аконным праёме ён усталяваў невялікія галінкі дыяметрам каля сантыметра як вертыкальна, так і гарызантальна, і так сплецены, што яны ўтварылі істотную рашотку, здольную супрацьстаяць сіле магутнага жывёлы. Такім чынам, яны атрымалі паветра і належную вентыляцыю, не баючыся знізіць бяспеку кабіны.

А-падобны дах быў саламяным невялікімі галінамі, пакладзенымі блізка адзін да аднаго і над гэтымі доўгімі травамі джунгляў і пальмамі, з канчатковым пакрыццём з гліны.

Дзверы ён пабудаваў з кавалкаў упаковачных скрынак, якія мелі свае рэчы, прыбіваючы адзін кавалак да іншага, зерне суседніх слаёў праходзіла папярочна, пакуль у яго не было цвёрдага цела таўшчынёй тры сантыметры і такой вялікай трываласці, што яны абодва паглядзеўшы на яго, перамясціўся смех.

Тут найбольшая цяжкасць сутыкнулася з глітонам, бо ён не меў сродкаў, каб павесіць сваю масіўную дзверы зараз, калі ён яе пабудаваў. Пасля двухдзённай працы, аднак, яму ўдалося змайстраваць дзве масіўныя завесы з цвёрдых парод дрэва, і ён павесіў дзверы так, каб яна лёгка адчынілася і зачынілася.

Ляпніна і іншыя штрыхі былі дададзены пасля таго, як яны ўвайшлі ў дом, што яны зрабілі, як толькі была на даху, складаючы свае скрыні перад дзвярыма ноччу і, такім чынам, мелі адносна бяспечнае і камфортнае жыллё.

Пабудова ложка, крэслаў, стала і паліц была адносна лёгкай справай, так што да канца другога месяца яны былі добра расселены, але за пастаянны страх нападу дзікіх звяроў і пастаянна расце адзіноту, яны не былі нязручныя і няшчасныя.

Уначы вялікія звяры рычалі і рыкалі па сваім маленечкім салоне, але, так прывыкшы, можна прывыкнуць часта паўтараць гукі, што неўзабаве яны надавалі ім мала ўвагі, цэлую ноч прасыпаліся.

Тройчы яны лавілі мімалётныя погляды такіх вялікіх чалавечых фігур, як у першай ночы, але ніколі ў дастатковай блізкасці, каб станоўча даведацца, ці былі напаўбачаныя формы чалавека ці грубасці.

Бліскучыя птушкі і маленькія малпы ўжо прызвычаіліся да сваіх новых знаёмстваў, і, паколькі яны, відавочна, ніколі не бачылі людзей раней, пасля таго як яны спалохаліся, падышлі ўсё бліжэй і бліжэй, выкліканыя гэтай дзіўнай цікаўнасцю, якая пануе ў дзікай прыродзе істоты з лесу, джунгляў і раўніны, так што на працягу першага месяца некалькі птушак зайшлі так далёка, што нават прынялі кавалачкі ежы з дружалюбных рук глітонаў.

Аднойчы пасля абеду, калі клейтан працаваў над дадаткам да кабіны, бо ён разглядаў пабудову яшчэ некалькіх пакояў, некалькі іх гратэскных маленькіх сяброў прыйшлі з віскам і лаяць па дрэвах з боку грады. Як толькі яны ўцякалі, яны кідалі на іх палахлівыя погляды, і нарэшце яны спыніліся каля глітона, узрушана кідаючыся на яго, нібы папярэджваючы яго пра набліжэнне небяспекі.

Нарэшце ён убачыў гэта, чаго так баяліся маленькія малпы - чалавека-грубасці, якога гліняны часам здараліся мімалётнымі позіркамі.

Яна набліжалася да джунгляў у паўпраставым становішчы, раз-пораз усталёўваючы спіны зачыненымі кулакамі на зямлю - вялікай антрапоіднай малпы, і, па меры прасоўвання, яна выдавала глыбокія гартанныя рыкі і перыядычны ціхі гаўканне.

Клінтон знаходзіўся на некаторай адлегласці ад каюты, прыйшоўшы да падзення асабліва дасканалага дрэва для сваіх будаўнічых работ. Стаўшы нядбайным з-за месяцаў няспыннай бяспекі, за гэты час ён не бачыў небяспечных жывёл у светлы час сутак, ён пакінуў свае вінтоўкі і рэвальверы ў маленькай кабіне, і цяпер, калі ён убачыў вялікую малпу, што прабівалася праз падлеску прама да яго і з кірунку, які практычна адрэзаў яго ад уцёкаў, ён адчуў няпэўную дрыготкую ўздыму па хрыбетніку.

Ён ведаў, што, узброіўшыся сякерай, ягоныя шанцы ў гэтага лютага пачвары былі малыя - і аліса; божа, падумаў ён, што стане з алісай?

Быў яшчэ невялікі шанец дабрацца да кабіны. Ён павярнуўся і пабег да яе, крычаючы трывозе жонцы, каб убегчы і зачыніць вялікія дзверы, калі малпа спыніць сваё адступленне.

Лэдзі-шэры сядзела крыху ад салона, і, пачуўшы яго крык, яна падняла галаву, убачыўшы малпу, якая амаль неверагодна пругкая, на такую вялікую і нязграбную жывёлу, імкнучыся адкінуць глінтан.

Яна з ціхім крыкам кінулася да кабіны, і, калі яна ўвайшла, кінула позірк адваротнага погляду, які напоўніў яе душу страхам, бо грубая перахапіла мужа, які цяпер стаяў у страху і хапаў яго сякерай абедзвюма рукамі, гатовымі размахнуцца. На раз'юшаную жывёлу, калі ён павінен зрабіць свой апошні зарад.

"зачыніце і зафіксуйце дзверы, аліса," усклікнуў клітон. "я магу скончыць гэтага хлопца сякерай".

Але ён ведаў, што яму пагражае жудасная смерць, і яна зрабіла гэта.

Малпа была выдатным быком, важыла, напэўна, трыста фунтаў. Ягоныя брыдкія, заплюшчаныя вочы бліжчалі нянавісцю з-пад яго калmatых броваў, у той час як яго вялікія сабачыя іклы агаляліся ў жахлівым рыклі, калі ён спыніўся за хвіліну перад здабычай.

Праз плячо грубых келітонаў было відаць дзвярыма каюты, далёкай не дваццаць крокаў, і вялікая хваля страху і страху пранеслася па ім, убачыўшы, як выходзіць маладая жонка, узброеная адной з вінтовак.

Яна заўсёды баялася агнястрэльнай зброі і ніколі не дакранецца да іх, але зараз яна кінулася да малпы з бясстрашнасцю ільвіцы, якая абараняе сваіх маладых.

"назад, аліса," крыкнуў клейтон, "дзеля бога, ідзі назад".

Але яна не звяртала ўвагі, і толькі тады малпу даручылі, так што клейтон не мог сказаць больш.

Мужчына размахнуў сякерай усёй магутнай сілай, але магутная грубая схапіла яго ў гэтыя страшныя рукі і, вырваючы яго з-пад глінянага схаплення, кінула яго далёка ў адзін бок.

З непрыгожым рычаннем ён закрыўся на сваю безабаронную ахвяру, але, калі яго іклы дабраліся да горла, за які імкнуўся, пачуўся рэзкі рэпартаж, і куля ўвайшла ў спіну малпы паміж плячэй.

Кінуўшы клейтон на зямлю, звер звярнуўся на свайго новага ворага. Перад ім стаяла жахлівая дзяўчынка, якая дарэмна спрабавала страляць яшчэ адной куляй у цела жывёлы; але яна не зразумела механізму агнястрэльнай зброі, і малаток беспаспяхова ўпаў на пусты патрон.

Амаль адначасова клейтон аднавіў сабе ногі, і, не думаючы пра поўную безнадзейнасць, ён кінуўся наперад, каб перацягнуць малпу з пранізлівай формы жонкі.

З невялікімі ці магчымымі намаганнямі яму гэта ўдалося, і вялікая навала інертна кацілася на газон перад ім - малпа была мёртвая. Куля зрабіла сваю працу.

Паспешная экспертыза яго жонкі не выявіла на ёй ніякіх слядоў, і клейтан вырашыў, што велізарная грубасць памерла ў той момант, калі ён ускочыў на алісу.

Ён асцярожна падняў яшчэ непрытомны выгляд жонкі і панёс яе ў маленькую каюту, але прайшло цалкам дзве гадзіны, перш чым яна прыйшла ў прытомнасць.

Першыя яе словы напаўнялі глінтан невыразнай асцярогай. Нейкі час, ачуняўшы, аліса здзіўлена ўзіралася ў інтэр'ер маленькай кабіны, а потым, задаволена ўздыхнуўшы, сказала:

"о, джон, так добра быць сапраўды дома! У мяне быў жахлівы сон, дарагая. Я думаў, што мы ўжо не ў лондане, а ў нейкім жудасным месцы, дзе на нас напалі вялікія звяры".

"там, там, аліса," сказаў ён, пагладжваючы лоб, "паспрабуй зноў заснуць, і не хвалюйся галавой пра дрэнныя сны".

У тую ноч у малюсенькім салоне каля першабытнага лесу нарадзіўся маленькі сын, а перад дзвярыма лямантаваў леапард, а з-за грады гучалі глыбокія ноты ільвінага грукаша.

Лэдзі грэйсток ніколі не ачуняла ад шоку ад нападу вялікай малпы, і, хоць яна пражыла год пасля нараджэння дзіцяці, яна больш ніколі не была за межамі кабіны, і ніколі не разумела, што не знаходзілася ў англіі.

Часам яна распытвала б глейтан пра дзіўныя ночы; адсутнасць слуг і сяброў і дзіўная грубасць прадметаў мэблі ў яе пакоі, але, хоць ён і не прыкладаў намаганняў, каб падмануць яе, ніколі не мог зразумець сэнс усяго гэтага.

Па-іншаму яна была дастаткова рацыянальнай, і радасць і шчасце, якія яна мела ва ўладанні свайго маленькага сына, і пастаянная ўважлівасць мужа зрабілі гэты год вельмі шчаслівым для яе, самым шчаслівым у яе маладым жыцці.

Што гэта было б ахоплена клопатамі і страхамі, калі б яна цалкам валодала сваімі разумовымі здольнасцямі, калі клінтан добра ведала; так што ў той час як ён страшэнна перажываў яе бачыць, былі часы, калі ён быў амаль рады, дзеля яе, што яна не магла зразумець.

Даўно ён адмовіўся ад любой надзеі на выратаванне, акрамя выпадкаў. З нястомнай стараннасцю ён працаваў над тым, каб упрыгожыць інтэр'ер кабіны.

Шкуры льва і пантэры накрылі падлогу. Шафы і кніжныя шафы высцілалі сцены. Дзіўныя вазы, зробленыя ўласнай рукой з гліны рэгіёну, трымалі прыгожыя трапічныя кветкі. Шторы з травы і бамбука накрывалі вокны, і, што самае цяжкае заданне з усіх, са свайго мізэрнага асартыменту інструментаў ён вырабіў піламатэрыялы, каб акуратна заляпіць сцены і столь і пракласці роўную падлогу ў салоне.

Тое, што ён змог наогул развярнуцца рукамі да такой нязвыклай працы, было для яго крыху мяккім дзівам. Але ён любіў працу, бо менавіта яе і малюсенькае жыццё прыйшлося ўзбадзёрыць іх, хаця і ў сто разоў дадала яго абавязкі і жахлівасць іх становішча.

На працягу наступнага года на клейтон некалькі разоў напалі вялікія малпы, якія, здавалася, увесь час атакуюць ваколіцы каюты; але паколькі ён ніколі не выходзіў на вуліцу без вінтовак і рэвальвераў, ён мала баяўся велізарных звяроў.

Ён узмацніў аконныя агароджы і ўсталяваў унікальны драўляны замак да дзвярэй кабіны, так што, калі ён паляваў на дзічыну і садавіну, як гэта трэба было пастаянна рабіць для забеспячэння харчавання, ён не баяўся, што любая жывёла можа ўварвацца. Маленькі дом.

Спачатку ён стрэліў большую частку гульні з вокнаў кабіны, але да канца жывёлы навучыліся баяцца дзіўнага логава, адкуль выдаў страшэнны гром сваёй вінтоўкі.

У вольны час клейтон чытаў уголас жонцы з крамы кніг, якія ён прывёз для іх новага дома. Сярод іх было шмат для маленькіх дзяцей - кнігі з малюнкамі, грунтоўкі, чытачы - бо яны ведалі, што іх маленькае дзіця будзе для гэтага дастаткова старым, перш чым яны спадзяюцца вярнуцца ў англію.

У іншы час клейтон пісаў у сваім дзённіку, які ён заўсёды прызвычаіўся весці па-французску, і ў якім запісваў падрабязнасці іх дзіўнага жыцця. Гэтую кнігу ён захоўваў у маленькай металічнай скрынцы.

Праз год з дня нараджэння яе маленькага сына, дама аліса спакойна прайшла ўначы. Так мірны быў яе канец, што прайшло некалькі гадзін, перш чым клейтан змог прачнуцца, усвядоміўшы, што яго жонка памерла.

Жах сітуацыі сышоў да яго вельмі павольна, і сумнеўна, што ён калі-небудзь у поўнай меры ўсвядоміў грандыёзнасць свайго смутку і страшную адказнасць, якая была перададзена на яго пры клопаце аб гэтай штуцы, яго сыне, усё яшчэ немаўляце.

Апошні запіс у яго дзённіку быў зроблены раніцай пасля яе смерці, і там ён дэкламуе сумныя падрабязнасці фактычна, што дадае яму пафас; бо ён дыхае стомленай апатыяй, народжанай доўгім смуткам і безнадзейнасцю, якія нават гэты жорсткі ўдар наўрад ці можа абудзіць да далейшых пакут:

Мой маленькі сын плача за харчаванне - о аліса, аліса, што мне рабіць?

I, калі джон клейтон пісаў апошнія словы, якія ягонай руцэ было наканавана калі-небудзь ачысціць, ён стомлена апусціў галаву на выцягнутыя рукі, дзе яны абапіраліся на стол, які ён пабудаваў для яе, які ляжаў нерухома і холадна ў ложку побач.

Доўгі час ні адзін гук не парушаў смяротную цішыню паўдня джунгляў, захаваўшы жаласнае галашэнне малюсенькага чалавека-дзіцяці.

Кіраўнік

Малпы

У лесе на стале зямлі за вярсту ад акіяна стары керчак-малпа апынуўся ў лютасці лютасці сярод свайго народа.

Малодшыя і лягчэйшыя прадстаўнікі свайго племя разбіраліся да вышэйшых галін вялікіх дрэў, каб пазбегнуць свайго гневу; рызыкуючы сваім жыццём на галінах, якія мала падтрымлівалі іх вагу, а не сутыкацца са старым керчаком у адным з прыступаў некантралюемага гневу.

Астатнія самцы разляцеліся ва ўсе бакі, але не да таго, як раз'юшаны грубій адчуў пазванок адной пстрычкі паміж вялікімі пеністымі сківіцамі.

Няшчасная маладая жанчына саслізнула з небясьпечнай трымальніцы на высокую галінку і ўрэзалася ў зямлю амаль у ногі керчака.

З дзікім крыкам ён падаўся на яе, раздзіраючы магутнымі зубамі цудоўны кавалак і жорстка ўдарыў яе па галаве і плячах са зламанай канечнасцю дрэва, пакуль яе чэрап не быў раздушаны да жэле.

А потым ён падгледзеў калу, які, вярнуўшыся з пошукаў ежы са сваёй маладой немаўляткай, не ведаў аб стане характару моцнага мужчыны, пакуль раптам пранізлівыя папярэджанні яе малайцаў не прымусілі яе вар'яцка блукаць дзеля бяспекі.

Але керчак быў блізкі да яе, так блізка, што ён ледзь не схапіў яе за лодыжку, калі б яна не зрабіла лютага скачка далёка ў космас ад аднаго дрэва да іншага - небяспечны шанец, які малпы рэдка калі калі-небудзь возьме, калі не будзе настолькі ўважліва пераследаваны небяспекай, што там альтэрнатывы няма.

Яна паспяхова зрабіла гэты скачок, але, як яна схапіла канечнасць далейшага дрэва, раптоўная слоічка развязала ўчастак малюсенькай дзеткі, дзе яна ліхаманкава прыляпілася да яе шыі, і яна ўбачыла дробязі, якія кінуліся, паварочваючыся і круцячыся да зямлі трыццаць. Ногі ніжэй.

З ціхім крыкам расчаравання кала кінуўся з галавой у бок, цяпер бяздумна пра небяспеку ад керчака; але калі яна сабрала плач, няўдалая форма яе жыцця на ўлонні пакінула яго.

З нізкім стогнам яна сядзела, прыціскаючы цела да сябе; керчак таксама не спрабаваў яе здзекавацца. Са смерцю немаўляці яго прыступ дэманічнай лютасці прайшоў так жа раптоўна, як і яго захапіла.

Керчак быў вялізным царскім малпам, важыў, магчыма, трыста пяцьдзесят фунтаў. Лоб быў надзвычай нізкі і адступаючы, вочы крывавыя, маленькія і блізка пастаўленыя да яго грубага, плоскага носа; вушы вялікія і тонкія, але менш, чым у большасці яго роду.

Ягоны жахлівы характар і ягоная магутнасць зрабілі яго вышэйшым сярод маленькага племені, у якім ён нарадзіўся за дваццаць гадоў да гэтага.

Цяпер, калі ён быў у росквіце, не было ніводнага сіміана ва ўсім магутным лесе, па якім ён ішоў, што адважыўся аспрэчыць яго права на кіраванне, і не звярталіся да гэтага з іншымі жывёламі.

Стары тантар, слон, адзін у адным дзікім дзікім жыцці, не баяўся яго, і ён адзін быў у страху керчака. Калі труба трубіла, вялікі малпа сноўдаў з таварышамі высока сярод дрэў другой тэрасы.

Племя антрапоідаў, над якім керчак кіраваў жалезнай рукой і агаліў клыкі, налічвала каля шасці-васьмі сем'яў, кожная сям'я складалася з дарослага самца са сваімі самкамі і маладых, якія налічваюць усяго шэсцьдзесят-семдесят малпаў.

Кала была малодшым памочнікам мужчыны, якога звалі трубкай, што азначае зламаны нос, і першае яе дзіця; бо ёй было дзевяць-дзесяць гадоў.

Нягледзячы на маладосць, яна была вялікая і магутная - цудоўная, з чыстымі канечнасцямі жывёла, з круглым высокім ілбом, які абазначаў больш інтэлекту, чым большасць яе выглядаў. Таму яна таксама мела вялікую здольнасць да мацярынскай любові і мацярынскай смутку.

Але яна ўсё яшчэ была малпай, велізарным, лютым, страшным звярам, блізкім да гарылы, але больш разумнай; якая, маючы сілу свайго стрыечнага брата, зрабіла свой выгляд самым страшным з тых, хто натхняе нашчадкаў чалавека.

Калі племя ўбачыла, што гнеў керчака спыніўся, яны павольна сышлі са сваіх дэсантных адступленняў і зноў заняліся рознымі заняткамі, якія ён перапыніў.

Маладыя гулялі і гарэзалі сярод дрэў і кустоў. Некаторыя дарослыя ляжалі на мяккім дыванку мёртвай і загніваючай расліннасці, які пакрываў зямлю, а іншыя перакручвалі кавалкі паваленых галін і камякоў зямлі ў пошуках дробных блашчыц і рэптылій, якія ўваходзілі ў іх ежу.

Іншыя, зноў, шукалі навакольныя дрэвы садавіны, арэхаў, дробных птушак і яек.

Яны прайшлі гадзіну і каля таго, калі керчак паклікаў іх разам, і, загадаўшы ім пайсці за ім, рушыў да мора.

Па большай частцы яны падарожнічалі па зямлі, дзе была адкрыта, ідучы па шляху вялікіх сланоў, чые прыходы і пераходы прабіваюць адзіныя дарогі праз заблытаныя лабірынты куста, лазы, ліяны і дрэва. Калі яны ішлі, ён быў нязграбным рухам, перамяшчаючы касцякі зачыненых рук на зямлю і няручна размахваючы сваімі целамі наперад.

Але калі шлях праходзіў праз ніжнія дрэвы, яны рухаліся больш імкліва, перамахваючыся з галіны на галінку з спрытам сваіх меншых стрыечных братоў, малпаў. І ўсю дарогу кала несла яе маленькага мёртвага дзіцяці, прыціснуўшыся да грудзей.

Неўзабаве пасля поўдня яны дабраліся да хрыбта з выглядам на пляж, дзе пад імі ляжаў малюсенькі катэдж, які быў мэтай керчака.

Ён бачыў, як многія падобныя да смерці ідуць перад гучным шумам маленькай чорнай палачкі ў руках дзіўнага белага малпы, які жыў у гэтым цудоўным логава, і керчак вырашыў наўрад ці валодаць гэтай смерцю нагода і даследаваць інтэр'ер загадкавага батлейкі.

Ён хацеў, вельмі-вельмі, адчуць, як ягоныя зубы пагружаюцца ў шыю дзівакаватай жывёлы, якую ён навучыўся ненавідзець і баяцца, і з-за гэтага ён часта прыязджаў са сваім племем да разведчыка, чакаючы часу, калі белы малпа павінна быць знянацку.

У апошні час яны кінулі атаку ці нават паказалі сябе; кожны раз, калі яны рабілі гэта, маленькая палка рабіла страшнае паведамленне пра смерць нейкаму члену племені.

Сёння гэтага чалавека не было, і з таго месца, дзе яны назіралі, было відаць, што дзверы кабіны былі адчыненыя. Яны павольна, асцярожна і бясшумна прабіраліся па джунглях да маленькай каюты.

Не было рыкаў і жорсткіх крыкаў гневу - маленькая чорная палка навучыла іх прыходзіць спакойна, каб не разбудзіць.

Далей, яны падыходзілі, пакуль керчак крадком падкраўся да самых дзвярэй і зазірнуў унутр. За ім стаялі два самцы, а потым кала, шчыльна прыціскаючы маленькую мёртвую форму да грудзей.

Унутры батлейкі яны ўбачылі дзіўную белую малпу, якая ляжала паў стала, з галавой, пахаванай у руках; і на ложку ляжала фігура, пакрытая ветразем, у той час як з малюсенькай вясковай калыскі даносілася жаласнае галашэнне немаўля.

Бясшумна ўвайшоў керчак, прыціскаючыся да зарада; а потым джон клейтан падняўся з раптоўным пачаткам і сутыкнуўся з імі.

Відаць, што сустрэліся з яго вачыма, напэўна, застыла ад жаху, бо там, у дзвярах, стаялі тры вялікія малпы быкоў, а за імі шмат людзей; колькі ён ніколі не ведаў, бо яго рэвальверы віселі на дальняй сцяне каля вінтоўкі, а керчак зараджаўся.

Калі цар-малпа выпусціў абмяклую форму джона клейтона, лорд-шэрык, ён звярнуў увагу на маленькую калыску; але кала была перад ім, і калі ён ухапіўся за дзіця, яна сама вырвала яго, і перш чым ён змог перахапіць яе, яна прабілася праз дзверы і схавалася на высокім дрэве.

Калі яна ўзялася за маленькае жывое дзіця з эліс клейтон, яна скінула ўласнае мёртвае цела ў пустую калыску; бо галасы жывых адказалі на заклік усеагульнага мацярынства ў яе дзікіх грудзях, якія памерлыя яшчэ не маглі.

Высока сярод галін магутнага дрэва яна прыціснула да грудзей віск немаўля, і неўзабаве інстынкт, які быў такім дамінуючым у гэтай жорсткай жанчыны, як у грудзей яго далікатнай і прыгожай маці - інстынкт матчынай любові - дацягнуўся да малюсенькага чалавека-дзіцяці напалову разумення, і ён сціх.

Потым голад закрыў разрыў паміж імі, і сын ангельскага лорда і ангельская лэдзі даглядалі ў грудзях калу, вялікую малпу.

Тым часам звяры ў салоне насцярожана вывучалі змесціва гэтага дзіўнага логава.

Як толькі пераканаўся, што клейтон памёр, керчак звярнуў сваю ўвагу на тое, што ляжала на ложку, накрытае кавалкам ветразі.

Ён асцярожна падняў адзін куток плашчаніцы, але, убачыўшы цела жанчыны пад ім, ён груба адарваў тканіну ад яе формы і схапіў нерухомае белае горла ў велізарных валасатых руках.

На імгненне ён дазволіў пальцам пагрузіцца ў халодную плоць, а потым, зразумеўшы, што яна ўжо мёртвая, павярнуўся ад яе, каб разгледзець змесціва пакоя; і ён зноў не зламаў цела ні лэдзі алісы, ні сэр джона.

Вінтоўка, якая вісела на сцяне, прыцягнула яго першую ўвагу; менавіта на гэты дзіўны, смяротны зыр, гром ён цягнуўся месяцамі; але цяпер, калі гэта было зразумела, ён наўрад ці валодаў смеласцю захапіць яго.

Ён асцярожна падышоў да гэтай рэчы, гатовы бегчы ў поўным аб'ёме, калі яна будзе гаварыць яе глыбокімі равучымі тонамі, як ён чуў, як яны гаварылі раней, апошнімі словамі для тых, хто свайго роду, якія з-за няведання ці неабдуманасці напалі на цудоўную белую малпу, неслі яго.

У глыбіні інтэлекту звера было тое, што запэўнівала яго, што грома была небяспечная толькі тады, калі ў руках той, хто мог маніпуляваць ёю, але ўсё ж прайшло некалькі хвілін, калі ён мог прымусіць сябе дакрануцца да яе.

Замест гэтага ён ішоў туды-сюды па падлозе перад ім, паварочваючы галаву так, каб ніколі ні разу яго вочы не пакідалі аб'ект свайго жадання.

Выкарыстоўваючы доўгія рукі, калі чалавек выкарыстоўвае мыліцы і, перамяшчаючы сваю вялізную тушу з аднаго боку ў бок з кожным крокам, вялікі цар-малпа крочыў туды-сюды, прамаўляючы глыбокія рыкі, перыядычна абрываючыся пранізлівым крыкам, чым у ім няма больш жахлівы шум ва ўсіх джунглях.

У цяперашні час ён спыніўся перад вінтоўкай. Павольна ён падняў велізарную руку, пакуль яна амаль не дакранулася да зіхатлівай бочкі, толькі каб яшчэ раз адвесці яго і працягнуць яго паспешны крок.

Гэта было як бы вялікая грубасць гэтай праявай бясстрашнасці, і праз ягоны дзікі голас намагаўся ўзмацніць мужнасць да той ступені, якая дазволіла б узяць вінтоўку ў руку.

Ён зноў спыніўся, і на гэты раз удалося прыкласці сваю неахвотную руку да халоднай сталі, каб практычна адразу вырваць яе і аднавіць неспакойны ўдар.

Час ад часу гэтая дзіўная цырымонія паўтаралася, але ў кожным выпадку з усё большай упэўненасцю, пакуль, нарэшце, вінтоўка не была адарвана ад кручка і не ляжала ў руках вялікага грубага.

Выявіўшы, што гэта яму не нашкодзіць, керчак пачаў яго ўважліва вывучаць. Ён адчуваў гэта ад канца да канца, узіраўся ў чорную глыбіню морды, пераглядаў прыцэлы, казённую частку, запас і, нарэшце, спускавы кручок.

На працягу ўсіх гэтых аперацый малпы, якія ўвайшлі, сядзелі, прыціснуўшыся да дзвярэй, назіраючы за сваім начальнікам, а тыя, што знадворкі, напружваліся і перапоўнены, каб убачыць, што адбылося ўнутры.

Раптам пальчык керчака зачыніўся на курок. У маленькай пакоі пачуўся аглушальны роў, і малпы ў дзвярах і за імі ўпалі адзін на аднаго, у сваёй дзікай трывозе ратавацца.

Керчак быў аднолькава спалоханы, на самай справе настолькі спалоханы, што ён зусім забыўся адкінуць аўтара гэтага страшнага шуму, але прыкруціў да дзвярэй, з ім шчыльна сціснуў у адной руцэ.

Калі ён прайшоў праз адтуліну, вінтоўка спераду прыціснулася да краю дзвярэй, якая мела дастаткова сілы, каб шчыльна зачыніць яе пасля ўцёкаў малпы.

Калі керчак спыніўся на невялікай адлегласці ад салона і выявіў, што вінтоўку ён усё яшчэ трымае, ён кінуў яго, бо, магчыма, кінуў распаленае жалеза, і зноў не спрабаваў аднавіць яго - шум быў занадта вялікі для яго грубыя нервы; але цяпер ён быў цалкам перакананы, што страшная палка была сама бясшкодная, калі яе пакінуць у спакоі.

Мінула гадзіна, перш чым малпы зноў маглі прымусіць сябе падысці да кабіны, каб працягнуць расследаванне, і калі яны, нарэшце, зрабілі гэта, яны адчулі сваё задавальненне, што дзверы былі зачыненыя і настолькі надзейна зачыненыя, што не маглі прымусіць яе.

Спрытна пабудаваная зашчапка, якую глітон зрабіў для дзвярэй, вырасла, калі керчак праваліўся; і малпы не маглі знайсці сродкі ўварвання праз моцна закрытыя вокны.

Ненадоўга перабраўшыся па наваколлі, яны накіраваліся назад у больш глыбокія лясы і вышэйшыя землі, адкуль яны прыйшлі.

Кала не аднойчы прыходзіла на зямлю са сваёй маленькай прыёмнай красуняй, але зараз керчак заклікаў яе спусціцца з астатнімі, і, калі ў яго голасе не было ніякай ноткі гневу, яна злёгку апусцілася з галіны на галінку і далучылася да астатніх на радзіме марш.

Тыя малпы, якія спрабавалі разгледзець дзіўнага немаўля калы, былі адбітыя аголенымі ікламі і нізкімі пагрозлівымі рыкамі, якія суправаджаліся папярэджаннем ад калы.

Калі яны запэўнівалі яе, што яны не маюць ніякага шкоды для дзіцяці, яны дазволілі ім наблізіцца, але не дазволяць ім дакрануцца да яе зараду.

Гэта было так, як быццам яна ведала, што яе дзіця кволае і далікатнае і баіцца, каб грубыя рукі яе таварышаў не пашкодзілі дробязь.

Іншая справа, якую яна зрабіла, і гэта зрабіла падарожжа для яе цяжкім выпрабаваннем. Успамінаючы смерць сваёй маленькай, яна адчайна чаплялася да новай красуні адной рукой, калі яны ішлі на марш.

Астатнія маладыя ехалі па спінах сваіх маці; іх маленькія рукі шчыльна прыціскалі да іх валасатыя шыі, а іх ногі былі пад пахамі маці.

Не так з калай; яна трымала маленькую форму маленькага валадарага шэрака, шчыльна прыціснуўшыся да грудзей, дзе далікатныя рукі прыціскалі доўгія чорныя валасы, якія закрывалі гэтую частку яе цела. Яна бачыла, як адно дзіця падае са спіны да страшнай смерці, і з гэтым не рызыкуе.

Кіраўнік

Белая малпа

Кала пяшчотна выношваў сваю маленькую талію, моўчкі пытаючыся, чаму яна не набірае сіл і спрыту, як гэта робяць маленькія малпы іншых матуль. Прайшло амаль год з таго моманту, як маленькі хлопец прыйшоў у яе валоданне, перш чым ён будзе хадзіць у адзіноце, а што тычыцца скалалажанні - мой, але як ён дурны!

Кала часам размаўляў са старымі жанчынамі пра сваю маладую надзею, але ніхто з іх не мог зразумець, як дзіця можа быць настолькі павольным і адсталым у навучанні клапаціцца пра сябе. Таму ён не мог знайсці ежу адзін, і прайшло больш за дванаццаць месяцаў з моманту з'яўлення калы на ёй.

Калі б яны ведалі, што дзіця ўбачыла трынаццаць месяцаў, перш чым ён прыйшоў у валоданне калы, яны палічылі б яго справу абсалютна безнадзейнай, бо маленькія малпы іх уласнага племя былі настолькі далёка развітыя за дзве-тры месяцы, як і гэты маленькі незнаёмец пасля дваццаць пяць.

Тулат, муж калы, быў вельмі здзіўлены, але ўважлівае назіранне за жанчынай адвяло б дзіця ад дарогі.

"ён ніколі не будзе вялікім малпам", - сцвярджаў ён. "заўсёды вам трэба будзе несці яго і абараняць яго. Якое карысць ён будзе племя? Ніхто; толькі цяжар.

"давайце пакінем яго спакойна спаць сярод высокіх траў, каб вы маглі выносіць іншых і больш моцных малпаў, каб нас ахоўваць у старасці".

"ніколі, разбіты нос", адказала кала. "калі я павінен насіць яго назаўсёды, так і будзе".

А потым тублат падышоў да керчака, каб заклікаць яго выкарыстаць свой аўтарытэт з калай, і прымусіў яе адмовіцца ад маленькага тарзана, які быў назвай, які яны далі малюсенькаму пану-шэры, і што азначала "белая скура".

Але калі керчак загаварыў з ёй пра гэта, кала пагражаў уцячы ад племені, калі яны не пакінулі яе з дзіцем у свеце; і паколькі гэта адно з неад'емных правоў народнага джунгля, калі яны былі незадаволеныя сваім уласным народам, яны больш не перашкаджалі ёй, бо кала была добрай маладой жанчынай з чыстымі канечнасцямі, і яны не хацелі яе страціць.

Па меры росту тарзана ён рабіўся больш хуткімі, таму да таго часу, як яму было дзесяць гадоў, ён быў выдатным альпіністам і на зямлі мог рабіць шмат цудоўных рэчаў, якія былі па-за сіламі яго маленькіх братоў і сясцёр.

Ён шмат у чым адрозніваўся ад іх, і яны часта дзівіліся яго найвышэйшай хітрасці, але ў сіле і памерах ён быў недахоп; бо ў дзесяць вялікіх антрапоідаў выраслі цалкам, некаторыя з іх узвышаліся на вышыні шасці футаў, у той час як маленькі тарзан быў яшчэ толькі напалову дарослым хлопчыкам.

Яшчэ такі хлопчык!

Ён з самага ранняга дзяцінства выкарыстоўваў рукі, каб перамахвацца з галіны на галінку па вобразе сваёй гіганцкай маці, і, сталеючы, ён з гадзінамі ў гадзіну штодня рухаўся па вяршынях дрэў разам з братамі і сёстрамі.

На галавакружных вышынях лясной вяршыні ён мог пралецець дваццаць футаў, і схапіць з няўстойлівай дакладнасцю і без відавочнай банкі канечнасці, якія дзіка махаюць па шляху надыходзячага тарнада.

Ён мог апусціць дваццаць футаў пры расцяжэнні ад канечнасці да канечнасці пры хуткім спуску на зямлю, інакш ён мог бы атрымаць максімальную вяршыню самага высокага трапічнага гіганта з лёгкасцю і хуткасцю вавёркі.

Хаця, але дзесяць гадоў, ён быў настолькі ж моцны, як і звычайны чалавек у трыццаць, і значна больш спрытны, чым самы практыкаваны спартсмен. І з дня ў дзень яго сіла павялічвалася.

Яго жыццё сярод гэтых лютых малпаў было шчаслівым; бо ўспамін не займаў іншага жыцця, і не ведаў, што ў сусвеце існуе не што іншае, як яго маленькі лес і дзікія джунглі, з якімі ён быў знаёмы.

Яму было амаль дзесяць, перш чым ён пачаў разумець, што паміж сабою і таварышамі існуе вялікая розніца. Яго маленькае цела, спаленае карычневым ад уздзеяння, раптам выклікала ў яго пачуццё моцнага сораму, бо ён зразумеў, што яно зусім бязволае, як нейкая нізкая змяя ці іншая рэптылія.

Ён паспрабаваў пазбегнуць гэтага, абмазваючы сябе брудам з ног да галавы, але гэты высах і адваліўся. Да таго ж яму стала так няёмка, што ён хутка вырашыў, што аддае перавагу сорам перад дыскамфортам.

На вышэйшай зямлі, якую наведвала яго племя, было невялічкае возера, і менавіта тут тарзан упершыню ўбачыў твар у чыстых, нерухомых вадаёмах.

У той спякотны дзень засушлівага перыяду ён і адзін з яго стрыечных братоў спусціліся ў банк, каб выпіць. Калі яны нахіліліся, абодва маленькіх твару адлюстроўваліся на басейне спакойна; жорсткія і страшныя рысы малпы побач з арыстакратычным шчасцем старога ангельскага дома.

Тарзан быў уражаны. Гэта было досыць дрэнна, каб быць бязволасымі, але валодаць такой абліччам! Яму было цікава, што іншыя малпы наогул могуць глядзець на яго.

Гэтая малюсенькая шчылінка ў роце і гэтыя чорныя зубы! Як яны выглядалі побач з магутнымі вуснамі і магутнымі ікламі сваіх больш шчаслівых братоў!

І яго маленькі пераціснуты нос; так тонка было, што выглядала напалову з голадам. Ён стаў чырвоным, параўноўваючы яго з прыгожымі шырокімі ноздрамі свайго таварыша. Такі шчодры нос! Чаму ён распаўсюдзіўся напалову па твары! Гэта, безумоўна, павінна быць добра, каб быць такім прыгожым, думаў бедны тарзан.

Але ўбачыўшы ўласныя вочы; ах, гэта быў апошні ўдар - карычневая пляма, шэры круг, а потым пустая беласць!

Страшна! Нават у змей не было такіх агідных вачэй, як у яго.

Ён быў такім намерам пры гэтай асабістай ацэнцы ягоных рысаў, што ён не пачуў расставання высокай травы ззаду сябе, як выдатнае цела няўхільна штурхала сябе ў джунглі; і яго таварыш, малпа, не пачуў, бо ён піў, і шум яго смактальных вуснаў і буркатанне задавальнення заглушыў ціхі падыход зламысніка.

Не дваццаць крокаў за двума, якія яна прысела - сабор, вялізная ільвіца - хвасталіся хвастом. Яна асцярожна пасунула вялікую мяккую лапу наперад, бясшумна размяшчаючы яе, перш чым падняла наступную. Такім чынам, яна прасунулася; яе жывот нізкі, амаль дакранаючыся паверхні зямлі - выдатная котка рыхтуецца да вясны.

Цяпер яна знаходзілася ў дзесяці футах ад двух маленькіх сяброўак, - яна асцярожна правяла заднія ступні пад сваім целам, вялікія мышцы скаціліся пад прыгожай скурай.

Цяпер яна настолькі нізка прысела, што здавалася, што яна сплюснутая да зямлі, за выключэннем верхняй выгібу глянцавай спіны, якая збіралася да вясны.

Хвост ужо не хвастаўся - спакойна ляжаў і прама за ёй.

У адно імгненне яна зрабіла паўзу, нібы ператварылася ў камень, і потым, са страшэнным крыкам, ускочыла.

Сабор, ільвіца, быў мудрым паляўнічым. Адзін менш мудры трывожны сігнал яе жорсткага крыку, калі б яна ўзнікла, здавалася б дурной справай, бо хіба яна не магла б больш дакладна ўпасці на сваіх ахвяраў, калі б яна, але ціха скакала без гучнага крыку?

Але сабор добра ведаў дзівосную хуткасць фальклорных джунгляў і іх амаль неверагодныя сілы слыху. Для іх раптоўнае выскрабанне адной травінкі на другую было гэтак жа эфектыўным перасцярогай, як і яе гучны крык, і сабор ведаў, што не можа зрабіць гэты магутны скачок без невялікага шуму.

Яе дзікі крык не быў папярэджаннем. Было агучана, каб замарозіць бедных ахвяр у паралічы тэрору за мініяцюрную долю імгнення, якой было б дастаткова, каб яе магутныя кіпцюры пагрузіліся ў мяккую плоць і ўтрымалі іх за надзею на выратаванне.

Што тычыцца малпы, сабор правільна разважаў. Маленькі хлопец схамянуўся ад дрыготкіх імгненняў, але гэты імгненне было дастаткова доўгім, каб даказаць яго адмена.

Не так, аднак, з тарзанам, чалавекам-дзіцем. Яго жыццё сярод небяспек джунгляў навучыла яго сустракацца з надзвычайнымі сітуацыямі з упэўненасцю ў сабе, а яго больш высокі інтэлект прывёў да хуткасці разумовых дзеянняў, далёка якія перавышаюць магчымасці малпаў.

Так крык сабору, ільвіца, ацынкаваў мозг і мышцы маленькага тарзана ў імгненнае дзеянне.

Перад ім ляжалі глыбокія воды маленькага возера, за ім небясьпечная сьмерць; жорсткая смерць пад раздзіраннем кіпцюроў і вырываннем іклаў.

Тарзан заўсёды ненавідзеў ваду, за выключэннем асяроддзя для здаволення смагі. Ён ненавідзеў яго, таму што ён звязваў гэта з холадам і дыскамфортам праліўных дажджоў, і баяўся яго за гром, маланку і вецер, якія суправаджалі іх.

У глыбокіх водах возера яго вучыла яго дзікая маці, каб пазбегнуць, і ці не, ён не бачыў, як маленькая неэта апускаецца пад яе ціхай паверхняй за некалькі кароткіх тыдняў, перш чым ніколі не вярнуцца ў племя?

Але з двух бед ягоны хуткі розум абраў меншую эру, першая нотка крыку сабора ледзь не парушыла цішыню джунгляў, і перш чым вялікі звер пакрыў палову яе скачка, тарзан адчуў, як халодныя воды набліжаюцца над галавой.

Ён не ўмеў плаваць, і вада была вельмі глыбокай; але ён не страціў ніводнай часцінкі гэтай упэўненасці ў сабе і знаходлівасці, якія былі значкамі яго вышэйшай істоты.

Імкліва ён рухаў рукамі і нагамі, спрабуючы падняцца ўверх, і, магчыма, больш выпадкова, чым дызайн, упаў у інсульт, які сабака выкарыстоўвае пры плаванні, так што на працягу некалькіх секунд яго нос апынуўся вышэй вады, і ён выявіў, што ён мог трымаць яго там, працягваючы ўдары, а таксама прасоўвацца па вадзе.

Ён быў вельмі здзіўлены і задаволены гэтым новым набыццём, якое так раптоўна навязалася на яго, але ў яго не было часу над гэтым думаць.

Зараз ён плаваў паралельна берагу, і там ён убачыў жорсткага звера, які б схапіўся за яго, прысеўшы да гэтага часу, у маленькага таварыша па камандзе.

Ільвіца ўважліва назірала за тарзанам, відавочна, чакаючы, што ён вернецца на бераг, але гэтага хлопчык рабіць не меў намеру.

Замест гэтага ён павысіў свой голас, выклікаючы непрыемнасці, якія ўласцівыя яго племя, дадаўшы да яго папярэджанне, якое б перашкодзіла будучым ратавальнікам трапіць у лапы сабора.

Практычна адразу ж здалёк прыйшоў адказ, і ў наш час сорак-пяцьдзесят вялікія малпы хутка і велічна размахнуліся па дрэвах у бок трагедыі.

У ролі ішла кала, бо яна распазнала тоны сваёй лепшай каханай, а з ёй была маці маленькага малпы, які ляжаў мёртвы пад жорсткай сабай.

Хаця больш магутная і больш добрая для баявых дзеянняў, чым малпы, ільвіца не мела жадання сустракацца з гэтымі раз'юшанымі дарослымі, і з рыкам нянавісці яна хутка ўскочыла ў шчотку і знікла.

Тарзан цяпер выплыў на бераг і хутка ўзняўся на сухую зямлю. Пачуццё свежасці і ўзбадзёрасці, якое давалі яму прахалодныя вады, напаўняла яго маленькае быццё ўдзячным здзіўленнем і ніколі пасля таго, як нельга было штодня пагружацца ў возера, ручай ці акіян, калі можна было гэта зрабіць.

Доўгі час кала не мог прывучыць сябе да відовішча; бо, хоць яе людзі маглі плаваць, калі прымушалі яго, яны не любілі ўваходзіць у ваду і ніколі не рабілі гэтага добраахвотна.

Прыгода з ільвіцай давала ежу тарзану для прыемных успамінаў, бо менавіта такія справы парушалі манатоннасць яго паўсядзённага жыцця - інакш, але панылы пошук ежы, ежы і сну.

Племя, да якога ён належаў, блукала па ўрочышчы, які праходзіў, прыблізна, за дваццаць пяць міль уздоўж марскога ўзбярэжжа і каля пяцідзесяці міль унутры яго. Гэта яны перамяшчаліся амаль увесь час, перыядычна застаючыся месяцамі ў адным населеным пункце; але, калі яны рухаліся па дрэвах з вялікай хуткасцю, яны часта накрывалі тэрыторыю на працягу некалькіх дзён.

Шмат што залежала ад харчавання, кліматычных умоў і распаўсюджанасці жывёл больш небяспечных відаў; хаця керчак часта вёў іх на доўгія маршы не па іншай прычыне, акрамя таго, што яму надакучыла заставацца там жа.

Уначы яны спалі там, дзе іх абагнала цемра, лежачы на зямлі, часам прыкрываючы іх галавой і радзей іх целам з вялікімі лісцем вуха слана. Два ці тры могуць ляжаць абнятымі ў руках адно для дадатковага цяпла, калі б ноч была халодная, і, такім чынам, тарзан спаў на руках у калы ўвечары за ўсе гэтыя гады.

Што вялізная, лютая грубасць палюбіла гэтага дзіцяці іншай расы, несумненна, і ён таксама аддаў вялікаму, валасатаму зверу ўсе ласкі, якія б належалі ягонай маладой маці, калі б яна жыла.

Калі ён быў непаслухмяны, яна абклала яго ножкамі, гэта праўда, але яна ніколі не была жорсткаю да яго і часцей лашчыла яго, чым карала яго.

Тулат, яе таварыш, заўсёды ненавідзела тарзана, і некалькі разоў падыходзіла да заканчэння юнацкай кар'еры.

Тарзан са свайго боку ніколі не губляў магчымасці паказаць, што ён узаемна адказваў настроям свайго прыёмнага бацькі, і кожны раз, калі мог спакойна раздражняць яго, вырабляць на яго твары, альбо наносіць яму абразы з-за бяспекі рук маці альбо стройных галінак вышэйшыя дрэвы, ён так і зрабіў.

Яго высокі кемлівасць і хітрасць дазволілі яму вынайсці тысячу д'ябальскіх хітрасцей, каб дадаць цяжар жыцця тулатаў.

У раннім дзяцінстве ён навучыўся ствараць вяроўкі, скручваючы і завязваючы доўгія травы разам, і разам з гэтым ён назаўсёды адчыняў цюлат альбо спрабаваў павесіць яго на нейкую навіснутую галінку.

Пастаянна гуляючы і эксперыментуючы з імі, ён навучыўся звязваць грубыя вузлы і рабіць слізгальныя носы; і з гэтым ён і маладзейшыя малпы забаўлялі сябе. Тое, што тарзан рабіў, яны таксама спрабавалі зрабіць, але толькі ён зарадзіўся і стаўся дасведчаным.

Аднойчы, гуляючы такім чынам, тарзан кінуў вяроўку на аднаго са сваіх пабежных таварышаў, захапіўшы іншы канец у руках. Выпадкова пятля абрынулася на шыю бягучага малпы і прывяла яго да раптоўнай і дзіўнай прыпынку.

Ах, тут была новая гульня, выдатная гульня, падумаў тарзан, і адразу ж ён паспрабаваў паўтарыць трук. І, такім чынам, карпатліва і працягваючы практыку, ён навучыўся майстэрству вяроўкі.

Цяпер, сапраўды, жыццё тулата было жывым кашмарам. У сне, па маршы, ноччу і днём, ён ніколі не ведаў, калі гэтая ціхая пятля саслізнуць яму на шыю і ледзь не здушыць жыццё з яго.

Кала каралася, тулат кляўся жахлівай помстай, і стары керчак заўважыў, папярэдзіў і пагражаў; але ўсё беспаспяхова.

Тарзан усё выклікаў іх, і тонкая, моцная пятля працягвала сядзець каля шыі трубкі, калі ён менш за ўсё спадзяваўся.

Астатнія малпы атрымлівалі неабмежаваную забаву з нязручнасці тубата, бо зламаны нос быў увогуле нязгодным старым хлопцам, якога ніхто не любіў.

У разумным розуме тарзана круцілася шмат думак, і ў іх была боская сіла розуму.

Калі ён мог злавіць сваіх таварышаў-малпаў доўгай рукой шматлікіх траў, чаму б не сабор, ільвіца?

Гэта быў зародак думкі, якой, аднак, наканавана было абдумваць у сваім свядомым і падсвядомым розуме, пакуль гэта не прывяло да цудоўнага дасягнення.

Але гэта прыйшло ў наступныя гады.

Кіраўнік

Бітвы ў джунглях

Блуканні племя часта прыносілі іх каля зачыненай і маўклівай каюты ля маленькай замкнёнай гавані. Для тарзана гэта заўсёды было крыніцай бясконцай таямніцы і задавальнення.

Ён бы зазірнуць у занавешаныя вокны альбо, ускараскаючыся на дах, углядацца ў чорныя глыбіні коміна, дарэмна імкнуцца разгадваць невядомыя цуды, якія ляжаць у гэтых моцных сценах.

Яго дзіцячая фантазія намалявала выдатных істот унутры, і сама немагчымасць прымусіць увайсці ў тысячу разоў дадала яго жаданне зрабіць гэта.

Ён мог гадзінамі прыціскацца да даху і вокнаў, спрабуючы знайсці шляхі ўварвання, але да дзвярэй ён звяртаў мала ўвагі, бо гэта, відаць, было цвёрдым, як сцены.

Падчас прыезду да кабіны тарзан заўважыў, што здалёк дзверы былі самастойнай часткай сцяны, у якую ён быў усталяваны, і пры наступным візіце ў ваколіцы, пасля прыгод са старой шабляй, упершыню яму прыйшло ў галаву, што гэта можа пацвердзіць тое, якім чынам ён так доўга пазбягае ўваходных сродкаў.

Ён быў адзін, як гэта было часта, калі ён наведваў салон, бо малпы не любілі яго; гісторыя пра грому, якая нічога не страціла ў гэтым апавяданні, за гэтыя дзесяць гадоў цалкам атуліла бязлюдную мясціну белага чалавека з атмасферай дзівацтва і жаху для сімянаў.

Гісторыя яго ўласнай сувязі з кабінай ніколі яму не распавядалася. Мова малпаў мела так мала слоў, што яны маглі гаварыць, але мала таго, што яны бачылі ў салоне, не маючы слоў, каб дакладна апісаць ні дзіўныя людзі, ні іх рэчы, і так, задоўга да таго, як тарзан быў дастаткова стары, каб зразумець, племя было забытае аб прадмеце.

Толькі цьмяным, смутным чынам кала растлумачыў яму, што яго бацька быў дзіўнай белай малпай, але ён не ведаў, што кала не была яго ўласнай маці.

У гэты дзень ён падышоў непасрэдна да дзвярэй і гадзінамі разглядаў яе і мітусіўся з завесамі, ручкай і зашчапкай. Нарэшце ён наткнуўся на правільнае спалучэнне, і дзверы рыпаючымі адчыніліся перад яго здзіўленымі вачыма.

На працягу некалькіх хвілін ён не адважыўся рызыкаваць, але, нарэшце, калі вочы прызвычаіліся да цьмянага святла інтэр'еру, ён павольна і асцярожна ўвайшоў.

У сярэдзіне падлогі ляжаў каркас, і кожны кавалак мяса сыходзіў ад костак, да якіх да гэтага часу чапляліся цвілі і ляпілі рэшткі таго, што раней было адзеннем. На ложку ляжала падобная жахлівая рэч, але меншая, а ў малюсенькай калысцы побач быў трэці, абцуг шкілета.

Ні да аднаго з гэтых сведчанняў страшнай трагедыі даўно памерлага дня мала тарзана, але ўважліва. Яго жыццё ў дзікіх джунглях дало магчымасць яму ўбачыць мёртвых і паміраючых жывёл, і калі б ён ведаў, што глядзіць на рэшткі ўласнага бацькі і маці, ён больш не быў бы зрушаны.

Прадметы мэблі і іншае змесціва пакоя, якое прыцягнула яго ўвагу. Ён разгледзеў мноства рэчаў - дзіўныя прылады працы і зброю, кнігі, паперу, адзенне - тое, што мала вытрымала разгулу часу ў вільготнай атмасферы ўзбярэжжа джунгляў.

Ён адкрываў куфры і шафы, напрыклад, не збянтэжыўшы яго невялікага вопыту, і ў іх ён знайшоў змесціва значна лепш захаванага.

Сярод іншага ён знайшоў востры паляўнічы нож, на вострым лязе якога ён неадкладна прыступіў да парэзання пальца. Ён, не здзіўляючыся, працягваў эксперыменты, выявіўшы, што з гэтай новай цацкай ён зможа ўзламаць і абрэзаць асколкі дрэва са стала і крэслаў.

Доўгі час гэта забаўляла яго, але, нарэшце, стомным ён працягваў свае пошукі. У шафе, напоўненым кнігамі, ён натыкнуўся на адну з ярка афарбаванымі малюнкамі - гэта быў дзіцячы ілюстраваны алфавіт -

А для лучніка, які страляе з лука. Б для хлопчыка, яго імя джо.

Карціны яго вельмі цікавілі.

Было шмат малпаў з тварамі, падобнымі на ягоныя, і далей, у кнізе, якую ён знайшоў, пад "м", некаторыя маленькія малпы, такія, як ён штодня бачыў, што прагортваюць дрэвы свайго першабытнага лесу. Але нідзе не было намалявана ніводнага яго ўласнага народа; ва ўсёй кнізе не было ніводнага, які нагадваў берчак, альбо тулат, альбо кала.

Спачатку ён паспрабаваў забраць з лісця маленькія фігуркі, але неўзабаве ўбачыў, што яны не сапраўдныя, хоць і не ведаў, якімі яны могуць быць, і не меў слоў, каб іх апісаць.

І лодкі, і цягнікі, і каровы, і коні былі для яго зусім бессэнсоўнымі, але не такімі разгубленымі, як дзіўныя фігуркі, якія з'явіліся пад і паміж каляровымі малюнкамі - нейкі дзіўны выгляд, які ён думаў, што для многіх з іх можа быць. У яго былі ногі, хаця нідзе яго нельга было знайсці з вачыма і ротам. Гэта было яго першае знаёмства з літарамі алфавіта, і яму было больш за дзесяць гадоў.

Вядома, ён ніколі раней не бачыў друку і не размаўляў ні з адной жывой істотай, якая магла ў самыя простыя думкі, што такое паняцце, як пісьмовая мова, існуе, і ён ніколі не бачыў, каб хто-небудзь чытаў.

Так што дзіўна, што маленькі хлопчык быў зусім у здзіўленні, каб адгадаць сэнс гэтых дзіўных фігур.

Побач з сярэдзінай кнігі ён знайшоў свайго старога ворага, шабля, ільвіцу і далей, згорнутую гістамі, змяю.

О, гэта было найбольш захапляльна! Ніколі раней за ўсе свае дзесяць гадоў ён не атрымліваў асалоды ад чаго-небудзь так моцна. Ён быў настолькі паглынуты, што не заўважыў надыходзячага змяркання, пакуль ён зусім не на яго і фігуры былі размытыя.

Ён паклаў кнігу назад у шафу і зачыніў дзверы, бо не хацеў, каб хто-небудзь знаходзіў і знішчыў скарб, і, калі ён выйшаў у цемру збіральніка, ён зачыніў вялікія дзверы кабіны, як і раней. Перш чым ён раскрыў сакрэт замка, але перад тым, як адысці, ён заўважыў паляўнічы нож, які ляжаў там, дзе ён кінуў яго на падлогу, і ён падняў яго і ўзяў з сабой, каб паказаць сваім таварышам.

Ён зрабіў некалькі дзесяткаў крокаў у бок джунгляў, калі выдатная форма ўзнялася перад ім з ценяў нізкага куста. Спачатку ён падумаў, што гэта адзін з яго ўласных людзей, але ў іншую імгненне зразумеў, што гэта болгані, велізарная гарыла.

Ён быў настолькі блізкі, што не было шанцаў на палёт і маленькі тарзан ведаў, што ён павінен стаяць і змагацца за сваё жыццё; бо гэтыя вялікія звяры былі смяротнымі ворагамі яго племя, і ні адзін, ні другі ніколі не прасілі і не давалі чвэрці.

Калі б тарзан быў паўнавартасным малпам быка з роду свайго племя, ён быў бы больш чым матч за гарылу, але, будучы толькі маленькім ангельскім хлопчыкам, хаця і быў вельмі мускулістым, ён не меў шанцаў супраць свайго жорсткага антаганіста. Аднак у яго жылы цякла кроў лепшых удзельнікаў расы магутных байцоў, і назад гэта была трэніроўка яго кароткага жыцця сярод жорсткіх грудзей джунгляў.

Ён не ведаў страху, як мы яго ведаем; яго маленькае сэрца білася хутчэй, але ад хвалявання і захаплення ад прыгод. Была магчымасць прадставіць сябе, ён бы ўцёк, але выключна таму, што яго меркаванне сказаў яму, што ён не адпавядае вялікай рэччу, якая яму супрацьстаяла. І паколькі прычына паказала яму, што паспяховы палёт немагчымы, ён сустрэў гарылу шчыльна і адважна, без дрыжыкаў ніводнай мускулатуры ці якіх-небудзь прыкмет панікі.

На самай справе ён сустрэў грубую сярэдзіну сваёй службы, нанёс удар па велізарным целе кулакамі і так жа бескарысна, як і муха, нападаючы на слана. Але ў адной руцэ ён усё яшчэ сціскаў нож, які знайшоў у кабіне бацькі, і, калі грубая, ударыўшы і кусаючы, закрыла яго хлопчык, выпадкова павярнуў кропку да валасатай грудзей. Як нож апусціўся глыбока ў яго цела, гарыла заскрыпела ад болю і лютасці.

Але хлопчык навучыўся ў тую кароткую секунду выкарыстоўваць сваю вострую і бліскучую цацку, так што, як раздзіраючы, дзівосны звярок цягаў яго на зямлю, ён шматразова штурхнуў лязо і на завалу ў грудзі.

Гарыла, змагаючыся з такім выглядам, нанесла ўзрушаныя ўдары расчыненай рукой, і моцнымі біўнямі рвала мяса хлопчыка па горле і грудзях.

На імгненне яны паваліліся па зямлі ў лютай бою. Усё больш і больш слаба разарваная і крывацечная рука ўдарылася па хаце доўгім вострым лязом, потым маленькая постаць узмацнілася спазматычным рыўком, і тарзан, малады лорд-шэры крок, непрытомна каціўся па мёртвай і гнілой расліннасці.

За вярсту ў лесе, племя пачула жорсткі выклік гарылы, і, як гэта было ў яго звычаі, калі любая пагроза пагражала, керчак склікаў людзей разам, часткова дзеля ўзаемнай абароны ад агульнага ворага, бо гэтая гарыла можа быць толькі адной з некалькіх партый, а таксама бачыць, што ўсе члены племя прыпадалі на рахунак.

Неўзабаве было выяўлена, што тарзан прапаў без вестак, і тутлат катэгарычна супраць адпраўкі дапамогі. Сам керчак не любіў дзіўную маленькую парэчку, таму ён паслухаў тулат і, нарэшце, паціснуўшы плячыма, павярнуўся назад да кучы лісця, на якім ён паклаў свой ложак.

Але кала быў іншага розуму; на самай справе, яна не чакала, але даведалася, што тарзан адсутнічае, калі яна даволі ляцела праз збытаныя галіны да той кропкі, ад якой яшчэ крыху чуліся крыкі гарылы.

Цемра ўжо ўпала, і ранняя луна пасылала сваё слабы святло, каб кідаць дзіўныя, гратэскныя цені сярод густой лістоты лесу.

Тут і там бліскучыя прамяні пранікалі на зямлю, але ў большай частцы яны служылі толькі для таго, каб падкрэсліць стыгічную цемру глыбінь джунгляў.

Як нейкі велізарны прывід, кала бясшумна перагортваўся з дрэва на дрэва; зараз спрытна бегае ўздоўж вялікай галіны, зараз размахваецца па прасторы напрыканцы іншай, толькі каб зразумець, што з далейшага дрэва ў яе хуткім прасоўванні да месца трагедыі яе веды пра жыццё ў джунглях сказалі, што яе праводзілі на невялікай адлегласці да яе.

Крыкі гарылы абвясцілі, што яна вядзе ў смяротным баі з нейкімі іншымі людзьмі, якія разлютавалі жорсткую драўніну. Раптам гэтыя крыкі спыніліся, і цішыня смерці панавала па ўсім джунглях.

Кала не мог зразумець, бо голас болгані быў нарэшце ўзняты ў пакуце пакут і смерці, але да яе не пачуўся гук, які, магчыма, мог бы вызначыць характар яго антаганіста.

Што яе маленькі тарзан можа знішчыць вялікага быка гарылу, якую яна ведала, як малую, і таму, калі яна наблізілася да таго месца, адкуль пайшлі гукі барацьбы, яна рухалася больш настойліва і, нарэшце, павольна і з асаблівай асцярожнасцю перасякала самы нізкі галіны, нецярпліва ўзіраючыся ў пырснулую поўню поўню ў знак баявых дзеянняў.

У наш час яна сутыкнулася з імі ў невялікай прасторы, поўнай пад яркім месяцовым святлом - ірваная і крывавая форма маленькага тарзана, а побач вялікая гарыла быка, мёртвая камень.

З нізкім крыкам кала кінуўся ў бок тарзана і, збіраючы беднае, пакрытае крывёю цела да грудзей, прыслухоўваўся да знаку жыцця. Ледзь чула яна гэта - слабае біццё маленькага сэрца.

Яна пяшчотна аднесла яго праз чорныя джунглі, дзе ляжала племя, і шмат дзён і начэй яна сядзела на варце побач, прыносячы яму ежу і ваду, і чысціла мух і іншых насякомых ад жорсткіх ран.

Пра медыцыну ці хірургію бедняк нічога не ведаў. Яна магла, але не аблізваць раны, і, такім чынам, яна чысціла іх, каб лячэбны характар мог хутчэй зрабіць яе.

Спачатку тарзан нічога не еў, але каціўся і кідаў у дзікім трызненні ліхаманку. Усё, што ён прагнуў, была вада, і гэта яна прыносіла яго адзіным спосабам, маючы ў сваім роце.

Ні адна чалавечая маці не магла праявіць больш бескарыслівай і ахвярнай адданасці, чым гэтая бедная, дзікая грубасць для маленькай сіроты, якую лёс кінуў у яе ўтрыманне.

Нарэшце ліхаманка сціхла, і хлопчык пачаў выпраўляцца. Ні слова скаргі не перадаваў шчыльна пастаўленыя вусны, хаця боль ад ран быў пакутлівым.

Частка грудзей была аголеная да рэбраў, тры з якіх былі разбіты моцнымі ўдарамі гарылы. Гіганцкія іклы былі амаль адрэзаны адной рукой, і шыя была разарвана з яго шыі, выкрываючы яго яремную вену, якую жорсткія сківіцы прапусцілі, але цудам.

Пры стэізме грубых людзей, якія яго ўздымалі, ён спакойна пераносіў свае пакуты, аддаючы перавагу паўзе ад іншых і ляжаў, сціснуўшыся ў нейкай камячцы высокіх траў, а не паказваючы сваю бяду перад вачыма.

Кала, у адзіноце, ён быў рады з ім, але цяпер, калі ён палепшыўся, яна пайшла больш за адзін раз, у пошуках ежы; бо адданая жывёла наўрад ці з'ела, каб падтрымаць яе жыццё, а тарзан быў настолькі нізкім, і, як следства, зводзіўся да цень яе ранейшага самаадчування.

Кіраўнік

Святло ведаў

Пасля таго, як здавалася вечнасці маленькаму пакутніку, ён змог яшчэ раз хадзіць, і з таго часу яго выздараўленне было такім хуткім, што праз месяц ён быў такім жа моцным і актыўным, як ніколі.

Падчас свайго выздараўлення ён шмат разоў перажываў у галаве бітву з гарылаю, і першай яго думкай было ўзяць цудоўнае маленькае зброю, якое ператварыла яго з безнадзейна пераадоленай слабасці ў пераўзыход магутнага тэрору джунгляў.

Таксама ён хацеў вярнуцца ў кабіну і працягнуць расследаванне яе дзівоснага змесціва.

Так, рана раніцай ён адправіўся сам на пошукі. Пасля невялікага пошуку ён знайшоў чыста ўзятыя косткі свайго нябожчыка, і побач, часткова закапаны пад апалым лісцем, ён знайшоў нож, цяпер чырвоны ад іржы ад уздзеяння волкасці зямлі і ад высушанай крыві гарылы.

Яму не спадабалася змена яго ранейшай яркай і бліскучай паверхні; але гэта ўсё яшчэ была грозная зброя, якую ён хацеў выкарыстаць, каб атрымаць перавагу, калі з'явілася магчымасць. Ён меў на ўвазе, што больш не будзе ўцякаць ад бязглуздых нападаў старога тулата.

У іншы момант ён апынуўся ў кабіне, і праз кароткі час зноў кінуў зашчапку і ўвайшоў. Яго першая клопат заключалася ў тым, каб засвоіць механізм замка, і гэта ён зрабіў, уважліва вывучыўшы яго, пакуль дзверы былі адчыненыя, каб ён мог дакладна даведацца, што прымусіла яго зачыняць дзверы, і якімі сродкамі ён выпусціў яго пры дотыку.

Ён выявіў, што можа зачыніць і зачыніць дзверы знутры, і гэта зрабіў так, што падчас расследавання не было б ніякага шансу на яго здзекі.

Ён пачаў сістэматычны пошук кабіны; але яго ўвагу ў хуткім часе было прыкавана кнігамі, якія, здавалася, аказвалі дзіўнае і магутнае ўздзеянне на яго, так што ён мог мала прысутнічаць на іншым месцы для прынады дзівоснай галаваломкі, якую ім падарылі.

Сярод іншых кніг былі чытанкі, некаторыя дзіцячыя чытачы, шматлікія кнігі з малюнкамі і выдатны слоўнік. Усё гэта ён агледзеў, але фатаграфіі найбольш захапілі яго фантазіі, хаця дзіўныя жучкі, якія перакрывалі старонкі, дзе не было ніводнага малюнка, узбуджалі яго дзіва і глыбокую думку.

Прысеўшы на кукішкі на стальніцы ў салоне бацькі, пабудаваны яго гладкім, карычневым, голым маленькім целам, нахіленым над кнігай, якая абапіралася на яго моцныя стройныя рукі, і яго вялікім узрушэннем доўгія чорныя валасы падалі на яго добра. Фігурная галава і светлыя, разумныя вочы - тарзан з малпаў, маленькі прымітыўны чалавек, прадставіў карціну, напоўненую адразу пафасам і абяцаннем - алегарычную фігуру спрадвечнага мацання праз чорную ноч няведання да святла навучання.

Яго маленькі твар быў напружаны ў вучобе, бо ён часткова спасціг, у туманным, туманным выглядзе, зачаткі думкі, наканаванай даказаць ключ і рашэнне загадкавай праблемы дзіўных маленькіх памылак.

У яго руках была грунтоўка, адкрытая на выяве маленькай малпы, падобнай на сябе, але пакрытай, акрамя рук і твару, дзіўным, каляровым мехам, для такіх ён думаў, што куртка і штаны будуць. Пад выявай былі тры маленькія жучкі - хлопчык.

І цяпер ён выявіў у тэксце на старонцы, што гэтыя тры разы паўтараліся ў той жа паслядоўнасці.

Яшчэ адзін факт ён даведаўся - што параўнальна мала асобных памылак; але гэта паўтаралася шмат разоў, часам самастойна, але часцей у кампаніі з іншымі.

Ён павольна перагортваў старонкі, скануючы малюнкі і тэкст, каб паўтарыць спалучэнне хлопчыка. У цяперашні час ён знайшоў яго пад выявай яшчэ адной маленькай малпы і дзіўнай жывёлы, якая апусцілася на чатыры ногі, як шакал, і мала нагадвала яго. Пад гэтай выявай жучкі з'явіліся як: хлопчык і сабака

Там яны былі, тры маленькія жучкі, якія заўсёды суправаджалі маленькую малпу.

І таму ён прагрэсіраваў вельмі і вельмі павольна, бо гэта было цяжкая і карпатлівая задача, якую ён паставіў сабе, не ведаючы пра гэта - задача, якая можа падацца вам ці мне немагчымай - навучыцца чытаць, не маючы ані найменшага ведама літар ці пісьмовай мовы альбо самая слабая думка, што такія рэчы існавалі.

Ён не здзейсніў гэта ні за дзень, ні праз тыдзень, ні праз месяц, ні праз год; але павольна, вельмі павольна, ён даведаўся пасля таго, як ацаніў магчымасці, якія ляжаць у гэтых маленькіх блашчыцах, так што да таго часу, як яму было пятнаццаць, ён ведаў розныя камбінацыі літар, якія стаялі для кожнай малюнка на малюнку ў маленькім буквары і ў адным альбо дзве кнігі з малюнкамі.

Пра сэнс і выкарыстанне артыкулаў і злучнікаў, дзеясловаў і прыслоўяў і займеннікаў ён меў, але найменш паняцце.

Аднойчы, калі яму споўнілася дванаццаць, ён знайшоў шэраг свінцовых алоўкаў у дагэтуль нераскрытай скрыні пад сталом, і, падрапаўшыся па адной з іх, ён з задавальненнем выявіў чорную лінію, што засталася за ім.

Ён працаваў настолькі старанна з гэтай новай цацкай, што на стальніцы неўзабаве з'явілася маса накручаных завес і няправільных ліній, а яго алоўкавы край насіў да дрэва. Потым ён узяў яшчэ адзін аловак, але на гэты раз у яго быў пэўны прадмет.

Ён паспрабуе ўзнавіць некаторыя дробныя памылкі, якія паўзлі па старонках яго кніг.

Гэта была складаная задача, бо ён трымаў аловак, як можна было б схапіць за ручку кінжала, што не дасць асаблівай зручнасці ў напісанні або разборлівасці вынікаў.

Але ён настойваў на працягу некалькіх месяцаў, калі ён быў у стане прыйсці ў кабіну, пакуль, нарэшце, паўтарыўшы эксперыменты, ён знайшоў становішча, у якім мог трымаць аловак, які дазваляў яму кіраваць і кіраваць ім, каб, нарэшце, ён можа прыблізна размножваць любыя маленькія памылкі.

Такім чынам ён стварыў пачатак пісаць.

Капіраванне памылак навучыў яго іншаму - іх колькасці; і хоць ён не мог палічыць, наколькі мы яго разумеем, але ў яго было ўяўленне пра колькасць, аснова яго падлікаў складала колькасць пальцаў на адной з яго рук.

Яго пошук па розных кнігах пераконваў яго ў тым, што ён выявіў усе розныя віды памылак, якія часцей за ўсё паўтараюцца ў спалучэнні, і іх ён арганізаваў у належным парадку з вялікай лёгкасцю з-за частаты, з якой ён вывучаў займальную кнігу з алфавітам.

Яго адукацыя прагрэсавала; але яго найвялікшыя знаходкі знаходзіліся ў невычарпальнай скарбніцы велізарнага ілюстраванага слоўніка, бо ён пазнаў больш сродак малюнкаў, чым тэкст, нават пасля таго, як зразумеў значнасць памылак.

Калі ён выявіў расстаноўку слоў у алфавітным парадку, ён захацеў шукаць і знаходзіць спалучэнні, з якімі ён быў знаёмы, і словы, якія ішлі за імі, іх вызначэння, павялі яго яшчэ далей у лабірынты эрудыцыі.

Да таго часу, як яму было семнаццаць, ён навучыўся чытаць простыя, дзіцячыя буквары і цалкам зразумеў сапраўднае і цудоўнае прызначэнне маленькіх блашчыц.

Ён больш не адчуваў сораму за бязволае цела і чалавечыя рысы, бо цяпер ягоная прычына казала яму, што ён быў рознай расы ад сваіх дзікіх і валасатых таварышаў. Ён быў чалавекам, яны былі малпамі, а маленькія малпы, якія сноўдалі па вяршыні лесу, былі малпамі. Ён таксама ведаў, што старая шабля была ільвіцай, і гіста змяя, і слон тантар. І таму ён навучыўся чытаць. З таго часу яго прагрэс быў хуткім. Пры дапамозе цудоўнага слоўніка і актыўнага інтэлекту здаровага розуму, надзеленага па спадчыне з больш чым звычайнымі разважлівымі сіламі, ён дасканала здагадаўся пра многае, чаго ён на самай справе не мог зразумець, і часцей за ўсё яго здагадкі былі блізкімі да знакаў праўды .

У яго выхаванні было шмат перапынкаў, выкліканых міграцыйнымі звычкамі яго племені, але нават калі яго выдалілі з кніг, яго актыўны мозг працягваў высвятляць таямніцы яго займальнага адшукання.

Кавалачкі кары і плоскае лісце і нават роўныя ўчасткі голай зямлі давалі яму кнігі з копіямі, каб ён падрапаў з дапамогай паляўнічага нажа ўрокі, якія ён вывучаў.

І ён не грэбаваў строгімі жыццёвымі абавязкамі, вынікаючы са схільнасці да вырашэння таямніцы сваёй бібліятэкі.

Ён трэніраваўся са сваёй вяроўкай і гуляў вострым нажом, які ён навучыўся трымаць, круцячыся плоскімі камянямі.

Племя вырасла з таго часу, як сярод іх з'явіўся тарзан, бо пад кіраўніцтвам керчака яны змаглі напалохаць іншыя плямёны са сваёй джунгляў, каб яны мелі шмат, каб паесці і мала ці зусім страты ад драпежных набегаў суседзяў. .

Такім чынам, маладзейшым мужчынам, стаўшы дарослымі, было зручней браць таварышаў са свайго племя, альбо калі яны захапілі адно іншае племя, каб вярнуць яе ў групу керчака і жыць з ім дружна, а не спрабаваць ствараць новыя ўстановы самастойна, альбо змагацца з падвойным керчаком за перавагу дома.

Часам яшчэ адзін люты, чым яго таварышы, паспрабаваў бы гэтую апошнюю альтэрнатыву, але яшчэ не прыйшоў той, хто мог бы вырваць далоні перамогі ад жорсткай і жорсткай малпы.

Тарзан займаў своеасаблівае становішча ў племені. Яны, здавалася, лічаць яго адным з іх і тым не менш чымсьці іншым. Старэйшыя мужчыны альбо цалкам яго ігнаравалі, альбо ненавідзелі яго настолькі помсліва, што, але за сваю дзівосную спрытнасць і хуткасць і жорсткую абарону велізарнай калы ён быў бы адпраўлены ў раннім узросце.

Тулат быў яго найбольш паслядоўным ворагам, але менавіта праз тулат, калі яму споўнілася трынаццаць гадоў, пераслед яго ворагаў раптам спыніўся, і ён застаўся сурова адзін, за выключэннем выпадкаў, калі адзін з іх кідаўся ў партале каго-небудзь з пакут. Тыя дзіўныя, дзікія прыступы вар'яцкай лютасьці, якія атакуюць самцоў многіх жорсткіх жывёл джунгляў. Тады ніхто не быў у бяспецы.

У той дзень, калі тарзан устанавіў права на павагу, племя сабралася каля невялікага прыроднага амфітэатра, які джунглі пакінулі свабоднымі ад заблытаных вінаграднікаў і ліяны ў дупле сярод нізкіх пагоркаў.

Адкрытая прастора мела амаль круглую форму. На кожнай руцэ ўздымаліся магутныя волаты некранутага лесу, з зліпаным падлескам так шчыльна размешчаны паміж велізнымі стваламі, што адзінае адтуліну ў маленькую, роўную арэну было праз верхнія галіны дрэў.

Тут, у бяспецы ад перабояў, племя часта збіралася. У цэнтры амфітэатра быў адзін з тых дзіўных земляных барабанаў, якія антрапоіды ствараюць для дзівосных абрадаў, гукі якіх людзі чулі ў хуткасцях джунгляў, але якіх ніхто не бачыў.

Шмат падарожнікаў бачылі барабаны вялікіх малпаў, а некаторыя чулі гукі іх біцця і шум дзікіх, дзіўных разгулаў гэтых першых уладароў джунгляў, але тарзан, уладар грэйсток, несумненна, адзіны чалавек істота, якая калі-небудзь далучылася да жорсткага, шалёнага, хмельнага разгулу дум-дума.

З гэтай прымітыўнай функцыі, бясспрэчна, паўсталі ўсе формы і абрады сучаснай царквы і дзяржавы, бо на працягу ўсіх незлічоных стагоддзяў назад за самыя маштабныя стэпы світання чалавецтва нашы жорсткія, валасатыя прадвеснікі танчылі абрады дум-дума пад гук іх земляных барабанаў, пад яркім святлом трапічнага месяца ў глыбіні магутнага джунгля, які стаіць нязменным сёння, як ён стаяў у тую даўно забытую ноч у цьмяных, неймаверных відах даўно памерлага мінулага, калі нашы першыя касматыя продак махнуў з пагойдваецца сука і злёгку апусціўся на мяккую дзёрну першага месца сустрэчы.

У той дзень, калі тарзан выйграў сваё вызваленне ад пераследу, які няўмольна сачыў за ім за дванаццаць сваіх трынаццаці гадоў жыцця, племя, цяпер поўная сотня моцных, моўчкі адправілася праз ніжнюю тэрасу дрэў джунгляў і бясшумна ўпала на падлогу амфітэатра.

Абрады дум-дума адзначылі важныя падзеі ў жыцці племені - перамогу, захоп палоннага, забойства некаторых буйных лютых жыхароў джунгляў, смерць ці далучэнне караля, і праводзіліся з мноствам цырыманіялізм.

Сёння гэта было забойствам гіганцкай малпы, прадстаўніка іншага племені, і калі людзі керчака выйшлі на арэну, былі заўважаны два магутныя быкі, якія нясуць паміж сабой цела пераможанага.

Яны ўсклалі цяжар перад земляным барабанам, а потым прыселі каля яго, як ахоўнікі, у той час як астатнія члены абшчыны скруціліся ў травяністых кутках, каб спаць, пакуль узыходзячы месяц не падаў сігнал аб пачатку іх дзікай оргіі.

Гадзінамі абсалютная цішыня панавала на невялікай паляне, за выключэннем таго, як яе парушалі няўпэўненыя ноткі бліскуча-пернатых папугаяў, альбо віск і шчабятанне тысячы птушак джунгляў, якія няспынна ляцяць сярод яркіх архідэй і квітнеючых кветак, якія агарадзілі незлічонае мноства. Пакрытыя галінкамі лясных каралёў.

Як доўга цемра асела на джунглях, малпы пачалі б'ець сябе, і неўзабаве яны ўтварылі вялікі круг каля земляного барабана. Самкі і маладыя прыселі на кукішкі тонкай лініяй на знешняй перыферыі круга, у той час як перад імі размясціліся дарослыя самцы. Перад барабанам сядзелі тры старыя самкі, кожная ўзброеная завязанай галінкай даўжынёй пятнаццаць-васемнаццаць цаляў.

Павольна і мякка яны пачалі пастукваць па гучнай паверхні барабана, калі першыя слабыя прамяні ўзыходзячага месяца пасрэбравалі агароджаныя верхавіны дрэў.

Пакуль святло ў амфітэатры павялічвала частату і сілу іх удараў, пакуль на сённяшні дзень дзікі, рытмічны шум не пранізваў вялікія джунглі на адлегласці ў любы бок. Велізарныя, жорсткія паскуды спыняліся на паляванні, з калотымі вушамі і ўзнятымі галавамі, каб паслухаць тупаваты бум, які ашаламляў дум-дум малпаў.

Час ад часу можна было б уздымаць свой пранізлівы крык альбо громны рык, адказваючы на выклік дзікаму шуму антрапоідаў, але ніхто не падышоў, каб расследаваць ці напасці на вялікіх малпаў, сабраных ва ўсёй сіле сваёй колькасці, запоўніўшы грудзі іх джунгляў суседзі з глыбокай павагай.

Па меры таго, як шум барабану падняўся да амаль аглушальнага аб'ёму, керчак выскачыў на прастор паміж прысяданнем самцоў і барабаншчыкамі.

Стоячы ў вертыкальным становішчы, ён адкінуў галаву далёка назад і, гледзячы поўным позіркам узыходзячага месяца, біў яго па грудзях вялікімі валасатымі лапамі і выдаваў свой страхлівы рыкавы крык.

Адзін - тройчы гэты жахлівы крык пачуўся па дзіўнай адзіноце гэтага неверагодна хуткага, але неймаверна мёртвага свету.

Затым, прыгнуўшыся, керчак бязгучна крутнуўся па адкрытым крузе, адкідваючыся далёка ад мёртвага цела, якое ляжала перад барабанам алтара, але, праходзячы міма, трымаючы на трупе свае маленькія, жорсткія, злыя, чырвоныя вочы.

Затым іншы самец выскачыў на арэну і, паўтараючы жахлівыя крыкі свайго караля, рушыў услед за ім. Іншы і другі рушылі імгненна, пакуль джунглі не ўзніклі з нагоды амаль няспынных нот крыважэрных крыкаў.

Гэта быў выклік і паляванне.

Калі ўсе дарослыя мужчыны далучыліся да тонкай лініі кружачых танцораў, пачалася атака.

Керчак, схапіўшы з кучы велізарны дубік, які мэты ляжаў пад рукой, шалёна кінуўся на памерлага малпы, нанёсшы труп страшэнным ударам, адначасова выпускаючы баявыя рыканні і рыклі. Гул барабана цяпер павялічваўся, як і частата удараў, і воіны, калі кожны набліжаўся да ахвяры палявання і дастаўлялі яму дурны ўдар, далучыліся да шалёнага віху танца смерці.

Тарзан быў адным з дзікіх, падскокваючы арды. Яго карычневае, потлівае мускулістае цела, блішчала пры месячным святле, блішчала эластычна і грацыёзна сярод няшчасных, нязграбных, валасатых бруд.

Ніхто не быў больш стрыманы ў мімічным паляванні, ні адзін больш люты, чым ён, у дзікай лютасці нападу, і ніхто не скакаў так высока ў паветра ў танцы смерці.

Па меры таго, як шум і хуткасць удараў барабанаў павялічыліся, танцоры, відавочна, у стане алкагольнага ап'янення ад дзікага рытму і дзікіх крыкаў. Іх скокі і межы ўзмацняліся, аголеныя іклы капалі сліну, а іх вусны і грудзі былі пырсканы пенай.

На працягу паўгадзіны дзіўны танец працягваўся, пакуль, пры знаку з керчака, шум барабанаў не перастаў, жанчыны-барабаншчыкі хуценька б'юцца па лініі танцораў да знешняга краю прысядаючых гледачоў. Потым, як адзін, самцы кінуліся з галавой на тое, што іх узрушаючыя ўдары зменшыліся да масы валасатай мякаці.

Мяса рэдка прыходзіла да сківіц у задавальняючых колькасцях, таму фінал іх дзікага ўпіваю быў смак свежага забітага мяса, і цяпер яны звярнулі сваю ўвагу на мэта пажырання нябожчыка.

Вялікія іклы запалі ў тушу, раздзіраючы вялізныя кукі, мацнейшыя з малпаў атрымліваюць самыя лепшыя кавалачкі, у той час як слабыя кружылі знешні край баявых дзеянняў, рыкаючы пачак, чакаючы свайго шанцу ўскочыць і вырваць скінуты кавалачак альбо набраць пакінутую косць перш чым усё сышло.

Тарзан, больш, чым малпы, прагнуў і мае патрэбу ў плоці. Ён паходзіў з расы едакоў мяса і ніколі ў жыцці не думаў, калі б ён аднойчы задаволіў апетыт да ежы жывёлам; і таму яго спрытнае маленькае цела ўвайшло далёка ў масу, змагаючыся, прымушаючы малпаў, імкнучыся атрымаць долю, якая яго сіла была б неаднолькавай перад задачай выйграць для яго.

Побач з ім вісеў паляўнічы нож невядомага бацькі ў самаробным похве ў копіі таго, што ён бачыў сярод фатаграфій сваіх кніг скарбаў.

Нарэшце ён дасягнуў хуткага знікаючага застолля і з яго вострым нажом парэзаў больш шчодры ўчастак, чым ён спадзяваўся, на цэлую валасатую перадплечча, дзе яна выступала з-пад ног магутнага керчака, які так дзелава займаўся ўвекавечваннем. Каралеўская прэрагатыва абжорства ў тым, што ён не заўважыў акта лічбы.

Так маленькі тарзан выбіўся з-пад змагарнай масы, прыціскаючы свой грозны прыз блізка да грудзей.

Сярод бескарысна цыркулюючых ускраін дошкі быў стары тулат. Ён быў адным з першых на застоллі, але адышоў з добрай доляй, каб паесці ў цішыні, і цяпер прымушае вярнуцца да сябе.

Так што ён падгледзеў тарзана, калі хлопчык выйшаў з кіпцюра, націскаючы натоўп гэтай валасатай перадплечча, моцна прыціснуўся да яго цела.

Маленькі, закрыты, крывавы стрэл, свіныя вочы стралялі злымі адбліскамі нянавісці, калі яны ўпалі на аб'ект ягонай нянавісці. У іх таксама была сквапнасць да зубаватага ласунку, які хлопчык нёс.

Але тарзан так хутка ўбачыў свайго ворага, і разгадаўшы, што зробіць вялікі звяр, спрытна адскочыў да жанчын і маладых, спадзеючыся схавацца сярод іх. Тулат, аднак, быў блізка да пяткі, так што ў яго не было магчымасці шукаць месца схавання, але бачыў, што яму трэба будзе ўцячы наогул.

Ён імкліва паскочыў да навакольных дрэў і, спрытным звязаным, адной рукой атрымаў ніжнюю канечнасць, а потым, перавёўшы цяжар на зубы, хуценька падняўся ўверх, уважліва сачыўшы за трубкай.

Уверх, ён падышоў да махаючай вяршыні ўзнёслага манарха ў лесе, дзе яго цяжкі пераследнік не адважваўся ісці за ім. Там ён сядзеў, кідаючы насмешкі і абразы на шалёны, пеністы звер, у пяцідзесяці футах пад ім.

А потым звар'яцеў.

З жахлівымі крыкамі і грукатамі ён кінуўся на зямлю, сярод самак і маладых, апускаючы вялікіх іклаў у дзясятак малюсенькіх шый і раздзіраючы вялікія кавалкі са спін і грудзей самак, якія траплялі ў лапы.

У бліскучым месячным святле тарзан стаў сведкам цэлага шалёнага карнавала лютасці. Ён убачыў жанчын і маладых ашуканцаў, каб захаваць дрэвы. Потым вялікія быкі ў цэнтры арэны адчулі магутныя іклы сваіх прыдуркаватых таварышаў, і аднадушна яны расталі ў чорных ценях навіслага лесу.

У амфітэатры каля тулата была толькі адна, запозненая жанчына імкліва бегла да дрэва, дзе сядзела тарзана, а блізка за ёй падышоў жахлівы кавалак.

Гэта была кала, і хутка, як тарзан убачыў, што тулат набірае на яе, ён з хуткасцю падаючага каменя апусціўся з галіны на галінку да прыёмнай маці.

Цяпер яна знаходзілася пад навісаючымі канечнасцямі і бліжэй над сваім прысеўшым тарзанам, чакаючы выніку гонкі.

Яна падскочыла ў паветра, абхапіўшы нізка звісаючую галінку, але амаль за галоўку тулата, і ён ледзь не аддаліўся ад яе. Яна павінна была быць у бяспецы, але пачулася раздзіманне, разрываючы гук, галінка зламалася і аблажыла яе поўнасцю па галаве канальца, збіўшы яго аб зямлю.

Абодва ўсталі ў адно імгненне, але так хутка, як іх тарзан стаў хутчэй, так што раз'юшаны бык апынуўся перад чалавекам-дзіцем, які стаяў паміж ім і калай.

Нішто не магло лепш падысці лютаму звера, і ён з трыумфам грукатам наскочыў на маленькага валадарага хорта. Але яго іклы ніколі не зачыняліся ў гэтай арэхавай карычневай мякаці.

Мускулістая рука выстралілася і схапіла валасатае горла, а яшчэ адзін дзясятак разоў акунуўся вострым паляўнічым нажом у шырокую грудзіну. Як маланка, удары ўпалі, і толькі яны спыніліся, калі тарзан адчуў, як абмякшая форма сціскаецца пад ім.

Калі цела скацілася да зямлі, малпы паклалі нагу на шыю ворага на працягу ўсяго жыцця і, падняўшы вочы да поўні, адкінулі назад сваю жорсткую маладую галаву і агучылі дзікі і страшны крык свайго народа.

Племя па чарзе саскочыла са сваіх дэсантных адступленняў і ўтварыла круг каля тарзана і яго пераможанага ворага. Калі ўсе прыйшлі, тарзан павярнуўся да іх.

"я тарзан", закрычаў ён. "я вялікі забойца. Няхай усе паважаюць тарзана малпаў і калы, яго маці. Нікога сярод вас не будзе так моцна, як тарзан. Няхай яго ворагі асцерагаюцца".

Зазірнуўшы поўна ў бязбожныя, чырвоныя вочы керчака, маладЫ лорд-хард біў яго магутнай грудзьмі і зноў крычаў сваім пранізлівым воклічам выкліку.

Кіраўнік

Паляўнічы на дрэве

Раніцай пасля дум-дума племя пачало павольна вяртацца праз лес да ўзбярэжжа.

Цела трубачкі ляжала там, дзе ўпала, бо жыхары керчакоў не елі сваіх мёртвых.

Марш быў толькі марудлівым пошукам ежы. Капусную пальму і шэрую сліву, пісанг і вітаміны яны знайшлі ў багацці, з дзікім ананасам, а часам і дробнымі млекакормячымі, птушкамі, яйкамі, рэптыліямі і насякомымі. Арэхі яны трэскаліся паміж магутнымі сківіцамі, альбо, калі занадта моцна, ламаліся, стукаючы паміж камянямі.

Аднойчы старая шабля, пераходзячы іх шлях, адправіла іх, спяшаючыся ў бяспецы вышэйшых галін, бо калі яна паважала іх колькасць і іх вострыя іклы, яны са свайго боку ў аднолькавай пашане трымалі яе жорсткую і магутную лютасць.

На нізка падвешанай галінцы сядзеў тарзан непасрэдна над велічным, эластычным целам, якое яно моўчкі кавала па густым джунглях. Ён кінуў ананас на старажытнага ворага свайго народа. Вялікі звер спыніўся і, павярнуўшыся, паглядзеў на яе здзіўленую постаць.

Са злосным хвастом хваста яна агаліла свае жоўтыя іклы, скруціўшы вялікія вусны ў агідны рык, які зморшчыў яе натапыраным рылам шэрсткімі грэбнямі і закрыў злыя вочы двума вузкімі шчылінамі гневу і нянавісці.

З зачыненымі вушамі яна глядзела проста ў вочы тарзану малпаў і гучала яе жорсткі, пранізлівы выклік. І ад бяспекі яго навісае канечнасці дзіця накіраваў назад жахлівы адказ такога кшталту.

На імгненне двое моўчкі паглядзелі адзін на аднаго, а потым вялікая котка ператварылася ў джунглі, якія праглынулі яе, як акіян замыкае кінуты каменьчык.

Але ў галаве тарзана вырас вялікі план. Ён забіў лютага тулата, дык ці не быў ён такім моцным байцом? Цяпер ён хацеў бы адшукаць хітры сабор і аналагічна забіць яе. Ён бы таксама моцны паляўнічы.

У ніжняй частцы яго маленькага ангельскага сэрца білася вялікае жаданне пакрыць сваю аголенасць адзеннем, бо ён даведаўся з сваіх кніжак з малюнкамі, што ўсе людзі былі настолькі пакрытыя, а малпы і малпы і ўсе астатнія жывыя істоты ішлі голымі.

Адзенне, такім чынам, павінна быць сапраўды знакам велічы; знакі перавагі чалавека над усімі іншымі жывёламі, бо напэўна не магло быць іншай прычыны для нашэння агідных рэчаў.

Шмат месяцаў таму, калі ён быў значна меншы, ён пажадаў скуры сабору, ільвіцы альбо нумы, льва альбо шэты, леапарда, каб пакрыць бязволае цела, каб ён больш не нагадваў агідную гісту, змяю; але цяпер ён ганарыўся сваёй гладкай скурай, таму што ён спрыяў яго паходжанню ад магутнай расы, а таксама супярэчлівыя жаданні гола ганарыцца доказам свайго паходжання, альбо адпавядаць звычаям уласнага роду і насіць агідную і нязручную вопратку. Спачатку адзін, а потым другі ва ўзыходжанні.

Паколькі племя працягвала свой павольны шлях праз лес пасля прахаджання сабора, галава тарзана была напоўнена яго вялікай схемай забойства ворага, і ён доўгія дні ўспомніў пра іншае.

У гэты дзень, аднак, у яго сёння былі іншыя, больш непасрэдныя інтарэсы, каб прыцягнуць яго ўвагу.

Раптам стала як поўнач; шум джунгляў спыніўся; дрэвы стаялі нерухома, нібы ў паралізаванай працягласці нейкай вялікай і непазбежнай катастрофы. Уся прырода чакала - але ненадоўга.

Ледзь здалёк пачуўся нізкі, сумны стогн. Бліжэй і бліжэй ён набліжаўся, мацней і гучней.

Вялікія дрэвы ва ўнісон сагнуліся, быццам прыціснутыя магутнай рукой да зямлі. Усё далей і далей да зямлі яны схіляліся, і ўсё яшчэ не было гуку, акрамя глыбокага і дзіўнага стогну ветру.

Потым раптам гіганты джунгляў адбіліся назад, гняўшы магутныя вяршыні ў гнеўным і аглушальным пратэсце. З закручаных, чарнільных аблокаў зверху мільгануў яркі і асляпляльны святло. Глыбокая кананада грымотнага грому вырывалася з-за страшнага выкліку. Надышоў поўдзень - на джунглях разгарэлася пекла.

Племя дрыжала ад халоднага дажджу, тулілася ля падстаў вялікіх дрэў. Маланка, шныраючы і міргаючы ў цемры, паказвала дзіка размахваючыя галінкі, лупцоўкі расцяжэнняў і выгінаючы стволы.

Раз-пораз нейкі старажытны лясны патрыярх, арандаваны мігалкай, разваліўся б на тысячу штук сярод навакольных дрэў, несучы незлічоныя галіны і мноства дробных суседзяў, каб дадаць да заблытанай замяшання трапічных джунгляў.

Галінкі, вялікія і дробныя, адарваныя ад лютасці тарнада, прабіваліся дзіка размахваючымся зелянінай, несучы смерць і разбурэнне незлічоным няшчасным жыхарам густанаселенага свету.

Гадзінамі гнеў буры працягваўся без перанапружання, і ўсё адно племя збліжалася ад дрыготкіх страху. У пастаяннай небяспецы ад падзення стволаў і галін і паралізаванага яркім мігаценнем маланкі і грымотам грому яны прыселі ў жаласных няшчасцях, пакуль не прайшла навальніца.

Канец быў такі ж раптоўны, як і пачатак. Вецер спыніўся, заззяла сонца - прырода яшчэ раз усміхнулася.

Капалі лісце і галіны, а вільготныя пялёсткі цудоўных кветак блішчалі ў пышнасці дня, які вяртаецца. І таму - як забыла прырода, яе забылі і дзеці. Напружанае жыццё працягвалася так, як было да цемры і страху.

Але да тарзана прыйшло світанне, каб растлумачыць таямніцу адзення. Як бы ён шчыльна апынуўся пад цяжкім паліто сабора! І гэтак дадала яшчэ адзін стымул да прыгод.

На працягу некалькіх месяцаў племя лунала ля пляжу, дзе стаяла каюта тарзана, і яго даследаванні займалі большую частку свайго часу, але заўсёды, падарожнічаючы па лесе, ён трымаў вяроўку ў гатоўнасці, і многія былі драбнейшымі жывёламі, якія траплялі ў сетка хутка выкінутай пятлі.

Як толькі ён абрынуўся на кароткую шыю хорта, дзіка і яго шалёнага адрыву свабоды, зваліўшы тарзана з навісаючай канечнасці, дзе ён зацягнуўся і адкуль ён запусціў сваю пакручастую шпульку.

Магутны штурхач павярнуўся пры гуку свайго падзення цела, і, убачыўшы толькі лёгкую здабычу маладой малпы, апусціў галаву і шалёна зарадзіў на здзіўленую маладосць.

Тарзан, на шчасце, быў непашкоджаны падзеннем, запальваючы каціны на карачках, далёка распаўсюджаных, каб перажыць гэты шок. Ён імгненна ўстаў на ногі і, падскокваючы ад спрытнасці той малпы, ён набыў бяспеку нізкай канечнасці, бо хорта, кабан, бескарысна кінуўся ўніз.

Такім чынам, тарзан вывучыў вопыт абмежаванняў, а таксама магчымасці сваёй дзіўнай зброі.

З гэтай нагоды ён страціў доўгую вяроўку, але ведаў, што калі б гэта быў сабор, які выцягнуў яго з судака, вынік мог быць зусім іншым, бо ён, несумненна, страціў бы жыццё ў здзелку.

Яму спатрэбілася шмат дзён, каб заплесці новую вяроўку, але калі, нарэшце, усё было зроблена, ён наўмысна выйшаў на паляванне і падпільноўваў сярод густой лістоты вялікай галіны прама над добра прабітай сцежкай, якая вяла да вады.

Некалькі дробных жывёл прайшлі без пашкоджанняў пад ім. Ён не хацеў такой нікчэмнай гульні. Спатрэбіцца моцнае жывёла, каб праверыць эфектыўнасць сваёй новай схемы.

Нарэшце прыйшла тая, каго шукаў тарзан, з мігацельнымі сухажылкамі, якія коціліся пад мігатлівымі шкурамі; тлусты і глянцавы прыйшоў сабор, ільвіца.

Яе вялікія мяккія ногі падалі мяккімі і бясшумнымі на вузкую сцежку. Галава ў яе была высокая і заўсёды ўважлівая; яе доўгі хвост павольна рухаўся ў звілістых і хупавых хвалях.

Бліжэй і бліжэй яна падышла да таго месца, дзе тарзан з малпаў прыпаў да яго канечнасці, а рулоны доўгай вяроўкі былі прыбраны ў руцэ.

Як рэч з бронзы, нерухомы, як смерць, сядзеў тарзан. Пад ім праходзіў сабор. Адзін крок за межы, які яна ўзяў - другі, трэці, а потым маўклівая шпулька стрэла над ёй.

На імгненне развеяная пятля вісела над яе галавой, як вялікая змяя, а потым, калі яна паглядзела ўверх, каб выявіць паходжанне хістаючага гуку вяроўкі, яна асела на яе шыі. Хуткім рыўком тарзан прыціснуў пятлю да глянцавага горла, а потым апусціў вяроўку і прыціснуўся да апоры абедзвюма рукамі.

Сабор апынуўся ў пастцы.

Са здзіўленым уражлівым звярам ператварыўся ў джунглі, але тарзан не павінен быў страціць яшчэ адну вяроўку па той жа прычыне, што і першы. Ён навучыўся на вопыце. Ільвіца заняла толькі палову другой мяжы, калі адчула, як вяроўка зацягваецца на шыю; яе цела цалкам пераварнулася ў паветры, і яна ўпала з моцным грукатам на спіну. Тарзан надзейна замацаваў канец вяроўкі да ствала вялікага дрэва, на якім ён сядзеў.

Дагэтуль ягоны план спрацаваў дасканала, але, ухапіўшыся за вяроўку, прыціснуўшыся да пахвіны дзвюх магутных галінак, ён выявіў, што цягне моцных, змагаецца, кіпцюрае, кусае, крычыць масай жалезна-мускулістай лютасці да дрэва і павесіць яе было зусім іншае меркаванне.

Маса старога сабора была велізарная, і калі яна падняла велізарныя лапы нічым іншым, чым тантар, слон мог бы яе зрушыць з месца.

Ільвіца зноў апынулася на сцежцы, дзе магла ўбачыць аўтара пагарды, якая была пакладзена на яе. Крычаючы ад гневу, яна раптам узрушылася, высока падскокваючы ў паветра ў бок тарзана, але калі яе велізарнае цела ўдарыла канечнасцю, на якой быў тарзан, тарзана ўжо не было.

Замест гэтага ён злёгку сядзеў на меншай галінцы ў дваццаці футах над бурлівым палонным. На імгненне сабор вісеў напалову па галінцы, у той час як тарзан насміхаўся і кідаў галінкі і галінкі на яе неабаронены твар.

У наш час звер зноў упаў на зямлю, і тарзан хутка прыйшоў, каб захапіць вяроўку, але сабор цяпер выявіў, што гэта толькі стройны шнур, які трымаў яе, і схапіўшы яе ў велізарныя сківіцы, разарваў яе, перш чым тарзан змог зацягнуць задушлівую пятлю другі раз.

Тарзан моцна балеў. Яго добра прадуманы план сышоў на нішто, і ён сядзеў там, крычаючы на рыкаючае істота пад ім і здзекваючыся над ім.

Сабор хадзіў гадзінамі наперад і назад пад дрэвам; яна чатыры разы прысела і пляскала на танцавальным спрайце над ёй, але, магчыма, таксама ўчапілася ў ілюзіўны вецер, які мармытаў па верхавінах дрэў.

Нарэшце, тарзан, стаміўшыся ад спорту, і з растаючым грукатам выкліку і добранакіраванай саспелай садавінай, якая мякка і ліпка расцяклася па рычачым твары свайго ворага, ён імкліва размахнуўся па дрэвах, на сто футаў над зямлёй, і у хуткім часе апынуўся сярод прадстаўнікоў свайго племя.

Тут ён пераказаў падрабязнасці сваёй прыгоды, з азызлай грудзьмі і настолькі значным хітрасцю, што ён вельмі ўразіў нават сваіх самых горкіх ворагаў, а кала даволі радасна танцаваў ад радасці і гонару.

кіраўнік

Чалавек і чалавек

Тарзан з малпаў жыў у сваім дзікім, існаванні джунгляў з невялікімі зменамі на працягу некалькіх гадоў, толькі тое, што ён узмацняўся і мудрэйшы, і даведаўся з сваіх кніг усё больш і больш дзіўных светаў, якія ляжалі дзесьці за межамі яго першабытнага лесу.

Жыццё для яго ніколі не было аднастайным і нясвежым. Заўсёды былі пісы, рыбы, якія павінны быць злоўлены ў шматлікіх ручаях і невялікіх азёрах і саборы са сваімі лютымі стрыечнымі братамі, каб пастаянна быць гатовым і надаваць разыначку кожнаму імгненню, якое кожны правёў на зямлі.

Часта яны палявалі на яго, і часцей ён паляваў на іх, але яны ніколі не даставалі яго такімі жорсткімі, вострымі кіпцюрамі, але бывалі выпадкі, калі мала хто мог прайсці тоўсты лісток паміж кіпцікамі і яго гладкай шкурай.

Хуткі быў сабор, ільвіца і хуткія былі нума і шээта, але тарзан з малпаў быў маланкай.

З тантарам, сланом ён пасябраваў. Як? Пытацца не трэба. Але гэта вядома жыхарам джунгляў, што ў шматлікія месяцовыя ночы тарзан з малпаў і тантара, слана, ішоў разам, і там, дзе шлях ясным тарзанам ехаў, высока ўзняўся на магутную спіну тантара.

Шмат дзён за гэтыя гады ён правёў у кабіне бацькі, дзе да гэтага часу ляжалі, некранутыя, косці бацькоў і шкілет дзіцяці кала. У васемнаццаць гадоў ён бегла чытаў і разумеў амаль усё, што чытаў у шматлікіх і разнастайных тамах на паліцах.

Ён таксама мог пісаць друкаванымі літарамі хутка і проста, але сцэнарыяў ён не асвоіў, бо ў скарбе было некалькі кніг з копіямі, у салоне было так мала напісана англійскай мовы, што ён не бачыў сэнсу турбавацца з гэтым іншым. Форма напісання, хаця ён мог яе чытаць, карпатліва.

Такім чынам, у васемнаццаць, мы знаходзім яго, ангельскага лорд, які не можа размаўляць па-ангельску, і тым не менш, хто можа чытаць і пісаць родную мову. Ён ніколі не бачыў іншага чалавека, акрамя сябе, бо невялічкая тэрыторыя, якую праходзіла яго племя, не палівала вялікую раку, каб збіць дзікунскіх тутэйшых жыхароў.

Высокія пагоркі закрываюць яго з трох бакоў, акіян на чацвёртым. Ён быў жывы з львамі і леапардамі і атрутнымі змеямі. Яе некранутыя лабірынты зблытаных джунгляў яшчэ не запрасілі ніводнага цягавітага піянера ад чалавечых звяроў за мяжу.

Але калі тарзан з малпамі аднойчы сядзеў у кабіне бацькі, паглыбляючыся ў таямніцы новай кнігі, старажытная бяспека яго джунгляў была парушаная назаўсёды.

На далёкім усходзе абмяжоўваецца дзіўная кавалькада, нанізаная ў адзін файл, над лобком невысокага ўзгорка.

Загадзя былі пяцьдзесят чорных воінаў, узброеных стройнымі драўлянымі дзіды з канцамі, моцна выпяканымі на павольных агнях, і доўгімі лукамі і атручанымі стрэламі. На спінах былі авальныя шчыты, у насах велізарныя кольцы, у той час як з кучаравай поўсці на іх галовах выступалі пучкі вясёлых пёраў.

Па лбе былі татуіраваны тры паралельныя каляровыя лініі, а на кожнай грудзях тры канцэнтрычныя кругі. Іх жаўтлявыя зубы былі рассечаныя, а іх вялікія выступоўцы вусны яшчэ больш дадавалі нізкай і звярынай брутальнасці іх аблічча.

За імі ішлі некалькі соцень жанчын і дзяцей, якія насілі на галаве вялікую нагрузку з вазонаў, хатняга посуду і слановай косці. У тыле было сотня воінаў, падобных ва ўсіх адносінах да загадзя ахоўніка.

Што яны больш баяліся нападу з тылу, чым тое, што невядомыя ворагі хаваліся ў іх загадзя, сведчыла фарміраванне калоны; і гэта было тым, што яны ўцякалі ад салдат белага чалавека, якія так даймалі іх за гуму і слановую косць, што яны аднойчы навярнулі на іх заваёўнікаў і расправілі белага афіцэра і невялікі атрад ягоных чорных войскаў.

Шмат дзён яны былі ўмацаваны мясам, але ў выніку ўначы прыйшоў больш моцны атрад, які ўпаў на іх вёску, каб адпомсціць смерці сваіх таварышаў.

У тую ноч чорныя салдаты белага чалавека мелі шмат мяса, і гэты маленькі рэштак некалі магутнага племені праскочыў у змрочныя джунглі да невядомасці і свабоды.

Але тое, што азначала свабоду і імкненне да шчасця для гэтых дзікіх неграў, азначала збядненне і смерць для многіх дзікіх жыхароў іх новага дома.

На працягу трох дзён маленькая кавалькада павольна праходзіла па сэрцы гэтага невядомага і некранутага лесу, пакуль, нарэшце, рана на чацвёрты дзень яны апынуліся на невялікім месцы каля берага невялікай ракі, якая здавалася менш густа зарослай, чым любая зямля, якую яны яшчэ не сутыкаўся.

Тут яны пачалі працу па будаўніцтве новай вёскі, і праз месяц была зроблена вялікая паляна, узведзены хаткі і частакі, пасаджаны трыпутнікі, ямс і кукуруза, і яны перанялі сваё старое жыццё ў сваім новым доме. Тут не было ні белых людзей, ні салдат, ні гумы і слановай косці, каб сабраць жорсткіх і няўдзячных кіраўнікоў задач.

Некалькі месяцаў прайшлі міма негроў, адпраўляючыся далёка на тэрыторыю, навакольную іх новую вёску. Некалькі ўжо сталі здабычай старой шаблі, і таму, што джунглі былі настолькі завалены гэтымі лютымі і крыважэрнымі коткамі, а таксама з львамі і леапардамі, ваяры з чорнымі дрэвамі вагаліся давяраць сябе далёка ад бяспекі сваіх частаколаў.

Але аднойчы кулонга, сын старога караля, мбонга, блукаў далёка ў густыя лабірынты на захад. Ён насцярожана ступіў, яго хударлявы ланцуг заўсёды гатовы, яго доўгі авальны шчыт шчыльна хапаўся ў левай руцэ побач з гладкім чорным целам.

У яго на спіне лук, а ў калчане на шчыце мноства стройных прамых стрэл, добра змазаных густым, цёмным, смалістым рэчывам, якое зрабіла смяротным укол іх самай драбнюткай іголкай.

Уначы знайшоў кулонгу далёка ад палісадаў бацькаўскай вёскі, але ўсё ж накіраваўся на захад, і, ускараскаўшыся на відэлец вялікага дрэва, стварыў грубую платформу і завіўся на сон.

Тры вярсты на захад спала племя керчакоў.

На наступную раніцу малпы астыралі, рухаючыся па джунглях у пошуках ежы. Тарзан, як было ў яго звычаі, прыцягваў да адказнасці яго пошукі ў бок каюты, так што пры няспешным паляванні па шляху яго жывот быў запоўнены да таго часу, як ён дасягнуў пляжу.

Малпы разлятаюцца па дваіх і па тройках ва ўсе бакі, але заўсёды ў межах сігналу трывогі.

Кала павольна рухаўся па слановай дарожцы на ўсход і актыўна займаўся перагортаннем гнілых канечнасцяў і бярвенняў у пошуках сакавітых блашчыц і грыбоў, калі слабая цень дзіўнага шуму прыцягнула яе да здзіўлення.

За пяцьдзесят ярдаў да яе сцежка была прамая, і ўніз па гэтым ліставым тунэлі яна ўбачыла незаўважаную надыходзячую постаць дзіўнага і страшнага істоты.

Гэта было кулёнга.

Кала не дачакаўся, каб убачыць больш, але, павярнуўшыся, хутка рушыў назад па сцежцы. Яна не бегла; але, калі яна не ўзбудзілася, імкнулася хутчэй пазбегнуць, чым уцячы.

Блізка пасля яе падышоў кулёнга. Тут было мяса. У гэты дзень ён мог добра забіць і ласавацца. Далей ён паспяшаўся, дзіда рыхтуецца да кідка.

Пры павароце сцежкі ён зноў убачыў яе на іншым прамым участку. Рука яго дзіда зайшла далёка назад, мышцы скаціліся, маланкава, пад гладкай шкурай. З стрэлу выцягнулі руку, і дзіда рушыла да калы.

Дрэнны акцёрскі склад. Гэта, але пасвіліся яе боку.

З крыкам раз'юшанасці і болю яна-малпа звярнулася да свайго мучыка. У адно імгненне дрэвы паваліліся пад цяжарам спяшаюцца малайцоў, імкліва хістаючыся да сцэны непрыемнасці, адказваючы на крык калы.

Пакуль яна загадала, кулонга адкруціў лук і ўправіў стралу з амаль неймавернай хуткасцю. Выцягнуўшы вал далёка назад, ён загнаў атручаную ракету прама ў сэрца вялікага антрапоіда.

Кала з жахлівым крыкам упаў на твар перад здзіўленымі членамі свайго племя.

Роў і віск малпаў кінуліся ў бок кулёнга, але гэты асцярожны дзікун уцякаў па сцежцы, як спалоханая антылопа.

Ён ведаў нешта пра лютасць гэтых дзікіх, валасатых людзей, і адзіным яго жаданнем было пакласці столькі міль паміж сабой і імі, наколькі ён мог.

Яны рушылі ўслед за ім, бегаючы па дрэвах на вялікую адлегласць, але нарэшце адзін за адным яны адмовіліся ад пагоні і вярнуліся на месца трагедыі.

Ніхто з іх ніколі раней не бачыў чалавека, акрамя тарзана, і таму яны туманна пыталіся, якая дзіўная манера стварэння, якая ўварвалася ў іх джунглі.

На далёкім пляжы каля маленькай каюты тарзан пачуў слабы водгалас канфлікту і, ведаючы, што сярод племя нешта пагражае сур'ёзна, ён паспяшаўся ў бок гуку.

Калі ён прыбыў, ён знайшоў усё племя, сабранае, што блытала пра мёртвае цела забітай маці.

Гора і гнеў тарзана былі бязмежнымі. Ён зноў і зноў выкрыкваў свае агідныя выклікі. Ён стукнуў кулакамі па вялікіх грудзях, а потым упаў на цела калы і ўсхліпваў жаласную журбу свайго адзінокага сэрца.

Страціць адзіную істоту ва ўсім свеце, якая калі-небудзь выяўляла да яго любоў і прыхільнасць, была самай вялікай трагедыяй, якую ён ніколі не ведаў.

Як бы кала была лютая і агідная малпа! Да тарзана яна была добрая, яна была прыгожая.

На яе ён усвядоміў, невядомы сабе, усю пашану і павагу і любоў, якую звычайны ангельскі хлопчык адчувае да ўласнай маці. Ён ніколі не ведаў іншага, і таму кале было дадзена, хаця і прыглушана, усё, што належала б справядлівай і мілай даме алісе, калі б яна жыла.

Пасля першага ўсплёску гора тарзан кантраляваў сябе, і дапытаўшыся ў членаў племені, якія сталі сведкамі забойства калы, ён даведаўся пра ўсё, што можа перадаць іх мізэрная лексіка.

Аднак для яго патрэб было дастаткова. Гэта распавядала яму пра дзіўную, бясшэрсную, чорную малпу з пёрамі, якія растуць на галаве, якія забівалі смерць са стройнай галіны, а потым пабеглі, з хуткаплыннасцю бара, аленямі, да ўзыходзячага сонца.

Тарзан больш не чакаў, але, скокнуўшы на галіны дрэў, хутка імчаўся па лесе. Ён ведаў абмоткі слановай сцежкі, па якой ляцеў забойца кала, і таму ён прарэзаў прама праз джунглі, каб перахапіць чорнага воіна, які, відавочна, ішоў па пакручастым абходзе сцежкі.

Побач быў паляўнічы нож яго невядомага спадара, а на плячах віткі яго ўласнай доўгай вяроўкі. Праз гадзіну ён зноў стукнуў па слядах і, прыйшоўшы на зямлю, разгледзеў глебу імгненна.

У мяккай гразі на беразе малюсенькай рачулкі ён знайшоў сляды, такія, як ён адзін, ва ўсіх джунглях, якія калі-небудзь рабіў, але значна большыя за яго. Сэрца яго білася хутка. Ці магло быць, што ён затрымліваў чалавека - адзін з яго ўласнай расы?

Было два наборы адбіткаў, якія паказваюць у розныя бакі. Таму яго кар'ер ужо прайшоў па вяртанні па сцежцы. Калі ён агледзеў навейшага шпуля, малюсенькую часцінку зямлі, зрынутую з вонкавага краю адной з слядоў на дно яе неглыбокай западзіны, ах, след быў вельмі свежы, яго здабыча павінна была прайсці, але ледзь прайшла.

Тарзан яшчэ раз кінуўся да дрэў і з хуткім бясшумствам памчаўся высока над сцежкай.

Ён накрыў амаль мілі, калі натыкнуўся на чорнага ваяра, які стаяў на невялікай прасторы. У руцэ быў яго стройны лук, на які ён прыставіў адну са сваіх стральбаў, якія тычацца смерці.

Насупраць яго праз невялікую паляну стаяла хорта, вепрук са спушчанай галавой і пенай, абляцелымі біўнямі, гатовымі да зарада.

Тарзан з дзівам глядзеў на дзіўнае істота пад ім - такі, як ён па форме і разам з тым па форме і колеру. Яго кнігі адлюстроўвалі негра, але наколькі па-рознаму былі цьмяныя, мёртвыя пячаткі, каб гэтая гладкая чорнае дрэва, імпульсіравала жыццё.

Калі чалавек стаяў там з нацягнутым лукам, тарзан пазнаў яго не столькі негром, колькі лучнікам яго кніжачкі - падстаўкай для лучніка

Як выдатна! Тарзан практычна не выдаваў яго прысутнасці ў глыбокім хваляванні яго адкрыцця.

Але ўсё пачынала адбывацца пад ім. Тонкая чорная рука цягнула вал далёка назад; хорта, вепрук, зараджаўся, а потым чорны выпусціў маленькую атручаную стралу, і тарзан убачыў, як ён ляціць са скрупулёзнасцю думак і падае ў натапыраную шыю кабана.

Наўрад ці быў вал, які пакінуў лук, калі кулонга прыставіў іншы, але хорта, вепрук, аказаўся на ім так хутка, што ён не паспеў яго разрадзіць. З перавязаным чорным колерам цалкам перaskочыў над імклівым звярам і, павярнуўшыся, з неверагоднай хуткасцю пасадзіў другую стралу ў спіну хорта.

Потым кулонга выскачыў на блізкае дрэва.

Хорта коласіла, каб зноў зарадзіць свайго ворага; ён зрабіў некалькі дзесяткаў крокаў, потым хістаўся і ўпаў на бок. На імгненне яго мышцы напружыліся і сутаргава расслабіліся, пасля чаго ён ляжаў нерухома.

Кулёнга спусціўся са свайго дрэва.

Пры дапамозе нажа, які вісеў на баку, ён адрэзаў некалькі вялікіх кавалкаў з цела дзіка, а ў цэнтры сцежкі ён пабудаваў агонь, рыхтаваў і еў столькі, колькі хацеў. Астатняе ён пакінуў там, дзе ён упаў.

Тарзан быў зацікаўлены глядач. Яго жаданне забіць жорстка гарэла ў яго дзікай грудзях, але жаданне вучыцца было яшчэ больш. Ён некаторы час будзе сачыць за гэтым дзікім стварэннем і ведаць, адкуль ён прыйшоў. Пазней ён мог забіць яго ў вольны час, калі лук і смяротныя стрэлы былі пакладзены ў бок.

Калі кулонга скончыў адрамантаваць і знік за блізкім паваротам шляху, тарзан спакойна апусціўся на зямлю. Нажом ён разарваў шмат палосак мяса з тушы хорта, але ён не варыў іх.

Ён бачыў агонь, але толькі тады, калі ара, маланка, знішчыла нейкае вялікае дрэва. Што любое стварэнне джунгляў можа вырабляць чырвона-жоўтыя іклы, якія пажыраюць драўніну і не пакідаюць нічога, акрамя дробнай пылу, здзівіўшы тарзана, і чаму чорны воін сапсаваў яго смачны рэпаст, пагрузіўшы яго ў моцны цяпло, быў зусім за яго межамі. Магчыма, ара быў сябрам, з якім лучнік дзяліўся ежай.

Але, як бы там ні было, тарзан не будзе сапсаваць добрае мяса такім глупым способам, таму ён зваліў вялікую колькасць сырой мяса, закапаўшы баланс тушы побач са сцежкай, дзе пасля вяртання мог знайсці яго.

А потым уладар серынь выцер тлустымі пальцамі аб аголеныя сцягна і ўзяўся за след кулонгі, сына мбонга, цара; у той час як у далёкім лондане яшчэ адзін лорд-хартык, малодшы брат бацькі сапраўднага лорд-харта, адправіў назад адбіўныя шэф-повару клуба, таму што яны былі недагледжаныя, і калі ён скончыў рэстаўрацыю, ён апусціў кончыкі пальцаў у срэбную міску духмянай вады і высушыў іх на кавалачку снежнай дамаскі.

Цэлы дзень тарзан ішоў за кулёнгай, лунаючы над ім на дрэвах, нібы нейкі злосны дух. Удвая больш ён убачыў, як ён раскідваў стрэлы разбурэння - адзін раз у данга, на гіене і зноў у ману, у малпы. У кожным выпадку жывёла гінула амаль імгненна, бо атрута кулонгі была вельмі свежай і вельмі смяротнай.

Тарзан шмат разважаў над гэтым дзіўным способам забойства, калі ён павольна размахваўся па бяспечнай адлегласці за кар'ерам. Ён ведаў, што ў адзіноце малюсенькі ўкол стрэлы не можа так хутка адправіць гэтыя дзікія рэчы джунгляў, якія часта рваліся і драпаліся і страшэнна ішлі, калі яны змагаліся са сваімі суседзямі па джунглях, але так часта часта выздараўлялі.

Не, было нешта таямнічае, звязанае з гэтымі малюсенькімі дрэвамі, якія маглі прывесці да смерці простай драпінай. Ён павінен зазірнуць у справу.

У тую ноч кулёнга спаў у пахвіне магутнага дрэва і далёка над ім прысеў тарзан з малпаў.

Калі кулонга прачнуўся, ён выявіў, што яго лук і стрэлы зніклі. Чорны воін быў раз'юшаны і напалоханы, але больш напалоханы, чым раз'юшаны. Ён шукаў зямлю пад дрэвам, і ён шукаў дрэва над зямлёй; але не было ні знаку ні лука, ні стрэлы, ні начнога марадзёра.

Кулёнга была панічная. Дзідай ён кінуўся на калу і не акрыяў; і, калі яго лук і стрэлы зніклі, ён быў безабаронны, за выключэннем ніводнага нажа. Адзіная ягоная надзея ўсклала на тое, каб дабрацца да вёскі мбонга так хутка, як ногі панясуць яго.

Што ён быў недалёка ад дома, ён быў упэўнены, таму ён хутка ўзяў след.

З вялікай масы непраходнай лістоты за некалькі ярдаў узнік тарзан з малпаў, каб ціха размахнуцца на нозе.

Лук і стрэлы кулонгі былі надзейна завязаны высока ў верхняй частцы гіганцкага дрэва, з якога вострым нажом блізка да зямлі быў зняты ўчастак кары, а галінка напалову прарэзана і засталася звісаць каля пяцідзесяці футаў вышэй.

Такім чынам тарзан прагараў лясныя сцежкі і абазначыў свае схованкі.

Пакуль кулонга працягваў свой шлях, тарзан зачыняўся на ім, пакуль ён не праехаў амаль над галавой чорнага. Сваю вяроўку ён цяпер трымаў згорнуты ў правай руцэ; ён быў амаль гатовы да забойства.

Гэты момант зацягнуўся толькі таму, што тарзан хацеў вызначыць прызначэнне чорнага воіна, і ў цяперашні час ён быў узнагароджаны, бо яны раптам убачылі вялікую паляну, на адным канцы якой ляжала мноства дзіўных логава.

Тэрзан знаходзіўся непасрэдна над кулёнгай, калі ён рабіў адкрыццё. Лес рэзка скончыўся і за яго межамі ляжалі дзвесце двароў пасаджаных палёў паміж джунглямі і вёскай.

Тарзан павінен дзейнічаць хутка, інакш яго здабыча знікла б; але жыццёвая падрыхтоўка тарзана пакінула так мала месца паміж рашэннем і дзеяннем, калі надзвычайная сітуацыя сутыкнулася з ім, што паміж імі нават не засталося цень думкі.

Так што, калі кулёнга выйшла з цені джунгляў, стройная вяроўка вяроўкі звіліна над ім з ніжняй галіны магутнага дрэва непасрэдна на край палёў мбонга, і калі сын караля ўзяў паўтузіна крокі на паляну хуткая пятля зацягнулася на шыю.

Так хутка тарзан з малпаў перацягнуў сваю здабычу, што кулёнскі крык трывогі заглушыўся ў яго на дыхальнай трубе. Уручаючы руку, тарзан маляваў чорнае, пакуль не павесіў на шыі ў паветры; потым тарзан падняўся на большую галінку, у выніку чаго яшчэ пацярпеў ад абмалоту, аж да прытулку дрэва.

Тут ён надзейна зашпіліў вяроўку на моцную галінку, а потым, спускаючыся, укінуў паляўнічы нож у сэрца кулонгі. Калу помсцілі.

Тарзан імгненна агледзеў чорную, бо ніколі не бачыў ніводнага іншага чалавека. Нож з похвам і поясам трапіў у вочы; ён прысвоіў іх. Медны лодыжка таксама захапляўся, і гэта ён перадаў на ўласную нагу.

Ён агледзеў і захапляўся татуіроўкай на лбе і грудзях. Ён здзівіўся вострым зубам. Ён даследаваў і прысвоіў сабе пернаты галаўны ўбор, а потым падрыхтаваўся заняцца справай, бо тарзан з малпаў быў галодны, а тут было мяса; мяса забойства, якое этыка джунгляў дазволіла яму есць.

Як мы можам судзіць аб ім, па якіх мерках, гэты чалавек-малпа з сэрцам і галавой і целам ангельскага джэнтльмена і навучанне дзікага звера?

Тубата, якога ён ненавідзеў і якога ненавідзеў, ён забіў у сумленнай барацьбе, але ў галаву яму не прыходзіла думка, каб есці мяса трубачкі. Гэта было б для яго гэтак жа агідна, як і канібалізм для нас.

Але хто быў кулёнга, каб яго не ўжывалі так добра, як хорта, кабан ці бара, алені? Хіба ён не проста яшчэ адзін з незлічоных дзікіх джунгляў, якія палююць адзін на аднаго, каб задаволіць цягу голаду?

Раптам у яго руцэ застаўся дзіўны сумнеў. Ці не вучылі яго кнігі, што ён чалавек? І ці не быў лучнік чалавекам?

Мужчыны ядуць мужчын? Нажаль, ён не ведаў. Навошта тады тая вагальнасць! Ён яшчэ раз прааналізаваў намаганні, але пачуццё млоснасці адолела яго. Ён не разумеў.

Усё, што ён ведаў, было тое, што ён не можа есці плоць гэтага чорнага чалавека, і, такім чынам, спадчынны інстынкт, старэчы ўзрост, узурпаваў функцыі яго нязвыклага розуму і выратаваў яго ад парушэння сусветнага закона, пра існаванне якога ён быў невук.

Хутка ён апусціў цела кулонгі на зямлю, зняў пятлю і зноў павёз да дрэў.

Раздзел х

Фантом страху

З высокага акуня тарзана глядзеў на вёску саламяных хацін па ўсёй прамежцы плантацыі.

Ён убачыў, што ў адзін момант лес закрануў вёску, і на гэтым месцы ён прабраўся, заваблены ліхаманкай цікаўнасці, каб назіраць жывёл такога роду, а таксама даведацца пра іх шляхі і паглядзець на дзіўныя логава, у якіх яны жылі.

Ягонае дзікае жыццё сярод жорсткіх дзікіх брутаў джунгляў не пакінула ніякіх думак пра тое, што гэта можа быць не што іншае, як ворагі. Падабенства формы не прывяло яго да памылковага ўяўлення пра прывітанне, якое было б яму аказана, калі б ён выявіў іх, першага падобнага роду, якога ён ніколі не бачыў.

Тарзан з малпаў не быў сентыменталістам. Ён нічога не ведаў пра братэрства чалавека. Усе рэчы па-за яго ўласным племем былі яго смяротнымі ворагамі, за рэдкім выключэннем, якім татар, слон, быў яркім прыкладам.

І ён зразумеў усё гэта без злосці і нянавісці. Забойства было законам дзікага свету, якога ён ведаў. Мала хто з яго прымітыўных задавальненняў, але самае вялікае з іх было паляванне і забойства, і таму ён даваў іншым права берагчы тыя ж жаданні, што і ён, хаця ён і сам мог быць аб'ектам іх палявання.

Яго незразумелае жыццё не пакінула ні дэбізу, ні крыважэрнасці. Што ён радаваўся забойству, і што ён забіваў радасным смехам на сваіх прыгожых вуснах, не апраўдаўшы прыроджанай жорсткасці. Ён забіваў для ежы часцей за ўсё, але, будучы чалавекам, ён часам забіваў для задавальнення, чым не займаецца іншая жывёла; бо чалавеку аднаму сярод усіх істот заставалася забіваць бессэнсоўна і бязглузда, толькі дзеля задавальнення прычынення пакут і смерці.

І калі ён забіваў для помсты альбо для самаабароны, ён рабіў гэта таксама без істэрыі, бо гэта было вельмі дзелавое разбіральніцтва, якое не прызнавала легкадумнасці.

Так што зараз, калі ён асцярожна набліжаўся да вёскі мбонга, ён быў цалкам гатовы альбо забіць, альбо забіць, калі яго выявяць. Ён паводзіў сябе з незаўважанай схаванасцю, бо кулонга навучыў яго вялікай павазе да маленькіх вострых асколкаў з дрэва, якія наносілі смерць так хутка і беспамылкова.

У даўжыню ён падышоў да вялікага дрэва, цяжкага нагружанага густой лістотай і нагружанага падвеснымі завесамі гіганцкіх ліянаў. З гэтай амаль непраходнай лукі над вёскай ён прысеў, аглядаючыся на сцэну пад ім, раздумваючы над кожнай асаблівасцю гэтага новага, дзіўнага жыцця.

На вуліцы ў вёсцы былі белыя голыя дзеці. Былі жанчыны, якія мелі высушаны трыпутнік у грубай каменнай ступцы, у той час як іншыя ляпілі піражкі з мукі. На палях ён бачыў, як іншыя жанчыны рыхтуюць, полюць альбо збіраюцца.

Усе насілі дзіўныя выступаючыя паясы высушанай травы каля сцёгнаў, і многія былі нагружаныя латуневымі і меднымі лодыжкамі, ручкамі і бранзалетамі. Вакол многіх змрочнай шыі вісела цікаўна скручаная дрот з дроту, а некалькі былі ўпрыгожаны велізарнымі насавымі кольцамі.

Тарзан з малпаў глядзеў на ўсё больш дзіўна на гэтых дзіўных істот. Дрэмаючы ў цені, ён убачыў некалькіх чалавек, у той час як на крайняй ускраіне паляны ён часам выяўляў позіркі ўзброеных воінаў, якія, відавочна, ахоўвалі вёску ад здзіўлення атакавалага ворага.

Ён заўважыў, што жанчыны працуюць у адзіноце. Нідзе не было сведчанняў таго, як чалавек апрацоўваў палі і выконваў нейкія хатнія абавязкі вёскі.

Нарэшце яго вочы спыніліся на жанчыне прама пад ім.

Перад ёй быў невялікі кацёл, які стаяў над нізкім агнём, і ў ім бурбала густая, чырванаватая, смалістая маса. На адным баку яе ляжала колькасць драўляных стрэл, кропкі якіх яна апускала ў кіпячае рэчыва, а потым клала іх на вузкую стойку з сукоў, якая стаяла на другім баку.

Тарзан малпаў быў зачараваны. Тут была таямніца страшнай разбуральнасці малюсенькіх ракет лучніка. Ён адзначыў надзвычайную асцярожнасць, якую жанчына ўзяла на сябе, каб нішто не дакраналася да яе рук, і аднойчы, калі часціца пырснула на адным з яе пальцаў, ён убачыў, як яна пагрузіла член у посуд з вадой і хутка пацерла малюсенькае пляма жменька лісця.

Тарзан нічога не ведаў пра атруту, але яго праніклівыя развагі сказалі яму, што менавіта гэты смяротны збой забіваў, а не маленькая страла, якая была толькі пасланцам, які ўнёс яго ў цела сваёй ахвяры.

Як яму хацелася б мець больш тых маленькіх шчаслівых смяротных выпадкаў. Калі жанчына пакіне працу толькі на імгненне, ён зможа ўпасці, сабраць жменю і зноў апынуцца на дрэве, перш чым зрабіць тры ўдыхі.

Калі ён спрабаваў прыдумаць нейкі план, каб адцягнуць яе ўвагу, ён пачуў дзікі крык з усёй паляны. Ён паглядзеў і ўбачыў чорнага ваяра, які стаяў пад самым дрэвам, у якім ён забіў забойцу калы за гадзіну да гэтага.

Хлопец крычаў і махаў дзідай над галавой. Раз-пораз ён паказваў бы на што-небудзь на зямлі перад ім.

Вёска імгненна ўзбурылася. Узброеныя людзі кінуліся з глыбіні хаты і шалёна імчалі па паляне ў бок узбуджанага вартавога. За імі аддзяліліся старажылы і жанчыны і дзеці, пакуль у адно імгненне вёска не апусцела.

Тарзан з малпаў ведаў, што яны знайшлі цела яго ахвяры, але гэта яго цікавіла значна менш, чым той факт, што ў вёсцы ніхто не застаўся, каб перашкодзіць яму забраць стрэлы, якія ляжалі пад ім.

Хутка і бясшумна ён упаў на зямлю каля казана з атрутай. Нейкую хвіліну ён нерухома стаяў, яго хуткія, светлыя вочы аглядалі ўнутраную частку частакола.

Нікога не было відаць. Яго вочы ўпіраліся ў адчыненыя дзверы суседняй хаткі. Ён бы зазірнуў унутр, падумаў тарзан, і таму асцярожна падышоў да нізкага саламянага будынка.

Нейкае імгненне ён прастаяў, уважліва слухаючы. Не было гуку, і ён слізгаў у паўзмрок інтэр'еру.

Зброя вісела на сценах - доўгія дзіды, дзіўныя формы нажоў і некалькі вузкіх шчытоў. У цэнтры пакоя знаходзілася варачная посуд, а на другім канцы смецце з сухой травы, пакрытае сплеценымі кілімкамі, якія, відавочна, служылі гаспадарам як ложкі, так і пасцельная бялізна. На падлозе ляжала некалькі чалавечых чэрапаў.

Тарзан з малпаў, якія адчуваў кожны артыкул, падняў коп'і, пахнуў імі, бо ён "бачыў" шмат у чым праз свае адчувальныя і высока трэніраваныя ноздры. Ён вырашыў валодаць адной з гэтых доўгіх завостраных палак, але з-за стрэлак, якія ён меў на мэце, ён не змог узяць яе ў гэтую паездку.

Як ён узяў кожны сцяну са сцен, ён паклаў яго ў кучу ў цэнтры пакоя. Зверху ён паклаў кухонны гаршчок, перавернуты, і зверху на яго паклаў адзін з ухмыляюцца чэрапаў, на які прышпіліў галаўны ўбор мёртвага кулёнга.

Потым ён спыніўся, агледзеў яго працу і ўхмыльнуўся. Тарзан з малпаў атрымліваў задавальненне ад жарту.

Але цяпер ён пачуў звонку гукі шматлікіх галасоў, і доўгі жалобны вой, і моцны галашэнне. Ён быў уражаны. Ён заставаўся занадта доўга? Хутка ён дасягнуў дзвярэй і паглядзеў па вясковай вуліцы да вясковай брамы.

Тубыльцаў яшчэ не было ў поле зроку, хаця ён зразумеў, як яны набліжаліся да плантацыі. Яны павінны быць зусім побач.

Як выбліск ён праскочыў праз адтуліну да кучы стрэл. Сабраўшы ўсё, што ён мог насіць пад адной рукой, ён перакуліў кіпячы казан з нагой і знік у лістоце вышэй, калі першы з тубыльцаў, якія вярнуліся, увайшоў у браму ў далёкім канцы вясковай вуліцы. Потым ён павярнуўся, каб назіраць, як ідзе далей, выражаны, як нейкая дзікая птушка, гатовая прыняць імклівае крыло пры першых прыкметах небяспекі.

Тутэйшыя жыхары выйшлі на вуліцу, чацвёра з іх нясуць кулонгу. Ззаду цягнуліся жанчыны, вымаўляючы дзіўныя крыкі і дзіўныя галашэнні. Яны падышлі да парталаў кулангі хаткі, той самай, у якой тарзан рабіў свае адступленні.

Наўрад ці паўтузіна ўвайшло ў будынак, калі яны імчаліся ў дзікай, дрыжачай разгубленасці. Астатнія спяшаліся сабрацца. Там было моцна ўзбуджана жэстыкуляваць, паказваць і балбатня; потым некалькі воінаў падышлі і ўглядаліся ўнутр.

Нарэшце ў хату ўвайшоў стары хлопец з мноствам металічных упрыгожванняў на руках і нагах і каралі з высушаных чалавечых рук у залежнасці ад грудзей.

Гэта быў мбонга, цар, бацька кулонгі.

Некалькі хвілін усе маўчалі. Потым з'явіўся мбонга, выгляд змяшанага гневу і забабоннага страху напіўся на яго агіднае аблічча. Ён сказаў некалькі слоў сабраным воінам, і ў адно імгненне людзі праляцелі па вёсачцы, якая ў мінулым шукаў кожную хатку і куток на частаколах.

Наўрад ці пачаліся пошукі, чым быў знойдзены перакулены казан, а разам з ім і крадзеж атручанай стрэлы. Нічога больш яны не знайшлі, і гэта была грунтоўна здзіўленая і напалоханая група дзікуноў, якія праз некалькі імгненняў прыціснуліся да свайго караля.

не мог нічога растлумачыць тым дзіўным падзеям, якія адбыліся. Знаходжанне дагэтуль цёплага кулонга - на самай мяжы іхніх палёў і ў лёгкай слухаўцы вёскі - нажамі і распранутымі ў дзверы дома бацькі, само па сабе было досьць загадкавым, але гэтыя апошнія дзіўныя адкрыцці ў вёсцы у хаце, якая жыве ў мёртвай кулонзе, напаўняла іхнія сэрцы з трывогай і заклікала ў іх бедных мазгах толькі самыя страшныя забабонныя тлумачэнні.

Яны стаялі невялікімі групамі, размаўлялі нізкімі тонамі і заўсёды кідалі на іх пазіранне позіркі ад сваіх вялікіх слізгальных вачэй.

Тарзан з малпаў некаторы час назіраў за імі са свайго высокага акуня на вялікім дрэве. У іх паводзінах было шмат чаго паняцьця, якога ён ня мог зразумець, бо забабоны ён быў няведамы і страх перад любым выглядам, акрамя смутнага ўяўленьня.

Сонца было высока на нябёсах. Тарзан у гэты дзень не зламаўся хутка, і прайшло шмат міль, дзе ляжалі зубастыя рэшткі кабана.

Таму ён павярнуўся спіной да вёскі мбонга і растаў у лісцістай хуткасці лесу.

Кіраўнік

"цар малпаў"

Калі ён дасягнуў племя, яшчэ не было цемры, хоць ён перастаў эксгумаваць і пажыраць рэшткі дзіка, якога ён захаваў напярэдадні, і зноў узяць лук і стрэлы кулонгі з верха дрэва, у якім ён іх схаваў.

Гэта быў добра загружаны тарзан, які апусціўся з галін у сярэдзіну племені керчакоў.

З прыпухлымі грудзьмі ён апавядаў пра свае прыгоды і выстаўляў заваёвы заваёў.

Керчак прабурчэў і адвярнуўся, бо раўнаваў гэты дзіўны ўдзельнік гурта. У сваім маленькім злым мозгу ён папрасіў нейкага апраўдання, каб разбурыць сваю нянавісць да тарзану.

На наступны дзень тарзан трэніраваўся з лукам і стрэламі пры першым бляску світання. Спачатку ён страціў амаль кожны стрэл, але нарэшце, ён навучыўся кіраваць маленькімі стрыжнямі з дакладнасцю, і праз месяц ён не страляў; але яго майстэрства каштавала яму амаль усяго пастаўкі стрэл.

Племя працягвала знаходзіць паляўнічую карысць у непасрэднай блізкасці ад пляжу, і таму тарзан з малпамі змяніў сваю практыку стральбы з лука з далейшым вывучэннем выбару бацькі, хаця і з невялікай колькасцю кніг.

Менавіта ў гэты перыяд малады англійскі лорд знайшоў схаваную ў задняй частцы шафы ў салоне невялікую металічную скрынку. Ключ быў у замку, і некалькі момантаў даследавання і эксперыментаў былі ўзнагароджаны паспяховым адкрыццём посуду.

У ім ён выявіў выцвілую фатаграфію маладога чалавека з гладкім тварам, залаты медальён, абсыпаны брыльянтамі, звязаны невялікім залатым ланцужком, некалькімі літарамі і невялікай кнігай.

Тарзан усё гэта агледзеў імгненна.

Фатаграфія яму больш за ўсё спадабалася, бо вочы ўсміхаліся, а твар быў адкрыты і шчыры. Гэта быў яго бацька.

Медальён таксама захапіўся, і ён паставіў ланцужок на шыі, імітуючы арнаментацыю, якую ён бачыў, каб была такой распаўсюджанай сярод чарнаскурых людзей, якіх ён наведаў. Бліскучыя камяні дзіўна блішчалі на яго гладкай, карычневай шкуры.

Лісты, якія ён ледзь расшыфроўваў, бо ён вывучыў мала ці нічога сцэнарыя, таму ён паклаў іх назад у скрынку з фатаграфіяй і звярнуў увагу на кнігу.

Гэта практычна цалкам было напоўнена выдатным сцэнарыем, але ў той час як маленькія памылкі былі добра знаёмыя з ім, іх размяшчэнне і камбінацыі, у якіх яны ўзнікалі, былі дзіўнымі і зусім незразумелымі.

Тарзан ужо даўно навучыўся карыстацца слоўнікам, але, на жаль, у ягонай надзвычайнай сітуацыі гэта не дало выніку. Ні слова пра ўсё, што было напісана ў кнізе, ён не мог знайсці, і таму ён паклаў яго назад у металічную скрынку, але з поўнай рашучасцю разгадаць таямніцы гэтага пазней.

Мала ён ведаў, што гэтая кніга, змешчаная паміж вокладкамі, - ключ да яго паходжання - адказ на дзіўную загадку яго дзіўнага жыцця. Гэта быў дзённік джона клейтона, лорда грэйстока - вялася па-французску, як гэта было заўсёды.

Тарзан замяніў скрынку ў шафе, але заўсёды пасля гэтага ён у сэрцы насіў рысы моцнага, усмешлівага твару бацькі, а ў галаве непахісна рашучасць разгадваць таямніцу дзіўных слоў у маленькай чорнай кніжцы.

У цяперашні час у яго больш важныя справы, бо яго стрэлы вычарпаны, і яму неабходна падарожжа ў вёску чарнаскурых і аднавіць яго.

Раніцай наступнага ранку ён адправіўся, і, хутка падарожнічаючы, прыйшоў да паўдня на паляну. Ён яшчэ раз заняў сваё месца на вялікім дрэве, і, як і раней, убачыў жанчын на палях і вясковай вуліцы, а таксама казан з атрутнай бурбалкай проста пад ім.

Гадзінамі ён ляжаў, чакаючы магчымасці спусціцца нябачным і сабраць стралы, па якіх ён прыйшоў; але цяпер нічога не прыйшло ў галаву званіць жыхароў вёскі далей ад сваіх дамоў. Дзень насіў, і па-ранейшаму тарзан з малпамі прыпаў да нічога не падазравальнай жанчыны каля казана.

У наш час працоўныя на палях вярнуліся. Паляўнічыя воіны выйшлі з лесу, і калі ўсе былі ў частаколе, брама была зачынена і зачыненая.

Цяпер пра вёску сведчаць шматлікія вазоны. Перад кожнай хаткай жанчына гатавала кіпячую рагу, у той час як на кожнай руцэ былі відаць маленькія піражкі з трыпутніка і пушанкі.

Раптам з боку паляны пачуўся град.

Тарзан паглядзеў.

Гэта была вечарынка запозненых паляўнічых, якія вярталіся
з поўначы, і сярод іх яны напалову вялі, напалову неслі
змагарную жывёлу.

Калі яны набліжаліся да вёскі, вароты былі адчыненыя, каб
іх прызнаць, і тады, як людзі ўбачылі ахвяру пагоні, дзікавы
крык падняўся да нябёсаў, бо ў кар'еры быў чалавек.

Калі яго цягнулі, усё яшчэ аказваючы супраціўленне, на
вяскавую вуліцу, жанчыны і дзеці наносілі на яго палкамі і
камянямі, а тарзан з малпаў, малады і дзікі звяр з джунгляў,
дзівіўся жорсткаму жорсткасці самога сябе.

Шэата, леапарда, адзін з усіх людзей, якія падвергліся
джунглям, катавалі сваю здабычу. Этыка ўсіх астатніх
дабілася хуткай і міласэрнай смерці іх ахвярам.

Тарзан вучыўся ў сваіх кнігах, але раскідаў фрагменты
шляхоў чалавека.

Калі ён рушыў услед за кулёнгай праз лес, ён чакаў, што
прыйдзе ў горад дзіўных дамоў на колах, пыхкаючы
аблокамі чорнага дыму з велізарнага дрэва, захраслага ў
даху аднаго з іх - альбо да мора, пакрытага магутнымі
плывучымі будынкамі, якія ён навучыўся называцца, па-
рознаму, караблямі і катэрамі, параходамі і караблямі.

Ён быў вельмі расчараваны дрэннай вёсачкай неграў,
схаванай ва ўласных джунглях, і ніводнага дома, вялікага
ўласнага салона на далёкім пляжы.

Ён бачыў, што гэтыя людзі былі больш злымі, чым уласныя малпы, і такія ж дзікія і жорсткія, як і сабара. Тарзан пачаў прытрымлівацца свайго кшталту ў пашане.

Цяпер яны прывязалі сваю бедную ахвяру да вялікай пасады каля цэнтра вёскі, непасрэдна перад хаткай мбонга, і тут яны ўтварылі танцавальны, лямантаваўшы пра яго воінаў, жывых мігаючымі нажамі і грознымі дзіды.

У большым коле прысеў на кукішкі, крычаў і біў па барабанах. Ён нагадваў тарзану пра дум-дум, і таму ён ведаў, чаго чакаць. Ён задаўся пытаннем, ці будуць яны есці мяса, пакуль яно яшчэ жывое. Малпы не рабілі падобных рэчаў.

Кола ваяроў каля пагоня палонных падыходзіла ўсё бліжэй і бліжэй да сваёй здабычы, калі яны танчылі ў дзікай і дзікай форме адмовіцца ад вар'яцкай музыкі барабанаў. У гэты момант дзіда працягнула руку і ўкалола ахвяру. Гэта быў сігнал для паўсотні іншых.

Вочы, вушы, рукі і ногі былі прабітыя; кожны сантыметр дрэннага выгінаецца цела, які не закрываў жыццёва важных органаў, станавіўся мэтай жорсткіх уланаў.

Жанчыны і дзеці закрычалі ад захаплення.

Воіны аблізвалі свае агідныя вусны ў чаканні свята, якое наступіла, і баіліся адзін з адным у дзікасці і нянавісці жорсткіх паскудстваў, з якімі яны катавалі дагэтуль свядомага зняволенага.

Значыць, менавіта тарзан з малпаў убачыў свой шанец. Усе вочы былі зафіксаваны на захапляльным відовішчы на вогнішчы. Светлавы дзень змяніў цемру бязмесячнай ночы, і толькі пажары ў непасрэднай блізкасці ад вакханаліі былі запалены, каб кінуць няўрымслівае святло на неспакойную сцэну.

Асцярожна лялечны хлопчык апусціўся на мяккую зямлю ў канцы вясковай вуліцы. Хутка ён сабраў стрэлы - і ўсе яны на гэты раз, бо ён прынёс некалькі доўгіх валокнаў, каб злучыць іх у пучок.

Не спяшаючыся, ён ахінуў іх надзейна, і тады, калі ён павярнуўся да выхаду, д'ябал капрызнасці ўвайшоў у яго сэрца. Ён агледзеў нейкі намёк на дзікую свавольства, каб гуляць над гэтымі дзіўнымі, гратэскнымі істотамі, якія, магчыма, зноў будуць у курсе яго прысутнасці сярод іх.

Скінуўшы пучок стрэл ля падножжа дрэва, тарзан пракраўся сярод ценяў каля вуліцы, пакуль не прыйшоў у тую ж хатку, у якую ўвайшоў з нагоды свайго першага візіту.

Усярэдзіне стаяла цемра, але яго намацаныя рукі неўзабаве знайшлі прадмет, да якога ён імкнуўся, і без дадатковых затрымак зноў павярнуўся да дзвярэй.

Ён усё ж зрабіў крок, аднак яго хуткае вуха схапіла імгненны крок, які набліжаўся да слядоў. У іншае імгненне фігура жанчыны зацямніла ўваход у хатку.

Тарзан моўчкі адцягнуўся да далёкай сцяны, і яго рука шукала доўгага, вострага паляўнічага нажа бацькі. Жанчына хутка прыйшла ў цэнтр хаты. Там яна спынілася на імгненне пачуццё рукамі дзеля таго, чаго шукала. Відавочна, што яна апынулася не ў сваім прывычным месцы, бо яна ўсё бліжэй і бліжэй вывучала сцены, дзе стаяў тарзан.

Цяпер яна была настолькі блізка, што чалавек-малпа адчуў цяпло жывёлы на яе аголеным целе. Уверх пайшоў паляўнічы нож, а потым жанчына павярнулася ў бок і неўзабаве гартанны "ах" абвясціў, што яе пошукі нарэшце былі паспяховымі.

Яна адразу павярнулася і выйшла з хаткі, і калі яна прайшла праз дзвярны праём, тарзан убачыў, што ў руцэ яна вазіла гаршчок для гатавання.

Ён уважліва сачыў за ёю, і, знаёмячыся з цені дзвярэй, ён убачыў, што ўсе жанчыны вёскі спяшаюцца ў розныя хаткі з чыгунамі і чайнікамі. Іх яны напаўнялі вадой і разводзілі побач з пажарамі каля вогнішча, дзе зараз вісела паміраючая ахвяра, інертная і крывавая маса пакут.

Выбраўшы момант, калі нікога не здавалася побач, тарзан паспяшаўся да пучка стрэл пад вялікім дрэвам у канцы сельскай вуліцы. Як па былой нагодзе, ён скінуў казан, перш чым скакаць, звілісты і па-кашачы, у ніжнія галіны ляснога гіганта.

Моўчкі ён падняўся на вялікую вышыню, пакуль не знайшоў кропку, дзе мог бы праглядзець праз ліставае адтуліну на сцэне пад ім.

Цяпер жанчыны рыхтавалі вязня да падрыхтоўкі рондаляў, а мужчыны стаялі каля адпачынку пасля стомленасці ад шалёнага задавальнення. У вёсцы панавала параўнальная цішыня.

Тарзан ускінуў уздоўж усё, што ён выкраў з хаціны, і, з мэтай спраўдзіўшыся шматгадовымі выкідваннямі садавіны і какоса, накіраваў яго да групы дзікуноў.

Сярод іх яно ўпала, ударыўшы аднаго з воінаў поўнай галавы і паваліўшы яго на зямлю. Потым яна пакацілася сярод жанчын і спынілася побач з напалову разбітай рэччу, якую яны рыхтавалі пачаставацца.

Усе імгненна ўзіраліся ў яго, а потым, з адным пагадненнем, прабіліся і пабеглі па хацінах.

Гэта быў ухмыляючыся чалавечы чэрап, які глядзеў на іх з зямлі. Выпадзенне рэчы з чыстага неба было цудам, накіраваным на барацьбу са сваімі забабоннымі страхамі.

Такім чынам тарзан з малпаў пакінуў іх напоўнены жахам пры новай праяве прысутнасці нейкай нябачнай і незямной зла сілы, якая хавалася ў лесе каля іх вёскі.

Пазней, калі яны выявілі перакулены казан, і калі іх стрэлы яшчэ раз былі раскрадзены, ён пачаў на світанні, каб яны пакрыўдзілі нейкага вялікага бога, змясціўшы іх вёску ў гэтай частцы джунгляў, не памілаваўшы яго. З таго часу прапанова ежы штодня змяшчалася пад вялікае дрэва, адкуль стрэлы знікалі, спрабуючы прымірыць моцнага.

Але насеньне страху было пасеяна глыбока, і, калі ён гэтага ведаў, тарзан з малпаў заклаў аснову для шматлікіх няшчасцяў для сябе і свайго племя.

Той ноччу ён спаў у лесе недалёка ад вёскі, і рана наступнай раніцай павольна выправіўся на свой хатні марш, паляваўшы, калі ён падарожнічаў. Яго некалькі пошукаў узнагародзілі толькі некалькі ягад і выпадковы чарвяк, калі ён, падняўшы галаву з бярвення, які ўкарэніўся ўнізе, убачыў сабор, ільвіцу, які стаяў у цэнтры сцяжыны не за дваццаць крокаў ад яго. .

Вялікія жоўтыя вочы былі накіраваны на яго злым і кволым бляскам, і чырвоны язык аблізваў нудныя вусны, калі саба прысела, перабіваючы яе крадком шлях з жыватом, прыціснутым да зямлі.

Тарзан не спрабаваў уцячы. Ён вітае такую магчымасць, якую ён, па сутнасці, шукаў мінулымі днямі, цяпер, калі быў узброены нечым большым за траву.

Хуценька ён адкруціў лук і прыставіў добра змазаную стралу, і, як узнікла шабля, малюсенькая ракета скочыла насустрач ёй у паветры. У той жа момант тарзан з малпаў пераскочыў на адзін бок, і калі вялікі кот ударыў зямлю за ім, яшчэ адна страла са смяротным бокам патанула глыбока ў паясніцу сабора.

Магутным грукатам звер звярнуўся і зноў зарабіў, толькі каб яго сустрэла трэцяя стрэлка, поўная аднаго вока; але на гэты раз яна была занадта блізкая да чалавекападобнай мужчыны, каб апошні пайшоў насустрач целу штурха.

Тарзан з малпаў спусціўся пад вялікім целам свайго ворага, але з бліскучым нажом выцягнуў і ўразіў дадому. На імгненне яны ляжалі, а потым тарзан зразумеў, што інертная маса, якая ляжыць на ім, зноў не ў сілах, каб нанесці шкоду чалавеку ці малпе.

Ён з цяжкасцю выкручваўся з-пад вялікай вагі, і, калі ён стаяў прама і глядзеў на трафей свайго майстэрства, над ім пракацілася магутная хваля ўзняцця.

Набраўшыся грудзьмі, ён паклаў нагу на цела свайго магутнага ворага і, адкінуўшы назад сваю тонкую маладую галаву, выкрыкнуў жахлівы выклік пераможнай малпы.

Лес адгукнуўся на дзікага і пераможнага паеана. Птушкі нерухомыя, а буйныя жывёлы і драпежныя звяры крадком адыходзілі, бо мала хто знаходзіўся з усіх джунгляў, якія імкнуліся да бяды з вялікімі антрапоідамі.

А ў лондане іншы лорд-грэйсток гаварыў з яго роду ў доме паноў, але ніхто не дрыжаў ад гуку ягонага мяккага голасу.

Сабор апынуўся несапраўдным ужываннем ежы нават у тарзана малпаў, але голад служыў найбольш эфектыўнай маскіроўкай на трываласць і смакавыя якасці, і калі доўга, з добра напоўненым страўнікам, чалавек-малпа быў гатовы спаць зноў. Спачатку, аднак, ён павінен прыбраць шкуру, бо для гэтага трэба было столькі ж, колькі і для любой іншай мэты знішчыць сабу.

Спрытна ён зняў вялікую скуру, бо часта практыкаваў на дробных жывёлах. Калі задача была завершана, ён аднёс свой трафей да відэльца высокага дрэва, і там, надзейна скруціўшыся ў пахвіны, ён упаў у глыбокую і бязглуздую дрымоту.

Тое, што са стратай сну, цяжкай фізічнай нагрузкай і поўным жыватом, тарзан з малпаў спаў на сонцы, прачынаючыся каля поўдня наступнага дня. Ён адразу адрамантаваў тушу сабору, але раззлаваўся, каб знайсці косці, выбітыя іншымі галоднымі жыхарамі джунгляў.

Паўгадзіны няспешнага прасоўвання па лесе выявілі маладога аленя, і перш чым маленькая істота даведалася, што вораг побач з малюсенькай стралой пасяліўся ў яго шыі.

Вірус так хутка спрацаваў, што ў канцы дзясятка скачкоў алень галавой пагрузіўся ў падлеску, памёршы. Зноў добра паласаваўся тарзанам, але на гэты раз ён не спаў.

Замест гэтага ён паспяшаўся да месца, дзе пакінуў племя, і, калі знайшоў іх, з гонарам выставіў скуру сабору, ільвіцу.

"глядзі!" ён закрычаў: "малпы керчака. Паглядзіце, што зрабіў тарзан, магутны забойца. Хто яшчэ з вас калі-небудзь забіў аднаго з людзей нумы? Тарзан самы магутны сярод вас, бо тарзан не мае малпы. Тарзан -", але тут ён спыніўся , бо ў мове антрапоідаў не было слова для чалавека, а тарзан мог пісаць слова толькі на англійскай мове; ён не мог гэтага вымавіць.

Племя сабралася, каб паглядзець на доказы сваёй дзівоснай доблесці і паслухаць яго словы.

Толькі керчак вісеў назад, даглядаючы сваю нянавісць і злосць.

Раптам нешта зламалася ў злым мозгу антрапоіда. Са страшным грукатам сярод збора ўзнік вялікі звяр.

Кусаючы і наносячы ўдары велізарнымі рукамі, ён забіў і пакалечыў дзясятак, каб раўнавага змагла вырвацца на верхнія тэрасы лесу.

Пешчучы і вішчачы ад вар'яцтва сваёй злосці, керчак агледзеў прадмет сваёй найбольшай нянавісці, і там, пры бліжэйшай канечнасці, убачыў, як ён сядзіць.

"сыдзіце, тарзан, вялікі забойца", закрычаў керчак. "сыдзіце і адчуйце іклы большага! Ці здольныя байцы ляцяць на дрэвы пры першым набліжэнні небяспекі?" а потым керчак выпрабаваў валяючы выклік такога кшталту.

Ціха тарзан апусціўся на зямлю. Задыханае племя глядзела са сваіх узнёслых акунёў, як керчак, усё яшчэ равучы, зараджаў адносна кволай фігурай.

На кароткіх нагах амаль сем метраў стаяў керчак. Яго вялізныя плечы былі сцягнуты і закруглены велізарнымі цягліцамі. Задняя частка яго кароткай шыі была як адзіны камяк жалеза, які выпінаўся за аснову чэрапа, так што яго галава здавалася маленькім шарыкам, які выступаў з вялізнай гары плоці.

Ягоныя зацягнутыя, рыпучыя вусны агалялі яго вялікія баявыя клыкі, і яго маленькія, злыя, крывавыя вочы блішчалі ў жудасным адлюстраванні яго вар'яцтва.

У чаканні яго стаяў тарзан, ён - моцны мускулісты звярок, але яго вышыня шэсць футаў і яго вялікія коцікі сухажылкі падаліся жаласна недастатковымі выпрабаваннямі, якія іх чакалі.

Лук і стрэлы ляжалі на некаторай адлегласці адтуль, дзе ён іх скінуў, паказваючы сабовым шкарпэткам шкуру сабакі, каб ён сутыкнуўся з керчаком толькі сваім паляўнічым нажом і сваім найвышэйшым розумам, каб кампенсаваць лютую сілу свайго ворага.

Калі яго антаганіст падняўся да яго, лорд-шэры адарваў доўгі нож з похваў, і, адказваючы на выклік, як жахлівы і крывацёк, як у звяра, з якім ён сутыкнуўся, імкліва кінуўся насустрач нападу. Ён быў занадта пранікліны, каб дазволіць гэтым доўгім валасатым рукам абкружыць яго, і якраз калі іх целы ўжо збіліся разам, тарзан з малпаў схапіўся за адно з вялізных запясцяў свайго нападніка і, злёгку сплываючы ўбок, пагнаў нож да ручаёк да цела керчака, ніжэй сэрца.

Перш чым ён зноў адвязаў лязо, хуткае спальванне быка, каб захапіць яго ў гэтыя жудасныя рукі, адарвала зброю ад тарзана.

Керчак нанёс страшэнны ўдар па галаве чалавекападобнага чалавека плоскасцю рукі, і ўдар, які б ён прызямліўся, мог бы лёгка разбіцца ў бок чэрапа тарзана.

Чалавек быў занадта хуткі, і, схіліўшыся пад ім, аддаў магутнага, са сціснутым кулаком, у ямку керчака.

Малпа была хісталася, і тое, што са смяротным раненнем на баку амаль развалілася, калі адным магутным намаганнем ён з'ехаў на імгненне - дастаткова доўга, каб дазволіць яму вырваць руку з-пад тарзана і зачыніцца ў узрушаючым клінч са сваім жылістым апанентам.

Напружваючы чалавекападобнага чалавека да сябе, яго вялікія сківіцы шукалі горла тарзана, але жыўчастыя пальцы маладога пана былі ў керчака, перш чым жорсткія іклы змаглі зачыніцца на гладкай карычневай скуры.

Такім чынам яны змагаліся: адзін разграміў жыццё свайго праціўніка такімі жудаснымі зубамі, другі назаўжды закрыў дыхальную трубу пад моцным ухапіцца, пакуль ён трымаў у сябе рычанне рота.

Большая сіла малпы павольна пераважала, і зубы напружанага звера былі мала цалі ад горла тарзана, калі, здрыгануўшыся дрыготкі, вялікае цела на імгненне застыла, а потым ліха апусцілася на зямлю.

Керчак быў мёртвы.

Выцягнуўшы нож, які так часта рабіў яго гаспадаром значна больш моцных цягліц, чым яго ўласны, тарзан з малпаў паклаў нагу на шыю свайго пераможанага ворага, і зноў гучна па лесе пачуўся жорсткі, дзікі крык заваёўніка. .

І, такім чынам, малады валадар грэйсток прыйшоў у каралеўства малпаў.

Кіраўнік

Прычына чалавека

Быў адзін з племя тарзанаў, які ставіў пад сумнеў яго ўладу, і гэта быў тэркоз, сын тувала, але ён так баяўся вострага нажа і смяротных стрэл свайго новага ўладара, што ён абмяжоўваўся праявай сваіх пярэчанняў супраць дробных непаслухмянасцей і раздражняльныя манеры тарзан, аднак, ведаў, што ён чакае магчымасці адарваць ад яго каралеўскі раптоўны ўдар здрады, і таму ён заўсёды быў на варце аховы ад здзіўлення.

Месяцамі жыццё маленькага аркестра працягвалася так жа, як і раней, за выключэннем таго, што большы інтэлект тарзана і яго здольнасць паляўнічага былі сродкамі забеспячэння іх больш шчодра, чым калі-небудзь раней. Таму большасць з іх больш чым задавальнялася зменай кіраўнікоў.

Тарзан ноччу вёў іх на палі чарнаскурых, і там, папярэджваючы галоўную мудрасць свайго начальніка, яны елі толькі тое, што патрабавалі, і ніколі не знішчалі таго, што не маглі есці, як гэта шлях ману, малпы і большасці малпаў.

Такім чынам, у той час як неграў раззлаваўся пры працяглым рабаванні сваіх палёў, яны не адпужвалі намаганняў па апрацоўцы зямлі, як гэта было б у выпадку, калі б тарзан дазволіў сваім людзям беспадстаўна адкідаць плантацыю.

У гэты перыяд тарзан шмат наведваў начныя паселішчы ў вёсцы, дзе часта аднаўляў запасы страл. Неўзабаве ён заўважыў, як ежа заўсёды стаяла ля падножжа дрэва, які быў яго алеяй у частаколе, і, патроху, ён пачаў есці ўсё, што там паклалі негры.

Калі дзікавыя дзікуны ўбачылі, што ежа знікла ўначы, яны напаўняліся збядненнем і страхам, бо адно было пакласці ежу, каб памілаваць бога ці д'ябла, але зусім іншая справа, каб дух сапраўды прыйшоў у вёску і ешче яго. Такая справа была нечуваная, і яна затуманіла іх забабонныя розумы ўсялякімі няяснымі страхамі.

І гэта ўсё не было. Перыядычнае знікненне стрэл і дзіўныя свавольствы, якія здзяйсняліся нябачнымі рукамі, прывялі іх да такога стану, што жыццё стала сапраўдным цяжарам у іх новым доме, і цяпер усё было так, што мбонга і яго галава пачалі гаварыць аб адмове вёска і шукае месца далей у джунглях.

У цяперашні час чорныя воіны пачалі ўдараць усё далей і далей на поўдзень у сэрца лесу, калі яны ішлі на паляванне, шукаючы месца для новай вёскі.

Часцей за племя тарзанаў турбавалі гэтыя блукаючыя паляўнічыя. Цяпер была ціхая, жорсткая адзінота першабытнага лесу, разбітая новымі, дзіўнымі крыкамі. Ужо не было бяспекі для птушак ці звера. Чалавек прыйшоў.

Днём і ноччу іншыя жывёлы праходзілі па джунглях і ўніз - жорсткія, жорсткія звяры - але іх слабыя суседзі ўцякалі толькі з непасрэднай блізкасці, каб зноў вярнуцца, калі небяспека мінула.

З чалавекам усё інакш. Калі ён прыходзіць, многія буйныя жывёлы інстынктыўна ня пакідаюць акругі, рэдка калі і калі-небудзь вяртаюцца; і, такім чынам, заўсёды было з вялікімі антрапоідамі. Яны ратуюцца ад чалавека, як чалавек уцякае ад мор.

Ненадоўга племя тарзанаў затрымлівалася ў непасрэднай блізкасці ад пляжу, таму што іх новы начальнік ненавідзеў думку пакінуць назаўсёды запаветнае змесціва маленькай каюты. Але калі аднойчы член племя ў вялікай колькасці выявіў негроў на беразе невялікай плыні, якая на працягу многіх пакаленняў была месцам іх паліву, і ў акце вызвалення прасторы ў джунглях і ўзвядзення многіх хацін, малпы больш не заставацца; і так тарзан вывеў іх углыб краіны на шмат маршаў да месца, пакуль яшчэ не апраўданага нагамі чалавека.

Раз у кожны месяц тарзан хутка пагойдваецца назад па пагойдваюцца галінах, каб пабыць дзень са сваімі кнігамі і папоўніць запас стрэл. Апошняе заданне станавілася ўсё цяжэйшым, бо чарнаскурыя ўначы хавалі свае запасы ў жытлах і жылых хатках.

Для гэтага трэба было назіраць за днём тарзана, каб даведацца, куды хаваюцца стрэлы.

Двойчы ўносіў ён у хаціны ноччу, пакуль зняволеныя ляжалі спаць на кілімках і кралі стрэлы з самых бакоў воінаў. Але гэты спосаб зразумеў, што ён занадта багаты небяспекай, і таму ён пачаў збіраць адзінокіх паляўнічых са сваёй доўгай, смяротнай пятлёй, здымаючы іх зброю і ўпрыгажэнні і скідаючы целы з высокага дрэва на вясковую вуліцу падчас нерухомых гадзіннікаў ноч.

Гэтыя розныя эскапады зноў настолькі тэрарызавалі неграў, што, калі б не месячная перадышка паміж візітамі тарзана, калі яны мелі магчымасць аднавіць надзею, што кожнае свежае нашэсце стане апошнім, яны хутка адмовіліся б ад сваёй новай вёскі.

Негры яшчэ не прыходзілі ў каюту тарзана на далёкім пляжы, але чалавек-малпа жыў увесь час у страху, што, знаходзячыся ў гасцях з племем, яны выявяць і пазбавяць яго скарб. Так што ён усё больш і больш часу праводзіў у непасрэднай блізкасці ад бацькоўскага дома, і ўсё менш і менш племя. У цяперашні час члены яго маленькай суполкі пачалі пакутаваць з-за яго грэбавання, бо ўвесь час узнікалі спрэчкі і сваркі, якія толькі цар мог мірна ўладкавацца.

Нарэшце некаторыя старэйшыя малпы размаўлялі з тарзанам на гэтую тэму, і на працягу месяца ён увесь час заставаўся ў племя.

Абавязкі каралеўства сярод антрапоідаў не так шмат і няпростыя.

Днём прыходзіць тхака, магчыма, паскардзіцца, што стары манго скраў новую жонку. Тады тарзан выкліча ўсіх перад сабой, і калі ён выявіць, што жонка аддае перавагу свайму новаму гаспадару, ён загадвае, каб пытанні засталіся такімі, якія яны ёсць, альбо, магчыма, манго аддасць такаю ў абмен адной з дачок.

Якое б ні было рашэнне, малпы прымаюць яго як канчатковае і вяртаюцца да заняткаў задаволенымі.

Потым прыходзіць тана, вішчачы і моцна трымаючыся за бок, з якой цячэ кроў. Гунта, муж, жорстка яе ўкусіў! А гунто, выкліканы, кажа, што тана лянівы і не прынясе яму арэхаў і жукоў, і не падрапае яму спіну.

Таму тарзан лае іх абодвух і пагражае гунто прысмакам смяротных слівераў, калі ён злоўжывае тану далей, а тана, са свайго боку, вымушана абяцаць больш уважлівыя жонскія абавязкі.

І, як гаворыцца, невялікія сямейныя адрозненні па большай частцы, якія, у выпадку неўрэгулявання, канчаткова прывядуць да большай фракцыйнай разладу і магчымай расчлененасці племя.

Але тарзан стаміўся ад гэтага, калі выявіў, што каралеўства азначае абмежаванне яго свабоды. Ён прагнуў маленькай кабіны і пацалаванага сонцам мора - прахалодны інтэр'ер добра пабудаванага дома і нязменныя цуды многіх кніг.

Пасталеўшы, ён выявіў, што вырас з свайго народа. Іх інтарэсы і яго былі далёкія. Яны не ішлі ў нагу з ім, і не маглі зразумець усе шматлікія дзіўныя і цудоўныя сны, якія прайшлі праз актыўны мозг іх чалавечага цара. Іх слоўнікавы запас настолькі абмежаваны, што тарзан нават не мог гаварыць з імі пра шматлікія новыя ісціны, а таксама пра вялікія сферы думак, якія чытаюць перад яго тугімі вачыма, альбо выробляць вядомыя амбіцыі, якія ўзбуджаюць яго душу.

Сярод племя ў яго больш не было сяброў, як па-старому. Маленькае дзіця можа знайсці сяброўства ў многіх дзіўных і простых істот, але для дарослага чалавека павінна быць нейкае падабенства роўнасці ў інтэлекце як аснова для добразычлівых асацыяцый.

Калі б кала жыў, тарзан ахвяраваў бы ўсім іншым, каб застацца побач з ёй, але цяпер, калі яна памерла, а гуллівыя сябры дзяцінства перараслі ў жорсткія і панурыя грубыя адчуванні, ён адчуў, што вельмі аддае перавагу міру і адзіноце сваёй каюты перад неспакойныя абавязкі кіраўніцтва сярод арды дзікіх звяроў.

Нянавісць і зайздрасць да тэркоза, сына тувала, шмат зрабілі, каб супрацьстаяць жаданню тарзана адмовіцца ад свайго каралеўства сярод малпаў, бо ўпарты малады англічанін, які ён быў, не мог прымусіць сябе адступіць перад тварам такога злоснага вораг.

Што тэркоз быў бы абраны лідэрам замест яго, ён добра ведаў, што час ад часу люты грубій усталяваў сваю прэтэнзію да фізічнага перавагі над нешматлікімі малпамі быкоў, якія адважыліся абурацца на свае жорсткія здзекі.

Тарзан хацеў бы падпарадкаваць выродлівага звера, не звяртаючыся да нажа і стрэлы. Так моцна ўзрасла яго сіла і спрыт у перыяд пасля сталасці, што ён прыйшоў да веры, што ён можа асвоіць падвойны теркоз у руцэ ў бакі, калі б не страшная перавага, якую вялікія баявыя ікла антрапоіда далі яму над дрэнна ўзброены тарзан.

У адзін цудоўны дзень уся гэтая справа была знята з рук тарзана, і яго будучыня засталася адкрытай для яго, каб ён мог пайсці і застацца без плям на сваім дзікім эскуце.

Атрымалася такім чынам:

Племя спакойна кармілася, распаўсюджваючыся на значную плошчу, калі моцны крык пачуўся на ўсход ад таго, дзе тарзан ляжаў на жываце каля бязмежнага ручая, спрабуючы злавіць няўлоўную рыбу сваімі хуткімі, карычневымі рукамі.

Адно племя калена скокнула ў бок спалоханых крыкаў, і там знайшоў тэркоз, які трымаў старую самку за валасы і бязлітасна біў яе вялікімі рукамі.

Калі тарзан наблізіўся, ён падняў руку ўверх, каб тэркоз адмовіўся, бо жанчына не была ягонай, але належала беднаму старым малпе, у якога баявыя дні даўно скончыліся, і, такім чынам, не мог абараніць сваю сям'ю.

ведаў, што супраць законаў такога кшталту ўдарыць гэтую жанчыну іншую, але, быўшы хуліганам, ён скарыстаўся слабасцю мужа жанчыны, каб пакараць яе, таму што яна адмовілася адмовіцца ад яго далікатнага маладога грызуна яе захапілі ў палон.

Калі теркоз убачыў, як тарзан набліжаецца без стрэл, ён працягвае ўтрымліваць бяду да беднай жанчыны, спрабуючы супрацьстаяць свайму ненавіснаму атаману.

Тарзан не паўтарыў свайго папярэджвальнага сігналу, а замест гэтага цялесна кінуўся на чакаючы теркоз.

Ніколі чалавек-малпа не вёў такую страшную бітву з таго даўно пайшоўшага дня, калі болгані, вялікі цар гарыла так жудасна абыходзіўся з ім, калі новы знойдзены нож выпадкова ўкалоў дзікунскае сэрца.

Нож тарзана ў гэты час ледзьве кампенсаваў бліскучыя іклы , і тое, што малая перавага ў малпы над чалавекам у грубай сіле, была практычна ўраўнаважана выдатнай хуткасцю і спрытам апошняга.

У сумме іх балаў, аднак, антрапоід меў адценне лепшага ў бітве, і калі б не было іншага асабістага атрыбута, які б уплываў на канчатковы вынік, тарзан з малпаў, малады лорд грэйсток, памёр бы, як і ён жыў - невядомы дзікі звер у экватарыяльнай афрыцы.

Але была тая, якая ўзняла яго значна вышэй за джунгляў - малая іскрынка, якая піша пра вялікую розніцу паміж чалавекам і грубай - прычынай. Менавіта гэта выратавала яго ад смерці пад жалезнымі цягліцамі і раздзіраючымі ікламі теркоза.

Наўрад ці яны змагаліся дзясятак секунд, калі яны коціліся па зямлі, б'ючы, рвалі і раздзіралі - два вялікія дзікія звяры змагаліся да смерці.

Тэркоз атрымаў дзясятак нажавых раненняў па галаве і грудзях, а тарзан быў разарваны і крывацёк - яго галава ў адным месцы напалову адарвана ад галавы, так што вялікі кавалак вісеў над адным вокам, перашкаджаючы яго зроку.

Але пакуль маладому англічану ўдалося стрымаць гэтыя жудасныя іклы ад яго яремных і зараз, калі яны на імгненне змагаліся менш жорстка, каб аднавіць дыханне, тарзан склаў хітры план. Ён будзе прабірацца да спіны іншага і, прыціскаючыся да зуба і пазногцяў, вязе нож дадому, пакуль тэркоз не стане больш.

Манеўр быў здзейснены лягчэй, чым ён спадзяваўся, бо дурны звяр, не ведаючы, на што спрабуе тарзан, не прыкладаў асаблівых намаганняў, каб не дапусціць рэалізацыі дызайну.

Але, нарэшце, ён зразумеў, што яго антаганіст быў прывязаны да яго там, дзе зубы і кулакі былі непатрэбныя супраць яго, тэркоз так моцна кінуўся на зямлю, што тарзан мог толькі адчайна чапляцца аб скачках, паваротах, скручванні цела і калі ён нанёс ўдар, нажам моцна ўдарылі ад яго зямлі, і тарзан апынуўся безабаронным.

Падчас пракаткі і пакручвання ў наступныя хвіліны захоп тарзана быў аслаблены дзясятак разоў, пакуль нарэшце выпадковая акалічнасць гэтых хуткіх і нязменных эвалюцый не дала яму новай правай рукой, якую ён зразумеў зусім недаступна.

Яго рука была праходзіць пад рукой теркоза ззаду, а яго рука і перадплечча апяразвалі шыю теркоза. Гэта быў напалову нельсон сучаснай барацьбы, на які наткнуўся нявольны малпавы чалавек, але найвышэйшая прычына імгненна паказала яму значэнне таго, што ён выявіў. Для яго была розніца паміж жыццём і смерцю.

І таму ён з усіх сіл паспрабаваў ахапіць левай рукой падобнае трыманне, і праз некалькі імгненняў шыя быка тэркоза рыпела пад поўным нельсанам.

Цяпер ужо не было больш. Двое ляжалі нерухома на зямлі, тарзан на спіне тэраса. Галава кулі малпы павольна прымушала ўсё ніжэй і апускацца на грудзі.

Тарзан ведаў, які будзе вынік. У адно імгненне шыя разарвецца. Потым на дапамогу теркозу прыйшло тое ж самае, што і паставіла яго ў гэтыя баліць - мужчынская разважная сіла.

"калі я заб'ю яго", падумаў тарзан, "якая перавага для мяне будзе? Ці не будзе ён абрабаваць племя вялікага байца? І калі тэркоз памрэ, ён нічога не ведае пра маё вяршэнства, тады як жывы ён ніколі не будзе" прыклад іншым малпам ».

"ка-гада?" прашыпеў тарзан у вуха теркоза, што на мове малпы азначае, што свабодна перакладаецца: "вы капітулюеце?"

На імгненне не было адказу, і тарзан дадаў яшчэ некалькі унцый ціску, якія выклікалі жахлівы вокрык болю ад вялікага звера.

"ка-гада?" паўтараецца тарзан.

"ка-гада!" закрычаў теркоз.

"слухай," сказаў тарзан, паслабляючы дробязь, але не вызваляючы месца. "я тарзан, цар малпаў, магутны паляўнічы, магутны баец. Ва ўсіх джунглях няма такога вялікага.

"вы сказалі:" ка-бода ". Усё племя чулі. Не сварыцеся больш з вашым каралём ці вашымі людзьмі, бо ў наступны раз я заб'ю вас. Вы разумееце?"

"так", асэнсаваны тэркоз.

"і вы задаволены?"

"так", сказаў малпа.

Тарзан адпусціў яго, і праз некалькі хвілін усе вярнуліся да сваіх паклікання, як быццам нічога не прыйшло ў галаву, каб супакоіць іх спакойнымі першароднымі прывідамі.

Але глыбока ў свядомасці малпаў укаранілася пераканання, што тарзан быў магутным змагаром і дзіўным стварэннем. Дзіўна, бо ён меў сілы забіць ворага, але дазволіў яму жыць - цэлы.

У гэты дзень, калі племя сабралася разам, як і іх звычай, перш чым цемра асела на джунглях, тарзане, раны, прамытыя ў вадах ручая, заклікалі старых самцоў пра яго.

"вы сёння зноў бачылі, што тарзан у малпаў самы вялікі сярод вас", - сказаў ён.

"так", адказалі яны ў адзін голас, "тарзан выдатна".

"тарзан", працягваў ён, "не з'яўляецца малпай. Ён не падобны да свайго народа. Яго шляхі не з'яўляюцца іх шляхамі, і таму тарзан вяртаецца ў ўласнае логава па водах вялікага возера, якога няма. Далей бераг. Вы павінны выбраць іншага, каб кіраваць вамі, бо тарзан не вернецца ".

І, такім чынам, малады лорд-хорт зрабіў першы крок да пастаўленай мэты - пошук іншых белых людзей, як ён.

Кіраўнік

Свайго роду

На наступную раніцу тарзан, кульгавы і баліць ад ран бітвы з тэркозам, выправіўся на захад і да марскога ўзбярэжжа.

Ён падарожнічаў вельмі павольна, ноччу спаў у джунглях, а наступным ранкам дабраўся да кабіны.

Некалькі дзён ён рухаўся, але мала, дастаткова толькі сабраць садавіна і арэхі, якія яму спатрэбіліся, каб задаволіць патрэбы голаду.

Праз дзесяць дзён ён зноў быў цалкам гучны, за выключэннем страшнага, напалову вылечанага рубца, які, пачынаючы над левым вокам, перабягаў верхнюю частку галавы, заканчваючы правае вуха. Гэта быў след, які пакінуў теркоз, калі ён адарваў скуру галавы.

Падчас свайго аздараўлення тарзан паспрабаваў вылепіць мантую з скуры шабля, які ўвесь гэты час ляжаў у салоне. Але ён выявіў, што шкурка высахла так жорстка, як дошка, і, паколькі ён ведаў, што дублёнка загарэлася, ён быў вымушаны адмовіцца ад свайго запаветнага плана.

Потым ён вырашыў набраць, колькі адзення ён мог зрабіць ад аднаго з чарнаскурых вёсак мбонга, бо тарзан малпаў вырашыў усяляк адзначыць сваю эвалюцыю з ніжэйшых ордэнаў, і нічога не здавалася яму больш адметным значком мужнасць, чым упрыгожванні і адзенне.

З гэтай мэтай ён сабраў розныя ўпрыгажэнні для рук і ног, узятыя ў чорных воінаў, якія паддаліся імклівай і маўклівай пятлі, і апрануў іх усіх пасля таго, як бачыў, што яны носяцца.

На яго шыі вісеў залаты ланцужок, ад якога залежаў брыльянтавы інкруставаны медальён маці, дамы алісы. У яго на спіне было калчан стрэл, выкінуты з скурыстых раменных паясоў, яшчэ адзін кавалак здабычы з нейкага зніклага чорнага колеру.

Каля пояса быў пояс з малюсенькіх палосак сырога шкуры, створаны ім у якасці апоры для самаробнай ашалёўкі, у якой вісеў паляўнічы нож бацькі. Доўгі лук, які быў кулёнга, вісеў на левым плячы.

Малады лорд-шал быў сапраўды дзіўнай і падобнай на вайну фігурай, яго маса чорных валасоў падала на плечы ззаду і падстрыгала паляўнічым нажом грубы ўдар у лоб, каб ён не ўпаў перад вачыма.

Яго прамая і дасканалая фігура, мускулістая як лепшы з старажытнарымскіх гладыятараў, напэўна, была мускулістая, і ўсё ж з мяккімі і звілістымі выгібамі грэчаскага бога з першага погляду распавяла дзівоснае спалучэнне велізарнай сілы з гнуткасцю і хуткасцю.

Увасабленнем, быў тарзан з малпаў, першабытнага чалавека, паляўнічага, воіна.

З высакароднай ураўнаважанасцю сваёй прыгожай галавы на гэтых шырокіх плячах і агнём жыцця і розуму ў такіх вытанчаных і чыстых вачах ён мог ахвотна ахарактарызаваць нейкага паўбога дзікага і ваяўнічага мінулага народа свайго старажытнага лесу.

Але пра гэтыя рэчы тарзан не думаў. Ён непакоіўся, бо не меў вопраткі, каб паказаць усім людзям у джунглях, што ён чалавек, а не малпа, і сур'ёзныя сумневы часта ўваходзілі ў яго розум адносна таго, ці можа ён яшчэ не стаць малпай.

Ці не пачалі валасы адрастаць на твары? Ва ўсіх малпаў былі свае валасы, але чорныя людзі былі зусім без голаў, за вельмі рэдкім выключэннем.

Праўда, ён бачыў фатаграфіі ў сваіх кнігах людзей з вялікай масай валасоў на вуснах, шчоках і падбародку, але, тым не менш, тарзан баяўся. Ён амаль штодня раздзіраў востры нож, выскабліваў і збіў маладую бараду, каб выкараніць гэтую зневажальную эмблему.

І так ён навучыўся галіць - груба і пакутліва, гэта праўда, але, тым не менш, эфектыўна.

Пасля таго, як ён зноў адчуў сябе моцным, пасля крывавай бітвы з тэркозам, тарзан аднойчы раніцай адправіўся ў бок вёскі мбонга. Ён нядбайна рухаўся па звілістай сцежцы джунгляў, замест таго, каб прасоўвацца па дрэвах, калі раптам ён сутыкнуўся тварам да твару з чорным воінам.

Выгляд здзіўлення на дзікім твары быў амаль камічным, і, перш чым тарзан змог развязаць лук, хлопец павярнуўся і ўцёк па сцяжыне, крычаючы ў трывозе, нібы перад іншымі перад ім.

Тарзан падняўся да дрэў у пагоні і праз некалькі імгненняў прыйшоў у поле зроку мужчын, якія адчайна імкнуліся ўратавацца.

Іх было трое, і яны шалёна імчалі ў адзін файл па густым падлеску.

Тарзан лёгка аддаліўся ад іх, і яны не бачылі яго маўклівага праходу над галавой, і не заўважаюць, як прыціснутая постаць сядзела на кукішках на нізкай галінцы перад імі, пад якой след вёў іх.

Тарзан прапусціў, каб першыя два праходзілі пад ім, але, калі трэці імкліва пайшоў, ціхая пятля апусцілася каля чорнага горла. Хуткі рывок падцягнуў яе.

Пацярпелы пачуўся пакутлівым крыкам, і яго малайцы павярнуліся, убачыўшы, як яго магіённае цела павольна паднімаецца ў густую лістоту дрэў.

Са спалоханым крыкам яны зноў пакаталі і пагрузіліся ў намаганні выратавацца.

Тарзан хутка і моўчкі адправіў свайго зняволенага; зняў зброю і ўпрыгажэнні, і - о, вялікая радасць усіх - прыгожага аленявага вяночка, які ён хутка перадаў уласнаму чалавеку.

Цяпер сапраўды быў апрануты, як мусіць быць. Нікога не было, хто мог бы сумнявацца ў яго высокім паходжанні. Як ён мусіў бы спадабацца, каб вярнуўся ў племя, каб парадаваць перад сваім зайздросным поглядам на гэтую дзівосную вытанчанасць.

Узяўшы цела цераз плячо, ён павольней рухаўся па дрэвах у бок маленькай частакольнай вёскі, бо яму зноў патрэбныя стрэлы.

Калі ён падышоў зусім блізка да вальера, ён убачыў усхваляваную групу, якая атачала двух уцекачоў, якія, дрыжачы ад спалоху і знясілення, не змаглі пераказаць незвычайныя падрабязнасці свайго прыгод.

Міранда, па іх словах, які ішоў наперадзе іх на невялікую адлегласць, раптам крычаў да іх, плачачы, што за ім гоніцца страшны белы і голы воін. Іх трое спяшаліся ў вёску так хутка, як ногі панясуць іх.

Зноў пранізлівы крык смяротнага жаху міранда прымусіў іх азірнуцца назад, і там яны ўбачылі самае жудаснае відовішча - цела іх спадарожніка ляцела ўверх на дрэвы, рукі і ногі б'юць паветра, а язык выступае з яго адкрытага рота. Нводнага ншага гуку ён не вымаўляў, нхто не бачыў ншага стварэння.

Вяскоўцы працавалі ў стане страху, які мяжуе з панікай, але мудрая старая мбонга паўплывала на адчуванне сур'ёзнага скептыцызму ў адносінах да казкі і аднесла ўсю выдумку да іх спалоху перад нейкай рэальнай небяспекай.

"вы распавядаеце нам гэтую цудоўную гісторыю", - сказаў ён, - таму што не адважваецеся гаварыць праўду. Вы не адважваецеся прызнаць, што, калі леў наскочыў на міранда, вы ўцяклі і пакінулі яго. Вы трусы ".

Наўрад ці мбонга перастала гаварыць, калі вялікае падзенне галін на дрэвах над імі прымусіла неграў шукаць новага тэрору. Погляд, які сустракаў іх вочы, прымусіў нават мудрага старога мбонга здрыгануцца, бо там, паварочваючыся і круцячыся ў паветры, падыходзіла цела мёртвага міранда, каб разрастацца хваравітым рэверансам на зямлі ля ног.

З адной згоды неграў кінуліся наўцёкі; і яны не спыняліся, пакуль апошні з іх не згубіўся ў густым цені навакольных джунгляў.

Зноў тарзан спусціўся ў вёску і папоўніў запас стрэл і еў ахвяру ежы, якую чорныя прымусілі суцішыць гнеў.

Перад тым, як сысці, ён аднёс цела міранда да брамы вёскі і падпёр яго да частакола, так што твар мёртвага выглядаў быццам праз край шлюза ўніз па сцяжынцы, якая вяла ў джунглі.

Потым тарзан вярнуўся, паляваючы, заўсёды на паляванні, да салона на беразе.

Спатрэбілася дзясятак спробаў з боку спалоханых неграў вярнуцца да сваёй вёскі, паўз жахлівы, ухмыляючыся твар свайго памерлага, і калі яны знайшлі ежу і стрэлы, яны зніклі, яны ведалі, чаго баяліся толькі занадта добра, міранда бачыў злы дух джунгляў.

Што цяпер здавалася ім лагічным тлумачэннем. Памерлі толькі тыя, хто бачыў гэтага страшнага бога джунгляў; бо няпраўда, што ў вёсцы яго ніхто не бачыў? Таму тыя, хто памёр ад яго рук, напэўна, бачылі яго і плацілі штраф сваім жыццём.

Пакуль яны паставілі яму стрэлы і ежу, ён не прычыніў бы ім шкоды, калі яны не паглядзелі б на яго, таму мбонга загадаў, каб у дадатак да прапаноўвання ежы там былі таксама стралы для гэтага мунана-го- , і гэта рабілася з таго часу.

Калі вы калі-небудзь зможаце праехаць гэтую далёкую афрыканскую вёску, вы ўсё яшчэ ўбачыце перад малюсенькай саламянай хаткай, пабудаванай проста без вёскі, невялікім жалезным чыгуном, у якім ёсць колькасць ежы, а побач з ёй калчан з добра змазаных стрэл.

Калі тарзан прыйшоў у поле зроку пляжу, дзе стаяла яго каюта, дзіўнае і незвычайнае відовішча сустрэла ягонае бачанне.

Па бясшумных водах беззямельнай гавані плыў вялікі карабель, а на пляжы была складзена невялікая лодка.

Але, самае цудоўнае, некалькі белых людзей, як ён, перамяшчаліся паміж пляжам і кабінай.

Тарзан бачыў, што ў многім яны падобныя да людзей яго кніжак з малюнкамі. Ён падкраўся бліжэй да дрэў, пакуль не апынуўся зусім блізка над імі.

Было дзесяць чалавек, смуглых, загарэлых, нягодных выглядаў. Зараз яны сабраліся на лодцы і размаўлялі гучнымі, гнеўнымі тонамі, моцна жэстыкулюючы і трэсла кулакамі.

У наш час адзін з іх, маленькі, злы, чорнабародакі з абліччам, які нагадваў тарзану пра памбу, пацук, паклаў руку на плячо гіганта, які стаяў побач, і з якім усе астатнія былі спрачацца і сварыцца.

Маленькі чалавек накіраваў углыб зямлі, так што гігант быў вымушаны адвярнуцца ад астатніх, каб паглядзець у паказаным кірунку. Як ён павярнуўся, маленькі, падступны чалавек выцягнуў з пояса рэвальвер і стрэліў гіганта ў спіну.

Буйны хлопец закінуў рукі над галавой, калені сагнуліся пад ім, і без гуку ён паваліўся наперад на бераг, мёртвы.

Справаздача аб зброі, першая, якую тарзан ніколі не чуў, напоўніла яго здзіўленнем, але нават гэты нязвыклы гук не мог спалохаць яго здаровыя нервы нават у выглядзе панікі.

Паводзіны белых незнаёмых людзей выклікала ў яго найбольшае абурэнне. Ён засунуў бровы ў маршчыну глыбокай думкі. Добра, падумаў ён, што ён не саступіў сваім першым імпульсам ісці наперад і вітаць гэтых белых людзей як братоў.

Яны, відавочна, не адрозніваліся ад чорных людзей - не больш цывілізаваных, чым малпы - і не менш жорсткія, чым сабары.

На імгненне іншыя стаялі, гледзячы на маленькага, падступнага чалавека і гіганта, які ляжаў мёртвы на пляжы.

Потым адзін з іх засмяяўся і ляпнуў маленькага чалавека па спіне. Было значна больш размоў і жэстыкуляцый, але менш сварак.

У цяперашні час яны запусцілі лодку і ўсе ўскочылі ў яе і адправіліся ў бок вялікага карабля, дзе тарзан мог бачыць іншыя фігуры, якія рухаліся па палубе.

Калі яны падняліся на борт, тарзан упаў на зямлю за вялікім дрэвам і падкраўся да кабіны, трымаючы яго заўсёды паміж сабой і караблём.

Паслізнуўшыся ў дзверы, ён выявіў, што ўсё было разграблена. Яго кнігі і алоўкі сыпаліся па падлозе. Яго зброя, шчыты і іншыя невялікія скарбніцы былі завалены.

Як ён убачыў, што было зроблена, вялікая хваля гневу пранеслася праз яго, і новы нанесены шнар на лбе раптам высунуўся, на яго ружаватай шкуры была запалёная маліна.

Хутка падбег да шафы і шукаў у далёкім паглыбленні ніжняй паліцы. А! Ён выдыхнуў з палёгкай, выцягнуўшы маленькую бляшаную скрынку, і, адкрыўшы яе, знайшоў свае найвялікшыя скарбы непарушаным.

Фатаграфія ўсмешлівага маладога чалавека з моцным тварам і маленькая чорная кніжка-пазлы былі ў бяспецы.

Што гэта было?

Яго хуткае вуха злавіла слабы, але незнаёмы гук.

Падбегшы да акна, тарзан паглядзеў да гавані, і там ён убачыў, што лодка апускаецца з вялікага карабля побач з тым, што ўжо знаходзіцца ў вадзе. Неўзабаве ён убачыў шмат людзей, якія лажацца па баках вялікага судна і апускаюцца ў лодкі. Яны вярталіся ў поўную сілу.

На імгненне тарзан паглядзеў, як у лодках чакання апускаюць шэраг скрынак і скруткаў, а потым, калі яны адштурхоўваюцца з боку карабля, чалавек-малпа падхоплівае лісток паперы і на ім афармляецца алоўкам. Некалькі хвілін, пакуль не нарадзіла некалькі радкоў моцных, добра зробленых, амаль дасканалых літар.

Гэта заўвага ён прыліп да дзвярэй невялікім вострым аскепкам дрэва. Потым, сабраўшы сваю каштоўную бляшаную скрынку, стрэлы і столькі лукаў і дзідаў, колькі мог пранесці, ён паспяшаўся праз дзверы і знік у лес.

Калі дзве лодкі былі нанесены на срэбны пясок, гэта быў дзіўны асартымент чалавецтва, які ўзняўся на бераг.

Усяго дваццаць душ, з іх пятнаццаць грубых і нягодных, маракоў.

Астатнія партыі мелі іншую марку.

Адзін быў пажылы мужчына, з белымі валасамі і вялікімі аправамі. Яго злёгку нахіленыя плечы былі накінуты ў нядрэнны, хаця і бездакорны, жабкі і бліскучую шаўковую шапку, якая дадавала недасканаласці яго адзення ў афрыканскіх джунглях.

Другім удзельнікам партыі быў высокі малады чалавек у белых качках, а непасрэдна ззаду выйшаў яшчэ адзін пажылы мужчына з вельмі высокім ілбом і мітуслівай, узрушанай манерай.

Пасля іх наступіла велізарнае захапленне, апранутае ў саламон, у колеры. Яе вялікія вочы скаціліся ад відавочнага жаху: спачатку да джунгляў, а потым да праклёну матросаў, якія выносілі цюкі і скрыні з лодак.

Апошнім удзельнікам партыі, які вылецеў, была дзяўчынка гадоў дзевятнаццаці, і менавіта малады чалавек стаяў ля ногі лодкі, каб падняць яе высока і сухую на зямлю. Яна аддала яму адважную і мілую падзяку, але паміж імі не прайшло ніякіх слоў.

Моўчкі партыя прасунулася да кабіны. Было відаць, што незалежна ад іх намераў, усё было вырашана перад тым, як пакінуць карабель; і вось яны падышлі да дзвярэй, матросы,

якія неслі скрынкі і цюкі, а за імі пяць чалавек, якія
прадстаўлялі такі клас. Мужчыны паклалі свае нагрузкі, а
потым адзін заўважыў паведамленне, якое тарзан выклаў.

"хо, таварышы!" - закрычаў ён. "што тут? Гэты знак не быў
размешчаны гадзіну таму, інакш я з'ем кухара".

Астатнія збіраліся, прыціскаючы шыі да плячэй тых, хто
перад імі, але, як мала хто з іх мог чытаць зусім, і толькі
пасля самай карпатлівай моды, адзін нарэшце звярнуўся да
маленькага дзядка з верхняй шапкі і фрака .

"прывітанне, перфесэр", - заклікаў ён, "крок да свайго і
чытайце" блуміна ".

Такім чынам, стары чалавек павольна падышоў да месца, дзе
стаялі маракі, а за ім іншыя члены партыі. Наладжваючы
акуляры, ён на імгненне паглядзеў на плакат, а потым,
адвярнуўшыся, адышоў і мармытаў сабе: "самае выдатнае -
самае выдатнае!"

"прывітанне, старая выкапня", - закрычаў мужчына, які
ўпершыню паклікаў яго па дапамогу, "няўжо я думаў, што
мы хочам, каб вы прачыталі блуміна?" носіце да сябе?

Стары спыніўся і, павярнуўшыся назад, сказаў: "о, так,
паважаны сэр, тысячу памілаванняў. Гэта было зусім
бяздумна для мяне, так - вельмі бяздумна. Самае выдатнае -
самае выдатнае!"

Ён зноў сутыкнуўся з апавяшчэннем і прачытаў яго, і,
несумненна, зноў адключыўся б, каб пагаварыць пра яго,
калі б не матрос груба ўхапіўся за каўнер і не завыў у вуха.

"прачытайце гэта ўголас, вы пабліскваеце старога ідыёта".

"ага, так, сапраўды, так", мякка адказаў прафесар і, падладжваючы акуляры, яшчэ раз прачытаў услых:

Гэта дом тарзана,
Забойцы звяроў і мноства чорных
Людзей. Не прычыніць шкоды рэчам
Тарзана. Тарзан гадзіны.
Тарзан малпаў.

"хто чорт тарзан?" закрычаў матрос, які раней казаў.

"ён, відавочна, размаўляе па-англійску", - сказаў малады чалавек.

"але што азначае" тарзан малпаў "?" закрычала дзяўчынка.

"я не ведаю, міс портэр," адказаў малады чалавек, "калі мы не выявілі ўцяклага сыманца з лонданскага заапарка, які вярнуў еўрапейскую адукацыю ў свой дом у джунглях. Што вы робіце з гэтага, прафесар портэр?" - дадаў ён, звяртаючыся да старога.

Прафесар архімед . Насільшчык наладжваў свае акуляры.

"ах, так, сапраўды; так, сапраўды - самае выдатнае, самае выдатнае!" сказаў прафесар; "але я нічога не магу дадаць да таго, што я ўжо заўважыў, растлумачыўшы гэта сапраўды важнае здарэнне", і прафесар павольна павярнуўся ў бок джунгляў.

"але, тата," закрычала дзяўчына, "вы яшчэ нічога пра гэта не сказалі".

", , ; , ", адказаў прафесар портэр, ласкава і паблажліва, "не хвалюй сваю прыгожую галаву з такімі важкімі і неабдуманымі праблемамі", і ён зноў павольна блукаў у іншым кірунку, яго вочы сагнуліся ў яго ног у ног, рукі сціснуліся за ім пад струменямі кажуха.

"я лічу, што стары афарысцкі бандаж не ведаю, больш нічога не робім з гэтым", - прабурчаў пацук з матросам.

"трымайце грамадзянскую мову ў галаве", - усклікнуў малады чалавек, ягоны твар злучыўся ад гневу, ад крыўднага марака. "вы забілі нашых афіцэраў і абрабавалі нас. Мы абсалютна ў вашых сілах, але вы будзеце ставіцца да прафесара партэра і з павагай ставіцца да портэра, інакш я зламаю вашу гнюсную шыю сваімі голымі рукамі - стрэльбамі альбо без пісталетаў" "і малады хлопец падышоў так блізка да пацучынай матросу, што апошні, хаця і насіў два рэвальверы і злыдзень выглядаў нажом у поясе, моцна спінай разгублена.

"вы пракляты баязлівец," усклікнуў малады чалавек. "вы ніколі не адважыцеся застрэліць чалавека, пакуль яго спіна не павярнулася. Вы нават не адважыцеся застрэліць мяне", і ён наўмысна павярнуўся да матроса спіной і няспынна пайшоў далёка, нібы паставіўшы яго на выпрабаванні.

Рука матроса хітра падкралася да прыкладу аднаго з яго рэвальвераў; ягоныя бязбожныя вочы помсліва паглядзелі на адыходзячага выгляду маладога ангельца. Погляд таварышаў паглядзеў на яго, але ён усё яшчэ вагаўся. У душы ён быў нават большым баязліўцам, чым г-н. Уіліям сесіл глітан прадстаўляў сабе.

Два вострыя вочы назіралі за кожным рухам вечарыны з лістоты суседняга дрэва. Тарзан бачыў здзіўленне, якое выклікала яго апавяшчэнне, і, хоць ён нічога не разумеў з размоўнай мовы гэтых дзіўных людзей, іх жэсты і міміка шмат што казалі яму.

Учынак маленькага пацука-матроса ў забойстве аднаго з таварышаў выклікаў моцную непрыязнасць у тарзане, і цяпер, калі ён убачыў, як ён сварыўся з прыгожым маладым чалавекам, ягоная варожасць усё яшчэ ўзбурыла.

Тарзан ніколі раней не бачыў эфектаў агнястрэльнай зброі, хаця яго кнігі вучылі яго чамусьці, але, убачыўшы, як той пацук сутыкаецца з прыкладам рэвальвера, ён падумаў пра сцэну, якой ён быў сведкам так коротка, чым раней, і, натуральна, чакаецца, што малады чалавек будзе забіты, як і велізарны матрос раней таго дня.

Таму тарзан прыставіў атручаную стралу да лука і намаляваў пацерку на пацука, матроса, але лістота была настолькі густая, што неўзабаве ён убачыў, што стрэлка будзе адхіляцца лісцем ці нейкай маленькай галінкай, і замест гэтага ён запусціў цяжкую дзіду з яго высокага акуня.

Глейтан зрабіў толькі дзясятак крокаў. Матрос з пацучыным тварам напалову выцягнуў рэвальвер; астатнія маракі ўважліва назіралі за сцэнай.

Прафесар портэр ужо знік у джунглях, куды за ім ішоў мітуслівы самуэль. Філандр, яго сакратар і памочнік.

Эсмеральда, якая набліжалася, была занятая сартаваннем багажу гаспадыні з кучы цюкоў і каробак каля кабіны, а міс портэр адвярнулася ўслед за клінтонам, калі нешта прымусіла яе зноў павярнуцца да матроса.

А потым тры рэчы адбываліся амаль адначасова. Матрос вырваў зброю і, разгарнуўшы яе ў спіну клейтона, міс насільшчык закрычаў папярэджаннем, і доўгі дзіды з металічнай абуткам стрэліў, нібы зверху, і цалкам праляцеў праз правае плячо чалавека з пацуком.

Рэвальвер бясшкодна выбухнуў у паветры, і матрос скамячаў ад крыку болю і жаху.

Клейтан павярнуўся і кінуўся назад да сцэны. Маракі стаялі ў спалоханай групе, са складзенымі зброямі, узіраючыся ў джунглі. Паранены курчыўся і віскнуў аб зямлю.

Клінтон, нябачны нікому, падняў павалены рэвальвер і прасунуў яго ў кашулю, а потым далучыўся да маракоў, утаропіўшы погляд, у джунглі.

"хто гэта мог быць?" прашаптаў насільнік джэйн, і малады чалавек павярнуўся, убачыўшы яе стоячы, з шырока расчыненымі вачыма і здзіўленай, побач з ім.

"я адважуся сказаць, што тарзан з малпаў сочыць за намі ўсё ў парадку", - адказаў ён сумніўным тонам. "мне цікава, а для каго гэта дзіда прызначалася. Калі для бакасаў, то наш сябар малпы сапраўды сябар.

"шляхам жадаючы, дзе ваш бацька і містэр дабрачынца? У гэтым джунглях ёсць хто-небудзь ці нешта, і ён узброены, што б там ні было! Хо! Прафесар! Г-н. Філандэр!" - крыкнуў малады глейтан. Адказу не было.

"што рабіць, міс портэр?" працягваў малады чалавек, ягоны твар памутнеў ад маршчыны турботы і нерашучасці.

"я не магу пакінуць цябе тут сам з гэтымі прарэзамі, і ты, канешне, не можаш са мной адпраўляцца ў джунглі; усё ж хтосьці павінен адправіцца на пошукі твайго бацькі. Ён больш чым схільны бязметна блукаць, незалежна ад небяспекі ці кірунак, а г-н філандэр - гэта толькі дробязь менш непрактычная, чым ён. Вы, прабачце за маю тупасць, але наша жыццё тут пад пагрозай зрыву, і калі мы вернем вашага бацьку, трэба зрабіць што-небудзь, каб уразіць яму небяспеку. Выкрывае цябе гэтак жа, як і сябе, сваёй няўпэўненасцю ».

"я цалкам згодны з вамі," адказала дзяўчынка, "і я зусім не пакрыўдзілася. Дарагі стары тата ахвяраваў бы сваім жыццём за мяне без імгненнага вагання, пры ўмове, што можна было б увесь час трымаць розум па такой легкадумнай справе. Ёсць толькі адзін спосаб захаваць яго ў бяспецы, і гэта прывязаць яго да дрэва. Дарагі бедны - гэта немэтазгодна ".

"у мяне ёсць!" раптам усклікнуў клейтан. "вы можаце выкарыстоўваць рэвальвер, ці не так?"

"так. Чаму?"

"у мяне ёсць адзін. З гэтым вы і эсмеральда будзеце параўнальна бяспечныя ў гэтай кабіне, пакуль я шукаю вашага бацьку і г-на філандэра. Прыходзьце, патэлефануйце жанчыне, і я буду спяшацца далей. Яны не могуць далёка паехаць".

Джэйн рабіла так, як ён выказаў меркаванне, і, убачыўшы, як дзверы бяспечна зачыніліся, за імі гліton павярнуўся да джунгляў.

Некаторыя маракі даставалі дзіду ў параненага таварыша, і, калі клейтон падышоў, ён спытаў, ці можа ён пазычыць рэвальвер у аднаго з іх, пакуль ён шукаў у джунгляў прафесара.

Твар пацук, выявіўшы, што ён не памёр, вярнуў сабе самаадчуванне, і з залпам прысягі, накіраванай на клейтон, адмовіўся ад імя сваіх таварышаў дазволіць маладому чалавеку любую агнястрэльную зброю.

Гэты чалавек, бакас, узяў на сябе ролю галоўнага з часоў, калі ён забіў іх былога правадыра, і так мала часу прайшло, што ніхто з яго паплечнікаў яшчэ не ставіў пад сумнеў яго паўнамоцтвы.

Адзіная рэакцыя клейтона была паціскаць плячыма, але, пакінуўшы іх, ён узяў дзіду, у якой былі заражаныя бакас, і, такім чынам, прымітыўна ўзброены, сын тагачаснага лорда-шэры гвалт пайшоў у джунглі.

Кожныя некалькі імгненняў ён называў услых імёны вандроўнікаў. Назіральнікі ў салоне на беразе чуюць, як голас яго становіцца ўсё больш слабым і слабым, пакуль нарэшце яго не праглынулі мноства шумоў першабытнага дрэва.

Калі прафесар архімед . Насільшчык і яго памочнік, самуэль . Пасля доўгага настойвання з боку апошняга, нарэшце, павярнуў крок да лагера, яны былі цалкам страчаныя ў дзікім і заблытаным лабірынце зблытаных джунгляў, як добра маглі б і два чалавекі, хаця і не ведалі гэтага.

Менавіта па самай простай капрызе фартуны яны накіраваліся да заходняга ўзбярэжжа афрыкі, а не да занзібара на супрацьлеглым баку цёмнага кантынента.

Калі ў хуткім часе яны дабраліся да пляжу, толькі каб не знайсці лагера ў поле зроку, філандэр быў упэўнены, што яны апынуліся на поўнач ад належнага прызначэння, у той час як, па сутнасці, яны знаходзіліся каля двухсот ярдаў на поўдзень ад яго.

Нікому з гэтых непрактычных тэарэтыкаў ніколі не прыходзіла гучаць у голас пра магчымасць прыцягнуць увагу сваіх сяброў. Замест гэтага, з усёй упэўненасцю, што дэдуктыўныя развагі ад няправільнага памяшкання выклікаюць у адным, г-н. Самуэль, г. Зн. Філандр спасціг прафесара архімеда . Насільнік цвёрда ўзяўся за руку і паспяшаўся слаба пратэставаць старому джэнтльмену ў напрамку кейпта, у паўтары тысячы міль на поўдзень.

Калі джэйн і эсмеральда бяспечна апынуліся за дзвярыма кабіны, першая думка наступлення - забарыкадаваць партал знутры. Маючы на ўвазе гэтую ідэю, яна звярнулася да пошуку сродкаў для рэалізацыі яе; але яе першы погляд на інтэр'ер кабіны прынёс вусны жах ад вуснаў, і, як спалоханае дзіця, велізарная жанчына пабегла пахаваць твар у плячы сваёй гаспадыні.

Джэйн, павярнуўшыся на крык, убачыла прычыну таго, што ляжаў схільны на падлозе перад імі - пабялелы шкілет чалавека. Далейшы погляд выявіў другі шкілет на ложку.

"у якім жудасным месцы мы знаходзімся?" - прамармытаў здзіўленая дзяўчына. Але ў яе спалоху не было панікі.

Нарэшце, адчапіўшыся ад шалёнай счапкі яшчэ вісклівай эсмеральды, джэйн перайшла па пакоі, каб зазірнуць у маленькую калыску, ведаючы, што яна павінна там убачыць яшчэ да таго, як малюсенькі шкілет раскрыўся ва ўсёй сваёй жаласнай і жаласнай слабасці.

Якую жудасную трагедыю абвясцілі гэтыя бедныя нямыя косці! Дзяўчына ўздрыгвала пры думцы пра магчымасці, якія могуць стаяць перад сабою і яе сябрамі ў гэтай злашчаснай каюце, пераследзе таямнічых, магчыма, варожых істот.

Хутка, з нецярплівым штампам яе маленькай ступні, яна імкнулася пазбавіцца ад змрочных прадчуванняў, і, звяртаючыся да эсмеральды, загадала ёй перастаць галасіць.

"стоп, эсмеральда, спыніце гэта ў гэтую хвіліну!" закрычала яна. "вы толькі пагаршаеце."

Яна скончылася кульгава, крыху дрыжачы ўласным голасам, калі думала пра трох чалавек, ад якіх залежала абарона, блукаючы ў глыбіні гэтага жудаснага лесу.

Неўзабаве дзяўчынка выявіла, што дзверы была абсталявана цяжкай драўлянай планкай знутры, і пасля некалькіх намаганняў сумесная сіла абодвух дазволіла ім ссунуць яе на месца, упершыню за дваццаць гадоў.

Потым яны селі на лаўку, прыціснуўшыся адзін да аднаго і пачакалі.

Кіраўнік

На волю джунгляў

Пасля таго, як клейтон пагрузіўся ў джунглі, маракі - мяцежнікі стралы - абмеркавалі наступны крок; але ў адзін момант усе былі дамоўлены - што яны павінны спяшацца адпраўляцца на замацаваную стралу, дзе яны, па меншай меры, могуць быць у бяспецы ад дзідаў нябачнага ворага. І тады, калі джэйн-насільшчык і эсмеральда забаранілі сябе ў салоне, баязлівы экіпаж карабінаў хутка цягнуў свой карабель у два катэры, якія вынеслі іх на бераг.

У той дзень столькі бачыў тарзан, што яго галава была ў віры дзіву. Але самым цудоўным відовішчам для яго было твар прыгожай белай дзяўчыны.

Вось, нарэшце, быў адзін сабе падобны; у гэтым ён быў станоўчы. І малады чалавек, і два чалавекі; іх таксама было столькі, колькі ён прадставіў сваім людзям.

Але бясспрэчна яны былі такія ж лютыя і жорсткія, як і іншыя людзі, якіх ён бачыў. Той факт, што яны адны з партыі былі бяззбройнымі, можа тлумачыцца тым, што яны нікога не забілі. Яны могуць быць вельмі рознымі, калі забяспечыць зброю.

Тарзан бачыў, як малады чалавек узяў павалены рэвальвер з параненага бакаса і схаваў яго ў грудзі; і ён таксама бачыў, як ён асцярожна падсоўваў яе дзяўчыне, калі яна ўваходзіла ў дзверы кабіны.

Ён нічога не разумеў у матывах усяго таго, што бачыў; але неяк інтуітыўна ён спадабаўся маладому чалавеку і двум старым людзям, і для дзяўчыны ў яго была дзіўная туга, якую ён наўрад ці зразумеў. Што тычыцца вялікай чорнай жанчыны, яна, відавочна, нейкім чынам звязана з дзяўчынай, і таму ён таксама ёй падабаўся.

Для маракоў, і асабліва бакасаў, ён выпрацаваў вялікую нянавісць. Па пагрозлівых жэстах і па выразе сваіх злых твараў ён ведаў, што яны - ворагі іншых партый, і таму вырашыў уважліва сачыць.

Тарзан задаўся пытаннем, чаму мужчыны пайшлі ў джунглі, і не здарылася яму разуменне таго, што можна згубіцца ў тым лабірынце падлеску, які быў для яго такім жа простым, як галоўная вуліца вашага роднага горада для вас.

Калі ён убачыў, як маракі накіроўваюцца да карабля, і зразумеў, што дзяўчына і яе спадарожнік у каюце ў бяспецы, тарзан вырашыў пайсці за маладым чалавекам у джунглі і даведацца, што можа быць. Ён імкліва адскочыў у бок, які ўзяў глейтан, і ў хуткім часе слаба пачуў здалёк толькі выпадковыя званкі англічаніна да сяброў.

У цяперашні час тарзан прыдумаў белага чалавека, які, амаль не падмануўшыся, прытуліўся да дрэва, выціраючы пот з ілба. Чалавек-малпа, хаваючыся ў сейф за шырмай лістоты, сядзеў і ўважліва назіраў за гэтым новым узорам яго ўласнай расы.

З перыядычнасцю клейтон заклікаў услых і, нарэшце, да тарзана прыйшоў, што ён шукае старога.

Тарзан ужо збіраўся сам шукаць іх, калі ён убачыў жоўты бляск гладкай шкуры, асцярожна рухаючыся па джунглях у бок глітона.

Гэта была шыта, леапард. Зараз тарзан пачуў мяккае выгінанне траў і задаўся пытаннем, чаму маладога белага чалавека не папярэдзілі. Можа, ён не заўважыў гучнага папярэджання? Ніколі раней тарзан не ведаў, што шыт быў такім нязграбным.

Не, белы чалавек не чуў. Шэета прыгняталася да вясны, а потым, пранізлівая і жудасная, з нерухомасці джунгляў узняўся жахлівы крык складанай малпы, і шыта павярнулася, урэзаўшыся ў падлеску.

Клейтан падняўся на ногі. Яго кроў пацякла. Ніколі за ўсё жыццё ў ягоных вушах не быў такі страшны гук. Ён не быў баязліўцам; але калі калі-небудзь чалавек адчуў на сваім сэрцы ледзяныя пальцы страху, вільям сесіл глейтан, старэйшы сын лорда грэйстока з англіі, зрабіў гэта ў дзень хуткасці афрыканскіх джунгляў.

Шум нейкага вялікага цела, які прабіваўся праз падлеску так блізка каля яго, і шум гэтага крывацёку, які крычаў зверху, выпрабоўваў смеласць клейтона да мяжы; але ён не мог ведаць, што менавіта гэтым голасам ён абавязаны сваім жыцці, і што істота, якая вывяла яго, была яго ўласным стрыечным братам - сапраўдным уладаром грэйсток.

Днём набліжаўся да канца, і гліток, разгублены і збянтэжаны, быў у жахлівым становішчы адносна правільнага курсу; ці варта працягваць пошукі прафесара насільшчыка, пры амаль пэўнай рызыцы ягонай смерці ноччу ў джунглях, альбо вярнуцца ў кабіну, дзе ён мог бы хаця б паслужыць абароне джэна ад небяспек, якія сутыкаюцца з ёй з усіх бакоў.

Ён не хацеў вяртацца ў лагер без бацькі; яшчэ больш, ён пазбавіўся ад думкі пакінуць яе ў спакоі і неабаронены ў руках стралкоў стрэлаў, альбо да ста невядомых небяспек джунгляў.

Магчыма, таксама, падумаў ён, прафесар і філандр маглі б вярнуцца ў лагер. Так, гэта было больш чым верагодна. Прынамсі, ён бы вярнуўся і паглядзеў, перш чым працягваць тое, што здавалася самым бясплённым пошукам. І ён пачаў, спатыкаючыся назад па густым і зблытаным падлеску, у той бок, які ён лічыў салонам.

Да здзіўлення тарзана, малады чалавек накіроўваўся далей у джунглі ў агульным кірунку вёскі мбонга, і пранікліва малады чалавек быў пераканаы, што ён згублены.

Для тарзана гэта было мала зразумела; яго меркаванне казала яму, што ніхто не будзе ісці да вёскі жорсткіх неграў, узброеных толькі дзідай, якая, з-за нязграбнага спосабу, якім ён яе нёс, была, відавочна, нязвыклая зброя для гэтага белага чалавека. Ні ён ішоў па следзе старых. Што яны перасеклі і сышлі ўжо даўно, хаця перад вачыма тарзана ён быў свежы і просты.

Тарзан быў здзіўлены. Жорсткія джунглі зрабілі лёгкай здабычай гэтага неабароненага незнаёмца за вельмі кароткі час, калі б ён не хутка накіраваўся на пляж.

Так, была і нума, і леў, нават цяпер, высунуўшы белага чалавека дзясятак крокаў направа.

Клейтан пачуў, як вялікае цела параўноўвалася з ходам, і вось на вячэрнім паветры ўзняўся громны роў звяра. Мужчына спыніўся з паднятым коп'ем і сутыкнуўся з пэндзлем, з якога выдаваўся жахлівы гук. Цені паглыбляліся, надыходзіла цемра.

Бог! Памерці тут адзін, пад ікламі дзікіх звяроў; быць разарванымі і падарванымі; адчуць гарачы подых грубай скуры на твары, калі вялікая лапа разбілася на грудзях!

На імгненне ўсё было нерухома. Глітон стаяў цвёрды, з узнятым коп'ем. У цяперашні час слабы шолах куста азнаёміў яго са сціплым паўзучай рэччу ззаду. Ён збіраўся на вясну. Нарэшце ён убачыў гэта не за дваццаць футаў - доўгае, нязграбнае, мускулістае цела і румяная галава велізарнага льва.

Звер быў на жываце, рухаючыся наперад вельмі павольна. Калі яе вочы сустрэліся з глейтанам, ён спыніўся і наўмысна, асцярожна сабраў заднія чвэрці за ім.

У агоніі мужчына назіраў, баючыся запусціць дзіду, бяссільны лётаць.

Ён пачуў шум у дрэве над ім. Нейкая новая небяспека, падумаў ён, але ён не адважыўся адвесці вачэй ад жоўта-зялёных шароў перад сабой. Разгарэлася банджа-струна, і ў гэты ж момант у жоўтай шкуры прыселага льва з'явілася страла.

З грукатам болю і гневу звярнуў; але нейкім чынам глейтан спатыкнуўся ўбок, і, калі ён зноў павярнуўся да раз'юшанага цара звяроў, ён здзівіўся ад выгляду, які яму супрацьстаяў. Амаль аднача cова з паваротам льва, каб аднавіць атаку, напаўаголены гігант зваліўся з дрэва вышэй на прамую грудзіну.

З маланкавай хуткасцю рука, абвязаная пластамі жалезнай мускулатуры, абкружыла велізарную шыю, і вялікі звяр падняўся ззаду, рыкнуў і забіваў паветра - падняўся так лёгка, як клінтан падняў бы сабаку.

Месца, у якім ён быў сведкам там, у глыбіні змяркання афрыканскіх джунгляў, назаўсёды згарэў у мозгу ангельца.

Чалавек перад ім быў увасабленнем фізічнай дасканаласці і гіганцкай сілы; але не ад іх ён залежаў у бітве з вялікай коткай, бо магутныя, як і яго мышцы, яны былі нічым у параўнанні з нумамі. Сваім спрытам, сваім мозгам і сваім доўгім вострым нажом ён абавязаны свайму вяршэнству.

Яго правая рука апяразала шыю льва, а левая рука зноў пагрузіла нож у неабаронены бок за левае плячо. Раз'юшаны звер, падцягнуты ўверх і назад, пакуль не ўстаў на заднія лапы, бяссільна змагаўся ў гэтым ненатуральным становішчы.

Калі б бітва не была на некалькі секунд больш, зыход мог бы быць розным, але ўсё адбылося так хутка, што леў не хапае часу, каб аднавіцца пасля здзіўлення ад здзіўлення, калі ён асеў нежывым на зямлю.

Потым дзіўная фігура, якая яго згубіла, стаяла прама на тушы і, адкінуўшы назад дзікую і прыгожую галаву, выдавала страхіты крык, які некалькімі хвілінамі раней настолькі ўразіў глітан.

Перад ім ён убачыў фігуру маладога чалавека, аголеную, акрамя паясніцы і некалькіх варварскіх упрыгожванняў на руках і нагах; на грудзях бясцэнны брыльянтавы медальён, які блішчыць на гладкай карычневай скуры.

Паляўнічы нож быў вернуты ў хатнюю похву, і мужчына збіраў лук і калчан з таго месца, куды ён кінуў іх, калі той скокнуў, каб напасці на льва.

Клінтон размаўляў з незнаёмым па-ангельску, дзякаваўшы за мужнае выратаванне і адказваючы яму за дзівосную сілу і спрыт, якую ён праяўляў, але адзіным адказам быў нязменны позірк і слабае паціскванне магутных плячэй, якое можа спарадзіць альбо зневажанне паслугі, якія аказваюцца, альбо няведанне мовы глейтанаў.

Калі лук і калчан былі прышпілены да спіны дзікім чалавекам, бо такі глітон зараз лічыў яго, яшчэ раз выцягнуў нож і спрытна выразаў дзясятак вялікіх палос мяса з тушы льва. Потым, прысеўшы на кукішкі, ён працягваў есці, спачатку рухаючы келітанам, каб далучыцца да яго.

Моцныя белыя зубы апусціліся ў сырую і капаючую мякаць у яўнай асалодзе ад ежы, але клейтан не мог прымусіць сябе падзяліць сырое мяса са сваім дзіўным гаспадаром; замест гэтага ён назіраў за ім, і ў цяперашні час на ім усвядомлена пераканане, што гэта тарзан з малпаў, апавяшчэнне якога ён бачыў на дзверы кабіны раніцай.

У такім выпадку ён павінен размаўляць па-ангельску.

Зноў глінтан спрабаваў выступіць з малпай; але адказы, якія зараз гучаць, былі незразумелай мовай, якая нагадвала балбатня малпаў, змешаных з рыканнем нейкага дзікага звера.

Не, гэта не можа быць тарзанам малпаў, бо было вельмі відавочна, што ён ангельцам зусім незнаёмы.

Калі тарзан завяршыў свой рамонт, ён падняўся і, паказваючы зусім іншы кірунак, па якім рухаўся клейтан, пайшоў праз джунглі да той пункту, які ён паказаў.

Клітан, разгублены і разгублены, вагаўся ісці за ім, бо ён думаў, што яго вядуць больш глыбока ў лабірынты лесу; але чалавек-малпа, убачыўшы, як ён не хацеў ісці за ім, вярнуўся і, схапіўшы яго за паліто, пацягнуў яго за сабой, пакуль не пераканаўся, што клейтан зразумеў, што ад яго патрабуецца. Потым ён пакінуў яго, каб добраахвотна ісці.

Англічанін, нарэшце прыйшоўшы да высновы, што ён у палон, не бачыў іншага выйсця, акрамя суправаджэння свайго захопніка, і, такім чынам, яны павольна падарожнічалі па джунглях, у той час як сабольная мантыя непраходнай лясной ночы абрынулася на іх, а скрытыя падушачкі лап змяшаліся са зламаннем галінак і дзікімі заклікамі дзікага жыцця, які глейтан адчуў, як зачыняецца на ім.

Раптам клейтан пачуў слабы даклад аб агнястрэльнай зброі - адзін стрэл, а потым маўчанне.

У салоне на пляжы дзве грунтоўна страшныя жанчыны прытуліліся адна да адной, калі яны прыселі на нізкую лаўку ў зборачнай цемры.

Нягод істэрычна ўсхліпваў, асуджаючы злы дзень, які стаў сведкам яе адыходу з яе дарагой марыленд, у той час як белая дзяўчынка, сухавокая і знешне спакойная, была разарвана ўнутранымі страхамі і прадчуваннямі. Яна баялася не больш за сябе, чым для трох мужчын, якіх яна ведала, як блукаць у бязглуздзічных глыбінях дзікіх джунгляў, ад якіх яна чула, як выдае амаль няспынны крык і рык, брэх і рыканне сваіх жахлівых і страшных раздражненняў, як яны шукалі сваю здабычу.

І вось пачуўся моцны прыціск цела да борта кабіны. Яна чула вялікія мяккія лапы звонку. На імгненне ўсё маўчала; нават лясны агеньчык памёр да слабых гукаў. Потым яна выразна пачула, як звер звонку нюхаў дзверы, а не ў двух метрах ад таго, дзе яна прысела. Інстынктыўна дзяўчына здрыганулася і сціснулася бліжэй да чорнай жанчыны.

"цішэй!" - прашаптала яна. "цішэй, эсмеральда", для жанчын рыдання і стогны, здавалася, прыцягнулі рэч, якая схавалася там проста за тонкай сцяной.

У дзвярах пачуўся далікатны драпаючы гук. Грубая спрабавала прымусіць уваход; але цяпер гэта спынілася, і яна зноў пачула, як вялікія калодкі няўцямна паўзуць па салоне. Яны зноў спыніліся - пад акном, на якім зараз наляпілі жахлівыя вочы дзяўчыны.

"бог!" - прамармытала яна, пакуль што, сілуэтуючы на асветленым месяцам небе, яна ўбачыла ў малюсенькім квадраце рашоткавага акна галаву велізарнай ільвіцы. Зіхатлівыя вочы былі навязаны на яе з надзейнай лютасцю.

"паглядзі, эсмеральда!" - прашаптала яна. "дзеля бога, што нам рабіць? Паглядзі! Хутка! У акно!"

Эсмеральда, прытуліўшыся ўсё бліжэй да сваёй гаспадыні, кінула позірк спалохана на маленькую плошчу месяцовага святла, гэтак жа, як ільвіца выпраменьвала нізкі, дзікі рык.

Погляд, які сустракаў вочы беднай жанчыны, быў занадта шмат для ўжо перакручаных нерваў.

"о, габэрэль!" яна ўскрыкнула і апусціла на падлогу інертную і бессэнсоўную масу.

Для таго, што здавалася вечнасцю, вялікая грубая стаяла пярэднімі лапамі на падваконніку, зазіраючы ў пакойчык. У цяперашні час ён паспрабаваў трываласць рашоткі са сваімі выдатнымі кіпцюрамі.

Дзяўчына амаль перастала дыхаць, калі, да яе палёгкі, галава знікла, і яна пачула крокі грубай, якая выходзіла з акна. Але цяпер яны зноў падышлі да дзвярэй, і зноў пачалася драпіна; на гэты раз з усё большай сілай, пакуль вялікі звер не рваў на масіўныя пано ў ідэальнай вар'яцтве жаданні захапіць сваіх безабаронных ахвяр.

Магла б джэйн спазнаць велізарную трываласць дзвярэй, пабудаваных па частках, яна адчувала б меншы страх перад львіцай, якая дабралася да яе гэтым праспектам.

Мала што ўяўляў джон клейтан, калі ён змайстраваў гэты сырой, але магутны партал, які аднойчы, праз дваццаць гадоў, ахінуў бы цудоўную амерыканскую дзяўчынку, потым ненароджаную, ад зубоў і карон.

На працягу цалкам дваццаці хвілін грубая папераменна нюхала і рвала ў дзверы, перыядычна выдаючы голас дзікім,

дзікім крыкам разгубленай лютасці. Нарэшце, яна адмовілася ад спробы, і джэйн пачула, як яна вяртаецца да акна, пад якім яна на імгненне зрабіла паўзу, а потым прыступіла да вялікай рашоткі.

Дзяўчына пачула, як пад ударам стагналі драўляныя пруты; але яны пратрымаліся, і велізарнае цела апусцілася назад на зямлю.

Ільвіца зноў і зноў паўтарала гэтую тактыку, пакуль нарэшце жахлівы палон унутры не ўбачыў, што частка кратаў саступіла дарогу, і ў адно імгненне адна вялікая лапа і галава жывёлы засунуліся ў памяшканне.

Павольна магутная шыя і плечы размяркоўвалі брускі на часткі, і ліхая цела выступала ўсё далей і далей у памяшканне.

Як у трансе, дзяўчынка паднялася, паклаўшы руку на грудзі, шырокімі вачыма глядзеў у жахлівым выглядзе на рыкаючы твар звера, што застаўся ў дзесяці футах ад яе. Ля яе ног ляжала простая форма гнездавання. Калі б яна не магла гэта ўзбудзіць, іх сумесныя намаганні маглі б дапамагчы таму, каб адбіць жорсткага і крыважэрнага зламысніка.

Джэйн нахілілася, каб схапіць чорную жанчыну за плячо. Груба паціснула яе.

"эсмеральда! Эсмеральда!" закрычала яна. "дапамажыце, інакш мы згубімся".

Эсмеральда расплюшчыла вочы. Першы прадмет, з якім яны сутыкнуліся, былі капалі ікламі галоднай ільвіцы.

Са жахлівым крыкам бедная жанчына паднялася на рукі і калені, і ў гэтым становішчы сноўдала па пакоі, крычала: " ! !" у верхняй частцы яе лёгкіх.

Эсмеральда важыла каля двухсот васьмідзесяці фунтаў, і яе надзвычайная паспешлівасць, дадаўшы яе надзвычайнай паўнаце, дала самы дзіўны вынік, калі эсмеральда абрала падарожжа на карачках.

На нейкае імгненне ільвіца змоўкла, напружаным позіркам, накіраваным на міготную эсмеральду, мэтай якой быў шафа, у які яна спрабавала загнаць сваю вялікую масу; але паколькі паліцы былі толькі дзевяць-дзесяць сантыметраў адзін ад аднаго, яна толькі атрымала галаву; пасля гэтага, з апошнім віскам, які збяднеў джунглявыя шумы ў нязначнасць, яна зноў страціла прытомнасць.

Са сціхам эсмеральды львіца аднавіла свае намаганні, каб пракруціць яе вялізную масу праз паслабленне кратаў.

Дзяўчынка, якая стаяла бледная і цвёрдая да самай сцяны, шукала з усё большым жахам нейкую шчыліну ўцёкаў. Раптам яе рука, моцна прыціснутая да пазухі, адчула жорсткі абрыс рэвальвера, які клейтан пакінуў з ёй раней за дзень.

Хутка яна вырвала яго са сховішча і, прыціснуўшы яго да твару ільвіцы, націснула на курок.

Пачуўся ўспышка полымя, гул разраду і адказваючы гул болю і гневу звера.

Джэйн насільшчык убачыў, як выдатная форма знікае з акна, і тады яна таксама страціла прытомнасць, як рэвальвер падаў на яе бок.

Але сабор не загінуў. Куля нанесла балючае раненне аднаму з вялікіх плячэй. Сюрпрыз ад асляпляльнай ўспышкі і аглушальнага грукатання выклікаў яе паспешнае, але часовае адступленне.

У іншую імгненне яна зноў апынулася ля кратаў і з новай злосцю кіпцюрыла пра адтуліну, але з паменшаным эфектам, бо паранены член быў амаль бескарысным.

Яна ўбачыла сваю ахвяру - абедзвюх жанчын - якія бязглузда ляжалі на падлозе. Не было ўжо ніякага супраціву, які трэба было пераадолець. Яе мяса ляжала перад ёй, і сабор павінен быў толькі прабіцца праз краты, каб запатрабаваць гэтага.

Яна павольна прабівала вялікую масу, цаля за сантыметрам, праз адтуліну. Зараз яе галава была скрозь адну вялікую перадплечча і плячо.

Яна асцярожна выцягнула параненага члена, каб мякка перабраць яго за межы жорсткіх націскальных брускоў.

На імгненне больш і праз абодва плечы, доўгае, звілістае цела і вузкія сцягна хутка слізгаюць пасля.

Менавіта на гэтым відовішчы джэйн насільнік зноў адкрыў вочы.

Кіраўнік

Бог лесу

Калі клейтон пачуў паведамленне аб агнястрэльнай зброі, ён упаў у агонію страху і страху. Ён ведаў, што адзін з маракоў можа быць яго аўтарам; але той факт, што ён пакінуў рэвальвер з джэйн, разам з перанапружаным станам нерваў, зрабіў яго пабожна станоўчым, што ёй пагражае нейкая вялікая небяспека. Магчыма, нават зараз яна спрабавала абараніцца ад нейкага дзікага чалавека ці звера.

Якія былі думкі яго дзіўнага захопніка альбо гіда глітона, магла толькі няпэўна здагадвацца; але тое, што ён пачуў стрэл, і быў нейкім чынам пацярпеў ад яго, гэта было цалкам відавочна, таму што ён паскорыў крок так прыкметна, што клейтон, нязменна спатыкаючыся па слядах, апусціўся ў дзясятак разоў за столькі хвілін, як марныя намаганні ісці ў нагу з ім, і неўзабаве застаўся безнадзейна ззаду.

Баючыся, што ён зноў будзе беззваротна згублены, ён уголас паклікаў дзікага чалавека перад сабою, і праз імгненне здаволіўся, убачыўшы, як ён лёгенька апусціцца ўбок з галінак зверху.

На імгненне тарзан уважліва паглядзеў на маладога чалавека, нібы не вызначыўся з тым, што лепш рабіць; потым, нахіліўшыся перад глейтанам, ён паказаў яму, абхапіўшы яго за шыю, і, з белым чалавекам на спіне, тарзан падняўся да дрэў.

Наступныя хвіліны малады англічанін ніколі не забываў. Высока сагнуўшы і пагойдваючыся галінамі, ён спараджаўся тым, што здавалася яму неверагоднай імклівасцю, у той час як тарзан абапіраўся ад маруднасці.

Ад адной узнёслай галіны спрытная істота хілілася келітанам праз галавакружную дугу да суседняга дрэва; тады на сто ярдаў, магчыма, упэўненыя ногі ніткамі лабірынта пераплеценых канечнасцей, балансуючы, як хадакі па канаце, высока над чорнымі глыбінямі балота.

Ад першага адчування халадовага страху гліток перайшоў у вострае захапленне і зайздрасць тых гіганцкіх цягліц і той дзівосны інстынкт ці веды, якія кіравалі гэтым лясным богам праз чорную ноч чорнаты так лёгка і бяспечна, як па клейтон прагуляўся па лонданскай вуліцы ў поўдзень.

Час ад часу яны ўваходзілі ў тое месца, дзе лістота вышэй была менш густая, і яркія месяцовыя прамяні загараліся перад дзівоснымі вачыма клейтона дзіўным шляхам, які яны ішлі.

У такія часы чалавек даволі затаіў дыханне, убачыўшы жахлівыя глыбіні пад імі, бо тарзан пайшоў самым простым шляхам, які часта вёў больш за сто футаў над зямлёй.

Але, з усёй сваёй здавалася б хуткасцю, тарзан сапраўды адчуваў сябе з параўнальнай марудлівасцю, пастаянна шукаючы канечнасці дастатковай трываласці для падтрымання гэтага двайнога вагі.

У цяперашні час яны прыйшлі на паляну перад пляжам. Хуткія вушы тарзана пачулі дзіўныя гукі намаганняў сабора прабіцца праз краты, і клінтану здавалася, што яны апусціліся на зямлю проста сто футаў, таму хутка тарзан спусціўся на зямлю. Але, калі яны ўдарылі аб зямлю, гэта была мізэрная слоічка; і калі клейтон адпусціў твар на чалавекападобнага чалавека, ён убачыў, як ён вытаптаўся, як вавёрка, на супрацьлеглым баку каюты.

Англічанін хутка выбег за ім, каб своечасова ўбачыць заднія чвэрці нейкай велізарнай жывёлы, якая вось-вось знікне праз акно кабіны.

Як джэйн адкрыла вочы на ўсведамленне непазбежнай небяспекі, якая пагражала ёй, яе адважнае маладое сэрца нарэшце адмовілася ад свайго канчатковага рэштка надзеі. Але потым, на сваё здзіўленне, яна ўбачыла, як вялізную жывёлу павольна цягне назад праз акно, і пры месячным святле яна ўбачыла галовы і плечы двух чалавек.

Калі клейтон закруг вугал каюты, каб убачыць, як жывёла знікае ўнутры, трэба было таксама ўбачыць чалавекападобнага чалавека, які схапіў доўгі хвост у абедзве рукі, і, прыціснуўшыся нагамі да борцікі, перакінуў усе магутныя. Сілы ў намаганнях вывесці звера з інтэр'еру.

Клейтан паспеў працягнуць руку, але чалавек-малпа падаўся да яго загадліва і беззаботна, чымсьці, што клейтан ведаў, як загад, хаця і не мог іх зразумець.

Нарэшце, пад іх сумеснымі намаганнямі, вялікае цела павольна цягнулася ўсё далей і далей за акном, а потым прыйшла ў галаву клейтану світанне пра нечаканую адвагу ўчынку свайго таварыша.

Для голага чалавека, каб перацягнуць віск, кіпцюркі елкага чалавека з акна за хвост, каб выратаваць дзіўную белую дзяўчыну, сапраўды было апошнім словам у гераізме.

Наколькі гэта датычылася клейтона, гэта была зусім іншая справа, бо дзяўчынка была не толькі ўласнага роду і расы, але і была адной жанчынай ва ўсім свеце, якую кахала.

Хаця ён ведаў, што ільвіца здзейсніць кароткую працу абодвух, ён з ахвотай выцягнуў яе з нарыхтоўшчыка. Потым ён узгадаў пра бой паміж гэтым чалавекам і вялікім чарнаскурым ільвом, сведкам якога ён быў задоўга да таго, і ён пачаў адчуваць больш упэўненасці.

Тарзан усё яшчэ выдаваў загады, якія клейтан не мог зразумець.

Ён спрабаваў загадаць дурному беламу чалавеку, каб ён пагрузіў атручаныя стрэлы ў спіну і ў бакі сабора і дацягнуўся да дзікага сэрца доўгім тонкім паляўнічым нажом, які вісеў на сцягне тарзана; але чалавек не зразумеў, і тарзан не адважыўся адпусціць сябе, каб зрабіць усё сам, бо ведаў, што шалёны белы чалавек ні на хвіліну не можа правесці магутны сабор у адзіноце.

Ільвіца павольна выплывала з акна. Нарэшце ў яе былі плечы.

А потым клейтан убачыў неверагодную рэч. Тарзан, ламаючы мазгі для некаторых сродкаў, каб справіцца з адной рукой з раз'юшанага звера, нечакана ўспомніў пра свой бой з теркозам; і калі вялікія плечы ачысціліся ад акна, так што ільвіца вісела на падваконніку толькі на пярэдніх лапах, тарзан раптам адпусціў сябе на грудзі.

З хуткім рухам дзікавага бразготкі ён развярнуўся на спіну сабора, яго моцная маладая зброя шукае і атрымлівае поўнага нельсона на звера, як ён даведаўся гэтага дня падчас сваёй крывавай, змагальнай перамогі над теркозам.

З грукатам ільвіца цалкам перавярнулася на спіну і ўпала на ворага; але чарнявы волат толькі шчыльней зачыніўся.

Лапаючы і рвучы зямлю і паветра, сабар каціўся і кідаўся так, што, імкнучыся выбіць гэтага дзіўнага антаганіста; але ўсё мацней і шчыльней маляваў жалезныя стужкі, якія спускалі яе галаву ўсё ніжэй і ніжэй на румянай грудзях.

Вышэй закраліся сталёвыя перадплеччы чалавекападобнага чалавека на задняй частцы шыі сабора. Усё слабейшыя і слабейшыя сталіся намаганнямі львіцы.

Нарэшце клейтон убачыў бязмерныя мышцы плячэй тарзана і біцэпсы, якія падскоквалі ў завязаныя вузлы пад срэбным месяцовым святлом. Чалавека малпы былі працяглыя і вялікія намаганні - і пазванкі шыі сабора рэзка расступіліся.

У адно імгненне тарзан стаў на ногі, і другі раз у той дзень клейтан пачуў дзікі роў перамогі маўкі-малпы. Потым пачуў пакутлівы крык джэйн:

"сесіль - г-н глейтан! Ой, што гэта? Што гэта?"

Хутка падбегшы да дзвярэй кабіны, клейтон заклікаў, што ўсё ў парадку, і крыкнуў ёй, каб адчыніць дзверы. Як мага хутчэй яна падняла цудоўную планку і даволі пацягнула клейтон.

"які быў гэты жахлівы шум?" - прашаптала яна, сціскаючыся побач з ім.

"гэта быў крык забойства з горла чалавека, які толькі што выратаваў вам жыццё, міс насільшчык. Пачакайце, я прынясу яго, каб вы маглі падзякаваць яго".

Спалоханая дзяўчынка не засталася ў спакоі, таму яна суправаджала глітона ў бок каюты, дзе ляжала труп львіцы.

Тарзан з малпаў сышоў.

Клітон некалькі разоў тэлефанаваў, але адказу не было, і таму яны вярнуліся да большай бяспекі ўнутраных спраў.

"які страшны гук!" закрычала джэйн, " я ўздрыгваў ад адной думкі пра гэта. Не кажыце мне, што чалавечы горла агучыў гэты агідны і страшны крык".

"але гэта атрымалася, міс насільшчык," адказаў глінтан; "ці, па меншай меры, калі не чалавечае горла, чым у лесу."

А потым ён расказаў ёй пра свой досвед гэтага дзіўнага стварэння - пра тое, як два разы дзікі чалавек выратаваў сваё жыццё - пра дзівосную сілу, спрыт і адвагу - карычневай скуры і прыгожага твару.

"я не магу зрабіць гэта наогул", - рэзюмаваў ён. "спачатку я думаў, што ён можа быць тарзанам малпаў; але ён не размаўляе і не разумее англійскай мовы, так што тэорыя будзе невыканальнай".

"ну, які б ён ні быў", закрычала дзяўчына, "мы абавязаны яму ў жыцці, і бог можа дабраславіць яго і захаваць яго ў бяспецы ў дзікіх і дзікіх джунглях!"

"амін", горача сказаў клейтан.

"дзеля добрага гаспадара, хіба я не памёр?"

Абодва яны павярнуліся, убачыўшы, як эсмеральда сядзіць вертыкальна на падлозе, яе вялікія вочы коцяцца з боку ў бок, як быццам яна не можа паверыць іх паказанням адносна таго, дзе яна знаходзіцца.

І цяпер, для джэйнавага насільніка, прыйшла рэакцыя, і яна кінулася на лаву, усхліпваючы ад істэрычнага смеху.

Кіраўнік

"самае выдатнае"

У некалькіх мілях на поўдзень ад каюты, на паласе пясчанага пляжу, стаялі двое старых, спрачаючыся.

Перад імі цягнуўся шырокі атлант. На іх спінах быў цёмны кантынент. Побач з імі вымалёўвалася непраглядная цемра джунгляў.

Дзікія звяры рыкалі і рычалі; шумы, агідныя і дзіўныя, нападалі на вушы. Яны блукалі кіламетрамі ў пошуках свайго лагера, але заўсёды ў той бок. Яны былі так жа безнадзейна страчаныя, як быццам іх раптам перавезлі ў іншы свет.

У такі час, сапраўды, кожная абалонка іх аб'яднаных інтэлекту павінна была быць сканцэнтравана на жыццёвым пытанні мінуты - пытанні жыцця і смерці, каб яны зноў адышлі ў лагер.

Самуэль, г. Зн. Казаў філандр.

"але, мой дарагі прафесар, - казаў ён, - я ўсё яшчэ сцвярджаю, што толькі для перамог фердынанда і ізабелы над маўрамі пятнаццатага стагоддзя ў іспаніі свет будзе сёння на тысячу гадоў наперад, дзе мы цяпер апынемся. Маўры былі, па сутнасці, талерантнай, шырокай настроем, ліберальнай расы сельскагаспадарчых, рамеснікаў і гандляроў - той самы тып людзей, які зрабіў магчымай такую цывілізацыю, якую мы знаходзім сёння ў амерыцы і еўропе - у той час як іспанцы ".

", , паважаны містэр філандр", - перабіў прафесар насільнік; "іх рэлігія станоўча выключала магчымасці, якія вы прапануеце. Мусульманства было, ёсць і заўсёды будзе свядомасцю на той навуковы прагрэс, які адзначаўся ..."

"дабраславі мяне! Прафесар", - умяшаўся г-н. Філандр, які паглядзеў на джунглі, "здаецца, хтосьці набліжаецца".

Прафесар архімед . Насільшчык павярнуўся ў той бок, які ўказаў блізарукі мр. Філандр.

", , г-н ", усклікнуў ён. "як часта я павінен заклікаць вас шукаць такую абсалютную канцэнтрацыю вашых разумовых здольнасцей, якія ў адзіночку могуць дазволіць вам прынесці вышэйшыя сілы інтэлектуальнасці пры значных праблемах, якія, натуральна, трапляюць на мноства вялікіх розумаў? І цяпер я лічу вас вінаватымі. Пра самае грубае парушэнне ветлівасці, перарываючы мой вывучаны дыскурс, каб звярнуць увагу на просты чацвёрты род роду феліса.

"нябёсы, прафесар, леў?" усклікнуў г-н. Філандр, напружваючы слабыя вочы да цьмянай постаці, акрэсленай на цёмным трапічным падлеску.

"так, так, г-н філандэр, калі вы настойваеце на выкарыстанні слэнгу ў вашым дыскурсе," льва ". Але, як я казаў, "

"дабраславі мяне, прафесар," зноў перапыніў г-н. Дабрачынца; "дазвольце мне выказаць здагадку, што бясспрэчныя маўры, якія былі заваяваны ў пятнаццатым стагоддзі, будуць працягвацца ў той самай сумнай умове, па меншай меры, хоць мы адкладзем абмеркаванне гэтага сусветнага бедства, пакуль мы не зможам дасягнуць феерычнага погляду на . Якая адлегласць па-відаць прыпісваецца крэдытаванню ".

Тым часам леў з ціхім годнасцю падышоў да дзесяці крокаў ад двух мужчын, дзе ён з цікаўнасцю назіраў за імі.

Месяцовае святло заліло пляж, і дзіўная група вылучылася смелым рэльефам на жоўты пясок.

"самы ганебны, самы пакаяльны", - усклікнуў прафесар насільшчык са слабым слядам раздражнення ў голасе. "ніколі, г-н філандэр, ніколі раней у сваім жыцці я не ведаў, каб адну з гэтых жывёл дазволілі блукаць у сваёй клетцы. Я, несумненна, паведамляю пра гэтае абуральнае парушэнне этыкі дырэктарам суседняга заалагічнага саду".

"цалкам правільна, прафесар," пагадзіўся г-н. Філандр: "і чым раней гэта будзе зроблена, тым лепш. Пачнем зараз".

Схапіўшы прафесара за руку, г-н. Філандр рушыў у той бок, які б паставіў найбольшую адлегласць паміж сабой і ільвом.

Яны працягваліся, але на невялікай адлегласці, калі адваротны погляд выявіў жахлівы погляд г-на. Філандр, што леў ішоў за імі. Ён узмацніў пратэстанта прафесара і павялічыў хуткасць.

"як я казаў, г-н філандэр," паўтарыў прафесар портэр.

Спадар. Філандэр кінуў яшчэ адзін паспешлівы погляд назад. Леў таксама паскорыў хаду і жорстка падтрымліваў нязменную адлегласць за імі.

"ён ідзе за намі!" ахнуў містэр. Філандр, разбіваючыся на разбег.

", , г-н ", - перасцярог прафесар, "гэтая нязграбная паспешлівасць найбольш непажаданая для людзей з лістоў. Што будуць думаць пра нас нашы сябры, якія могуць паспрабаваць апынуцца на вуліцы і стаць сведкамі нашых легкадумных прыдурак? Нам прыступіць да большай колькасці прычынаў ».

Спадар. Філандэр скраў яшчэ адно назіранне за кармой.

Леў мяжуе лёгкімі скачкамі крокаў на пяць крокаў ззаду.

Спадар. Філандэр апусціў руку прафесара і ўрэзаўся ў вар'яцкую вар'яцкую хуткасць, якая зрабіла б крэдыт любой трэнажорнай камандзе.

"як я казаў, г-н філандэр," - закрычаў прафесар насільшчык, бо, метафарычна кажучы, ён сам "кінуў яе ў вышыню". Ён таксама ўбачыў мімалётны адсталы погляд жорсткіх жоўтых вачэй і напалову адкрытага рота ў дзіўнай блізкасці свайго чалавека.

З струменістымі кажухамі і бліскучым шаўковым капелюшом прафесара архімеда . Насільшчык уцёк праз месяцовае святло блізка да пятаў м-ра. Самуэль, г. Зн. Філандр.

Перад імі кропка джунгляў выбегла да вузкага мыса, а м-р менавіта для прыстанішча дрэў убачыў там. Самуэль, г. Зн. Філандр кіраваў сваімі велізарнымі скачкамі; у той час як з цені гэтага ж плямы ўважліва глядзелі два вострыя вочы, зацікаўленыя ўдзячнасцю гонкі.

Гэта дзіўная гульня наступнага лідэра, які з тварам усміхнуўся, глядзеў на тарзане малпаў.

Ён ведаў, што двое мужчын былі досыць у бяспецы ад нападу, калі тычыцца льва. Сам факт, што нума перашкодзіла такой лёгкай здабычы, зусім пераканала мудрае лясное майстэрства тарзана, што жывот нумы ўжо быў поўны.

Леў можа сцяблаць іх, пакуль зноў не прагаладаюцца; але ёсць верагоднасць, што калі не раззлаваць, ён хутка стаміцца ад спорту і адскочыць да логава джунгляў.

На самай справе, адна вялікая небяспека была ў тым, што адзін з людзей можа спатыкнуцца і ўпасці, і тады жоўты д'ябал на імгнецца, і радасць ад забойства была б занадта вялікай спакусай супрацьстаяць.

Так тарзан хутка замахнуўся на ніжнюю канечнасць у рэчышчы набліжаюцца да ўцекачоў; і як г-н. Самуэль, г. Зн. Філандэр задыхаўся і дзьмуў пад ім, ужо занадта выдаткаваны, каб дабіцца бяспекі канечнасці, тарзан пацягнуўся ўніз і, схапіўшы яго за каўнер паліто, прыціснуў яго да канечнасці побач.

Іншы момант прывёў прафесара ў сферу добразычлівага захопу, і ён таксама быў прыцягнуты да бяспекі гэтак жа, як збянтэжаная нума з грукатам скакала, каб аднавіць зніклы кар'ер.

На імгненне двое мужчын прыціскаліся да вялікай галінкі, а тарзан прысеў на кукішкі спіной да сцябла дрэва, назіраючы за ім з змяшанай цікаўнасцю і забавай.

Гэта быў прафесар, які першым парушыў маўчанне.

"я глыбока балючы, г-н філандэр, што вы павінны былі дасягнуць такой пакутлівай мужнасці ў прысутнасці аднаго з ніжэйшых ордэнаў, і ваша нязграбная нясмеласць прымусіла мяне напружвацца ў такой непрывычнай ступені для таго, каб я мог бы аднавіць свой дыскурс, як я казаў, г-н філандэр, калі вы мяне перабівалі, маўры ... "

"прафесар архімед, п. Насільнік", - прарваўся ў г-н. Філандр, у ледзяных танах: "настаў час, калі цярплівасць становіцца злачынствам, і пагражае пагром, апрануты ў мантыю дабрадзейнасці. Вы абвінавацілі мяне ў баязлівасці. Вы надумалі, што вы беглі толькі, каб мяне абагнаць, каб не пазбегнуць лап. Леў. Будзьце ўважлівыя, прафесар архімед, д. Насільнік! Я чалавек, які адчайна стаіць, трымаючыся шматпакутнага цярпення, чарвяк павярнуцца ".

", , г-н , , !" перасцерагаецца прафесар насільшчык; "ты забываеш сябе".

"я пакуль нічога не забываю, прафесар архімед, насільнік; але, паверце, сэр, я разважаю на мяжы забыцця адносна вашага ўзвышанага становішча ў свеце навукі і вашых сівых валасоў".

Прафесар некалькі хвілін прасядзеў у цішыні, і цемра хавала змрочную ўсмешку, якая вяла яго маршчыністае аблічча. У цяперашні час ён выступіў.

"паглядзі сюды, худы філандр," сказаў ён ваяўнічымі тонамі, "калі ты шукаеш лом, здымай паліто і сыдзе на зямлю, і я буду біць галавой так, як я рабіў шэсьдзесят гадоў таму ў завулку на задняй частцы свінога эванса "хлеў".

"каўчэг!" уздыхнуў здзіўлены м-р. Філандр. "пане, як добра гэта гучыць! Калі ты чалавек, каўчэг, я цябе люблю; але неяк здаецца, што ты забыўся, як быць чалавекам за апошнія дваццаць гадоў".

Прафесар працягнуў тонкую, дрыжачую старую руку праз цемру, пакуль не знайшоў пляча старога сябра.

"прабач, худы", - мякка сказаў ён. "мінула ўжо дваццаць гадоў, і сам бог ведае, наколькі цяжка я стараўся быць" чалавекам "дзеля джэйн, і твой таксама, бо ён забраў маю іншую джана."

Яшчэ адна старая рука скрала ў г-на. Бокам філандэра, каб абхапіць той, які ляжаў на яго плячы, і ніякае іншае паведамленне не магло перавесці адно сэрца ў другое.

Яны не размаўлялі некалькі хвілін. Леў пад імі нервова крочыў туды-сюды. Трэцяя фігура на дрэве была схавана густымі ценямі каля сцябла. Ён таксама маўчаў - нерухома, як выбіты вобраз.

"вы, безумоўна, падцягнулі мяне да гэтага дрэва своечасова", - нарэшце сказаў прафесар. "я хачу падзякаваць. Вы выратавалі мне жыццё".

"але я цябе не цягнуў сюды, прафесар," сказаў г-н. Філандр. "дабраславі мяне! Хваляванне гэтага моманту цалкам прымусіла мяне забыцца, што я сам быў тут складзены нейкім знешнім агенцтвам. У нас на гэтым дрэве павінен быць хто-небудзь ці нешта".

"а?" эякуляваны прафесар насільнік. "вы цалкам пазітыўныя, г-н філандэр?"

"самы пазітыўны, прафесар," адказаў г-н. Філандр, "і", дадаў ён, "я думаю, што мы павінны падзякаваць партыі. Ён, магчыма, сядзіць побач з вамі зараз, прафесар".

"э? Што гэта? , , г-н , , !" - сказаў прафесар портэр, асцярожна іржыўшыся да г-на. Філандр.

Якраз тады тарзану з малпаў досыць доўга ляжала пад дрэвам, і таму ён падняў маладую галаву да нябёсаў, і там пачуліся жахлівыя перасцярогі перад вушамі двух старых. Антрапоіда.

Двое сяброў, якія сціснуліся ў дрыготкім становішчы на канечнасці, убачылі, як вялікі леў спыніўся ў сваім неспакойным хадзе, калі крывавы крык пабіў вушы, а потым хутка праскочыў у джунглі, каб імгненна згубіць зрок.

"нават леў дрыжыць ад страху", прашаптаў г-н. Філандр.

"самае выдатнае, самае выдатнае", - прамармытаў прафесар портэр, ліхаманкава хапаючыся за містэра. Філандр, каб вярнуць сабе раўнавагу, якую раптоўны спалох так небяспечна пагражаў. На жаль для іх абодвух, г-н. Цэнтр раўнавагі філандэра быў у той самы момант, які вісеў на ірваным краі нічога, так што гэта было патрэбна, але мяккі імпульс, які забяспечваўся дадатковай вагой цела прафесара насільшчыка, каб зваліць адданага сакратара з канечнасці.

На імгненне яны няўпэўнена пагойдваліся, а потым, змяшаўшыся і з непрыхаванымі віскамі, яны ўзняліся з дрэва, замкнутыя ў шалёных абдымках.

Увогуле было зрушана некалькі момантаў, бо абодва былі ўпэўненыя, што любая такая спроба выявіць так шмат парываў і пераломаў, што зрабіць далейшы прагрэс немагчымым.

Прафесар портэр здзейсніў спробу перамясціць адну нагу. На яго здзіўленне, ён адрэагаваў на яго волю, як мінулыя дні. Цяпер ён выцягнуў сваю палоўку і зноў працягнуў яе.

"самае выдатнае, самае выдатнае", прамармытаў ён.

"дзякуй богу, прафесар", прашаптаў г-н. Філандр, горача, "вы тады не памерлі?"

", , г-н , , ", папярэдзіў прафесар портэр, "я яшчэ не ведаю з дакладнасцю".

Прафесар портэр з бясконцай нахабнасцю махнуў правай рукой - радасць! Гэта было цэлым. Ён, затаіўшы дыханне, узмахнуў левай рукой над распушчаным целам - ён махнуў рукой!

"самае выдатнае, самае выдатнае", - сказаў ён.

"каму вы сігналізуеце, прафесар?" спытаў г-н. Філандр, узбуджаны тон.

Прафесар портэр заклікаў не адказваць на гэты дзіўны запыт. Замест гэтага ён асцярожна падняў галаву з зямлі, ківаючы ёй паўтара дзясятка разоў.

"самае выдатнае", - выдыхнуў ён. "ён застаецца цэлым".

Спадар. Філандр не рушыў з месца, дзе ўпаў; ён не адважыўся на спробу. Як сапраўды можна было рухацца, калі былі зламаныя рукі, ногі і спіна?

Адно вока пахавана ў мяккім суглінку; другі, коціўшыся ўбок, быў у захапленні ад дзіўных уражанняў прафесара портэра.

"як сумна!" усклікнуў г-н. Філандр, напалову ўслых. "страсенне мозгу, навядзенне поўнай псіхічнай аберацыі. Як вельмі сумна! І для аднаго яшчэ такі малады!"

Прафесар насільшчык перавярнуўся на жывот; ён асцярожна схіліў спіну, пакуль не нагадваў велізарную котку-тома ў непасрэднай блізкасці ад лямантуючай сабакі. Потым ён сеў і адчуў розныя часткі яго анатоміі.

"усе яны тут", усклікнуў ён. "самае выдатнае!"

Пасля чаго ён устаў і, згінаючы паскудны погляд на нерухомую форму г-на. Самуэль, г. Зн. Філандр, ён сказаў:

", , г-н ; гэта не час, каб патураць лянотнай лёгкасці. Мы павінны быць і рабіць".

Спадар. Філандэр падняў іншы позірк з бруду і ў безгаворнай злосці ўзіраўся ў прафесара насільшчыка. Потым ён паспрабаваў падняцца; і яго нельга было здзівіць больш, чым ён, калі яго намаганні адразу ўвянчаліся значным поспехам.

Аднак ён яшчэ разрываўся ад гневу пры жорсткай несправядлівасці інсінуацыі прафесара партэра, і быў на месцы, калі ён даў дагаворлівасць, калі яго вочы ўпалі на дзіўную фігуру, якая стаяла ў некалькіх кроках ад іх, уважліва вывучаючы іх.

Прафесар насільшчык вярнуў сабе бліскучую шаўковую шапку, якую ён асцярожна прышпіліў рукавом паліто і надзеў на галаву. Калі ён убачыў г-н. Філандр, паказваючы на нешта ззаду, павярнуўся, каб зірнуць на гіганта, голага, але за пясніцу і некалькі металічных упрыгожванняў, якія нерухома стаялі перад ім.

"добры вечар, сэр!" - сказаў прафесар, уздымаючы капялюш.

Для адказу велікан прапанаваў ім ісці за ім і адправіўся на пляж у той бок, адкуль яны нядаўна прыйшлі.

"я лічу, што для гэтага лепш ісці па меркаванні", - сказаў г-н. Філандр.

", , г-н ", вярнуўся прафесар. "за кароткі час, калі вы прасоўваеце самы лагічны аргумент у абгрунтаванне вашай тэорыі, што лагер ляжаў прама на поўдзень ад нас. Я быў скептычна настроены, але вы, нарэшце, пераканалі мяне; так што цяпер я ўпэўнены, што ў бок поўдня мы павінны падарожнічаць, каб дасягнуць нашага сябры. Таму далей на поўдзень ".

"але, прафесар насільшчык, гэты чалавек можа ведаць лепш за ўсіх з нас. Ён, здаецца, карэнны ў гэтай частцы свету. Давайце, па меншай меры, пойдзем за ім на невялікую адлегласць".

", , г-н ", паўтарыў прафесар. "я складаны чалавек, каб пераканаць, але, калі пераканаўся, маё рашэнне будзе нязменным. Я буду працягваць у правільным кірунку, калі мне прыйдзецца абыйсці кантынент афрыкі, каб дасягнуць майго пункта прызначэння".

Далей аргумент перапыніў тарзан, які, убачыўшы, што гэтыя дзіўныя людзі не ідуць за ім, вярнуўся на свой бок.

Ён зноў паклікаў іх; але яны ўсё ж паспрачаліся.

У цяперашні час чалавек малпы страціў цярплівасць з дурным няведаннем. Ён схапіў спалоханага м-ра. Дабрачынца за плячо, і перш чым дастойны джэнтльмен ведаў, забіваюць яго альбо проста калечаць на ўсё жыццё, тарзан надзейна прывязаў адзін канец вяроўкі да г-на. Шыя філандэра.

", , г-н ", успамінае прафесар насільнік; "самае невымернае ў вас падпарадкоўвацца такім пачварам".

Але ледзь былі словы з вуснаў, калі ён таксама быў схоплены і надзейна звязаны шыяй вяроўкай. Затым тарзан рушыў у напрамку на поўнач, вядучы цяпер ужо спалоханага прафесара і яго сакратара.

У смяротнай цішыні яны працягваліся за тое, што здавалася гадзінам двум стомленым і безнадзейным старцам; але, калі яны ўзялі верх на невялікім уздыме зямлі, яны былі ў захапленні ад таго, каб убачыць каюту, якая ляжала перад імі, а не за сто ярдаў.

Тут тарзан выпусціў іх і, паказваючы на маленькі будынак, знік у джунглях побач.

"самае выдатнае, самае выдатнае!" выдыхнуў прафесар. "але вы бачыце, г-н філандэр, што я быў зусім правільны, як звычайна; але для вашай упартай свавольнасці нам трэба было б пазбегнуць шэрагу самых зневажальных, каб не сказаць небяспечных здарэнняў. Моліцеся дазволіць сабе кіравацца больш сталымі". І практычны розум далей, калі мае патрэбу ў мудрай радзе ".

Спадар. Самуэль, г. Зн. Філандр быў занадта моцна палёгка ад шчаслівага выніку іх прыгод, каб узняцца з-за жорсткага кідання прафесара. Замест гэтага ён схапіў таварыша за руку і паспяшаўся наперад у бок кабіны.

Гэта была значна вызваленая партыя заходніх дарог, якая зноў апынулася аб'яднанай. Світанак выявіў, што яны ўсё яшчэ распавядаюць пра свае прыгоды і разважаюць над асобай дзіўнага апекуна і абаронцы, якога яны знайшлі на гэтым дзікім беразе.

Эсмеральда была ўпэўненая ў тым, што гэта не хто іншы, як анёл уладара, якога пасылалі, каб апякуцца.

"калі б вы бачылі, як ён пажырае сырое мяса льва, эсмеральда," засмяяўся клейтон, "вы палічылі б яго вельмі матэрыяльным анёлам".

"у яго голасе не было нічога нябёснага", - сказаў джэйн насільшчык і злёгку ўздрыгнуў пры ўспаміне жудаснага груката, які рушыў услед за забойствам львіцы.

"і гэта дакладна не супастаўлялася з маімі загадзя прадуманымі ідэямі годнасці боскіх пасланцаў", - заўважыў прафэсар портэр, - калі ... Ах, джэнтльмен прывязаў дваіх вельмі рэспектабельных і эрудыраваных вучоных да шыі і пацягнуў іх па джунглях, як быццам яны былі каровы ".

Кіраўнік

Пахаванні

Як гэта было зараз даволі лёгка, вечарынка, ніхто з якіх не еў і не спаў з раніцы папярэдняга дня, пачаў гадаваць сябе, каб прыгатаваць ежу.

Мяцежнікі стралы прызямліліся невялікім запасам сушанага мяса, кансерваваных супаў і гародніны, сухароў, мукі, гарбаты і кавы для пяці чалавек, якія яны абяспылілі, і іх паспешліва цягнулі, каб задаволіць цягу даўніх апетытаў.

Наступнай задачай было зрабіць кают жылым, і з гэтай мэтай было вырашана адразу прыбраць жудасныя рэліквіі трагедыі, якая адбылася там у нейкі мінулы дзень.

Прафесар насільшчык і г-н. Дабрачынцы былі глыбока зацікаўлены ў вывучэнні шкілетаў. Абедзве буйныя, па іх словах, належалі мужчынам і жанчынам адной з вышэйшых белых рас.

Самым маленькім шкілетам было дадзена, але ўважлівае ўвагу, паколькі яго размяшчэнне ў ложачку не пакінула сумненняў у тым, што ён быў нашчадкам гэтай няшчаснай пары.

Калі яны рыхтавалі шкілет чалавека да пахавання, клейтон выявіў масіўнае кольца, якое, відавочна, абкружыла палец чалавека падчас яго смерці, бо адна з стройных костак рукі ўсё яшчэ ляжала ў залатой бездані.

Падхапіўшы яго, каб разгледзець яго, клейтан здзіўлена заплакаў, бо пярсцёнак насіў грэбень хаткі серага.

У той жа час джэйн выявіла кнігі ў шафе, і пры адкрыцці лістоўкі аднаго з іх убачыла імя джон клейтан, лондан. У другой кнізе, якую яна паспешліва разглядала, было адзінае імя, хорт.

"чаму, містэр глейтан," закрычала яна, "што гэта значыць? Вось у гэтых кнігах прозвішчы некаторых вашых людзей".

"і вось, - адказаў ён сур'ёзна, - гэта вялікае кольца дома, якое было здзейсненае з-за таго, што мой дзядзька, джон клейтан, былы лорд-шэры крок, знік, як мяркуецца, страціў у моры".

"але як вы лічыце, што гэтыя рэчы знаходзяцца тут, у гэтай дзікай афрыканскай джунглях?" усклікнула дзяўчынка.

"ёсць толькі адзін спосаб гэта ўлічыць, міс портэр", - сказаў клейтан. "нябожчык паны-серы не патануў. Ён памёр тут, у гэтай каюце, і гэтая бедная рэч на падлозе - гэта ўсё, што для яго смяротнае".

"значыць, гэта, напэўна, была жаночай шэрым шлейкам", - з пашанаю сказала джэйн, паказваючы на дрэнную масу костак на ложку.

"прыгожая лэдзі аліса," адказала глейтан, "пра мноства цнотаў і выдатных асабістых чараў я часта чула, як мама і бацька размаўляюць. Бедная жанчына", маркотна прамармытаў ён.

З глыбокай глыбокай павагай і ўрачыстасцю былі пахаваны целы нябожчыка ўладара і пані-шэрай каля іх маленькай афрыканскай хаткі, а паміж імі быў змешчаны малюсенькі шкілет немаўляці калы, малпы.

Як г-н. Філандр клаў кволыя немаўляці ў крыху ветразной тканіны, і ён імгненна аглядаў чэрап. Потым ён патэлефанаваў прафесару насільшчыку ў свой бок, і яны спрачаліся нізкімі тонамі некалькі хвілін.

"самае выдатнае, самае выдатнае", - сказаў прафесар портэр.

"дабраславі мяне", сказаў г-н. Філандр, "мы павінны адразу пазнаёміць г-на клейтан з нашым адкрыццём".

", , г-н , , !" пераконаны прафесар архімед . Насільшчык. "" хай памерлыя мінулыя пахаваюць сваіх памерлых ""

І таму белавалосы стары паўтарыў пахаванне над гэтай дзіўнай магілай, у той час як чацвёра ягоных паплечнікаў стаялі са схіленымі і непакрытымі галовамі.

З дрэў тарзан малпаў назіраў за ўрачыстай цырымоніяй; але больш за ўсё ён назіраў за мілым тварам і вытанчанай фігурай джэйнавага насільшчыка.

У яго дзікай, неабумоўленай грудзях варушыліся новыя эмоцыі. Ён не мог іх прыдумаць. Яму было цікава, чаму ён адчувае такі вялікі інтарэс да гэтых людзей - чаму ён пайшоў на такія болі, каб выратаваць трох чалавек. Але ён не здзівіўся, чаму ён разарваў сабор з далікатнай мяса чужой дзяўчыны.

Напэўна, мужчыны былі дурныя, недарэчныя і баязлівыя. Нават ману, малпа, была больш разумнай, чым яны. Калі б гэта былі істоты падобнага кшталту, ён сумняваўся ў тым, ці можна было б апраўдаць яго гонар у крыві.

Але дзяўчына, ах, гэта была іншая справа. Тут ён не разважаў. Ён ведаў, што яна ствараная для абароны, і што ён створаны для яе абароны.

Ён задаўся пытаннем, чаму яны выкапалі вялікую яму ў зямлі, каб проста пахаваць сухія косці. Напэўна, у гэтым не было сэнсу; ніхто не хацеў красці сухія косці.

Калі б на іх было мяса, то ён мог бы зразумець, бо такім чынам адзін мог захаваць сваё мяса ад танго, гіены і іншых разбойнікаў з джунгляў.

Калі магіла была запоўнена зямлёй, маленькая вечарынка павярнулася назад да каюты, і эсмеральда, па-ранейшаму багата плачачы па тых дзвюх, пра якія ніколі раней не чула, і якія былі памерлыя дваццаць гадоў, паглядзела на гавань. Імгненна яе слёзы спыніліся.

"паглядзіце на іх нізка ўнізе белага смецця!" яна пранізліва паказала на стрэлку. "яны - усё гэта апаганьвае нас, тут, на гэтым тут перакручаным востраве".

І, упэўнены, стрэлка рухалася да адкрытага мора, павольна, праз увахід у гавань.

"абяцалі пакінуць нам агнястрэльную зброю і боепрыпасы", - сказаў клейтан. "бязлітасныя звяры!"

"я гэта ўпэўнены, што гэта чалавек, якога яны называюць" бакасам ", - сказала джэйн. "кароль быў нягоднікам, але ў яго было крыху пачуцці чалавечнасці. Калі б яны не забілі яго, я б ведаў, што ён бы ўбачыў, што мы належным чынам забяспечылі яго, перш чым яны пакінулі нас перад нашым лёсам".

"я шкадую, што не наведвалі нас перад плаваннем", - сказаў прафесар портэр. "я прапанаваў папрасіць іх пакінуць скарб у нас, бо я буду згубленым чалавекам, калі гэта страчана".

Джэйн сумна паглядзела на бацьку.

"не бяда, дарагая", сказала яна. "гэта не прыняло б нічога добрага, таму што яны забілі толькі сваіх скарбаў і пасадзілі нас на гэты жахлівы бераг".

", , дзіця, , !" адказаў прафесар насільнік. "вы добрае дзіця, але неспрактыкаваны ў практычных пытаннях", і прафесар партёр павярнуўся і павольна пайшоў у бок джунгляў, а яго рукі былі заціснуты пад хвасты доўгага паліто, а вочы сагнутыя аб зямлю.

Яго дачка глядзела на яго з жаласнай усмешкай на вуснах, а потым звярталася да містэра. Філандр, прашаптала:

"калі ласка, не дазваляйце яму зноў блукаць, як і ўчора. Мы залежым ад вас, каб вы ўважліва сачылі за ім".

"з кожным днём яму становіцца ўсё складаней", адказаў г-н. Філандр, уздыхнуўшы і пахітаўшы галавой. "я мяркую, што ён зараз паведамляе дырэктарам заапарка, што адзін з іх львоў быў на волі ўчора ўвечары. О, міс джэйн, вы не ведаеце, з чым я павінен змагацца".

"так, я, г-н філандэр; але, калі мы ўсе любім яго, вы адзін лепш за ўсё кіраваць ім; бо, незалежна ад таго, што ён можа сказаць вам, ён паважае ваша цудоўнае навучанне, і, такім чынам, мае велізарную ўпэўненасць на ваш погляд. Дарагі бедны не можа размяжоўваць эрудыцыю і мудрасць ".

Спадар. Філандэр, з мякка збянтэжаным выразам твару, звярнуўся да праследавання прафесара партэра, і ў ягонай галаве круцілася пытанне аб тым, ці варта яму адчуваць пахвалу ці засмучэнне ў даволі адважным кампліменце міс портэр.

Тарзан бачыў, як на тварах маленькай групы, як яны былі сведкамі адыходу стралы, быў збянтэжанасць; так, акрамя таго, як карабель быў для яго выдатнай навінкай, ён вырашыў спяшацца да месца сушы на поўнач ад вусця гавані і атрымаць бліжэйшы выгляд лодкі, а таксама даведацца, калі гэта магчыма, кірунак яго палёту.

Размахваючыся па дрэвах з вялікай хуткасцю, ён дасягнуў кропкі толькі праз імгненне пасля таго, як карабель выйшаў з гавані, так што ён атрымаў выдатны від на цуды гэтага дзіўнага, плывучага дома.

Дзесьці дваццаць чалавек бегалі туды-сюды па палубе і цягалі па вяроўках.

Дзьмуў лёгкі ветрык судна, і карабель працаваў праз вусці гавані пад мізэрным ветразем, але цяпер, калі яны ачысцілі кропку, распаўсюджваліся ўсе наяўныя шматкі палатна, каб яна магла вылучацца ў мора як мага зручней.

Тарзан з захапленнем назіраў за хупавымі рухамі карабля і прагнуў быць на борце. У цяперашні час яго вострыя вочы злавілі максімальную падазрэнне на дым на далёкім паўночным гарызонце, і ён задумаўся над прычынай падобнага ў вялікай вадзе.

Прыблізна ў той самы час, калі стрэлка на стрэльцы павінна была заўважыць яе, бо на працягу некалькіх хвілін тарзан бачыў, як ветразі ссоўваюцца і кароцяцца. Карабель узнікла, і ў цяперашні час ён ведаў, што яна адбіваецца назад да сушы.

Чалавек на луках увесь час упіраў у мора вяроўку, да канца якой быў прышпілены невялікі прадмет. Тарзан задаўся пытаннем, што можа быць мэтай гэтай акцыі.

Нарэшце карабель падняўся проста на вецер; якар быў апушчаны; ўніз ішлі ветразі. На палубе моцна сноўдалі.

Лодка была апушчана, і ў ёй была размешчана вялікая куфар. Потым дзясятак маракоў нахіліўся да вёслаў і хуценька пацягнуўся да таго месца, дзе тарзан прысеў на галінах дрэва.

Наблізіўшыся да кармы лодкі, тарзан убачыў чалавека з пацуком.

Толькі праз некалькі хвілін лодка закранула пляж. Мужчыны выскачылі і паднялі вялікую грудзі да пяску. Яны знаходзіліся на паўночным баку пункта, так што іх прысутнасць хавалася ад каюты.

Мужчыны раздражнёна спрачаліся на імгненне. Потым пацук, які пайшоў з некалькімі спадарожнікамі, узышоў па нізкім абрыве, на якім стаяла дрэва, якое хавала тарзан. Яны прыглядаліся некалькі хвілін.

"тут добрае месца", - сказаў матрос з пацуком, паказваючы на пляма пад дрэвам тарзана.

"гэта так добра, як і любы", адказаў адзін з яго таварышаў. "калі яны зловіць нас са скарбам на борце, ён усё роўна будзе канфіскаваны. Мы маглі б таксама пахаваць яго тут, верагодна, што хтосьці з нас пазбегне шыбеніцы, каб вярнуцца і атрымліваць асалоду ад яго пазней".

Цяпер пацук патэлефанаваў людзям, якія засталіся ля лодкі, і яны павольна падышлі па беразе, узяўшы кірхі і рыдлёўкі.

"спяшайцеся, вы!" закрычалі бакасы.

"укладвайце яго!" - невыразна адказаў адзін з мужчын. "вы не адмірал, вы праклятыя крэветкі".

"я тут, аднак, я павінен цябе зразумець, ты, мачавы", прарэзалі бакасы, з залпам страшных клятваў.

"устойлівы, хлопчыкі", папярэдзіў аднаго з мужчын, якія раней не размаўлялі. "не ідзе нам нічога, змагаючыся паміж сабой".

"досыць правільна", адказаў матрос, які абураўся самадзяржаўнымі тонамі бакасаў; "але нічога не трэба" прымушаць нікога нічога не ставіць на эфір у гэтай кампаніі ".

"вы, малайцы, капайце тут", - сказаў снайпс, паказваючы на месца пад дрэвам. "і пакуль вы корпаецеся", пітэр кін, каб быць макінам "карты месцазнаходжання, так што мы зноў знаходзім яго. Вы, том, і рахунак, вазьміце яшчэ пару і падніміце грудзі".

"што вы збіраецеся рабіць?" спытаў ён у папярэдняй сварцы. "проста бос?"

" там заняты", прабурчаў бакас. "вы не думалі, што ваш капялюш трэба будзе рыць рыдлёўкай?"

Мужчыны ўсе са злосцю ўзнялі вочы. Ні адзін з іх не любіў бакасаў, і гэта нязгоднае праяўленне аўтарытэту, паколькі ён забіў цара, сапраўднага кіраўніка і кіраўніка мяцежнікаў, толькі дадаў паліва для полымя іх нянавісці.

"вы хочаце сказаць, што вы не збіраецеся браць рыдлёўку і працягнуць руку гэтай працы? Ваша плячо не баліць так дрэнна, як гэта", - сказаў таррант, матрос, які раней гаварыў.

"не ад праклятага позірку", - адказаў снайпс, нервова перабіраючы прыклад свайго рэвальвера.

"тады, дай бог," адказаў таррант, "калі вы не возьмеце рыдлёўку, вы здзяйсьніце кірку".

Са словамі ён падняў выбар над галавой і магутным ударам пахаваў кропку ў мозгу бакасаў.

Нейкае імгненне мужчыны стаялі моўчкі, гледзячы на вынік змрочнага гумару сваіх таварышаў. Потым адзін з іх загаварыў.

"слушна весела служыў", сказаў ён.

Адзін з астатніх пачаў класці свой выбар на зямлю. Глеба была мяккай, і ён адкінуў кірку і схапіў рыдлёўку; потым да яго далучыліся іншыя. Больш нічога каментаваць забойства не было, але мужчыны працавалі ў большай думцы, чым яны, бо бакас прыняў каманду.

Калі ў іх была траншэя дастатковага памеру, каб пахаваць грудзі, таран выказаў здагадку, каб яны павялічылі яе і целы бакасаў на верхняй частцы грудзей.

"гэта можа" падмануць дурня, як "з'явіўся ў пошуках", "ён растлумачыў.

Астатнія бачылі хітрасць здагадкі, і таму траншэя была падоўжана для размяшчэння трупа, а ў цэнтры была раскапана больш глыбокая яма для скрынкі, якую спачатку загарнулі ў паруснік, а потым апусцілі на месца, якое прынесла яе верх каля фута ніжэй дна магілы. Зямлю заштурхоўвалі і таптáлі аб грудзі, пакуль дно магілы не стала роўным і раўнамерным.

Двое мужчын бескарысліва закаталі труп пацукоў у магілу, папярэдне пазбавіўшы яго зброі і розных іншых артыкулаў, якіх некалькі членаў парты жадалі самастойна.

Затым яны засыпалі магілу зямлёй і таптáлі яе, пакуль яе больш не пратрымалі.

Баланс друзлай зямлі быў выкінуты далёка і ўпоперак, і маса мёртвых падлесак распаўсюдзілася максімальна натуральна па наваколлі, каб знішчыць усе прыкметы парушэння зямлі.

Сваёй працай маракі вярнуліся да маленькай лодкі і хутка пацягнуліся да стрэлы.

Вецер прыкметна ўзмацніўся, і паколькі дым на гарызонце цяпер быў выразна адчувальны ў значным аб'ёме, мяцежнікі не гублялі часу, каб падняцца пад поўны ветразь і аднесціся на паўднёвы захад.

Тарзан, зацікаўлены глядач усяго, што адбылося, сядзеў, разважаючы над дзіўнымі ўчынкамі гэтых своеасаблівых істот.

Людзі сапраўды былі больш дурнымі і больш жорсткімі, чым звяры з джунгляў! Як пашанцавала таму, хто жыў у міры і бяспецы вялікага лесу!

Тарзан задаўся пытаннем, у чым у грудзях іх пахавалі. Калі яны не хацелі гэтага, чаму яны не проста кінулі яго ў ваду? Гэта было б значна прасцей.

Ах, падумаў ён, але яны гэтага хочуць. Яны схавалі яго тут, бо маюць намер вярнуцца пазней.

Тарзан апусціўся на зямлю і пачаў аглядаць зямлю наконт раскопак. Ён глядзеў, ці не ўпусцілі гэтыя істоты штонебудзь, чым ён мог бы валодаць. Неўзабаве ён выявіў рыдлёўку, схаваную падлескам, які яны паклалі на магілу.

Ён схапіў яго і паспрабаваў выкарыстаць так, як бачыў маракі. Гэта была нязручная праца і балела босымі нагамі, але ён настойваў, пакуль часткова не раскрыў цела. Гэта ён пацягнуў з магілы і паклаў убок.

Потым працягваў капаць, пакуль не расказаў грудзі. Гэта таксама пацягнула ў бок трупа. Потым ён запоўніў меншую дзірку пад магілай, замяніў цела і зямлю вакол і над ім, накрыў падлеску і вярнуўся да грудзей.

Чатыры матросы папацелі пад цяжарам сваёй вагі - тарзан з малпаў падняў яго, як быццам гэта быў пусты футляр, і, калі рыдлёўка, прыц近snутая да спіны кавалкам вяроўкі, вынесла яго ў самую шчыльную частку джунглях.

Ён не мог добра дамовіцца аб дрэвах са сваім нязграбным цяжарам, але ён працягваў ісці па сцежках, і таму зладзіў даволі добры час.

На працягу некалькіх гадзін ён падарожнічаў крыху на поўнач ад усходу, пакуль не трапіў у непралазную сцяну зблытанай і заблытанай расліннасці. Потым ён падняўся да ніжніх галінак, і яшчэ праз пятнаццаць хвілін ён выйшаў у амфітэатр малпаў, дзе яны сустракаліся ў саборы, альбо спраўлялі абрады дум-дума.

Непадалёк ад цэнтра паляны, а недалёка ад барабана ці алтара ён пачаў капаць. Гэта была больш складаная праца, чым падняцце на магіле свежаскапанай зямлі, але тарзан малпаў быў настойлівы, і таму ён працягваў працаваць, пакуль не атрымаў узнагароду, убачыўшы дзірку досыць глыбокай, каб прыняць куфар і фактычна схаваць яго ад гледжання.

Чаму ён пайшоў на ўсе гэтыя працы, не ведаючы значэння змесціва грудзей?

Тарзан з малпаў меў фігуру чалавека і мозг чалавека, але ён быў малпай па трэніроўках і абстаноўцы. Яго мозг сказаў яму, што ў грудзях было нешта каштоўнае, інакш мужчыны не схавалі б гэтага. Яго трэніроўка навучыла яго пераймаць усё новае і незвычайнае, і цяпер прыродная цікаўнасць, характэрная для мужчын, як і малпы, падштурхнула яго адкрыць грудзі і вывучыць яе змест.

Але цяжкі замак і масіўныя жалезныя павязкі збянтэжылі яго хітрасць і велізарную сілу, так што яго прымусілі пахаваць грудзі, не задаволіўшы яго цікаўнасці.

Да таго часу, як тарзан паляваў назад у ваколіцу салона, карміўшы, калі ён ішоў, было зусім цёмна.

У маленькім будынку гарэла святло, бо клейтон знайшоў незачыненую алавяную алей, якая стаяла некранутай дваццаць гадоў, частку прыпасаў, пакінутых чорнымі міхайламі з келітонамі. Лямпы таксама былі да гэтага часу карыснымі, і такім чынам унутраная частка салона выглядала такой жа яркай, як і дзень, здзіўленаму тарзану.

Ён часта задумваўся пра тое, у чым менавіта лямпы. Яго чытанне і фатаграфіі казалі яму пра тое, што яны ёсць, але ён не ўяўляў, як іх можна зрабіць, каб стварыць дзівоснае сонечнае святло, што некаторыя з яго малюнкаў адлюстроўвалі іх як размываючыя ўсе навакольныя прадметы.

Калі ён падышоў да бліжэйшай да дзвярэй акна, ён убачыў, што салон быў падзелены на дзве пакоі шурпатай перагародкай сукоў і ветразяў.

У пярэдняй зале знаходзіліся трое мужчын; двое старэйшых, глыбока разважаючы, у той час як малодшы, нахіліўшыся да сцяны на імправізаваным зэдліку, быў глыбока пагружаны ў чытанне адной з кніг тарзана.

Тарзан, аднак, не асабліва цікавіўся мужчынамі, таму ён шукаў іншае акно. Там была дзяўчынка. Як прыгожыя яе рысы! Як далікатная яе снежная скура!

Яна пісала за ўласным сталом тарзана пад акном. На кучы травы ў другім баку пакоя ляжаў сон.

На працягу гадзіны тарзан баляваў яе вачыма, пакуль яна пісала. Як ён прагнуў размаўляць з ёй, але ён не адважыўся на гэта, бо быў пераканны, што яна, як і малады чалавек, не зразумее яго, і ён таксама баяўся, што ён можа яе напалохаць.

Яна паўстала, пакінуўшы рукапіс на стале. Яна падышла да ложка, на якім было раскінута некалькі слаёў мяккіх траў. Гэтыя яны пераставілі.

Потым яна расслабіла мяккую масу залацістых валасоў, якія вянчалі яе галаву. Нібы мігацельны вадаспад, які паміраe сонцам, ператварыўся ў пацёрты метал, ён упаў каля яе авальнага асобы; у махаючых лініях, ніжэй яе таліі ўпала.

Тарзан быў зачараваны. Потым яна патушыла лямпу, і ўсё ў салоне ахінулася ў кіммерскую цемру.

Яшчэ тарзан глядзеў. Паўзучы блізка пад акном, ён чакаў паўгадзіны, прыслухоўваючыся. Нарэшце яго ўзнагародзілі гукі рэгулярнага дыхання, у якім абазначаецца сон.

Ён асцярожна ўбіваў руку паміж рашоткамі кратаў, пакуль уся яго рука не апынулася ў салоне. Асцярожна ён адчуў сябе на стале. Нарэшце ён схапіў рукапіс, на якім пісаў джэйн, і асцярожна зняў руку і руку, захоўваючы каштоўны скарб.

Тарзан склаў прасціны ў невялікую пасылку, якую ён стрэламі ў калчан. Потым ён растаў у джунглях мякка і бясшумна, як цень.

Кіраўнік

Платныя джунглі

Назаўтра раніцай прачнуўся тарзан, і яго першая думка пра новы дзень, як і пра ўчорашні дзень, была пра цудоўнае напісанне, якое ляжала ў яго калчане.

Паспешліва ён вывеў яго, спадзеючыся на надзею, што зможа прачытаць тое, што напісала прыгожая белая дзяўчына там папярэднім вечарам.

З першага погляду ён зведаў горкае расчараванне; ніколі раней ён не прагнуў чаго-небудзь, як цяпер, за ўменне інтэрпрэтаваць паведамленне ад той залацістага боскасці, які так раптоўна і нечакана ўвайшоў у яго жыццё.

Што мела значэнне, калі паведамленне не было для яго? Гэта было выразам яе думак, і гэтага было дастаткова для тарзана малпаў.

І зараз яго збянтэжана дзіўнымі, нячыстымі персанажамі, падобных да якіх ён ніколі раней не бачыў! Чаму, яны нават нахіліліся ў адваротным кірунку ад усяго, што ён калі-небудзь разглядаў альбо ў друкаваных кнігах, альбо ў складаным сцэнары з некалькіх лістоў, якія ён знайшоў.

Нават маленькія памылкі ў чорнай кнізе былі знаёмымі сябрамі, хаця іх аранжаванне нічога не значыла; але гэтыя памылкі былі новымі і нечуванымі.

На працягу дваццаці хвілін ён апярэджваў іх, калі раптам яны пачалі набываць знаёмыя, быццам скажоныя формы. Ах, яны былі яго старымі сябрамі, але моцна пакалечаныя.

Потым ён пачаў разбіраць тут слова і слова там. Яго сэрца падскочыла ад радасці. Ён мог бы яго прачытаць, і ён бы.

Яшчэ праз паўгадзіны ён імкліва прагрэсаваў, і, за выключным словам раз-пораз, ён палічыў гэта вельмі простым плаваннем.

Вось што ён прачытаў:

Заходняе ўзбярэжжа афрыкі, каля 10 градусаў паўднёвай Шыраты. (так г-н глінтан.)
3 лютага (?), 1909.

Дарагая ляшчына:

Мне здаецца недарэчным пісаць вам ліст, якога вы ніколі не ўбачыце, але я проста мушу распавесці камусьці пра нашы жудасныя ўражанні, бо мы прыплылі з еўропы на злашчасную стрэлку.

Калі мы ніколі не вернемся да цывілізацыі, як гэта здаецца нам занадта верагодным, гэта, па меншай меры, дакажа кароткі запіс падзей, якія прывялі да нашага канчатковага лёсу, якім бы ён ні быў.

Як вы ведаеце, мы павінны былі адправіцца ў навуковую экспедыцыю ў конга. Мяркуецца, што папа забаўляўся нейкай дзівоснай тэорыяй неймаверна старажытнай цывілізацыі, рэшткі якой ляжалі пахаванымі дзесьці ў даліне конга. Але пасля таго, як мы апынуліся пад ветразем, праўда выйшла.

Здаецца, што старая кніжны чарвяк, у якога ёсць крама кніг і кур'ёзаў у балтыморы, выявіла паміж лісця вельмі старажытнага іспанскага рукапісу ліст, напісаны ў 1550 г., у якім падрабязна распавядаецца пра прыгоды экіпажа мяцельшчыкаў іспанскага галеона, звязанага з іспаніяй да паўднёвай амерыкі. Велізарны скарб "дубленаў" і "васьмі штук", я мяркую, бо яны, безумоўна, гучаць дзіўна і пірацка.

Пісьменнік быў адным з экіпажаў, і ліст быў яго сыну, які, у той самы час, калі ліст быў напісаны, іспанскім гандляром.

Мінула шмат гадоў з часу падзей, якія распавядалася ў лісце, і стары чалавек стаў паважаным грамадзянінам невядомага іспанскага горада, але любоў да золата ўсё яшчэ была настолькі моцнай, што ён рызыкаваў усіх пазнаёміць сына са сродкамі аб атрыманні казачных багаццяў для іх абодвух.

Пісьменнік распавёў, як толькі праз тыдзень з іспаніі экіпаж паўстаў і забіў усіх афіцэраў і чалавека, які ім супраць; але гэтым самым актам яны разграмілі свае ўласныя мэты, бо не было ніводнага кампетэнтнага судаходства ў моры.

Іх дзьмулі туды два месяцы, пакуль хворыя і не памерлі ад цынгі, голаду і смагі, іх пацярпелі крушэнне на невялікім астраўку.

Галеон быў вымыты высока на пляжы, дзе яна рассыпалася; але не раней тых, хто выжыў, налічыўшы дзесяць душ, выратаваў адзін з вялікіх куфар скарбаў.

Гэта яны пахаваны на востраве, і тры гады яны жылі там, пастаянна спадзеючыся на выратаванне.

Яны адна за адной пакутавалі і паміралі, пакуль не застаўся адзін чалавек, пісьменнік гэтага ліста.

Мужчыны пабудавалі лодку з абломкаў галеона, але не разумеючы, дзе знаходзіцца востраў, яны не адважыліся адпраўляцца ў мора.

Калі ўсе былі мёртвыя, акрамя яго самога, жахлівая адзінота настолькі важыла розум адзінага выжыўца, што ён больш не мог цярпець гэтага, і вырашыўшы рызыкаваць смерцю ў адкрытым моры, а не вар'яцтвам на самотным востраве, ён адплыў у яго маленькая лодка пасля амаль года адзіноты.

На шчасце, ён адплыў на поўнач, і на працягу тыдня знаходзіўся на трасе іспанскіх купцоў, якія курсулі паміж заходнімі індыямі і іспаніяй, і яго забраў адзін з гэтых судоў дадому.

Гісторыя, якую ён распавёў, была проста адной з крушэнняў караблекрушэння, у якой усе, акрамя некалькіх, загінулі, акрамя самога сябе, гінулі пасля таго, як яны дасягнулі вострава. Ён не згадваў ні мяцеж, ні куфар пахаванага скарбу.

Майстар купца запэўніў яго, што з таго месца, на якім яны яго забралі, і пануючых ветраў на працягу мінулага тыдня ён мог бы апынуцца не на іншым востраве, акрамя адной з групы мысаў вердэ, якія ляжаць ля заходняга ўзбярэжжа у афрыцы прыблізна 16 градусаў ці 17 градусаў паўночнай шыраты.

Яго ліст апісваў востраў як мага хутчэй, а таксама месцазнаходжанне скарбу і суправаджаўся самай грубай, смешнай маленькай старой картай, якую вы ніколі не бачылі; з дрэвамі і камянямі ўсё адзначана хітраватымі х, каб паказаць дакладнае месца, дзе скарб быў пахаваны.

Калі тата растлумачыў сапраўдную прыроду экспедыцыі, маё сэрца апусцілася, бо я так добра ведаю, наколькі нязменным і непрактычным быў гэты бедны дарагі, што я баяўся, што ён зноў будзе ашуканы; асабліва, калі ён сказаў мне, што заплаціў тысячу долараў за ліст і карту.

Каб дадаць мне непрыемнасці, я даведаўся, што ён пазычыў у роберта кэлера на дзесяць тысяч доларау больш і даў свае запіскі на суму.

Спадар. Кенлер папрасіў ніякай бяспекі, і вы ведаеце, дарагі, што гэта будзе азначаць для мяне, калі тата не зможа іх сустрэць. Ой, як я лічу гэтага чалавека!

Мы ўсе спрабавалі глядзець на светлы бок рэчаў, але г-н. Філандр і г-н. Глейтан - ён далучыўся да нас у лондане толькі дзеля прыгод - як я, так і скептычна.

Ну, каб зрабіць кароткую гісторыю, мы знайшлі востраў і скарб - вялікі дубовы куфар з дубамі, загорнуты ў шматлікія пласты змазанай ветразной тканіны, і такі ж моцны і цвёрды, як тады, калі яго пахавалі амаль дзвесце гадоў таму.

Ён быў проста запоўнены залатой манетай і быў настолькі цяжкім, што чатыры чалавекі выгіналіся пад яго цяжарам.

Страшная рэч, здаецца, не прыносіць нічога, апрача забойства і няшчасця для тых, хто з гэтым ні пры чым, тры дні пасля таго, як мы адплылі з астравоў каба-вэрдэ, наш уласны экіпаж разбурыў і забіў усіх сваіх афіцэраў.

О, гэта было самае жахлівае ўражанне, якое можна было сабе ўявіць - я нават не магу пра яго напісаць.

Яны таксама збіраліся забіць нас, але адзін з іх, правадыр, названы каралём, не адпусціў іх, і яны адплылі на поўдзень уздоўж узбярэжжа да адзінокага месца, дзе знайшлі добрую гавань, і вось яны прызямліліся і сышлі нас.

Яны адплылі са скарбамі сёння, але г-н. Грайнтон кажа, што яны сустрэнуцца з лёсам, падобным на мяцежнікаў старажытнага галеона, таму што караля, адзінага на борце чалавека, які добра ведаў суднаходства, быў забіты на пляжы адзін з людзей, калі мы прызямліліся.

Я хачу, каб вы маглі ведаць, г-н. Келітон; ён самы дарагі хлопец, які можна сабе ўявіць, і калі я не памыляюся, ён вельмі моцна палюбіў мяне.

Ён адзіны сын уладара грэйстока, і калі-небудзь атрымае ў спадчыну тытул і маёнткі. Акрамя таго, ён сам па сабе багаты, але той факт, што ён будзе ангельскім лордам, вельмі засмучае мяне - вы ведаеце, якія мае настроі заўсёды былі адносна амерыканскіх дзяўчат, якія выйшлі замуж за тытулаваных замежнікаў. О, калі б ён быў проста простым амерыканскім джэнтльменам!

Але гэта не яго віна, небарака, і ва ўсім, акрамя нараджэння, ён зарабіў бы маёй краіне, і гэта самы вялікі камплімент, які я ведаю, як плаціць любому чалавеку.

Мы мелі самыя дзіўныя ўражанні з таго часу, як мы прызямліліся тут. Тата і г-н. Філандр згубіўся ў джунглях і пагнаўся за сапраўдным ільвом.

Спадар. Клейтон прайграў і двойчы атакаваў дзікіх звяроў. Эсмеральда і я загнаны ў старую каюту ідэальна жудаснай ежай, якая сілкуецца чалавекам. О, гэта было проста "жахліва", як сказала б эсмеральда.

Але самая дзіўная частка ўсяго гэтага - выдатнае стварэнне, якое нас выратавала. Я яго не бачыў, але г-н. Глітан і тата і г-н. Філандр, і яны кажуць, што ён ідэальна падобны да бога белага чалавека, загарэлага да прыцемненых карычневых, з сілай дзікага слана, спрытнасці малпы і адвагі льва.

Ён не размаўляе па-ангельску і знікае гэтак жа хутка і так загадкава пасля таго, як здзейсніў нейкую доблесную справу, як быццам ён быў знявечаны.

Тады ў нас ёсць яшчэ адзін дзіўны сусед, які надрукаваў прыгожы знак на англійскай мове і паклаў яго на дзверы сваёй кабіны, якую мы загадзя выгналі, папярэдзіўшы нас знішчыць ні адзін з яго рэчаў, і падпісаў сябе "тарзанам малпаў".

Мы ніколі не бачылі яго, хаця мы думаем, што ён вось-вось для аднаго з маракоў, які збіраўся расстраляць г-на. Глінтан у спіну, атрымаў дзіду ў плячо ад нейкай нябачнай рукі ў джунглях.

Маракі пакінулі нам толькі мізэрны запас ежы, таму, паколькі ў нас толькі адзін рэвальвер, але ў ім засталіся тры патроны, мы не ведаем, як можна нарыхтаваць мяса, хаця г-н. Філандр кажа, што мы можам існаваць бясконца на дзікіх садавіне і арэхах, якія маюць шмат джунгляў.

Цяпер я вельмі стаміўся, таму пайду да маёй пацешнай ложка з травой, якую г-н. Клейтон сабраў для мяне, але дадасць гэтага з дня на дзень, як усё адбываецца.

З любоўю,
Джэйн насільшчык.

Арэшнік моцны, балтымор, мд.

Тарзан доўга сядзеў у кабіне карычневага колеру пасля таго, як скончыў чытаць ліст. Ён быў напоўнены так шмат новых і выдатных рэчаў, што ягоны мозг быў у віры, калі ён спрабаваў пераварваць іх усіх.

Таму яны не ведалі, што ён тарзан ад малпаў. Ён скажа ім.

На сваім дрэве ён пабудаваў грубы прытулак з лісця і сукоў, пад якім, абароненны ад дажджу, ён змясціў некалькі скарбаў, прывезеных з салона. Сярод іх былі і некаторыя алоўкі.

Ён узяў адзін, і пад подпісам настаўшчыка джана ён напісаў:

Я тарзан малпаў

Ён думаў, што гэтага будзе дастаткова. Пазней ён верне ліст у каюту.

Што тычыцца ежы, думаў тарзан, ім не трэба было хвалявацца - ён забяспечыў бы гэта і ён.

На наступную раніцу джэйн знайшоў яе зніклы ліст у тым самым месцы, з якога яно знікла дзве ночы раней. Яна была загадкавана; але калі яна ўбачыла надрукаваныя словы пад сваім подпісам, яна адчула холад, ліпкі халадок, які прабег па хрыбетніку. Яна паказала ліст, а дакладней апошні ліст з подпісам, глінтану.

"і думаць," сказала яна, "гэтая дзіўная рэч, напэўна, глядзела на мяне ўвесь час, што я пісала: о! Гэта прымушае мяне здрыгануцца, проста думаючы пра гэта".

"але ён павінен быць прыязным," супакоіў клейтон, "таму што ён вярнуў вам свой ліст, і ён не прапанаваў вам нанесці шкоду, і, калі я не памыляюся, ён пакінуў учора ўвечары каля дзвярэй кабіны вельмі істотнае памяць пра сваё сяброўства, я проста знайшоў тушу дзіка, як я выйшаў ".

З гэтага часу наўрад ці прайшоў дзень, які не прыносіў прапанову дзічыны ці іншай ежы. Часам гэта была маладая алень, зноў колькасць дзіўнай, прыгатаванай ежы - маніёк з мангі, выкрадзенымі з вёскі мбонга - альбо дзік, альбо леапард, і леў.

Тарзан атрымаў найбольшую асалоду свайго жыцця ў паляванні на мяса для гэтых незнаёмых людзей. Яму здавалася, што ніякае задавальненне на зямлі не можа параўнацца з працай на дабрабыт і абарону прыгожай белай дзяўчыны.

У адзін цудоўны дзень ён адправіцца ў лагер пры дзённым святле і пагутарыць з гэтымі людзьмі праз асяроддзе знаёмых ім блашчыц і тарзанаў.

Але яму было цяжка пераадолець нясмеласць дзікага лесу, і таму дзень ішоў за днём, не бачачы выканання сваіх добрых намераў.

Вечарынка ў лагеры, узбуджаная знаёмствам, блукала далей і яшчэ далей у джунглі ў пошуках арэхаў і садавіны.

Наўрад ці прайшоў дзень, які не знайшоў прафесара насільшчыка, які адхіляўся ад сваёй захопленай абыякавасці да сківіц смерці. Спадар. Самуэль, г. Зн. Філандр, які ніколі не мог бы назваць надзейным, быў апрануты ў цень цвёрдага цела праз няспынныя клопаты і псіхічныя адцягванні, якія вынікалі з яго геркулесавых намаганняў па абароне прафесара.

Прайшоў месяц. Тарзан нарэшце вырашыў наведаць лагер днём.

Быў днём. Клейтан прыбраўся да месца вусця гавані, каб шукаць праходныя суда. Тут ён захоўваў вялікую масу дрэва, з высокім складам, гатовы да запальвання, як сігнал, калі параход ці адплыў верхавіну далёкага гарызонту.

Прафесар портэр блукаў па пляжы на поўдзень ад лагера з г-н. Філандр пад локцем, заклікаючы адварочваць крокі назад, перш чым абодва зноў сталі спортам нейкага дзікага звера.

Астатнія сышлі, джэйн і эсмеральда пабраліся ў джунглі, каб сабраць садавіну, і іх у пошуках вялі далей і далей ад салона.

Тарзан чакае моўчкі перад дзвярыма хаткі, пакуль яны не павінны вярнуцца. Думкі яго былі пра прыгожую белую дзяўчыну. Цяпер яны заўсёды былі з ёй. Ён задумаўся, ці не баіцца яна яго, і гэтая думка прымусіла яго адмовіцца ад свайго плана.

Ён хутка станавіўся нецярплівым да яе вяртання, каб ён мог баляваць яе вачыма і быць побач з ёй, магчыма, дакрануцца да яе. Чалавек-малпа не ведаў бога, але ён быў так блізкі, каб пакланіцца яго боскасці, бо смяротны чалавек калі-небудзь прыходзіць на пакланенне. Пакуль ён чакаў, ён правёў час, надрукаваўшы ёй паведамленне; ці хацеў ён яе аддаць, ён сам не мог сказаць, але атрымліваў бязмежнае задавальненне, бачачы ягоныя думкі, выказаныя ў друку - у рэшце рэшт ён быў не такім нецывілізаваным. Ён напісаў:

Я тарзан малпаў. Хачу цябе. Я твой. Ты мой. Мы жывем тут разам заўсёды ў сваім доме. Я прынясу табе лепшае з садавіны, далікатнага аленя, найпрыгажэйшае мяса, якое блукае па джунглях. Я буду паляваць на цябе. Я самы вялікі з байцоў джунгляў. Я буду змагацца за вас. Я самы магутны з байцоў джунгляў. Вы джэйн насільшчык, я бачыў гэта ў сваім лісце. Калі вы ўбачыце гэта, вы зразумееце, што гэта для вас і што тарзан з малпаў любіць вас.

Калі ён стаяў, прама, як малады індзейца, каля дзвярэй, чакаючы пасля таго, як ён скончыў паведамленне, да ягоных вострых вушэй пачуўся знаёмы гук. Гэта было праходжанне вялікай малпы праз ніжнія галіны лесу.

На імгненне ён уважліва прыслухаўся, а потым з джунгляў пачуўся пакутлівы крык жанчыны, і тарзан малпаў, скінуўшы свой першы любоўны ліст на зямлю, стрэліў, нібы пантэра, у лес.

Клейтан, таксама, пачуў крык, і прафесар насільшчык і г-н. Філандр, і праз некалькі хвілін яны задыхаліся да кабіны, гукаючы адзін з адным залп узбуджаных пытанняў, калі яны набліжаліся. Погляд унутры пацвердзіў свае найгоршыя страхі.

Джэйн і эсмеральда там не былі.

Імгненна клейтан, а за ім дваіх старых, пагрузіліся ў джунглі, называючы імя дзяўчыны ўголас. На працягу паўгадзіны яны спатыкнуліся, пакуль глітон, па нейкай выпадковасці, не наткнуўся на стройную форму эсмеральды.

Ён спыніўся побач з ёй, адчуваючы яе пульс, а потым слухаў яе сэрцабіцце. Яна жыла. Ён пахіснуў яе.

"эсмеральда!" ён закрычаў ёй у вуха. "эсмеральда! Дзеля бога, дзе міс портэр? Што здарылася? Эсмеральда!"

Эсмеральда павольна расплюшчыла вочы. Яна ўбачыла глінтан. Яна ўбачыла каля сябе джунглі.

"о, габэрэль!" - закрычала яна і зноў страціла прытомнасць.

Да гэтага часу прафесар насільшчык і г-н. Філандр прыдумаў.

"што мы будзем рабіць, г-н клейтан?" спытаў стары прафесар. "куды мы паглядзім? Бог не мог быць такім жорсткім, каб зараз адвесці ад мяне сваю маленькую дзяўчынку".

"у першую чаргу трэба абудзіць эсмеральду", - адказаў клейтан. "яна можа сказаць нам, што адбылося. Эсмеральда!" - зноў закрычаў ён, груба паціскаючы чорную жанчыну за плячо.

" , я хачу памерці!" закрычала бедная жанчына, але з заплюшчанымі вачыма. "дай мне памерці, шаноўны пане, не дай мне зноў убачыць гэтае жудаснае твар".

"прыходзьце, прыходзьце, эсмеральда", усклікнуў клітон.

"спадар тут не; гэта г-н клейтан. Адчыні вочы".

Эсмеральда зрабіла так, як яе зрабілі.

" ! Дзякуй уладару", сказала яна.

"дзе міс насільшчык? Што здарылася?" распытваў глітон.

"вы не прапусціце джэйн тут?" усклікнула эсмеральда, садзіўшыся з дзівоснай надзейнасцю для адной з яе масы. "о, пане, цяпер я памятаю! Гэта, напэўна, адабрала яе", і наступленне пачало ўсхліпваць і галасіць яе галашэннямі.

"што забрала яе?" закрычаў прафесар насільшчык.

"вялікі вялікі гігант, увесь пакрыты валасамі".

"гарыла, эсмеральда?" распытвае г-н. Філандр, і трое мужчын ледзь дыхалі, калі ён агучваў жудасную думку.

"я думаў, што гэта д'ябал; але, напэўна, гэта быў адзін з іх гаралефантаў. О, мой бедны дзіця, мой бедны маленькі мёд", і зноў эсмеральда ўварвалася ў нястрымны рыданне.

Клейтан адразу пачаў шукаць сляды, але нічога не рабіў, акрамя блытаніны патаптаных траў у непасрэднай блізкасці, і яго дрэваапрацоўка была занадта мізэрнай для перакладу таго, што ён бачыў.

Увесь баланс дня, які яны шукалі праз джунглі; але, калі надышла ноч, яны былі вымушаныя адмовіцца ад адчаю і безнадзейнасці, бо нават не ведалі, у які бок справа нарадзілася джэйн.

Даўно пасля змрочнай эры яны дабраліся да кабіны, і сумная і засмучаная вечарынка была ў тым, што моўчкі сядзеў у маленькай структуры.

Прафесар насільшчык нарэшце парушыў маўчанне. Яго тоны ўжо не былі эрудытаванымі педантамі, якія тэарэтызуюць абстрактнае і непазнавальнае; але тыя, хто дзейнічае, вызначаюцца, але таксама напаўняюцца ноткай неапісальнай безнадзейнасці і смутку, якія адрываюць адгукі з сэрца клейтона.

"я лягу зараз", сказаў стары, "і паспрабуйце спаць. Рана заўтра, як толькі стане святло, я вазьму тое, што я магу перавезці і працягнуць пошукі, пакуль я не знойду джана. Не вернецца без яе ".

Яго таварышы не адказалі адразу. Кожны быў пагружаны ў свае смутныя думкі, і кожны ведаў, як і стары прафесар, што азначаюць апошнія словы - прафесар насільшчык ніколі не вернецца з джунгляў.

Надоўга ўстаў глейтон і мякка паклаў руку на сагнутае плячо прафесара партэра.

"я пайду з табой, вядома," сказаў ён.

"я ведаў, што вы прапануеце, што вы хацелі б пайсці, г-н клейтан; але вы не павінны. Джэйн зараз за межамі чалавечай дапамогі. Тое, што калісьці мая дарагая маленькая дзяўчынка не павінна ляжаць адна і без сяброў у жудасных джунглях.

"тыя ж лазы і лісце накрыюць нас, тыя ж дажджы б'юць нас; і, калі дух яе маці будзе за мяжой, яна знойдзе нас разам у смерці, як заўсёды знаходзіла нас у жыцці.

"не; я магу адправіцца толькі я, бо яна была маёй дачкой - усё, што мне засталося на зямлі, каб я любіў".

"я пайду з вамі", проста сказаў клейтан.

Стары падняў вочы, пільна ўбачыўшы моцны і прыгожы твар віліма сесіла клейтан. Магчыма, ён прачытаў там любоў, якая ляжала ў самым сэрцы, - любоў да дачкі.

У мінулым ён быў занадта заняты сваімі ўласнымі навуковымі думкамі, каб разгледзець дробныя здарэнні, выпадковыя словы, якія б больш практычным чалавекам указалі на тое, што гэтыя маладыя людзі ўсё больш і больш звяртаюцца адзін да аднаго. Цяпер яны вярнуліся да яго па чарзе.

"як хочаце," сказаў ён.

"вы таксама можаце разлічваць на мяне," сказаў г-н. Філандр.

"не, мой дарагі сябар", - сказаў прафесар портэр. "мы можам не ўсе ісці. Было б жорстка пакідаць бедную эсмеральду тут у спакоі, і трое з нас былі б не больш паспяховымі, чым адзін.

"у такім жорсткім лесе будзе досыць мёртвых рэчаў. Пойдзем, давайце паспрабуем трохі заснуць".

Кіраўнік

Заклік першабытнага

З таго часу, як тарзан пакінуў племя вялікіх антрапоідаў, у якіх ён быў выхаваны, яго разрывалі пастаянныя разлады і разлад. Тэркоз аказаўся жорсткім і капрызным каралём, так што адзін за адным шмат старых і слабейшых малпаў, на якіх ён быў асабліва схільны распальваць сваю шалёную прыроду, прынялі іх сем'і і імкнуліся да цішыні і бяспекі далёкага салона.

Але, нарэшце, тых, хто застаўся, прымусілі адчай ад няспыннай пакуты тэркозаў, і так здарылася, што адзін з іх узгадаў аб раздзяленні з тарзанам:

"калі ў вас ёсць жорсткі начальнік, не рабіце так, як гэта робяць іншыя малпы, і паспрабуйце, хто-небудзь з вас, злавіць сябе ў адзіноце. Але замест гэтага, хай два-тры-чатыры з вас нападуць на яго разам. Тады, калі вы зробіце гэта, ні адзін начальнік не асмеліцца быць іншым, чым ён павінен быць, бо чатыры з вас могуць забіць любога начальніка, які калі-небудзь будзе над вамі ".

І малпа, якая ўспомніла гэты мудры савет, паўтарыла яго некалькім сваім таварышам, так што, калі той дзень тэркоз вярнуўся да племя, той знайшоў яго цёплы прыём.

Фармальнасцей не было. Калі тэркоз дасягнуў групы, на яго наскочылі пяць вялікіх валасатых звяроў.

У глыбіні душы ён быў заўзятым баязліўцам, які ішоў з хуліганамі як сярод малпаў, так і сярод людзей; таму ён не застаўся біцца і паміраць, але адарваўся ад іх так хутка, як толькі мог, і ўцёк у прытулак лесу.

Яшчэ дзве спробы ён зрабіў для таго, каб далучыцца да племя, але кожны раз, калі ён быў настроены і ад'ехаў. Нарэшце ён адмовіўся ад гэтага і павярнуў, успыхнуўшы гневам і нянавісцю, у джунглі.

На працягу некалькіх дзён ён бязмэтна блукаў, даглядаючы сваю злосць і шукаючы нейкую слабую рэч, на якой можна было выдушыць свой стрыманы гнеў.

Менавіта ў такім стане душы жудасная, падобная на чалавека, звера, якая гайдалася ад дрэва да дрэва, нечакана натыкнулася на дзвюх жанчын у джунглях.

Калі ён выявіў іх, ён знаходзіўся прама над імі. Першае запалохванне джэйнавага насільніка было яго прысутнасцю, калі вялікае валасатае цела ўпала на зямлю побач з ёй, і яна ўбачыла жахлівае твар і рыкаючы, агідны рот, які цягнецца ў назе.

Адзін пранізлівы крык пазбег яе вуснаў, калі грубая рука сціснула яе за руку. Потым яе пацягнулі да тых жудасных іклаў, якія пазяхалі ў горле. Але калі яны закранулі гэтую светлую скуру, іншы настрой запатрабаваў антрапоід.

Племя трымала сваіх жанчын. Ён павінен знайсці іншых, каб замяніць іх. Гэтая белая бязволая малпа была б першай яго новай хатняй гаспадаркай, і таму ён груба перакінуў яе на шырокія валасатыя плечы і адскочыў назад на дрэвы, несучы джэйн.

Крык жаху эсмеральды змяшаўся з густам джэйн, а потым, як і манера эсмеральды, пад напружаным стрэсам, які запатрабаваў прысутнасці розуму, яна пахіснулася.

Але джэйн не раз страчвала прытомнасць. Гэта праўда, што гэты жахлівы твар, прыціснуты да яе, і смурод непрыемнага дыхання, які б'е па ноздрах, паралізавалі яе з жахам; але яе мозг быў чысты, і яна асэнсавала ўсё, што атрымалася.

З тым, што здавалася ёй дзівоснай хуткасцю, грубая несла яе па лесе, але ўсё роўна яна не крычала і не змагалася. Раптоўнае з'яўленне малпы збянтэжыла яе да такой ступені, што яна падумала, што ён вядзе яе да берага.

Па гэтай прычыне яна захавала сваю энергію і голас, пакуль не ўбачыла, што яны падышлі досыць блізка да лагера, каб прыцягнуць туга, якога яна прагнула.

Яна не магла гэтага ведаць, але яе адводзілі ўсё далей і далей у непралазныя джунглі.

Крык, які прынёс клейтон і дваіх пажылых людзей, якія спатыкнуліся па падлеску, прывёў тарзана з малпаў проста туды, дзе ляжала эсмеральда, але не ў яго была эсмеральда, у якой быў зацікаўлены яго інтарэс, хаця прыпыніўшыся над ёй, ён убачыў, што яна не пашкоджана.

На імгненне ён уважліва агледзеў зямлю і дрэвы зверху, пакуль малпа, якая была ў яго ў сілу навучання і навакольнага асяроддзя, у спалучэнні з розумам, які быў яго па праве нараджэння, распавяла сваёй дзівоснай драўлянай машыне ўсю гісторыю так проста, як быццам ён бачыў, як гэта адбываецца ўласнымі вачыма.

А потым ён зноў пайшоў на пагойдваюцца дрэвы, ідучы за шматкарыстай лапкай, якую ніхто іншы чалавечы вачэй не мог бы выявіць, а тым больш перакладзеный.

На канцах сукоў, дзе антрапоід перамяшчаецца з аднаго дрэва на другое, ёсць большасць, каб адзначыць след, але, па меншай меры, паказаць кірунак кар'ера; бо там ціск заўсёды ўніз, да маленькага канца галіны, няхай гэта будзе малпа, якая сыходзіць ці ўваходзіць у дрэва. Бліжэй да цэнтра дрэва, дзе знакі праходу слабыя, кірунак выразна пазначаны.

Тут, на гэтай галінцы, гусеніца была разгромлена вялікай нагой уцекача, і тарзан інстынктыўна ведае, куды тая самая ступня дакранецца да наступнага кроку. Тут ён шукае малюсенькую часцінку знесенай лічынкі, часцей за ўсё не больш за пляму вільгаці.

Зноў праз некалькі хвілін кара была вывернута соскобной рукой, і кірунак разрыву паказвае кірунак праходу. Альбо нейкая вялікая канечнасць, альбо сцябло самога дрэва было расчышчана валасатым целам, і малюсенькая кавалачак валасоў кажа яму па кірунку, адкуль ён уклінаецца пад карой, што ён па правільным слядзе.

І яму не трэба правяраць хуткасць, каб злавіць гэтыя, здавалася б, слабыя запісы пра ўцёкі звера.

Да тарзана яны адважна вылучаюцца супраць усіх незлічоных шнараў і сінякоў і знакаў на ліставым шляху. Але самы моцны пах, бо тарзан праследуе вецер, а яго натрэніраваныя ноздры такія ж адчувальныя, як у ганчака.

Ёсць тыя, хто лічыць, што ніжнія парадкі адмыслова надзелены прыродай з лепшымі нюхальнымі нервамі, чым чалавек, але гэта толькі пытанне развіцця.

Выжыванне чалавека не так моцна залежыць ад дасканаласці яго пачуццяў. Яго сіла развагі пазбавіла іх ад шматлікіх службовых абавязкаў, і таму яны ў пэўнай ступені атрафіраваліся, як і мышцы, якія рухаюць вушы і скуру галавы, толькі ад злоўжывання.

Мышцы там, каля вушэй і пад скурай галавы, а таксама нервы, якія перадаюць адчуванні мозгу, але яны недастаткова развітыя, бо не патрэбныя.

Не так з тарзанам малпаў. З ранняга дзяцінства яго выжыванне залежала ад вострасці зроку, слыху, нюху, дотыку і густу значна больш, чым ад больш павольна развітых органаў розуму.

Найменш развітае ў тарзана пачуццё густу, бо ён мог есці сакавітыя садавіна альбо сырую мякаць, даўно закапаную амаль з аднолькавай удзячнасцю; але ў гэтым ён некалькі адрозніваўся ад больш цывілізаваных эпікюр.

Чалавек малпы амаль моўчкі праскочыў па слядах тэркоза і яго здабычы, але гук яго набліжэння дасягнуў вушэй уцёкаў звера і падштурхнуў яго да большай хуткасці.

Прабег тры мілі, перш чым тарзан абагнаў іх, а потым теркоз, убачыўшы, што далейшы палёт аказаўся марна, апусціўся на зямлю на невялікай адкрытай паляне, каб ён мог павярнуцца і змагацца за свой прыз, альбо вольны бегчы бесперашкодна, калі ўбачыў, што пераследнік быў для яго больш чым матчам.

Ён па-ранейшаму схапіў джэну ў адну цудоўную руку, як тарзан, як леапард, увайшоў у арэну, якую прырода забяспечыла для гэтага першабытнага бою.

Калі тэркоз убачыў, што за ім пераследуюць тарзана, ён прыйшоў да высновы, што гэта жанчына тарзана, бо яны аднаго роду - белыя і бязволосыя, - і ён радаваўся гэтай магчымасці двайной помсты свайму ненавіснаму ворагу.

Джэйн дзіўнае ўяўленне гэтага богападобнага чалавека было як віно хворым нервам.

З апісання, які глінтан і яе бацька і г-н. Філандр даў ёй, яна ведала, што гэта павінна быць тая самая цудоўная істота, якая іх выратавала, і бачыла ў ім толькі абаронцу і сябра.

Але як тэркоз штурхнуў яе ў бок, каб сустрэць зарад тарзана, і яна ўбачыла вялікую прапорцыю малпы і магутных цягліц і жорсткіх іклаў, у яе сэрца зазвінела. Як мог хто-небудзь перамагчы такога магутнага антаганіста?

Як два зараджаючыя быкі яны сабраліся разам, і як два ваўкі шукалі адзін аднаму горла. Насустрач доўгім іклам малпы было выкладзена тонкае лязо мужчынскага нажа.

Джэйн - яе нязграбная, маладая форма, прыціснутая да ствала вялікага дрэва, рукі шчыльна прыціснутыя да ўзыходзячага і падзення ўлоння, а шырокія вочы з змяшаным жахам, захапленнем, страхам і захапленнем - назіралі за спрадвечнай малпавай бітвай з першароднасцю мужчына за валоданне жанчынай - для яе.

Калі вялікія мышцы спіны і плячэй мужчыны завязаліся пад напругай яго намаганняў, а вялізныя біцэпсы і перадплечча трымалі ў страху гэтыя магутныя біўні, заслона шматвяковай цывілізацыі і культуры была знята з размытага бачання дзяўчыны з балтымора.

Калі доўгі нож дзясятак разоў выпіваў з крыві сэрца тэркоза, і вялікая туша кацілася мёртва па зямлі, гэта была самабытная жанчына, якая высунулася наперад з выцягнутымі рукамі да першабытнага чалавека, які змагаўся за яе і выйграў яе.

І тарзан?

Ён рабіў тое, што не патрабуецца ўрокам чырвонакроўнага чалавека. Ён узяў жанчыну на рукі і задушыў яе перавернутымі, задыханымі вуснамі пацалункамі.

На імгненне джэйн ляжала там з напаўзаплюшчанымі вачыма. На імгненне - першае ў маладым жыцці - яна зразумела сэнс кахання.

Але раптам, як завеса была знятая, яна зноў упала, і абуранае сумленне праліла яе твар пунсовай мантыяй, і знявечаная жанчына высунула з яе тарзана малпаў і пахавала твар у руках.

Тарзан быў здзіўлены, калі знайшоў дзяўчыну, якую ён навучыў любіць, пасля смутнай і абстрактнай манеры гатовага зняволенага на руках. Цяпер ён здзівіўся, што яна адбіла яго.

Ён яшчэ раз наблізіўся да яе і ўзяўся за руку. Яна павярнулася на яго, як у тыгрыцы, ударыўшы яго вялікую грудзі сваімі малюсенькімі рукамі.

Тарзан не мог гэтага зразумець.

Імгненне таму і быў ягоны намер прыспешыць джайн да свайго народа, але гэты маленькі момант быў згублены цяпер у цьмяным і далёкім мінулым рэчаў, якія былі, але ніколі не могуць быць зноў, і разам з гэтым добрыя намеры пайшлі далучыцца немагчымае.

З таго часу тарзан з малпаў адчуў цёплую, гнойную форму, прыціснутую да сваёй. Гарачы, салодкі подых яго шчок і вуснаў распальваў новае полымя для жыцця ў яго грудзях, і дасканалыя вусны ўчапіліся ў яго гарачымі пацалункамі, якія ўнеслі ў яго душу глыбокі брэнд - брэнд, які абазначыў новы тарзан.

Ён зноў паклаў руку на яе руку. Яна зноў адбіла яго. А потым тарзан з малпамі зрабіў тое, што зрабіў бы яго першы продк.

Ён узяў жанчыну на рукі і панёс у джунглі.

Раніцай наступнага ранку чацвярых у маленькай каюце на пляжы прачнуўся гул гарматы. Клейтан быў першым, хто выскачыў, і там, за вуснамі гавані, ён убачыў два якара, якія ляжалі на якары.

Адзін - стралка, а другі - невялікі французскі крэйсер. Бакі апошняга былі перапоўнены людзьмі, якія пільна пазіралі на бераг, і глінтану, як і астатнім, хто да яго далучыўся, было відаць, што стрэльба, якую яны чулі, была выпушчана, каб прыцягнуць іх увагу, калі яны ўсё яшчэ засталіся ў салоне .

Абодва судна ляжалі на значнай адлегласці ад берага, і было сумнеўна, калі б іх акуляры размясцілі капялюшыкі маленькай партыі далёка паміж пунктамі гавані.

Эсмеральда зняла свой чырвоны фартух і ліхаманкава ўзмахнула ім над галавой; але клейтан, усё яшчэ асцерагаючыся, што нават гэтага не відаць, паспяшаўся ў бок паўночнай кропкі, дзе ляжаў ягоны сігнал, гатовы да матчу.

Яму здалося ўзростам, і тым, хто, задыхаўшыся, чакаў ззаду, калі ён дасягнуў вялікай кучы сухіх галін і падлеску.

Калі ён вырваўся з шчыльнай драўніны і зноў угледзеў судна, яго набрала збянтэжанасць, убачыўшы, што страла адплывае і што крэйсер ужо ідзе.

Хутка запаліўшы пыр у дзясятку месцаў, ён паспяшаўся да крайняй кропкі мыса, дзе зняў кашулю і, прывязаўшы яе да апалай галінкі, стаяў, махаючы туды-сюды над ім.

Але судна працягвалі выдзяляцца; і ён адмовіўся ад усёй надзеі, калі вялікая калона дыму, якая ўзвышалася над лесам у адной шчыльнай вертыкальнай шахце, прыцягнула ўвагу агляду на борце крэйсера, і імгненна дзясятак шклянак былі выстаўлены на пляж.

У цяперашні час клейтон убачыў, як два караблі зноў узніклі; і ў той час як стрэлка ціха ляжала на акіяне, крэйсер павольна выплыў назад да берага.

На некаторай адлегласці яна спынілася, і лодку апусцілі і адправілі ў бок пляжу.

Як быў складзены малады афіцэр выйшаў.

"мсье клейтан, я мяркую?" - спытаў ён.

"дзякуй богу, вы прыйшлі!" быў адказ глейтана. "і можа быць, што яшчэ не позна нават".

"што вы маеце на ўвазе, мсье?" спытаў афіцэр.

Клейтан распавяла пра выкраданне джэйнавага насільніка і неабходнасць узброеных людзей аказаць дапамогу ў пошуку.

" !" - сумна выгукнуў афіцэр. "учора, і гэта не было б занадта позна. Сёння, і можа быць, лепш, каб бедная дама ніколі не была знойдзена. Гэта жахліва, мсье. Гэта занадта жудасна".

Іншыя караблі ўжо адышлі ад крэйсера, і клейтон, паказаўшы ўваход гавані да афіцэра, увайшоў з ім у лодку, а нос быў звернуты ў бок маленькай незаселенай бухты, у якую рушылі іншыя караблі.

Неўзабаве ўся партыя прызямлілася там, дзе стаяў прафесар насільшчык, г-н. Філандра і плачучая эсмеральда.

Сярод афіцэраў у апошніх катэрах, якія садзілі з крэйсера, быў камандзір судна; і, пачуўшы гісторыю аб выкраданні джэйн, ён шчодра заклікаў добраахвотнікаў суправаджаць прафесара партэра і глейтана ў іх пошуках.

Ані афіцэр, ані мужчына не быў з тых адважных і спагадлівых французаў, якія не хутка прасілі яго пакінуць адной з экспедыцый.

Камандзір выбраў дваццаць чалавек і двух афіцэраў, лейтэнанта д'арно і лейтэнанта-шапты. Лодка была адпраўлена на крэйсер для рэзерваў, боепрыпасаў і карабінаў; мужчыны ўжо былі ўзброены рэвальверамі.

Потым, на запыты клейтона пра тое, як яны здарыліся, каб прывязаць бераг і стрэліць сігнальным пісталетам, камандзір, капітан дуфран, патлумачыў, што за месяц да таго, як яны ўгледзелі стралу, якая нясе паўднёвы захад пад значным палатном, і што, калі яны далі ёй знак каб дасягнуць, яна была, але перапоўненая на большым ветразі.

Яны трымалі корпус да заходу сонца, зрабіўшы некалькі стрэлаў пасля яе, але на наступную раніцу яе нідзе не было. Затым яны працягвалі круіз уверх і ўніз па ўзбярэжжы на працягу некалькіх тыдняў і забыліся пра здарэнне нядаўніх пагоняў, калі аднойчы рана за некалькі дзён да разгляду апісалі судна, якое працуе ў карыце цяжкага мора і відавочна, цалкам выйшла з-пад кантролю.

Калі яны парыліся бліжэй да занядбанага, яны са здзіўленнем адзначылі, што гэта той самы посуд, які бег ад іх некалькімі тыднямі раней. Яе пярэдняя частка і гарэзаны гарэза былі настроены так, як быццам бы прыкладаліся намаганні, каб падняць галаву на вецер, але прасціны разышліся, і ветразі рваліся да стужак у паўветра ветру.

У адкрытым моры, які працуе, было складанай і небяспечнай задачай паспрабаваць пасадзіць прызавы экіпаж на яе; і паколькі прыкмет жыцця не было відаць над палубай, было прынята рашэнне стаяць, пакуль вецер і мора не сціхлі; але якраз тады была заўважана фігура, якая прыціскалася да рэйкі і квола махала ім прыкметам роспачы.

Неадкладна быў загаданы экіпаж лодкі і паспяхова зроблена спроба ўзяць на борт стралу.

Погляд, які сустракаў вочы французаў, калі яны перабіраліся на борт карабля, быў жахлівы.

Тузін мёртвых і паміраючых людзей скаціўся сюды-сюды па пешаходнай палубе, жывыя перапляталіся з мёртвымі. Два трупы, здавалася, былі часткова паядзены ваўкамі.

Неўзабаве экіпаж прыза ў чарговы раз правёў судна пад правільным плаваннем, а жывых членаў кампаніі з зоркамі знялі ніжэй да гамакоў.

Мёртвыя былі загорнутыя ў брызент і накінутыя на палубу, каб апазнаць іх таварышаў перад адпраўкай у глыбіню.

Ніхто з жывых не прытомны, калі французы дабраліся да палубы стралы. Нават бедны д'ябал, які махнуў сігналам бяды, які адчайваўся, праваліўся ў непрытомнасць, перш чым ён даведаўся, ці ўдалося гэта.

Французскаму афіцэру не спатрэбілася шмат часу, каб даведацца, што стала прычынай жудаснага стану на борце; бо, калі ваду і каньяк імкнуліся аднавіць людзей, было выяўлена, што не было ані ежы, ані ежы.

Ён адразу ж даў знак крэйсеру адправіць ваду, лекі і рэзервы, і яшчэ адна лодка зрабіла небяспечную паездку да стралы.

Калі былі ўжытыя аднаўленчыя працэсы, некалькі мужчын прыйшлі ў прытомнасць, і тады была расказана ўся гісторыя. Тую частку мы ведаем аж да адплыцця стралы пасля забойства бакасаў і пахавання яго цела над скарбніцай.

Здаецца, што палёты крэйсера настолькі тэрарызавалі мяцежнікаў, што пасля страты яе яны працягвалі рух па атлантыцы некалькі дзён; але выявіўшы мізэрны запас вады і правіянты на борце, яны павярнуліся назад на ўсход.

Ні з кім на борце не разумеў навігацыі, неўзабаве пачаліся дыскусіі наконт іх месцазнаходжання; і, калі тры дні плывуць на ўсход, не падымалі сушы, яны вырываліся на поўнач, баючыся, што моцны паўночны вецер, які пераважаў, выгнаў іх на поўдзень ад паўднёвай краёў афрыкі.

Яны пратрымаліся на поўначы-паўночным усходзе два дні, калі іх абагнаў спакой, які доўжыўся амаль тыдзень. Вады іх не стала, і ў іншы дзень яны апынуліся без ежы.

Умовы хутка мяняліся: ад дрэнных да горшых. Адзін чалавек звар'яцеў і падскочыў за борт. Неўзабаве іншы адкрыў жылы і выпіў уласную кроў.

Калі ён памёр, яны таксама кінулі яго за борт, хаця сярод іх былі і тыя, хто хацеў захаваць труп. Голад мяняў іх з чалавечых звяроў на дзікіх звяроў.

За два дні да таго, як іх забраў крэйсер, яны сталі занадта слабымі, каб кіраваць суднам, і ў той жа дзень трое чалавек загінулі. На наступную раніцу было заўважана, што адзін з трупаў быў часткова з'едзены.

Увесь гэты дзень мужчыны ляжалі, гледзячы адзін на аднаго, як драпежныя звяры, а на наступную раніцу два трупы ляжалі амаль цалкам пазбаўленыя плоці.

Мужчыны былі, але крыху мацнейшыя за свой вытанчаны рэпарцёр, бо жаданне вады было, безумоўна, самай вялікай пакутай, з якой ім давялося змагацца. А потым прыйшоў крэйсер.

Калі тыя, хто мог, паправіліся, усю гісторыю распавялі французскаму камандзіру; але людзі былі занадта недасведчаныя, каб можна было яму сказаць, у які момант на ўзбярэжжы былі выкрадзены прафесар і яго ўдзельнік, таму крэйсер павольна парыўся па вачах зямлі, страляючы выпадковымі сігнальнымі стрэльбамі і скануючы кожны цалю пляж з акулярамі.

Яны былі замацаваны ноччу, каб не грэбаваць часцінкай берагавой лініі, і здарылася, што папярэдняя ноч вывела іх з самага берага, дзе ляжаў маленькі лагер, якога яны імкнуліся.

Сігнальныя пісталеты пасля абеду раней не чулі тых, хто знаходзіўся на беразе, гэта было меркавана, таму што яны, несумненна, былі ў гушчы джунгляў, шукаючы джанавага насільніка, дзе шум іх уласнага ўдару праз падлеску заглушыў бы. Справаздача аб далёкім далёкім пісталеце.

Да таго часу, як абодва апавядалі пра свае прыгоды, лодка крэйсера вярнулася з прыпасамі і зброяй для экспедыцыі.

На працягу некалькіх хвілін маленькае цела маракоў і два французскія афіцэры разам з прафесарам насільшчыкам і глейтанам адправіліся ў іх безнадзейныя і злашчасныя пошукі некранутых джунгляў.

Спадчыннасць

Калі джэйн зразумела, што яе нясуць у палон дзіўная лясная істота, якая выратавала яе ад лап малпы, яна адчайна спрабавала выратавацца, але моцныя рукі, якія трымалі яе так лёгка, як быццам яна была, але на дзень, старая красуня толькі прыціснулася крыху больш жорстка.

Таму яна адмовілася ад бескарысных намаганняў і спакойна ляжала, гледзячы праз напаўзачыненыя вечкі ў твар мужчыну, які лёгка прабіваўся праз заблытаны з ёй зараснік.

Твар над ёй быў адной незвычайнай прыгажосці.

Дасканалы тып моцна мужчынскага роду, не апраўданы рассейваннем, брутальнымі альбо прыніжаючымі годнасць страсці. Бо, хоць тарзан з малпаў быў забойцам людзей і звяроў, ён забіваў, калі паляўнічы забівае, беспрыстойна, за выключэннем тых рэдкіх выпадкаў, калі ён забіваў за нянавісць - хаця і не задуменную, злосную нянавісць, якая адзначае рысы яго самастойна з агіднымі радкамі.

Калі забівалі тарзана, ён часцей усміхаўся, чым насміхаўся, а ўсмешкі - аснова прыгажосці.

Адзінае, што дзяўчынка асабліва заўважыла, убачыўшы тарзана, які кідаецца на тэркоз, - яркую пунсовую паласу на лбе, зверху левага вока да скуры галавы; але зараз, калі яна праглядзела ягоныя рысы, яна заўважыла, што яго не стала, і толькі тонкая белая лінія пазначыла месца, дзе ён быў.

Калі яна спакойна ляжала ў абдымках, тарзан злёгку аслабіў яго на сябе.

Як толькі ён паглядзеў ёй у вочы і ўсміхнуўся, і дзяўчыне прыйшлося зачыніць сваё, каб выключыць зрок гэтага прыгожага і выйгрышнага твару.

У цяперашні час тарзан падняўся да дрэў, і джэйн, здзіўляючыся, што яна не адчувае страху, пачала разумець, што шмат у чым яна ніколі не адчувала сябе больш бяспечнай за ўсё сваё жыццё, чым зараз, калі ляжала ў абдымках гэтага моцнага, дзікага істоты, быцця які нарадзіўся, бог адзін ведаў, куды і да чаго лёс, усё глыбей і глыбей у дзікунскую хуткасць некранутага лесу.

Калі яна, з заплюшчанымі вачыма, пачала разважаць пра будучыню, і страшныя страхі былі выкліканы яркай фантазіяй, ёй прыйшлося толькі падняць вечкі і паглядзець на гэты высакародны твар так блізка ад яе, каб развеяць апошні рэшту асцярогі.

Не, ён ніколі не мог ёй нанесці шкоду; у гэтым яна пераканалася, калі яна пераклала цудоўныя рысы і шчырыя, адважныя вочы над ёй у рыцарства, якое яны абвясцілі.

Далей і далей яны праходзілі праз тое, што, здавалася, джэйн цвёрдую масу цярпення, але калі-небудзь з'явіўся перад гэтым богам лесу праход, як з дапамогай магіі, які зачыніўся за імі, калі яны праходзілі міма.

Дэфіцытная галінка, якая прадзіралася да яе, але зверху і знізу, перад і ззаду, выгляд прадстаўляў нішто, але суцэльную масу непарыўна сплятаных галін і ліяны.

Пакуль тарзан няўхільна рухаўся наперад, яго розум быў заняты мноствам дзіўных і новых думак. Тут была такая праблема, з якой ён ніколі не сутыкаўся, і адчуваў, а не разважаў, што мусіць сустракацца з ім як з чалавекам, а не як з малпай.

Свабоднае перасоўванне па сярэдняй тэрасе, па якой ён ішоў па большай частцы, дапамагаў астудзіць запал першай жорсткай страсці сваім новым знойдзеным каханнем.

Цяпер ён выявіў, што разважае над лёсам, які ўпаў бы на дзяўчыну, калі б не выратаваў яе ад тэркоза.

Ён ведаў, чаму малпа не забіў яе, і пачаў параўноўваць свае намеры з тэркозам.

Праўда, гэта быў загад джунгляў, каб мужчына прымусіў свайго партнёра сілай; але ці можа тарзан кіравацца законамі звяроў? Не быў тарзан чалавекам? Але што рабілі мужчыны? Ён быў збянтэжаны; бо ён не ведаў.

Ён пажадаў, каб ён папрасіў дзяўчыну, і тады яму здарылася, што яна ўжо адказала яму ў бескарыснай барацьбе, якую яна ўратавала і адбіла яго.

Але цяпер яны прыйшлі да месца прызначэння, і тарзан з малпаў з джэйнам у моцных абдымках злёгку замахнуўся на газон арэны, дзе вялікія малпы праводзілі свае парады і танчылі дзікую оргію дум-дума.

Хаця яны прайшлі шмат вёрст, усё яшчэ было толькі на наступны дзень, а амфітэатр быў абліты паўсветам, які фільтраваўся па лабірынце акружаючай лістоты.

Зялёны газон выглядаў мяккім і халодным і прывабным. Незлічоныя шумы джунгляў здаваліся далёкімі і прыглушанымі, толькі адгалоскамі размытых гукаў, якія падніміліся і падалі, як прыбой на аддаленым беразе.

Пачуццё мройнага спакою скралася над джэйн, калі яна апусцілася на траву, куды яе змясціў тарзан, і, калі яна ўзняла вочы на сваю цудоўную фігуру, якая ўзвышалася над ёй, у яе дадалося дзіўнае пачуццё ідэальнай бяспекі.

Калі яна назірала за ім з-пад напаўзачыненых вечкаў, тарзан перасякаў невялікую кругавую паляну на другі бок. Яна адзначыла хупавую веліч яго карэты, ідэальную сіметрыю яго пышнай фігуры і выразнасць добрай формы галавы на шырокіх плячах.

Якое дасканалае істота! Пад гэтым богам знешнасцю не можа быць ні адной жорсткасці, ні падставы. Ніколі не думала, што такі чалавек пайшоў па зямлі, бо бог стварыў першую па сваім вобразе.

Са звязаным тарзанам ускочыў на дрэвы і знік. Джэйн задумалася, куды ён пайшоў. Ён пакінуў яе там сваім лёсам у самотных джунглях?

Яна нервова паглядзела на. Кожная вінаградная лаза і хмызняк здаваліся ёй, але схаваным месцам нейкага велізарнага і жудаснага звера, які чакае пахавання бліскучых іклаў у мяккую плоць. Кожны гук яна ўзмацнялася ў патаемнае паўзучае звілістае і злаякаснае цела.

Як інакш, калі ён пакінуў яе!

Некалькі хвілін, што здавалася спалоханай дзяўчыне гадзінамі, яна сядзела з напружанымі нервамі, чакаючы вясны, якая прысела, што павінна скончыць яе няшчасце.

Яна амаль малілася за жорсткія зубы, якія давалі б ёй непрытомнасць і пераадолець агонію страху.

Яна пачула ззаду рэзкі, лёгкі гук. З крыкам яна ўзьнялася на ногі і павярнулася тварам да яе.

Там стаяў тарзан, рукі былі напоўнены саспелымі і сакавітымі пладамі.

Джэйн накруціў і ўпаў бы, каб не тарзан, скінуўшы свой цяжар, схапіў яе ў абдымкі. Яна не страціла прытомнасці, але яна шчыльна прыціснулася да яго, дрыжала і дрыжала, як спалоханы алень.

Тарзан з малпаў гладзіў яе мяккія валасы і спрабаваў супакоіць і супакоіць яе, калі кала быў у яго, калі ён, як маленькая малпа, спалохаўся сабора, ільвіцы альбо гісты, змяі.

Аднойчы ён лёгенька прыціснуў вусны да ілба, і яна не паварушылася, а заплюшчыла вочы і ўздыхнула.

Яна не магла прааналізаваць свае пачуцці, і нават не хацела гэтага рабіць. Яна задаволена адчула бяспеку гэтых моцных рук і пакінула сваю будучыню лёсу; за апошнія некалькі гадзін навучыў яе давяраць гэтаму дзіўнаму дзікаму лясному стварэнню, як яна б давярала, але мала хто з яе знаёмых.

Калі яна думала пра дзівацтвы, яна пачала зарабляць на світанку, калі яна зразумела, што яна, магчыма, навучылася чамусьці іншаму, чаго раней ніколі не ведала - любові. - здзівілася яна і потым усміхнулася.

І, усміхаючыся, яна мякка адштурхнула тарзан; і, зірнуўшы на яго з паўсьмешлівым, паўвізічным выразам, які прымусіў яе твар няспынна вымавіць, яна паказала плён на зямлю і прысадзілася да краю землянога барабана антрапоідаў, бо голад сцвярджаў сябе.

Тарзан хутка сабраў плён і, прынёсшы яго, паклаў да ног; а потым ён таксама сеў на барабан каля яе і, прыадчыніўшы нож, падрыхтаваў розныя садавіна для ежы.

Яны разам і моўчкі елі, перыядычна крадаючы хітрае позірк адзін на аднаго, пакуль джэйн нарэшце не разліўся на вясёлы смех, у якім далучыўся тарзан.

"я хачу, каб ты размаўляў па-ангельску," сказала дзяўчына.

Тарзан пакруціў галавой, і выраз тужлівага і пафаснага тугі працверазіў яго смех.

Потым джэйн паспрабавала размаўляць з ім па-французску, а потым па-нямецку; але ёй давялося пасмяяцца над уласнай спробай грубасці на апошняй мове.

"у любым выпадку," яна сказала яму па-ангельску, "ты разумееш маю нямецкую мову так жа, як у берліне".

Тарзан даўно прыняў рашэнне аб тым, якой павінна быць яго далейшая працэдура. Ён паспеў узгадаць усё, што чытаў пра шляхі мужчын і жанчын у кнігах у каюце. Ён паступіў бы так, як ён уяўляў, як мужчыны ў кнігах дзейнічалі б на сваім месцы.

Ён зноў падняўся і пайшоў на дрэвы, але спачатку ён паспрабаваў растлумачыць прыкметамі, што ён хутка вернецца, і ён зрабіў гэта добра, што джэйн зразумеў і не баяўся, калі пайшоў.

Толькі пачуццё адзіноты ахапіла яе, і яна назірала за тым, куды ён знік, з тугой вачыма, чакаючы яго вяртання. Як і раней, яна ацаніла яго прысутнасць мяккім гукам ззаду, і павярнулася, убачыўшы, як ён трапляе на дзёран з вялікай ахапкай галін.

Потым ён зноў вярнуўся ў джунглі і праз некалькі хвілін зноў з'явіўся з колькасцю мяккіх траў і папараці.

Яшчэ дзве паездкі ён здзейсніў, пакуль у яго не было кучы матэрыялу.

Потым ён расклаў папараць і траву на зямлі ў мяккім плоскім ложку, а над ім нахіліліся шматлікія галіны, каб яны сустрэліся ў некалькіх метрах над яго цэнтрам. На іх ён расклаў слаі велізарных лісця вуха вялікага слана, а яшчэ больш галінак і лісця закрыў адзін канец пабудаванага ім прытулку.

Потым яны зноў селі разам на край барабана і паспрабавалі размаўляць па знаках.

Цудоўны брыльянтавы медальён, які вісеў на шыі тарзана, быў для джэна крыніцай вялікіх цудаў. Яна паказала на гэта зараз, і тарзан прыбраў яе і перадаў ёй мілую цацку.

Яна ўбачыла, што гэта праца майстэрскага майстра і алмазы былі з вялікім бляскам і цудоўна пасаджаны, але рэзка іх пазначала, што яны былі ранейшымі днямі. Яна таксама заўважыла, што медальён адчынілася, і, націснуўшы на схаваную зашпільку, убачыла, як дзве паловы спружыніліся, каб выявіць у любым раздзеле мініяцюру слановай косці.

Адна магла быць прыгожай жанчынай, а другая можа быць падабенствам мужчыны, які сядзеў каля яе, за выключэннем тонкай выразнасці выразаў, якую наўрад ці можна было вызначыць.

Яна падняла вочы на тарзана, каб знайсці яго, схіліўшыся да яе, гледзячы на мініяцюры з выразам здзіўлення. Ён працягнуў руку да медальёна і аднёс яе ад яе, разглядаючы падабенствы ўнутры з беспамылковымі прыкметамі здзіўлення і новай цікавасці. Яго манера выразна абазначала, што ён ніколі раней іх не бачыў і не ўяўляў, што медальён адкрыецца.

Гэты факт прымусіў джэйн пайсці на далейшыя здагадкі, і яна абклала падаткам яе фантазію, каб выявіць, як гэты прыгожы ўпрыгожванне трапіў у валоданне дзікага і дзікага істоты нязведаных джунгляў афрыкі.

Яшчэ больш цудоўным было тое, як яно ўтрымлівала падабенства таго, хто можа стаць братам, альбо, што, хутчэй за ўсё, бацькам гэтага ляснога бога-дэмісезона, які нават быў недасведчаны пра тое, што медальён адчыніўся.

Тарзан усё яшчэ жорстка пазіраў на два твары. У цяперашні час ён зняў калчан з пляча і, пусціўшы стрэлы на зямлю, дабраўся да дна пасудзіны, падобнай на мяшок, і выцягнуў плоскі прадмет, абгорнуты мноствам мяккіх лісця і завязаны кавалкамі доўгай травы.

Ён асцярожна раскруціў яго, здымаючы пласт за пластом лісця, пакуль доўга не трымаў у руцэ фатаграфію.

Паказваючы на мініяцюру мужчыны ў медальёне, ён перадаў фатаграфію джэйн, трымаючы пры гэтым адкрыты медальён.

Фатаграфія служыла толькі для галаваломкі дзяўчыны, бо, відавочна, было падабенства таго ж мужчыны, чыя карціна ляжала ў медальёне побач з прыгожай маладой жанчынай.

Тарзан глядзеў на яе з выразам збянтэжанага здзіўлення ў вачах, калі яна пазірала на яго. Ён, здавалася, усталёўваў пытанне вуснамі.

Дзяўчынка паказала на фотаздымак, а потым на мініяцюру, а потым на яго, як бы пазначаючы, што яна думала, што падабенствы былі яму, але ён толькі адмоўна пакруціў галавой, а потым паціснуўшы вялікімі плячыма, зняў з яе фатаграфію і старанна пераматаўшы яго, зноў паклаў яго ў дно калчана.

Некалькі імгненняў ён сядзеў моўчкі, а вочы сагнуліся аб зямлю, у той час як джэйн трымала ў руцэ маленькі медальён, перагортваючы яго зноў і зноў, імкнучыся знайсці нейкую дадатковую падказку, якая магла б прывесці да асобы яго першапачатковага ўладальніка.

У доўгі час ёй прыйшло простае тлумачэнне.

Медальён належаў лорду грэйстоку, і падабенствы былі яму і лэдзі алісе.

Гэта дзікая істота проста знайшла яго ў салоне на пляжы. Як дурны яе не думаў пра гэта рашэнне раней.

Але для тлумачэння дзіўнага падабенства лорда-харта і гэтага ляснога бога - гэта было зусім за яе межамі, і не дзіўна, што яна не магла ўявіць, што гэты голы дзікун сапраўды ангельскі шляхціц.

Тарзан доўга падняў галаву, каб назіраць за дзяўчынкай, аглядаючы медальён. Ён не мог зразумець сэнс твараў унутры, але ён мог прачытаць цікавасць і захапленне тварам маладой жывой істоты побач.

Яна заўважыла, што ён сочыць за ёй, і думае, што зноў жадае свайго ўпрыгожвання, і яна працягнула яго. Ён узяў яе ў яе і, узяўшы ланцужок у дзве рукі, паклаў яе на шыю, усміхаючыся яе выразам здзіўлення ад яго нечаканага падарунка.

Джэйн люта паківала галавой і выдаліла б залатыя звязкі з горла, але тарзан не дазволіў ёй. Калі яна настойвала на гэтым, ён моцна трымаў іх, каб перашкодзіць ёй.

Нарэшце яна адмовілася і, крыху смеючыся падняла медальён да вуснаў.

Тарзан не ведаў дакладна, што яна мае на ўвазе, але ён правільна здагадаўся, што гэта яе спосаб прызнання падарунка, і таму ён падняўся і, узяўшы медальён у руку, сур'ёзна нахіліўся, як нейкі старая прыдворная, і прыціснуў вусны да сябе там яе адпачывалі.

Гэта быў велічны і галантны невялікі камплімент, выкананы з грацыёзнасцю і годнасцю поўнай несвядомасці сябе. Гэта было адметнай рысай яго арыстакратычнага нараджэння, натуральнага агалення шматлікіх пакаленняў выдатнай развядзенні, спадчыннага інстынкту міласці, які ўсё жыццё без раздражнёнай і дзікай падрыхтоўкі і навакольнага асяроддзя не мог выкараніць.

Цяпер цямнела, і таму яны зноў елі плады, якія былі для іх і ежай, і пітвом; потым тарзан падняўся і, прывёўшы джэйн да ўзведзенай маленькай альтанкі, паказаў ёй прайсці ўнутр.

Упершыню за некалькі гадзін пачуццё страху ахапіла яе, і тарзан адчуў, як яна адцягнулася, як быццам сціскаецца з яго.

Кантакт з гэтай дзяўчынкай на паўдня пакінуў вельмі розны тарзан ад таго, на каго паднялося ранішняе сонца.

Цяпер, у кожнай абалоне яго істоты, спадчыннасць гаварылася гучней, чым навучанне.

Ён не за адзін хуткі пераход стаў адшліфаваным джэнтльменам ад дзікага чалавекападобнага чалавека, але нарэшце пераважаў былы інстынкт, і над усім было жаданне дагадзіць каханай жанчыне і добра выглядаць у яе вачах.

Таму тарзан з малпаў рабіў адзінае, што ведаў, каб гарантаваць джэйн у яе бяспецы. Ён дастаў паляўнічы нож са сваёй абалонкі і перадаў яе спачатку ў ручку, ізноў закінуўшы яе ў касілку.

Дзяўчынка зразумела, і, узяўшы доўгі нож, увайшла і клалася на мяккую траву, у той час як тарзан з малпамі расцягнуўся на зямлю праз уваход.

І такім чынам узыходзячае сонца выявіла іх раніцай.

Калі джайн прачнулася, яна спачатку не ўзгадвала дзіўныя падзеі папярэдняга дня, і таму ёй было цікава, што ў яе дзіўным асяроддзі - маленькая ліставая альтанка, мяккая трава яе ложка, незнаёмая перспектыва адтуліны ў яе ног.

Павольна абставіны яе становішча закрадаліся адна за адной у галаву. А потым у яе сэрцы ўзнікла вялікае дзіва - магутная хваля ўдзячнасці і ўдзячнасці, якая, хоць і трапіла ў такую страшную небяспеку, але была пашкоджана.

Яна рушыла да ўваходу ў прытулак шукаць тарзан. Ён сышоў; але на гэты раз страх не нападаў на яе, бо яна ведала, што ён вернецца.

У траве ля ўваходу ў яе альтанку яна ўбачыла адбітак яго цела, дзе ён праляжаў усю ноч, каб ахоўваць яе. Яна ведала, што тое, што ён быў там, было ўсё, што дазваляла ёй спаць у такой мірнай бяспецы.

З кім побач, хто мог забаўляць страх? Ёй было цікава, ці ёсць на зямлі яшчэ адзін мужчына, з якім дзяўчына магла б адчуваць сябе так бяспечна ў сэрцы гэтай дзікай афрыканскай джунглі. Цяпер нават львы і пантэры не баяліся яе.

Яна падняла вочы, убачыўшы, як ягоная нязграбная форма мякка падае з блізкага дрэва. Калі ён заспеў яе позіркам на яго твары, асветленым той шчырай і зіхатлівай усмешкай, якая заваявала яе ўпэўненасць напярэдадні.

Калі ён наблізіўся да яе сэрца, джана білася хутчэй, і яе вочы пасвятлелі, як ніколі раней пры набліжэнні любога чалавека.

Ён зноў збіраў плён, і гэта ён паклаў ля ўваходу ў яе альтанку. Яны зноў селі, каб паесці.

Джэйн пачала гадаць, якія планы былі ў яго. Ён адвёз яе назад на пляж, ці захаваў бы яе тут? Раптам яна зразумела, што справа, здавалася, не выклікае ў яе асаблівых клопатаў. Можа быць, што ёй усё роўна!

Яна таксама пачала разумець, што яна цалкам задаволена сядзіць тут, побач з гэтым усмешлівым гігантам есць смачныя садавіна ў раі сілван, далёка ў глыбіні афрыканскіх джунгляў - што яна была задаволеная і вельмі шчаслівая.

Яна не магла гэтага зразумець. Яе прычына сказала, што яе павінны раздзіраць дзікія трывогі, узважаныя страшнымі страхамі, скінутыя змрочнымі прадчуваннямі; але замест гэтага яе сэрца спявала, і яна ўсміхалася адказваючаму чалавеку каля яе.

Калі яны скончылі свой сняданак, тарзан пайшоў да яе ўнізе і дастаў нож. Дзяўчынка зусім забылася пра гэта. Яна зразумела, што гэта таму, што забылася на страх, які падштурхнуў яе прыняць яе.

Рухаючы ёй, каб ісці за ёй, тарзан пайшоў да дрэў на край арэны і, узяўшы яе ў адну моцную руку, замахнуўся на галінкі зверху.

Дзяўчынка ведала, што ён вязе яе назад да сваіх людзей, і яна не магла зразумець раптоўнага пачуцця адзіноты і смутку, якое паўзла па ёй.

Гадзінамі яны павольна гайдаліся ўздоўж.

Тарзан з малпаў не спяшаўся. Ён паспрабаваў як мага даўжэй прыцягнуць мілае задавальненне ад гэтага падарожжа з дарагімі рукамі на шыі, і ён пайшоў далёка на поўдзень ад прамога шляху да пляжу.

Яны некалькі разоў спыняліся на кароткі адпачынак, які тарзану не спатрэбіўся, і апоўдні яны спыніліся на гадзіну ля крыху ручая, дзе яны здаволілі смагу, і з'елі.

Так што быў амаль заход сонца, калі яны падышлі да паляны, і тарзан, апусціўшыся на зямлю каля вялікага дрэва, разлучыў высокую траву джунгляў і паказаў ёй маленькую каюту да сябе.

Яна ўзяла яго за руку, каб прывесці яго да сябе, каб яна магла сказаць бацьку, што гэты чалавек выратаваў яе ад смерці і горш за смерць, што ён сачыў за ёй так старанна, як і маці.

Але зноў нясмеласць дзікай рэчы перад абліччам жылля чалавека пракацілася над тарзанам малпаў. Ён адварочваўся і паківаў галавой.

Дзяўчынка падышла да яго, падняўшы вочы з умольваючымі вачыма. Неяк яна не магла пераносіць думкі пра вяртанне яго ў жудасныя джунглі ў адзіноце.

Ён усё яшчэ паківаў галавой, і, нарэшце, ён звярнуў яе да сябе вельмі асцярожна і, нахіліўшыся, каб пацалаваць яе, але спачатку ён зірнуў ёй у вочы і чакаў, калі даведаецца, ці спадабаецца яна, альбо яна адштурхне яго.

У адно імгненне дзяўчына вагалася, а потым зразумела праўду, і, кінуўшы рукі на шыю, звярнула яго да твару і пацалавала яго - саромеючыся.

"я люблю цябе, я люблю цябе", прамармытала яна.

Здалёк здалёк чуўся слабы гук гармат. Тарзан і джэйн узнялі галовы.

З кабіны выйшаў г-н. Філандры і эсмеральда.

Адтуль, дзе тарзан і дзяўчына стаялі, яны не маглі бачыць двух судоў, якія ляжалі на якары ў гавані.

Тарзан паказаў на гукі, дакрануўся да грудзей і зноў паказаў. Яна зразумела. Ён збіраўся, і нешта ёй сказала, што гэта адбылося таму, што ён думаў, што ёй пагражае небяспека.

Ён зноў пацалаваў яе.

"вярніся да мяне", прашаптала яна. "я буду чакаць цябе - заўсёды".

Яго не было - і джэйн павярнулася, каб прайсці праз паляну да салона.

Спадар. Філандэр быў першым, хто яе ўбачыў. Быў змярканне і г-н. Філандр быў вельмі недальнабачны.

"хутка, эсмеральда!" - закрычаў ён. "давайце шукаць бяспеку ўнутры; гэта ільвіца. Дабраславі мяне!"

Эсмеральда не стамлялася праверыць г-н. Бачанне філандры. Яго тону было дастаткова. Яна знаходзілася ў салоне і ляпнула дзвярыма і забіла дзверы, перш чым ён вымавіў яе імя. "дабраславі мяне" здзівіў г-н. Філандр, выявіўшы, што эсмеральда, у вялікай паспешлівасці, прывязала яго да той жа боку дзвярэй, што і львіца, якая набліжалася.

Ён люта біўся па цяжкім партале.

"эсмеральда! Эсмеральда!" - закрычаў ён. "пусці мяне. Мяне пажырае леў."

Эсмеральда падумала, што шум у дзвярах быў зроблены ільвіцай пры спробах пераследваць яе, і, пасля яе звычаю, яна страціла прытомнасць.

Спадар. Філандэр кінуў на яго спалоханы погляд.

Жахі! Цяпер справа была зусім блізкая. Ён паспрабаваў падняцца па каюце, і яму ўдалося ўчапіцца мімалётным дахам.

На імгненне ён вісеў, кіпцюрыўшыся нагамі, як кот на вяроўцы, але ў гэты час кавалак саламяны сышоў, і г-н. Філандр, які папярэднічаў ёй, быў абложаны на спіне.

У гэты момант ён упаў выдатны прадмет прыродазнаўства, які падскочыў да яго розуму. Калі хто-небудзь уяўляе сабе львы смерці, а львіцы, як мяркуецца, ігнаруюць адзін, лічыць г-н. Няспраўная памяць філандэра.

Д"арно выступіў з папярэджаннем на свой слуп, калі чорныя зачыніліся на яго, але, перш чым ён змог намаляваць рэвальвер, яго апранулі і зацягнулі ў джунглі.

Ягоны крык устрывожыў матросаў, і дзесятак з іх праскочыў міма прафэсарскага насільніка, ідучы па слядах на дапамогу афіцэру.

Яны не ведалі прычыны ягонага пратэсту, толькі што гэта было папярэджаннем аб небяспецы наперадзе. Яны прамчаліся міма месца, дзе было захоплена д'арно, калі дзіда кідалася з джунгляў, якія перакінулі аднаго з людзей, і тады залп стрэлаў упаў сярод іх.

Падняўшы вінтоўкі, яны стрэлілі ў падлеску ў той бок, адкуль ракеты ішлі.

Да гэтага часу баланс партыі ўжо падышоў, і залп пасля залпавага стрэлу накіраваўся да схаванага ворага. Менавіта гэтыя стрэлы чулі тарзан і джэйн насільшчык.

Лейтэнант, які падвозіў тыл калоны, падбег да месца здарэння і, пачуўшы падрабязнасці засады, загадаў людзям ісці за ім і пагрузіўся ў заблытаную расліннасць.

У адно імгненне яны сутыкнуліся з пяцідзесяці чорнымі воінамі вёскі мбонга. Стрэлы і кулі ляцелі густа і хутка.

Дзіўныя афрыканскія нажы і прыклад французскага пісталета на імгненне змяшаліся ў дзікіх і крывавых паядынках, але неўзабаве тубыльцы ўцяклі ў джунглі, пакінуўшы французаў падлічыць свае страты.

Чацвёра з дваццаці загінулі, яшчэ дзясятак былі паранены, а лейтэнант д'арно прапаў без вестак. Ноч хутка падае, і іх цяжкае становішча зрабілася ўдвая горш, калі яны нават не змаглі знайсці след слана, якога яны ішлі.

Адзінае, што трэба зрабіць, зрабіць лагер там, дзе яны былі да дзённага святла. Лейтэнант-старэйшын загадаў правесці паляну і кругавую абаціку з падлеску, пабудаванага каля лагера.

Гэтая праца была завершана да доўгага цемры, людзі будавалі велізарны агонь у цэнтры паляны, каб даць ім святло для працы.

Калі ўсё было ў бяспецы ад нападу дзікіх звяроў і дзікіх людзей, лейтэнант-сталярнік размясціў вартавыя каля маленькага лагера, а стомленыя і галодныя людзі кінуліся на зямлю спаць.

Стогны параненых, змешаныя з рыкам і рычаннем вялікіх звяроў, якія прыцягвалі шум і агеньчык, трымалі сон, за выключэннем найбольш прыдатнай формы, ад стомленых вачэй. Гэта была сумная і галодная вечарынка, якая праляжала праз доўгую ноч, молячыся да світання.

Неграў, якія захапілі д'арнот, не дачакаліся ўдзелу ў наступнай бойцы, а замест гэтага пацягнулі свайго зняволенага крыху па джунглях, а потым ударылі па сцежцы далей за межы баёў, у якіх удзельнічалі іх малайцы. .

Яны спяшаліся з ім, і аддаляліся ад канкурсантаў гукі бою, пакуль яны раптам не ўварваліся на бачанне д'арно, на паляне памеру, на адным з канцоў якой стаяла вёска з саламянай і частакольнай.

Было ўжо змярканне, але наглядальнікі ля варот бачылі, як набліжаецца трыо, і яны пазнаёміліся з палоннымі, калі яны дасягнулі парталаў.

Унутры частакола часта пачуўся крык. Вялікі натоўп жанчын і дзяцей кінуўся насустрач партыі.

А потым стаў для французскага афіцэра самым жахлівым вопытам, з якім чалавек можа сутыкнуцца на зямлі - прыём белага вязня ў вёску афрыканскіх людажэр.

Дадаць волю сваёй жорсткай дзікасці стала вострая памяць пра ўсё яшчэ больш жорсткія варварства, якія практыкуюць над імі і іх белымі афіцэрамі гэтага крывадушніка аркі, леопольда з бельгіі, з-за чыіх зверстваў яны ўцяклі з вольнай дзяржавы конга - жаласнай рэшту таго, што калісьці было магутным племем.

Яны ўпалі на зуб і пазногці ', білі яго палкамі і камянямі і рвалі на яго кіпцюровымі рукамі. Кожны рудынец быў адарваны ад яго, і бязлітасныя ўдары ўпалі на яго голую і дрыжачую плоць. Але не адзін раз француз крычаў ад болю. Ён удыхнуў маўклівую малітву, каб яго хутка вызвалілі ад катаванняў.

Але смерць, якую ён маліўся, павінна была быць не такой простай. Неўзабаве воіны адбівалі жанчын ад вязня. Ён павінен быў выратавацца ад больш высакародных відаў спорту, а першая хваля іх запалу сціхла, і яны задаволіліся крыкам насмешак і абраз і пляваннямі на яго.

У цяперашні час яны дабраліся да цэнтра вёскі. Там д'арно быў надзейна прывязаны да той вялікай пасады, з якой ніколі не быў вызвалены жывы чалавек.

Шэраг жанчын рассыпаліся па некалькіх хацінах, каб дастаць гаршкі і ваду, а іншыя пабудавалі шэраг пажараў, на якіх трэба было кіпяціць часткі застолля, у той час як баланс будзе павольна высыхаць палоскамі для далейшага выкарыстання, як яны чакалі, іншыя ваяры вяртаюцца са шматлікімі палоннымі. Святы былі затрыманыя ў чаканні вяртання воінаў, якія засталіся ўдзельнічаць у перастрэлцы з белымі мужчынамі, так што гэта было даволі позна, калі ўсе былі ў вёсцы, і танец смерці пачаўся кружыцца вакол асуджанага афіцэра.

Напалову страчваючы прытомнасць ад болю і знясілення, д'арно глядзеў з-пад напаўзачыненых вечкаў тое, што здавалася, акрамя капрызу трызнення альбо нейкага жахлівага кашмару, ад якога ён мусіць хутка прачнуцца.

Твары звяроў, абмазаныя колерам - велізарныя вусны і няшчырыя звісаючыя вусны - жоўтыя зубы, вострыя пададзеныя - слізгальныя, дэманстрацыйныя вочы - бліскучыя аголеныя целы - жорсткія дзіды. Напэўна на зямлі не існавала такіх істот - ён сапраўды павінен марыць.

Дзікуны, кружыліся целы, набліжаліся бліжэй. Цяпер дзіда ўскочыла і кранула яго руку. Рэзкі боль і адчуванне гарачай, струменевай крыві пераконвалі яго ў жудаснай рэальнасці яго безнадзейнага становішча.

Яшчэ адно дзіда, а потым яшчэ дакранулася да яго. Ён заплюшчыў вочы і цвёрда паставіў зубы - ён не закрычаў.

Ён быў салдатам францыі, і навучыў бы гэтых звяроў таму, як гінулі афіцэр і джэнтльмен.

Тарзану малпаў не патрэбен перакладчык, каб перавесці гісторыю тых далёкіх кадраў. З па-ранейшаму цёплымі пацалункамі джэйнавага гультая на вуснах ён з неверагоднай хуткасцю гайдаўся па лясных дрэвах прама да вёскі мбонга.

Яго не цікавіла месца сустрэчы, бо ён меркаваў, што гэта хутка скончыцца. Тым, хто быў забіты, ён не мог дапамагчы, тым, хто ўцёк, не спатрэбілася б яго дапамога.

Гэта паспяшаўся да тых, хто ні быў забіты, ні ўратаваўся. І ён ведаў, што знойдзе іх на вялікай пасадзе ў цэнтры вёскі мбонга.

Шмат разоў тарзан бачыў, як чорныя набегі партыі мбонга вяртаюцца з поўначы са зняволенымі, і заўсёды былі аднолькавыя сцэны, зробленыя каля гэтай змрочнай калы, пад палымяным святлом шматлікіх пажараў.

Ён таксама ведаў, што яны рэдка губляюць шмат часу, перш чым скарыстацца зломнай мэтай сваіх захопаў. Ён сумняваўся, што прыйдзе своечасова, каб зрабіць больш, чым адпомсціць.

Па ім імчаўся. Ноччу ўпала, і ён падарожнічаў высока па верхняй тэрасе, дзе шыкоўны тропічны месяц асвятляў галавакружную сцежку праз мякка хвалепадобныя галіны верхавін дрэў.

У наш час ён злавіў адлюстраванне далёкага полымя. Ён ляжаў справа ад яго шляху. Гэта павінна быць святло ля вогнішча лягера, якое два чалавекі пабудавалі да нападу - тарзан нічога не ведаў пра прысутнасць маракоў.

Тарзан быў так упэўнены ў сваіх ведах у джунглях, што не адварочваўся ад курсу, але прапускаў блікі на адлегласці ў паўмілі. Гэта быў лагерны агонь французаў.

Праз некалькі хвілін тарзан замахнуўся на дрэвы над вёскай мбонга. Ах, ён не зусім позна! Ці ён быў? Ён не мог сказаць. Постаць на вогнішчы была вельмі нерухомая, але чорныя воіны былі, але калацілі яе.

Тарзан добра ведаў іх звычаі. Смяротны ўдар не быў нанесены. Ён мог амаль на хвіліну сказаць, як далёка зайшоў танец.

У іншы імгненны нож мбонга адарваў бы адно з вушэй ахвяры - гэта азначае пачатак канца, бо вельмі хутка застанецца толькі выгінаецца маса скалечанай плоці.

У ім усё яшчэ было б жыццё, але смерць была б адзінай дабрачыннасцю, якой ён прагнуў.

Калом стаяў за сорак футаў ад бліжэйшага дрэва. Тарзан накруціў вяроўку. Потым раптам узняліся над пачварнымі крыкамі танцуючых дэманаў жахлівым выклікам чалавекападобнага чалавека.

Танцоры спыняліся, нібы ператварыліся ў камень.

Вяроўка імчала спевам віхурам высока над галовамі неграў. Ён быў зусім нябачны ў палаючых агнях лягерных пажараў.

' Расплюшчыў вочы. Велізарны чорны, які стаяў непасрэдна перад ім, кінуўся назад, як бы асечаны нябачнай рукой.

Змагаючыся і крычаць, яго цела, перакочваючыся з боку ў бок, хутка рухалася да цені пад дрэвамі.

Чорныя, іх вочы, якія выпіналіся ад жаху, глядзелі, як зачаравана.

Як толькі пад дрэвамі, цела ўзнялося проста ў паветра, і, як яно знікла ў лісці зверху, страшныя негры, крычаючы ад спалоху, урэзаліся ў шалёную гонку за вясковую браму.

' Застаўся адзін.

Ён быў смелым чалавекам, але ён адчуў, як кароткая шчацінка валасоў на патыліцы, калі гэты паветраны крык узняўся на паветра.

Калі чорнае цела чорнага лунала, нібы незямной сілай, у густую лістоту лесу, д'арнот адчуў, як ледзяная дрыготка цягнецца па пазваночніку, як быццам смерць узнялася з цёмнай магілы і застудзілася холадам і жыватом. Палец на плоць.

Пакуль д'арно назіраў за тым месцам, дзе цела ўвайшло ў дрэва, ён пачуў там гукі руху.

Галіны калыхаліся, быццам пад цяжарам чалавечага цела - адбыўся крушэнне, і чорны зноў разрастаўся на зямлю, - каб вельмі спакойна ляжаць там, дзе ён упаў.

Адразу за ім з'явілася белае цела, але гэтае выпрасталася.

Д'арно бачыў, як малады гігант з паднятымі канечнасцямі выходзіць з цені на святло агню і хутка падыходзіць да яго.

Што гэта можа азначаць? Хто гэта можа быць? Нейкая новая істота катаванняў і разбурэнняў, несумненна.

' Чакалі. Вочы ніколі не сыходзілі з твару надыходзячага чалавека. І шчырыя вочы ў другога дрынотнага позірку д'арно не вагаліся.

' Быў супакоены, але ўсё яшчэ без асаблівай надзеі, хоць ён адчуваў, што гэты твар не можа замаскіраваць жорсткае сэрца.

Без слова тарзан з малпаў разрэзаў вузы, якія трымаў француз. Слабы ад пакут і страты крыві, ён упаў бы толькі за моцную руку, якая яго злавіла.

Ён адчуў сябе прыўзнятым з зямлі. З'явілася адчуванне палёту, а потым ён страціў прытомнасць.

Кіраўнік

Пошукавая група

Калі світанак напаў на маленькі лагер французаў у самым сэрцы джунгляў, ён знайшоў сумную і разгубленую групу.

Як толькі стала дастаткова святла, каб убачыць наваколле лейтэнанта-шаптыра адправілі людзей у трох групах па некалькіх кірунках, каб знайсці след, і праз дзесяць хвілін яго знайшлі, і экспедыцыя спяшалася назад у бок пляжу.

Гэта была павольная праца, бо яны насілі целы шасці загінулых, яшчэ двое, якія падаліся ноччу, і некалькі параненых патрабавалі падтрымкі, каб рухацца нават вельмі павольна.

 вырашыў вярнуцца ў лагер для падмацавання, а потым паспрабаваў высадзіць тубыльцаў і выратаваць д'арно.

Позняй другой палове дня, калі знясіленыя людзі выйшлі на паляну ля пляжу, але для іх дваіх вяртанне прынесла такое вялікае шчасце, што ўсе іх пакуты і душэўнае гора забыліся на імгненне.

Як маленькая вечарынка з'явілася з джунгляў, першым чалавекам, які ўбачыў прафесар портэр і сэсіл глейтан, быў джэйн, які стаяў каля дзвярэй кабіны.

З невялікім крыкам радасці і палёгкі яна пабегла наперад, каб павітацца з імі, апусціўшы рукі на шыю бацькі і заплакала ўпершыню пасля таго, як яны былі кінуты на гэты агідны і авантурны бераг.

Прафесар портэр з усёй сілай пастараўся здушыць уласныя эмоцыі, але напружанне яго нерваў і аслабленая жыццёвая энергія былі для яго занадта вялікімі, і, надоўга, закопваючы стары твар у плячо дзяўчыны, ён ціха ўсхліпваў, як стомленае дзіця.

Джэйн павяла яго да кабіны, а французы павярнуліся да пляжу, з якога некалькі іх таварышаў ішлі насустрач.

Клейтан, жадаючы пакінуць бацьку і дачку ў спакоі, далучыўся да маракоў і працягваў размаўляць з афіцэрамі, пакуль іх лодка не адцягнулася ў бок крэйсера, куды лейтэнант-старэйшык павінен быў паведаміць пра няшчасны вынік сваёй прыгоды.

Потым клейтон павольна павярнуўся назад да кабіны. Яго сэрца напоўнілася шчасцем. Жанчына, якую ён любіў, была ў бяспецы.

Ён задаўся пытаннем, якім цудам яе пазбавілі. Бачыць яе жывой здавалася амаль неверагодным.

Калі ён падышоў да кабіны, ён убачыў, як джэйн выходзіць. Калі яна ўбачыла яго, яна паспяшалася сустрэць яго.

"джэйн!" ён усклікнуў: "бог сапраўды быў добры з намі. Скажыце мне, як вы выратаваліся - якую форму провід прыняў, каб выратаваць вас за нас".

Ён ніколі раней не называў яе па імені. За сорак восем гадзін да таго, як джэйн задушыла б мяккае ззянне задавальнення, пачуўшы гэтае імя з вуснаў клейтона - цяпер гэта напалохала яе.

"містэр клінтон," ціха сказала яна, працягваючы руку, "спачатку дазвольце падзякаваць за вашу рыцарскую вернасць майму дарагому бацьку. Ён распавёў мне, наколькі вы высакародныя і самаахвярныя. Як мы можам адплаціць вам!"

Клейтан заўважыла, што яна не вярнула яго знаёмага прывітання, але ён не адчуваў ніякіх сумневаў з гэтай нагоды. Яна перажыла так шмат. Гэта быў час, каб навязаць сваё каханне на яе, ён хутка зразумеў.

"я ўжо пагашаны", сказаў ён. "толькі каб убачыць вас і прафесара насільшчыка, як у бяспецы, так і зноў разам. Я не думаю, што я мог бы значна больш перажыць пафас свайго ціхага і нязручнага гора.

"гэта было самае сумнае перажыванне ў маім жыцці, міс портэр; а потым, дадаўшы да яго, узнікла маё ўласнае гора - самае вялікае, што я калі-небудзь ведаў. Але яго было так безнадзейна - яго было жаласна. Ён вучыў мяне, што кахання няма, нават не тое, што мужчына для жонкі можа быць такім глыбокім і страшным і самаахвярным, як любоў бацькі да дачкі ".

Дзяўчынка схіліла галаву. Было пытанне, якое яна хацела задаць, але, здавалася, было амаль благаслаўнае перад абліччам кахання гэтых двух чалавек і страшных пакут, якія яны перажылі, пакуль яна сядзела ў смеху і шчаслівай побач з богападобнай істотай лесу, ела смачныя садавіна і выглядала вочы кахання ў адказ вочы.

Але каханне дзіўны гаспадар, і чалавечая прырода па-ранейшаму чужая, таму яна задала сваё пытанне.

"дзе лясны чалавек, які пайшоў ратаваць цябе? Чаму ён не вярнуўся?"

"я не разумею", сказаў клейтан. "каго вы маеце на ўвазе?"

"той, хто выратаваў кожнага з нас - той, хто выратаваў мяне ад гарылы".

"о", усклікнуў клейтон ад нечаканасці. "гэта ён выратаваў цябе? Ты нічога не распавядаеш пра свае прыгоды, ты ведаеш".

"але дрэва", - пераконвала яна. "вы яго не бачылі? Калі мы пачулі стрэлы ў джунглях, вельмі слабых і далёкіх, ён пакінуў мяне. Мы толькі што дасягнулі паляны, і ён паспяшаўся ў бок баёў. Я ведаю, ён пайшоў на дапамогу. Вы ".

Яе тон амаль маліў - яна была напружана здушанай эмоцыяй. Клейтан не мог гэтага не заўважыць, і ён смутна задаўся пытаннем, чаму яна настолькі глыбока варушылася - так хацелася даведацца, дзе знаходзіцца гэтае дзіўнае стварэнне.

Але адчуванне страху перад надыходзячай смуткам пераследвала яго, і ў яго грудзі, невядомая самому сабе, быў усаджаны першы парастак рэўнасці і падазронасці чалавекападобнага чалавека, якому ён абавязаны сваім жыццём.

"мы яго не бачылі", - ціха адказаў ён. "ён не далучыўся да нас". А потым праз хвіліну задуменнай паўзы: "магчыма, ён далучыўся да ўласнага племя - людзей, якія напалі на нас". Ён не ведаў, чаму ён гэта сказаў, бо не верыў.

Дзяўчынка на імгненне зірнула на яго шырока расплюшчанымі вачыма.

"не!" - рашуча выгукнула яна, нават вельмі люта падумаў ён. "гэтага быць не магло. Яны былі дзікунамі".

Клейтан выглядаў збянтэжана.

"ён дзіўнае, напаўлюдшае істота джунгляў, міс насільшчык. Мы пра яго нічога не ведаем. Ён не размаўляе і не разумее ніякай еўрапейскай мовы - і яго ўпрыгажэнні і зброя - гэта дзікуны заходняга ўзбярэжжа".

Глітан гаварыў хутка.

"не існуе ніякіх іншых людзей, акрамя дзікуноў у сотнях міль, міс партэр. Ён павінен належаць да плямёнаў, якія напалі на нас, альбо да іншага не менш дзікага. Ён можа быць нават канібалам".

Джэйн бланшыравоны.

"я не паверу", прашаптала яна напалову. "гэта няпраўда. Вы ўбачыце," сказала яна, звяртаючыся да глейтану, "што ён вернецца і дакажа, што вы не правы. Вы не ведаеце яго, як я. Я вам скажу, што ён джэнтльмен ".

Клейтан быў шчодрым і галантным чалавекам, але нешта ў задыхацца абароне дзяўчыны ляснога чалавека вабіла да беспадстаўнай рэўнасці, так што ў момант ён забыўся ўсё, што яны абавязаны з гэтым дзікім напаўбогам, і ён адказаў ёй з паловай насміхацца па губе.

"магчыма, вы маеце рацыю, міс портэр," сказаў ён, "але я не думаю, што каму-небудзь з нас трэба турбавацца аб нашым знаёмстве з падлай. Шанцы ў тым, што ён нейкі напалову дэмантаваны грэбень, які хутчэй забудзе нас, але не больш дакладна, чым мы яго забудзем. Ён толькі звер з джунгляў, міс насільшчык ".

Дзяўчынка не адказала, але адчула, як у яе сціснулася сэрца.

Яна ведала, што клейтан гаварыла проста пра тое, што думае, і ўпершыню пачала аналізаваць структуру, якая падтрымлівае яе новае знаёмства, і падвяргаць яе аб'екта крытычнаму разгляду.

Яна павольна павярнулася і вярнулася да кабіны. Яна спрабавала ўявіць свайго бога па дрэве побач салонам акіянскага лайнера. Яна ўбачыла, як ён есць рукамі, рве ежу, як драпежны звяр, і выцірае тлустыя пальцы па сцёгнах. Яна здрыганулася.

Яна ўбачыла яго, калі пазнаёміла яго са сваімі сябрамі - нячыстымі, непісьменнымі - хамамі; і дзяўчына зморшчылася.

Яна ўжо дайшла да сваёй пакоя, і, калі яна сядзела на краі яе ложка з папараці і травы, адной рукой абапіраючыся на яе ўзыходзячае і падзенне ўлоння, яна адчула жорсткія абрысы мужчынскага медальёна.

Яна выцягнула яго, на імгненне трымаючы яго ў далоні, са сціснутымі на ёй слязамі размытымі вачыма. Потым яна падняла яго да вуснаў і, раздушыўшы там, закапала твар у мяккай папараці, усхліпваючы.

"звер?" - прамармытала яна. "тады бог зробіць мяне зверам; бо чалавек ці звер, я твой".

У той дзень яна зноў не ўбачыла клейтона. Эсмеральда прынесла ёй вячэру, і яна адправіла бацьку слова, што пакутуе ад рэакцыі на яе прыгоды.

На наступную раніцу клейтон сышоў рана з рэльефнай экспедыцыяй у пошуках лейтэнанта д'арно. На гэты раз было дзвесце ўзброеных людзей, з дзесяццю афіцэрамі і двума хірургамі, і тэрміны на тыдзень.

Яны перавозілі пасцельныя прыналежнасці і гамакі, апошні для перавозкі хворых і параненых.

Гэта была рашучая і злосная кампанія - карная экспедыцыя, а таксама палёгка. Яны дабраліся да месца сутычкі папярэдняй экспедыцыі неўзабаве пасля поўдня, бо яны ўжо падарожнічалі па вядомай сцежцы і не гублялі часу на пошукі.

Адтуль па слядовай дарожцы вяла прама да вёскі мбонга. Было толькі дзве гадзіны, калі галава калоны спынілася на краі паляны.

Лейтэнант-старэйшы, які камандаваў, неадкладна накіраваў частку сваёй сілы праз джунглі на супрацьлеглы бок вёскі. Яшчэ адзін атрад быў накіраваны ў пункт перад вясковымі варотамі, і ён заставаўся з балансу на паўднёвым боку паляны.

Было дасягнута дамоўленасць, што партыя, якая павінна заняць сваю пазіцыю на поўнач, і якая стане апошняй, якая здабыла сваю станцыю, павінна пачаць штурм, і што іх адкрыццё залпам павінна стаць сігналам для ўзгодненай імклівасці з усіх бакоў у спробе перавозіць вёску штурмам пры першым зарадзе.

На працягу паўгадзіны мужчыны з лейтэнантам-шапцёрам прыселі ў густую лістоту джунгляў, чакаючы сігналу. Ім гэта здавалася гадзінамі. Яны маглі бачыць тубыльцаў на палях і іншых, якія рухаліся ў вёсцы і выходзілі за вароты.

У доўгі час прагучаў сігнал - рэзкі грукат мушкеты, і, як адзін чалавек, адказаў залп з джунгляў на захад і на поўдзень.

Тубыльцы ў полі скінулі прылады працы і шалёна прарваліся за частакол. Французскія кулі скасілі іх уніз, і французскія маракі перамясціліся над распранутымі целамі прама да вясковых варот.

Настолькі нечаканым і нечаканым быў напад, што белыя дасягнулі брамы, перш чым напалоханыя тубыльцы маглі іх забараніць, а яшчэ праз хвіліну вясковая вуліца была напоўнена ўзброенымі людзьмі, якія змагаліся рукой у рукі ў непарыўнай клубе.

На некалькі імгненняў негры трымалі зямлю ў пад'ездзе на вуліцу, але рэвальверы, вінтоўкі і караблі французаў памяталі родных коп'ёў і збівалі лукавыя лучнікі, напалову выцягнутыя лукамі.

Неўзабаве бітва ператварылася ў дзікі разгром, а потым да змрочнай расправы; французскія маракі бачылі дроты мундзіра д'арно на некалькіх чорных воінах, якія выступалі супраць іх.

Яны шкадавалі дзяцей і тых жанчын, якіх яны не прымушалі забіваць у самаабароне, але калі яны доўга спыняліся, расставаліся, кроў залівалася і пацела, гэта было таму, што там жыў, каб супрацьстаяць ім ніводнага воіна з усіх дзікіх. Вёска мбонга.

Яны ўважліва абшукалі кожную хатку і куток вёскі, але ніякіх прыкмет д'арно яны не змаглі знайсці. Яны распытвалі зняволеных па знаках, і, нарэшце, адзін з маракоў, якія служылі ў французскім конга, выявіў, што можа прымусіць іх зразумець гадкую мову, якая праходзіць па мове паміж белымі і больш дэградаванымі плямёнамі ўзбярэжжа, але нават тады яны не маглі даведацца нічога пэўнага адносна лёсу д'арно.

Толькі ўзбуджаныя жэсты і выразы страху яны маглі атрымаць у адказ на запыты, якія тычыліся таварыша; і нарэшце яны пераканаліся, што гэта былі толькі сведчанні віны гэтых дэманаў, якія забівалі і елі свайго таварыша за дзве ночы раней.

У канчатковым выніку ўся надзея пакінула іх, і яны падрыхтаваліся на ноч у вёсцы. Палонных сагналі ў тры хаціны, дзе іх моцна ахоўвалі. Стралы былі размешчаны ля зачыненых варот, і нарэшце вёска была агорнута цішынёй дрымотнасці, за выключэннем галашэння родных жанчын па памерлых.

На наступную раніцу яны адправіліся ў зваротны марш. Першапачатковым намерам было спаліць вёску, але гэтая ідэя была закінута, і палонныя засталіся ззаду, плачучы і стагнаючы, але з дахамі, каб прыкрыць іх, і частаколам для прытулку ад звяроў з джунгляў.

Экспедыцыя паступова адступіла ад крокаў папярэдняга дня. Дзесяць загружаных гамакоў запаволілі тэмп. У васьмі з іх ляжалі больш цяжка параненыя, а двое замахнуліся пад цяжарам мёртвых.

Глінтан і лейтэнант-старэйшы паднялі заднюю частку калоны; ангелец маўчаў у дачыненні да чужога гора, бо д'арно і шарпенцьер былі неразлучнымі сябрамі яшчэ з дзяцінства.

Глінтон не мог не ўсвядоміць, што француз адчуваў яго гора яшчэ больш востра, таму што ахвяра д'арно была настолькі бескарыснай, бо джэйн быў выратаваны да таго, як д'арно трапіў у рукі дзікуноў, і зноў таму, што службу, у якой ён ён згубіў жыццё і быў па-за сваім абавязкам, а таксама для незнаёмцаў і замежнікаў; але калі ён расказаў пра гэта лейтэнанту-шаптуру, апошні паківаў галавой.

"не, мсье," сказаў ён, "д'арно выбраў бы, каб памерці такім чынам. Я толькі смуткую, што я не мог бы памерці за яго, ці, па меншай меры, з ім. Я хачу, каб вы маглі яго лепш ведаць, месье. Ён сапраўды быў афіцэрам і джэнтльменам - тытул прысвойваўся многім, але яго заслугоўваюць мала хто.

"ён не памёр бескарысна, бо яго смерць у сувязі з дзіўнай амерыканскай дзяўчынай прымусіць нас, яго таварышаў, больш смела сутыкнуцца з нашымі канцамі, аднак яны могуць прыйсці да нас".

Глейтан не адказаў, але ў яго ўзнікла новая павага да французаў, якія заставаліся непашкоджанымі дагэтуль.

Было даволі позна, калі яны дабраліся да кабіны на пляжы. Ніводнага стрэлу, перш чым яны выйшлі з джунгляў, абвясцілі тым, хто знаходзіўся ў лагеры, а таксама на караблі, што экспедыцыя была занадта познай, бо было загадзя падрыхтавана, што калі яны падышлі за вярсту-мілі да аднаго лагера, адзін стрэл павінен быў быць звольнілі, каб абазначыць няўдачу, альбо тры за поспех, а двое пазначылі, што не знайшлі прыкмет ні д'арно, ні яго чорных захопнікаў.

Такім чынам, гэта была ўрачыстая вечарынка, якая чакала іх прыходу, і было сказана некалькі слоў, калі памерлых і параненых людзей мякка пасадзілі ў лодкі і моўчкі адправіліся ў бок крэйсера.

Глінтон, знясілены ад сваіх пяцідзённых карпатлівых паходаў па джунглях і ад наступстваў двух сваіх баёў з неграмі, павярнуўся да кабіны, каб знайсці глыток ежы, а потым параўнальную лёгкасць яго травы пасля двух начэй у джунглі.

Ля дзвярэй кабіны стаяла джэйн.

"бедны лейтэнант?" спытала яна. "вы не знайшлі яго следу?"

"мы спазніліся, міс портэр", - сумна адказаў ён.

"скажыце, што здарылася?" спытала яна.

"я не магу, міс портэр, гэта занадта жудасна."

"вы не значыць, што яго катавалі?" - прашаптала яна.

"мы не ведаем, што яны зрабілі з ім, перш чым забіць яго", - адказаў ён. Яго твар быў знянаты стомленасцю і смуткам, які ён адчуваў за дрэнны д'арно, і ён падкрэсліў гэтае слова раней.

"перш чым забіць яго! Што вы маеце на ўвазе? Яны не ... Яны не?"

Яна думала пра тое, што глейтан сказаў пра верагодную сувязь ляснога чалавека з гэтым племем, і яна не магла апраўдацца жудасным словам.

"так, міс портэр, яны былі - людаеды", - сказаў ён амаль з горыччу, бо да яго таксама раптам прыйшла думка пра ляснога чалавека, і дзіўная, незразумелая рэўнасць, якую ён адчуў за два дні, перш чым яшчэ раз ахапіць яго.

А потым у раптоўнай жорсткасці, якая была не падобна на глітон, бо ветлівы разгляд у адрозненне ад малпы, ён вырваўся:

"калі ваш лес пакінуў вас, ён, несумненна, спяшаўся на свята".

Яму было шкада, калі гэтыя словы былі сказаны, хаця ён не ведаў, як жорстка яны парэзалі дзяўчыну. Шкадаванне было за яго беспадстаўную нелаяльнасць таму, хто выратаваў жыццё кожнага члена сваёй партыі і нікому не прычыніў шкоды.

Галава дзяўчыны падымалася высока.

"на ваш сцверджанне, містэр глейтан," можа быць толькі адзін падыходны адказ, "ледзяна сказала яна," і я шкадую, што я не чалавек, што я магу зрабіць гэта ". Яна хутка павярнулася і ўвайшла ў кабіну.

Грайнтон быў ангельцам, таму дзяўчынка зусім не ўбачыла яго ў поле зроку, перш чым ён вывеў, на што адкажа мужчына.

"па маім слове", з жалем сказаў ён, "яна назвала мяне хлусам. І я, мабыць, весела заслужыў гэта", - задуменна дадаў ён. "глейтан, мой хлопчык, я ведаю, што ты стаміўся і нязручны, але гэта не прычына, чаму ты павінен зрабіць сабе дупу. Лепш ідзі спаць".

Але перш чым ён гэта зрабіў, ён мякка заклікаў да джэйн на супрацьлеглым баку перакрыцця ветразны, бо хацеў папрасіць прабачэння, але мог бы таксама звярнуцца да сфінкса. Потым ён напісаў на лісце паперы і сунуў яго пад перагародку.

Джэйн убачыла маленькую запіску і праігнаравала яе, бо яна вельмі злавалася, крыўдзілася, але - яна была жанчынай, і ў рэшце рэшт яна падняла яе і прачытала.

Мая дарагая міс партэр:

У мяне не было ніякіх падстаў угаворваць тое, што я рабіў. Маё адзінае апраўданне - нервы павінны быць разбураныя - гэта зусім не апраўданне.

Калі ласка, паспрабуйце і падумайце, што я гэтага не сказаў. Мне вельмі шкада. Я б не пашкодзіў вам, перш за ўсё, у свеце. Скажыце, што вы мне даруеце. Шм. Сесіл глітан.

"ён думаў, што ён ніколі не сказаў," разважала дзяўчына, "але гэта не можа быць праўдай, о, я ведаю, што гэта няпраўда!"

Адзін сказ у гэтым лісце напалохаў яе: "я не пашкодзіў бы цябе вышэй за ўсіх на свеце".

Тыдзень таму гэты прысуд напоўніў бы яе захапленнем, зараз гэта прыгнятала яе.

Яна пажадала, каб ніколі не сустракала глінтана. Ёй было шкада, што яна ніколі не бачыла бога лесу. Не, яна рада. І была іншая нота, якую яна знайшла ў траве перад салонам на наступны дзень пасля вяртання з джунгляў, любоўную запіску, падпісаную тарзанам малпаў.

Хто можа стаць гэтым новым жаніхом? Калі б ён быў яшчэ адным з дзікіх насельнікаў гэтага страшнага лесу, што б ён не зрабіў, каб запатрабаваць яе?

"эсмеральда! Прачынайцеся", закрычала яна.

"вы робіце мяне такім раздражняльным, спакойна спіце там, калі вы выдатна ведаеце, што свет напоўнены смуткам".

"!" закрычала эсмеральда, седзячы. "што гэта цяпер? Гіпанакарыстак? Дзе ён, міс джэйн?"

"лухта, эсмеральда, нічога няма. Ідзі спаць. Ты дрэнна спіш, але ты бясконца горш прачынаешся".

"так, мілы, але што з табой, дарагі? Ты ўвечары дзейнічае накшталт апанаванага".

"о, эсмеральда, я проста непрыгожая ноч," сказала дзяўчына. "не звяртайце на мяне ніякай увагі - гэта дарагі".

"так, мілы; цяпер ты кладзешся спаць. Нервы ў цябе на мяжы. Што з усімі гэтымі рыпатамусамі і чалавекам, які сілкуецца геніямі, пра якія казаў спадар філандэр, пане, нездарма мы ўсе пераследуемся нервова".

Джэйн перасякала маленькую пакойчыку, смяялася і цалавала верную жанчыну, вітаючы эсмеральду на добрую ноч.

Кіраўнік

Брат мужчыны.

Калі ' прыйшоў у прытомнасць, ён апынуўся ляжаць на ложку з мяккімі папараці і травой пад невялікім прытулкам сукоў.

Ля яго ног адкрыўся праём, накіраваны на зялёную сабя, і на невялікай адлегласці ад яе была шчыльная сцяна джунгляў і лесу.

Ён быў вельмі кульгавым, балелым і слабым, і па меры вяртання поўнай свядомасці ён адчуў рэзкае катаванне шматлікіх жорсткіх раненняў і тупае ныючыя кожныя косці і мышцы ў яго целе ў выніку агідных пабояў, якія ён атрымаў.

Нават паварот галавы выклікаў у яго такую пакутную пакуту, што ён доўга ляжаў з заплюшчанымі вачыма.

Ён паспрабаваў высветліць падрабязнасці сваёй прыгоды да таго часу, калі ён страціў прытомнасць, каб даведацца, ці могуць яны растлумачыць яго месцазнаходжанне - ён задумваўся, ці быў ён сярод сяброў ці ворагаў.

Ён доўга ўспомніў усю агідную сцэну на вогнішчы і нарэшце ўспомніў дзіўную белую фігуру, у абдымках якой ён сышоў у нябыт.

' Задаўся пытаннем, які лёс яго чакае зараз. Ён не бачыў і не чуў пра яго прыкмет жыцця.

Няспынны гул джунгляў - шамаценне мільёнаў лісця - гул насякомых - галасы птушак і малпаў, здавалася, змяшаліся ў дзіўна заспакаяльнае варкатанне, як быццам ён расстаўлены, далёкі ад незлічонага жыцця, гукі якога да яго прыходзілі. Толькі як размытае рэха.

Ён даўно ўпаў у ціхую дрымотнасць і зноў не прачнуўся да поўдня.

Яшчэ раз ён адчуў дзіўнае пачуццё поўнага здзіўлення, што азнаменаваў яго ранняе абуджэнне, але неўзабаве ён нагадаў пра нядаўнім мінулым, і, гледзячы праз адтуліну на яго назе, ён убачыў постаць чалавека на кукішкі на кукішках.

Шырокая мускулістая спіна была звернута да яго, але, загарэлы, хоць і быў, д'арно не ўбачыў, што гэта спіна белага чалавека, і ён падзякаваў богу.

Француз слаба пазваніў. Мужчына павярнуўся і, падняўшыся, падышоў да прытулку. Яго твар быў вельмі прыгожы - найпрыгажэйшы, думаў д'арнот, якога ён калі-небудзь бачыў.

Нахіліўшыся, ён залез у прытулак побач з параненым афіцэрам і паклаў халодную руку на лоб.

Д'арно размаўляў з ім па-французску, але мужчына толькі паківаў галавой - на жаль, гэта падалося французу.

Потым д'арно паспрабаваў англійскую мову, але ўсё ж мужчына паківаў галавой. Італьянская, іспанская і нямецкая мовы прыняслі падобнае збянтэжанасць.

' Ведаў некалькі слоў нарвежскай, рускай, грэчаскай моў, а таксама меў налёт на мове аднаго з негрыцянскіх плямёнаў заходняга ўзбярэжжа - чалавек адмаўляў іх усіх.

Агледзеўшы раны д'арно, мужчына пакінуў прытулак і знік. Праз паўгадзіны ён вярнуўся з садавінай і полым гарбузовым гароднінай, напоўненым вадой.

' Выпіў і паеў крыху. Ён здзівіўся, што ў яго няма ліхаманкі. Ён зноў паспрабаваў размаўляць са сваёй дзіўнай медсястрой, але спроба была бескарыснай.

Раптам чалавек спяшаўся з прытулку, каб праз некалькі хвілін вярнуцца з некалькімі кавалачкамі кары і - дзіва дзіва - свінцовым алоўкам.

Прысядаючы побач з д'арно, ён на хвіліну пісаў аб гладкай унутранай паверхні кары; потым перадаў яго французу.

' Быў здзіўлены, убачыўшы ў простых сімвалах падобны на друк паведамленне на англійскай мове:

Я тарзан малпаў. Хто ты? Вы можаце прачытаць гэтую мову?

Д'арно схапіў аловак - тады ён спыніўся. Гэты дзіўны чалавек пісаў па-ангельску - відавочна, ён быў ангельцам.

"так", сказаў д'арно, "я чытаў англійскую мову. Я таксама размаўляю на ёй. Цяпер мы можам пагаварыць. Спачатку дазвольце падзякаваць за ўсё, што вы зрабілі для мяне".

Мужчына толькі пахітаў галавой і паказаў на аловак і кару.

" !" закрычаў д'арно. "калі вы англійская, чаму гэта тады, што вы не можаце размаўляць па-англійску?"

А потым імгненне прыйшло да яго - чалавек быў нямым, магчыма, глухім.

Таму д'арно напісаў паведамленне пра кара, па-ангельску.

Я павел д'арно, лейтэнант у флоце францыі. Я дзякую вам за тое, што вы зрабілі для мяне. Ты выратаваў маё жыццё, і ўсё, што я маю, - тваё. Я магу спытаць: як гэта той, хто піша па-ангельску, не гаворыць на гэтым?

Адказ тарзана напоўніў д'арно яшчэ большым дзівам:

Я размаўляю толькі на мове майго племя - вялікіх малпаў, якія былі керчакамі; і трохі моў тантора, слон, і нума, льва і іншых людзей джунгляў я разумею. З чалавекам я ніколі не размаўляў, акрамя аднойчы з джэйн насільнікам, знакамі. Гэта першы раз, калі я казаў з іншым майго роду праз напісаныя словы.

' Быў загадкаваны. Здавалася неверагодным, што на зямлі жыў паўналетні чалавек, які ніколі не размаўляў з суайчыннікам, і яшчэ больш неразумны, што такі чалавек мог чытаць і пісаць.

Ён зноў паглядзеў на паведамленне тарзана, - "акрамя аднойчы, з джэйн насільнікам". Гэта была амерыканская дзяўчынка, якую гарыла несла ў джунглі.

Раптоўнае святло пачало світацца на д'арно - гэта тады была "гарыла". Ён схапіў аловак і напісаў:

Дзе джэйн насільшчык?

І тарзан адказаў ніжэй:

Вярнуўся са сваімі людзьмі ў каюту тарзана малпаў.

Яна тады не памерла? Дзе яна была? Што з ёй здарылася?

Яна не памерла. Яе ўзяла тэркоз за жонку; але тарзан з малпаў адвёў яе ад тэраса і забіў яго, перш чым ён змог ёй нанесці шкоду.

Ні адзін ва ўсіх джунглях не можа сутыкнуцца з тарзанам малпаў у баі і жыць. Я тарзан малпаў - магутны баец.

' Напісаў:

Я рады, што яна ў бяспецы. Мне баліць пісаць, я адпачываю некаторы час.

А потым тарзан:

Так, адпачывайце. Калі табе добра, я вярну цябе да свайго народа.

Шмат дзён д'арно ляжаў на сваім ложку з мяккага папараці. На другі дзень прыйшла ліхаманка, і не падумала, што гэта азначае заражэнне, і ён ведаў, што памрэ.

Да яго прыйшла ідэя. Яму было цікава, чаму ён не думаў пра гэта раней.

Ён патэлефанаваў у тарзан і ўказаў знакамі, што піша, а калі тарзан прынёс кару і аловак, д'арно напісаў:

Вы можаце пайсці да майго народа і весці іх сюды? Я напішу паведамленне, якое вы можаце прыняць да іх, і яны будуць ісці за вамі.

Тарзан пакруціў галавой і, узяўшы кару, напісаў:

Я думаў пра гэта - першы дзень; але я не адважыўся. Вялікія малпы часта бываюць на гэтым месцы, і калі б яны знайшлі цябе тут, параненага і самотнага, яны забілі б цябе.

' Павярнуўся на бок і заплюшчыў вочы. Ён не хацеў паміраць; але ён адчуў, што ідзе, бо ліхаманка ўздымалася ўсё вышэй і вышэй. У тую ноч ён страціў прытомнасць.

Тры дні ён быў у трызненні, а тарзан сядзеў побач і мыў галаву і рукі і абмываў раны.

На чацвёрты дзень ліхаманка зламаў, як раптам, як і з'явіўся, але ён пакінуў д'арно цень сябе ранейшага, і вельмі слабы. Тарзан павінен быў падняць яго, каб ён мог піць з гарбуза.

Ліхаманка не была следствам заражэння, як думаў д'арно, але адна з тых, хто звычайна атакуе белых у афрыканскіх джунглях, альбо альбо забівае, альбо пакідае іх так раптоўна, як пакінуў яго д'арнот.

Праз два дні д'арно збіраўся аб амфітэатры, моцная рука тарзана была ў яго, каб не ўпасці.

Яны сядзелі пад ценем вялікага дрэва, і тарзан знайшоў нейкую гладкую кару, якую яны маглі б размаўляць.

' Напісаў першае паведамленне:

Што я магу зрабіць, каб заплаціць табе за ўсё, што ты зрабіў для мяне?

І тарзан, у адказ:

Навучы мяне размаўляць на мужчынскай мове.

І адразу пачаў д'арно, паказваючы знаёмыя прадметы і паўтараючы іх імёны па-французску, бо думаў, што лягчэй будзе навучыць гэтага чалавека яго ўласнай мове, бо ён разумее яе лепш за ўсё.

Тарзану гэта, зразумела, не азначала, бо ён не мог размаўляць на адной мове з іншай, таму, калі ён паказаў на слова чалавек, які надрукаваў на кавалку кары, ён даведаўся ад д'арно, што гэта вымаўляецца, і ў гэтак жа, як яго навучылі вымаўляць малпу, сінг і дрэва, арбрэ.

Ён быў самым нецярплівым студэнтам, і за два дні асвоіў столькі французскай мовы, што мог гаварыць невялікія прапановы, такія як: "гэта дрэва", "гэта трава", "я галодны" і таму падобнае, але ' выявіў, што цяжка навучыць яго французскаму будаўніцтву на фундаменце англійскай мовы.

Француз пісаў для яго невялікія ўрокі па англійскай мове і меў тарзан паўтараць іх па-французску, але, як даслоўны пераклад, звычайна вельмі дрэнна французскі тарзан часта блытаўся.

' Зразумеў, што ён памыліўся, але здавалася, што позна вяртацца і рабіць усё зноў і прымусіць тарзана даведацца ўсё, што ён навучыўся, тым больш што яны імкліва набліжаліся да кропкі, калі яны змогуць размаўляць.

На трэці дзень пасля таго, як узнікла ліхаманка, тарзан напісаў паведамленне, у якім пытаўся, ці не адчувае ён сябе дастаткова моцным, каб яго перанеслі ў салон. Тарзан так жа хацеў ісці, як д'арнот, бо ён доўга прагнуў убачыць джэна.

Таму яму было цяжка застацца з французам ва ўсе гэтыя дні, і ён бескарысліва рабіў гэта больш гаварана пра яго высакародны характар, чым нават ратаваў французскага афіцэра ад лап мбонга.

', Толькі занадта гатовы паспрабаваць падарожжа, напісаў:

Але ты не можаш пранесці мяне ўсю адлегласць праз гэты заблытаны лес.

Тарзан засмяяўся.

" ", - сказаў ён, і д'арно засмяяўся ўголас, пачуўшы фразу, якую ён так часта слізгае з мовы тарзана.

Так яны выказаліся, не дзівіўшыся, як глітон і джан, дзівячы сілу і спрыт малпы.

У другой палове дня прынёс іх на паляну, і калі тарзан апусціўся на зямлю з галінак апошняга дрэва, яго сэрца адскочыла і прытулілася да яго рэбраў, чакаючы, што джэйн зноў хутка ўбачыць яго.

Па-за кабінай нікога не было ў поле зроку, і д'арно быў здзіўлены, заўважыўшы, што ні крэйсер, ні стрэлка не былі на якары ў бухце.

Атмасфера адзіноты пранікла месца, якое раптам заспела абодвух мужчын, калі яны ішлі да салона.

Ніхто не казаў, але абодва ведалі, перш чым адчыніць зачыненыя дзверы, што яны знойдуць за межамі.

Тарзан падняў зашчапку і штурхнуў вялікую дзверы на драўляныя завесы. Гэта было так, як яны баяліся. Салон апусцеў.

Мужчыны павярнуліся і пераглянуліся. ' Ведаў, што ягоныя людзі лічаць яго мёртвым; але тарзан думаў толькі пра жанчыну, якая пацалавала яго ў каханні і цяпер уцякла ад яго, калі ён служыў аднаму з яе людзей.

У яго сэрцы ўзнялася вялікая горыч. Ён сышоў бы далёка ў джунглі і далучыўся да свайго племя. Ён ніколі больш не ўбачыў падобнага роду, і не мог думаць пра вяртанне ў салон. Ён назаўсёды пакіне гэта ззаду з вялікімі надзеямі, якія ён выхоўваў там, каб знайсці ўласную расу і стаць чалавекам сярод людзей.

А француз? '? Што з яго? Ён мог бы ладзіць так, як меў тарзан. Тарзан не хацеў бачыць яго больш. Ён хацеў сысці ад усяго, што можа нагадаць яму пра джэйн.

Калі тарзан стаяў на парозе, задуменны, д'арнот увайшоў у кабіну. Шмат уцешак ён убачыў, што застаўся ззаду. Ён пазнаў шматлікія артыкулы з крэйсера - лагерную печ, кухонныя прылады, вінтоўку і шмат патронаў, кансервы, коўдры, два крэслы і дзіцячую ложачак - і некалькі кніг і перыядычных выданняў, у асноўным амерыканскіх.

"яны павінны мець намер вярнуцца", падумаў д'арно.

Ён падышоў да стала, які джон клейтон пабудаваў так шмат гадоў, каб служыць пісьмовым сталом, і на ім убачыў дзве запіскі, адрасаваныя тарзану малпаў.

Адзін быў у моцнай мужчынскай руцэ і быў незапячатаны. Другі, у жаночай руцэ, быў запячатаны.

"вось два паведамленні для вас, тарзан з малпаў", - закрычаў д'арно, павярнуўшыся да дзвярэй; але яго таварыша там не было.

' Падышоў да дзвярэй і паглядзеў на вуліцу. Тарзана нідзе не было відаць. Ён патэлефанаваў услых, але адказу не было.

" !" усклікнуў д'арно: "ён пакінуў мяне. Я адчуваю гэта. Ён вярнуўся ў джунглі і пакінуў мяне тут у спакоі".

А потым ён успомніў выгляд твару тарзана, калі яны выявілі, што кабінка пустая - такі выгляд, як паляўнічы бачыць у вачах параненага аленя, якога ён бязладна збіў.

Мужчына моцна пацярпеў - не зразумеў, што зараз, - але чаму? Ён не мог зразумець.

Француз паглядзеў на яго. Адзінота і жах ад гэтага месца пачалі нервавацца - ужо аслабленыя выпрабаваннем пакут і хваробы, якія ён перажыў.

Застацца тут адзін, побач з гэтым жудасным джунглям - ніколі не чуць чалавечага голасу і не ўбачыць чалавечага твару - з пастаянным страхам дзікіх звяроў і больш жудасна дзікіх людзей - здабыча адзіноты і безнадзейнасці. Гэта было жудасна.

І далёка на ўсход тарзан з малпаў рухаўся па сярэдняй тэрасе назад да свайго племені. Ніколі не ездзіў з такой неабдуманай хуткасцю. Яму здавалася, што ён уцякае ад сябе - што, перабіваючыся праз лес, як спалоханая вавёрка, ён ратуецца ад уласных думак. Але незалежна ад таго, як хутка ён ішоў, ён знаходзіў іх заўсёды пры сабе.

Ён праходзіў над звілістым целам шаблі, ільвіцай, ідучы ў адваротным кірунку - да кабіны, думаў тарзан.

Што можа зрабіць ' супраць сабора - альбо калі на яго наступіць болгані, гарыла - альбо нума, леў ці жорсткая шэта?

Тарзан спыніўся ў палёце.

"што ты, тарзан?" - спытаў ён услых. "малпа ці чалавек?"

"калі вы малпа, вы паступіце так, як і малпы - пакіньце аднаго з вашых родаў памерці ў джунглях, калі гэта падыдзе вашаму капрызу ісці ў іншае месца".

"калі вы мужчына, вы вернецеся, каб абараніць свой род. Вы не будзеце ўцякаць ад аднаго са сваіх людзей, бо адзін з іх уцёк ад вас".

' Зачыніў дзверы кабіны. Ён моцна нерваваўся. Нават мужныя людзі, і д'арно быў смелым чалавекам, часам палохаліся адзінотай.

Ён загрузіў адну з вінтовак і размясціў яе ў межах дасяжнасці. Потым ён падышоў да пісьмовага стала і ўзяў у рукі незапячатаны ліст, адрасаваны тарзану.

Магчыма, там было сказана, што яго людзі, але часова пакінулі пляж. Ён адчуваў, што не было б ніякага парушэння этыкі, каб чытаць гэты ліст, так што ён узяў корпус з канверта і прачытаць:

Да тарзана малпаў:

Мы дзякуем вам за выкарыстанне вашай кабіны і шкадуем, што вы не дазволілі нам атрымаць асалоду ад таго, каб убачыць і падзякаваць вас асабіста.

Мы нічога не нашкодзілі, але для вас пакінулі шмат рэчаў, якія могуць павялічыць ваш камфорт і бяспеку тут, у вашым самотным доме.

Калі вы ведаеце дзіўнага белага чалавека, які так шмат разоў ратаваў нам жыццё і прыносіў нам ежу, і калі вы можаце з ім размаўляць, падзякуйце яму таксама за яго дабрыню.

Мы плывем на працягу гадзіны, каб ніколі не вярнуцца; але мы хочам, каб вы і гэты іншы сябра ў джунглях ведалі, што мы заўсёды будзем вам удзячныя за тое, што вы зрабілі для незнаёмых людзей на вашым беразе, і што мы павінны былі зрабіць бясконца больш, каб узнагародзіць вас абодвух, калі вы далі нам магчымасць. Вельмі паважліва, жм. Сесіл глітан.

"ніколі не вярнуцца", "прамармытаў д'арно і кінуўся тварам уніз на дзіцячую ложачак.

Праз гадзіну ён пачаў слухаць. Нешта было каля дзвярэй, спрабуючы ўвайсці.

' Пацягнуўся да загружанай вінтоўкі і паклаў яе да пляча.

Змярканне падаў, а ўнутраная частка салона была вельмі цёмнай; але чалавек мог бачыць, як зашчапка рухаецца са свайго месца.

Ён адчуў, як валасы ўздымаюцца на скуры галавы.

Дзверы мякка адчыніліся, пакуль на тонкім шчыліне не было чагосьці, што стаіць проста за імі.

Дэрно бачыў уздоўж блакітнай бочкі ў трэшчыне дзвярэй - а потым націснуў на курок.

Кіраўнік

Страчаны скарб

Калі экспедыцыя вярнулася, пасля бясплённых намаганняў перамагчы д'арно, капітан дуфран хацеў як мага хутчэй выпарыцца, і джана ўсё захавала.

"не," рашуча сказала яна, "я не паеду, і вы не павінны, бо ў гэтым джунглях ёсць два знаёмых, якія выйдуць з яго нейкі дзень, чакаючы, што мы чакаем іх.

"ваш афіцэр, капітан дуфран, адзін з іх, а лясны чалавек, які выратаваў жыццё кожнага члена партыі майго бацькі, - другі.

"ён пакінуў мяне на краі джунгляў два дні таму, каб паспяшацца на дапамогу майму бацьку і г-ну клейтан, як ён думаў, і ён застаўся, каб выратаваць лейтэнанта д'арно; у гэтым вы можаце быць упэўнены.

"калі б ён не спазніўся, каб служыць лейтэнанту, ён бы вярнуўся да гэтага часу - той факт, што ён не вярнуўся, з'яўляецца для мяне дастатковым доказам таго, што ён затрыманы, таму што лейтэнант д'арно паранены, альбо яму давялося ідзіце за ягонымі палончыкамі далей, чым па вёсцы, на якую напалі вашы маракі ".

"але ў гэтай вёсцы былі знойдзеныя ўніформы беднага д'арнота і ўсе яго рэчы, міс портэр", - сцвярджаў капітан, - і тубыльцы праяўлялі вялікае хваляванне, калі распытвалі пра лёс белага чалавека.

"так, капітан, але яны не прызналі, што ён мёртвы, а што тычыцца яго адзення і прыналежнасці - чаму больш цывілізаваныя народы, чым гэтыя бедныя дзікунскія негры, пазбаўляюць сваіх зняволеных кожны каштоўны артыкул, ці збіраюцца яны забіць іх ці не" .

"нават салдаты майго дарагога паўднёвага рабавалі не толькі жывых, але і мёртвых. Гэта важкія ўскосныя доказы, я прызнаю, але гэта не з'яўляецца станоўчым доказам".

"магчыма, ваш лясны чалавек, сам быў захоплены альбо забіты дзікунамі", - прапанаваў капітан дуфран.

Дзяўчына засмяялася.

"вы яго не ведаеце", - адказала яна, крыху адчуваючы гонар, усталяваўшы нервы пры думцы, што яна гаворыць самастойна.

"я прызнаю, што яго варта было б чакаць, гэты ваш супермен", - засмяяўся капітан. "я, безумоўна, хацеў бы яго бачыць".

"тады пачакай яго, мой дарагі капітан," заклікаў дзяўчыну, "бо я маю намер зрабіць гэта".

Француз быў бы вельмі здзіўлены, калі б ён мог вытлумачыць сапраўднае значэнне слоў дзяўчыны.

Калі яны размаўлялі, яны ішлі ад пляжу да каюты, і зараз яны далучыліся да невялікай групы, якая сядзела на табарачных лагерах у цені вялікага дрэва каля кабіны.

Прафесар насільшчык быў там, і г-н. Філандр і клейтан з лейтэнантам-шапцёрам і двума братамі-афіцэрамі, у той час як эсмеральда лунала на заднім плане, нязменна рызыкуючы меркаваннямі і каментарыямі са свабодай старога і шматлюднага сямейнага слугі.

Афіцэры падняліся і салютавалі, калі іх начальнік наблізіўся, і клейтон перадаў свой табаратарскі табурэт у джан.

"мы проста абмяркоўвалі лёс дрэннага паўла", - сказаў капітан дуфран. "міс портэр настойвае на тым, што ў нас няма абсалютных доказаў яго смерці - і мы не маем. А з іншага боку, яна сцвярджае, што пастаянная адсутнасць вашага ўсемагутнага сябра па джунглях паказвае на тое, што д'арно ўсё яшчэ мае патрэбу ў яго паслугах альбо таму, што ён паранены, альбо ўсё яшчэ знаходзіцца ў палон у больш далёкай роднай вёсцы ".

"было выказана здагадку, - адважыўся лейтэнант-сталяр," што дзікі чалавек, магчыма, увахозіў у племя неграў, якія напалі на нашу партыю - і ён спяшаўся дапамагаць ім - уласным людзям ".

Джэйн хуткім позіркам паглядзела на глінтана.

"гэта здаецца значна больш разумным", - сказаў прафесар портэр.

"я не згодны з вамі", пярэчыў г-н. Філандр. "у яго была вялікая магчымасць нанесці нам шкоду сабе, альбо весці свой народ супраць нас. Замест гэтага, падчас нашага доўгага пражывання тут, ён быў адназначна паслядоўны ў сваёй ролі абаронцы і пастаўшчыка".

"гэта сапраўды так," устаўлены глітон ", але мы не павінны выпускаць з-пад увагі той факт, што, за выключэннем самога сябе, адзіныя чалавечыя істоты, якія знаходзяцца ў сотнях міль, з'яўляюцца дзікімі канібаламі. Прырода з імі, а таксама той факт, што ён з'яўляецца толькі адзін супраць, магчыма, тысячы мяркуе, што гэтыя адносіны могуць ледзь быць іншымі, чым сяброўскі «.

"здаецца, неверагодна, што ён з імі не звязаны", - заўважыў капітан; "магчыма, член гэтага племя."

"у адваротным выпадку", дадаў яшчэ адзін з афіцэраў, "як ён мог бы пражыць дастатковы час сярод дзікіх жыхароў джунгляў, грубых людзей і людзей, каб стаць дасведчанымі ў дрэваапрацоўцы або ў выкарыстанні афрыканскай зброі".

"вы судзіце яго па ўласных стандартах, спадары", - сказала джэйн. "звычайны белы чалавек, такі як любы з вас, - прабачце, я не меў на ўвазе толькі гэтага - хутчэй, белы чалавек вышэй звычайнага па целаскладу і інтэлекту ніколі не змог бы, я даю вам, пражыў год адзін і голы ў гэтай трапіцы але гэты чалавек не толькі пераўзыходзіць сярэдняга белага чалавека па сіле і спрытнасці, але і далёка пераўзыходзіць нашых трэніраваных спартсменаў і "моцных мужчын", калі яны пераўзыходзяць аднадзёнку, і яго мужнасць і лютасць у баі - гэта дзікія. Звер ».

"ён, безумоўна, выйграў лаяльнага чэмпіёна, міс портэр", - сказаў капітан дуфран, смяючыся. "я ўпэўнены, што тут няма нікога з нас, але ахвотна сто разоў сутыкаецца са смерцю ў самых жахлівых формах, каб заслужыць даніну паловы нават такой адданай - ці такой прыгожай".

"вы б не здзіўляліся, што я абараняю яго," сказала дзяўчынка, "вы маглі б бачыць яго, як я бачыла яго, змагаючыся ў маё імя з гэтым вялікім валасатым грубіем.

"вы б бачылі, як ён зараджае монстра, як бык можа зарадзіць грызлі - зусім без прыкмет страху і ваганняў - вы паверылі б яму больш, чым чалавеку.

"вы маглі б бачыць тыя магутныя мышцы, якія завязваюць пад карычневую скуру - калі б вы ўбачылі, як яны адцягваюць гэтыя жудасныя іклы? Вы таксама палічылі б яго непераможным.

"і калі б вы бачылі рыцарскае абыходжанне, якое ён здзяйсняў з дзіўнай дзяўчынай дзіўнай расы, вы адчувалі б такую ж абсалютную ўпэўненасць у ім, што я адчуваю".

"вы выйгралі свой касцюм, мой справядлівы," усклікнуў капітан. «гэты суд вызначае, што адказчык не вінаваты, і крэйсер павінен чакаць некалькі дзён даўжэй, што ён можа мець магчымасць прыйсці і падзякаваць боскую порцыю.»

"дзеля валадара мёду", закрычала эсмеральда. "вы ўсе не хочаце казаць мне, што вы збіраецеся застацца тут, на гэтай тут зямлі карнавальных жывёл, калі ўсе вы атрымаеце магчымасць уцячы на гэтым лодцы? Не кажыце мне, мілая".

"чаму, эсмеральда! Вам павінна быць сорамна за сябе", - закрычала джэйн. "гэта любы спосаб паказаць падзяку чалавеку, які двойчы выратаваў вам жыццё?"

"ну, міс джэйн, гэта ўсё жартаўліва, як вы кажаце; але там, дзе лясны чалавек ніколі не ратуе нас застацца тут. Ён ратуе нас, каб мы маглі адсюль сысці. Я чакаю, што ён можа падурэць, калі ён знойдзе нас у нас няма больш сэнсу, чым заставацца тут пасля таго, як ён дасць нам магчымасць сысці.

"я спадзяваўся, што мне больш не прыйдзецца спаць у гэтым тут геалагічным садзе яшчэ адну ноч і слухаць усе іх адзінокія шумы, якія выходзяць з гэтай дрыготкі пасля цемры".

"я не вінавачу вас крыху, эсмеральда," сказаў клейтан, "і вы, безумоўна, ударылі, калі вы назвалі іх" адзінокімі "шумамі. Я ніколі не змог знайсці для іх патрэбнае слова, але гэта ўсё, вы не ведаеце, адзінокія шумы ".

"вам і эсмеральдзе лепш было пайсці і жыць на крэйсеры", - сказала джэйн, з пагардай. "што вы думаеце, калі б вам давялося пражыць усё сваё жыццё ў гэтых джунглях, як гэта зрабіў наш лес?"

"я баюся, што я буду квітнеючым дзіцем, як дзікі чалавек", з жалем засмяяўся клейтан. «гэтыя шумы ў начны час зрабіць валасы на маёй галаве шчаціння. Я мяркую, што я павінен быць сорамна прызнацца, але гэта праўда.»

"я не ведаю пра гэта", сказаў лейтэнант-сталяр. «я ніколі не задумваўся пра страх і да таго падобнае, ніколі не спрабаваў вызначыць, ці быў я баязлівец ці храбрэц, але ў тую ноч, калі мы ляжалі ў джунглях там пасля беднай д'арно быў узяты, і гэтыя джунглі шумы выраслі і ўпала вакол мяне, і я пачаў думаць, што я сапраўды баязліўца. На мяне не закранулі не рык і рыканне буйных звяроў, бо гэта былі скрытыя шумы - тыя, якія вы раптам пачулі побач, а потым дарэмна слухалі для паўтарэння - невытлумачальныя гукі вялікага цела, якое рухаецца амаль бясшумна, і веданне таго, што вы не ведалі, наколькі блізка яно ці ці паўзеце бліжэй пасля таго, як перасталі яго чуць? Гэта былі тыя шумы - і вочы.

" ! Я буду бачыць іх у цемры назаўсёды - вочы, якія вы бачыце, і тыя, якія вы не бачыце, але адчуваеце - ах, яны горшыя".

Усе хвіліну маўчалі, а потым джэйн загаварыла.

"і ён там," сказала яна, у захапленні шэптам. "гэтыя вочы будуць успыхваць на яго ноччу, і на вашага таварыша лейтэнанта д'арно. Ці можаце вы пакінуць іх, спадары, не падаючы прынамсі ім пасіўнага пераемніка, які застаўся тут некалькі дзён, можа, застрахаваць іх?"

", , дзіця", сказаў прафесар насільшчык. "капітан дуфран гатовы застацца, і я, са свайго боку, я цалкам гатовы, ідэальна гатовы - як я заўсёды быў у гумары вашых дзіцячых капрызаў".

"мы можам выкарыстаць заўтра для аднаўлення грудзей, прафесар," прапанаваў г-н. Філандр.

"цалкам так, зусім так, г-н філандэр, я амаль забыў скарб", усклікнуў прафесар портэр. "магчыма, мы можам пазычыць некалькі чалавек у капітана дуфран, каб дапамагчы нам, а ў аднаго з вязняў указаць месцазнаходжанне грудзей".

"самым упэўненым, дарагі прафесар, мы ўсе вашыя камандаванне", сказаў капітан.

І так было дамоўлена, што на наступны дзень лейтэнант-стагнант павінен быў узяць падрабязную інфармацыю пра дзесяць чалавек і аднаго з мяцежнікаў стралы ў якасці экскурсавода і раскапаць скарб; і каб крэйсер прабудзе цэлы тыдзень у маленькай гавані. У канцы гэтага часу трэба было меркаваць, што д'арно сапраўды памёр, і лесаруб не вернецца, пакуль яны застануцца. Потым два судна павінны былі пакінуць з усёй парты.

На наступны дзень прафесар насільшчык не суправаджаў шукальнікаў скарбаў, але, убачыўшы, як яны апоўдні вяртаюцца з пустымі рукамі, паспяшаўся іх сустрэць - яго звычайная заклапочанасць абыякавасцю цалкам знікла, а на яе месцы знервавалася і ўзрушылася.

"дзе скарб?" - закрычаў ён на глінтан, і яшчэ сто футаў аддзяліў іх.

Клейтон паківаў галавой.

"сышоў", сказаў ён, калі наблізіўся да прафесара.

"сышоў! Не можа быць. Хто б мог яго прыняць?" закрычаў прафесар насільшчык.

"бог ведае толькі, прафесар," адказаў клейтан. "мы маглі б падумаць, што хлопец, які кіраваў намі, хлусіў пра месца, але яго здзіўленне і збянтэжанасць з нагоды пошуку грудзей пад целам забітага бакаса былі занадта рэальнымі, каб можна было ім уявіць. І тады нашы рыдлёўкі паказалі нам, што нешта пахавана пад трупам, бо там была дзірка, і яна была запоўнена друзлай зямлёй ".

"але хто б мог гэта ўзяць?" паўтарыў насільнік прафесар.

"падазрэнне можа натуральна ўпасці на людзей крэйсера", - сказаў лейтэнант-сталяр, - але ў сувязі з тым, што падпаручнікі янв'ер запэўніваюць мяне, што ні адзін мужчына не выехаў на бераг - што ніхто не быў на беразе, бо мы тут замацаваліся, акрамя пад я не ведаю, што вы падазраяце нашых людзей, але я рады, што зараз няма шанцаў падазрэння на іх ", - рэзюмаваў ён.

"мне ніколі б не прыходзіла ў галаву падазраваць мужчын, якім мы так шмат абавязаны", - ласкава адказаў прафесар портэр. "я хацеў бы адразу падазраваць, што мой дарагі глейтан тут альбо містэр філандэр".

Французы ўсміхаліся, як афіцэры, так і маракі. Ясна было бачыць, што з іх розуму быў зняты цяжар.

"скарбы ўжо даўно зніклі", - працягнуў клейтан. "фактычна цела развалілася, калі мы паднялі яго, што азначае, што той, хто прыбраў скарб, рабіў гэта, пакуль труп быў яшчэ свежы, бо ён быў цэлы, калі мы яго раскрылі ўпершыню".

"у партыі іх павінна быць некалькі", - сказала джэйн, якая далучылася да іх. "вы памятаеце, што для таго, каб насіць яго, спатрэбілася чатыры чалавекі".

"на жарт!" усклікнуў клітон. "менавіта так. Гэта павінна быць зроблена ўдзельнікам неграў. Напэўна, адзін з іх убачыў, як мужчыны хаваюць грудзі, а потым адразу пасля вяртання з сябрамі вярнуўся і вынес яго".

"спекуляцыя бескарысная", - сумна сказаў прафесар портэр. "куфар сышоў. Мы яго больш ніколі не ўбачым, ні скарб, які быў у ім".

Толькі джэйн ведала, што страта значыць для яе бацькі, і ніхто там не ведаў, што гэта значыць для яе.

Праз шэсць дзён капітан дуфран абвясціў, што рана заўтра адплыве.

Джэйн бы прасіў для далейшага адтэрміноўкі, калі б не было, што яна таксама пачала верыць, што яе лес палюбоўнік не вернецца больш няма.

Нягледзячы на сябе, яе пачалі цікавіць сумневы і страхі. Разумнасць аргументаў гэтых бескарыслівых французскіх афіцэраў пачала пераконваць яе ў яе волі.

Што ён канібал, у які яна не паверыць, але што ён быў прыёмным членам нейкага дзікага племені, на доўгі час ёй здавалася магчымым.

Яна не прызнае, што ён можа быць мёртвым. Немагчыма было паверыць, што гэтае ідэальнае цела, настолькі напоўненае ўрачыстым жыццём, можа перастаць хаваць жыццёвую іскрынку, як толькі паверыць, што бессмяротнасць - гэта пыл.

Паколькі джэйн дазваляла сабе хаваць гэтыя думкі, іншыя аднолькава непажадана прымушалі сябе на ёй.

Калі ён належаў нейкаму дзікаму племені, у яго была дзікая жонка - магчыма, дзясятак - і дзікія, паўкаставыя дзеці. Дзяўчына здрыганулася, і калі яны сказалі ёй, што крэйсер прыплыве заўтра, яна амаль рада.

Менавіта яна прапанавала зброю, боепрыпасы, прыналежнасці і зручнасці пакінуць у салоне, нібыта для той нематэрыяльнай асобы, якая падпісала сябе тарзанам малпаў, і дзеля таго, каб ён усё яшчэ жыў, але на самай справе , яна спадзявалася, на свайго ляснога бога - хаця ногі мусяць даказаць гліну.

І ў апошнюю хвіліну яна пакінула яму паведамленне, якое трэба перадаць тарзанам малпаў.

Яна была апошняй, якая выйшла з кабіны, вярнуўшыся па нейкай банальнай нагодзе пасля таго, як астатнія пайшлі за лодку.

Яна ўкленчыла каля ложка, у якім яна правяла столькі начэй, і прынесла малітву за бяспеку свайго першабытнага чалавека і, прыціснуўшы да яго вусны медальён, прамармытала:

"я люблю цябе, і таму, што я люблю цябе, я веру ў цябе. Але калі б я не верыў, усё роўна я павінен любіць. Калі б ты вярнуўся да мяне, і не было б іншага шляху, я б пайшоў у джунглі з вы - назаўсёды ".

Кіраўнік

Застава свету

У справаздачы аб пісталеце ўбачыў, як дзверы адчыняюцца, а фігура мужчыны нахіляецца галавой на падлогу кабіны.

Француз ў паніцы падняў пісталет, каб страляць зноў у раскінутую форму, але раптам у палове змяркання адкрытай дзверы, ён убачыў, што гэты чалавек быў белым, а ў іншы момант зразумеў, што ён застрэліў свой сябар і абаронца, тарзанам з малпы.

Са страшэнным крыкам узрушыўся да чалавекападобнага чалавека і, стаўшы на калені, падняў галаву апошняга на рукі, называючы імя тарзана ўголас.

Адказу не было, і тады д'арно паставіў вуха над сэрцам чалавека. На радасць ён пачуў яе нязменнае біццё ўнізе.

Ён асцярожна падняў тарзана да ложку, а затым, пасля закрыцця і балтавых дзверы, ён запаліў адну з лямпаў і агледзеў рану.

Куля нанесла кідкі ўдар па чэрапе. Было непрыгожае раненне мякаці, але ніякіх прыкмет пералому чэрапа.

Д'арно з палёгкай уздыхнуў і пайшоў абмываць кроў з твару тарзана.

Неўзабаве прахалодная вада ажывіла яго, і ён зараз расплюшчыў вочы, каб здзіўлена паглядзець на д'арно.

Апошні перавязаў рану кавалачкамі тканіны, і, убачыўшы, што тарзан прыйшоў у прытомнасць, ён устаў і, падыходзячы да стала, напісаў паведамленне, якое перадаў чалавеку-малпе, патлумачыўшы страшную памылку, якую зрабіў і як падзяку ён быў у тым, што рана была не больш сур'ёзнай.

Тарзан, прачытаўшы паведамленне, сеў на край канапы і засмяяўся.

"гэта нічога", сказаў ён па-французску, а потым, яго слоўнікавы запас адмовіўся, ён напісаў:

Вы павінны былі бачыць, што зрабілі мне болгані, і керчак, і тэркоз, перш чым я іх забіць - тады вы пасмяяліся б з такой драпіны.

' Перадаў тарзану два паведамленні, якія засталіся яму.

Тарзан прачытаў першы праз з выразам смутку на твары. Другі ён усё перабіраў, шукаючы адтуліну - раней ніколі не бачыў запячатаны канверт. Ён даўно перадаў яго д'арноту.

Француз назіраў за ім і ведаў, што тарзан збянтэжаны над канвертам. Як дзіўна здавалася, што для паўнавартаснага белага чалавека канверт быў загадкай. Д'арно адкрыў яго і перадаў ліст назад у тарзана.

Сядзячы на табарным табурэце, чалавек-малпа раскінуў перад ім напісаны аркуш і прачытаў:

Да тарзана малпаў:

Перш чым сысці, дазвольце падзякаваць падзякам г-на. Глейтан за дабрыню, якую вы праяўлялі, дазваляючы нам выкарыстоўваць вашу кабіну.

Тое, што вы ніколі не прыязджалі з намі сябраваць, было нам вельмі шкада. Мы павінны былі так спадабацца, каб убачылі і падзякавалі нашаму гаспадару.

Ёсць яшчэ адзін, які я таксама хацеў бы падзякаваць, але ён не вярнуўся, хаця я не магу паверыць, што ён памёр.

Я не ведаю яго імя. Ён вялікі белы гігант, які насіў на грудзях брыльянтавы медальён.

Калі вы ведаеце яго і зможаце размаўляць на ягонай мове, выкажыце яму падзяку і скажыце яму, што я чакаў сем дзён, калі ён вернецца.

Скажыце яму, таксама, што ў маім доме ў амерыцы, у горадзе балтымор, там заўсёды будзе вітаць яго, калі ён захоча прыйсці.

Я знайшоў запіску, якую вы напісалі мне, што ляжаў сярод лісця пад дрэвам каля кабіны. Я не ведаю, як вы навучыліся любіць мяне, якія ніколі са мной не размаўлялі, і мне вельмі шкада, калі гэта праўда, бо я ўжо аддаў сваё сэрца іншаму.

Але ведай, што я заўсёды твой сябар,
Джэйн насільшчык.

Тарзан сядзеў з позіркам, замацаваным на падлозе амаль гадзіну. З нататак было відаць, што яны не ведалі, што ён і малпы малпаў адно і тое ж.

"я аддаў сваё сэрца іншаму", - паўтараў ён зноў і зноў.

Тады яна не любіла яго! Як яна магла б прыкінулася каханне, і падняла яго на такую вяршыню надзеі толькі зрынула яго гэтакія глыбіні адчаю!

Магчыма, яе пацалункі былі толькі прыкметамі сяброўства. Адкуль ён ведаў, хто нічога не ведаў пра звычаі чалавека?

Раптам ён устаў, і, калі ён навучыўся рабіць такую паўнавартасную ноч, кінуўся на канапу папараці, якая была джэйнавым насільнікам.

' Патушыў лямпу і лёг на ложачак.

На працягу тыдня яны мала што, але адпачывалі, ' трэніруе тарзан па-французску. Напрыканцы гэтага часу два чалавекі маглі размаўляць даволі лёгка.

Аднойчы ноччу, калі яны сядзелі ў салоне перад выхадам на пенсію, тарзан звярнуўся да д'арно.

"дзе амерыка?" ён сказау.

' Паказаў на паўночны захад.

"шмат тысяч міль праз акіян", - адказаў ён. "чаму?"

"я еду туды".

' Паківаў галавой.

"немагчыма, дружа," сказаў ён.

Тарзан падняўся і, падышоўшы да аднаго з шаф, вярнуўся з добра пазваленай геаграфіяй.

Звяртаючыся да карты свету, ён сказаў:

"я ніколі не разумеў усяго гэтага; растлумачце мне, калі ласка".

Калі д'арно было зроблена, паказваючы яму, што сіні прадстаўляў усю ваду на зямлі, і біты іншых кветак мацерыкоў і выспаў, тарзан папрасіў яго паказаць месца, дзе яны цяпер былі.

' Зрабіў гэта.

"цяпер укажыце амерыку", - сказаў тарзан.

І калі д'арно паклаў палец на паўночную амерыку, тарзан усміхнуўся і паклаў далонню на старонку, ахопліваючы вялікі акіян, які ляжаў паміж двума кантынентамі.

"вы бачыце, што гэта не так ужо і далёка," сказаў ён; "нешмат шырыні маёй рукі".

' Засмяяўся. Як ён мог зразумець гэтага чалавека?

Потым ён узяў аловак і зрабіў малюсенькую кропку на беразе афрыкі.

«гэты маленькі знак,» сказаў ён, «у шмат разоў больш, на гэтай карце, чым ваша каюта знаходзіцца на зямлі. Вы бачыце зараз, як далёка гэта?»

Тарзан доўга думаў.

"ці жывуць нейкія белыя мужчыны ў афрыцы?" - спытаў ён.

"так".

"дзе бліжэйшыя?"

' Пазначыў пляму на беразе толькі на поўнач ад іх.

"так блізка?" - здзіўлена спытаў тарзан.

"так", сказаў д'арно; "але гэта не блізка."

"ці ёсць у іх вялікія лодкі, якія перасякаюць акіян?"

"так".

"мы паедзем заўтра", абвясціў тарзан.

Зноў д'арно ўсміхнуўся і паківаў галавой.

«гэта занадта далёка. Мы павінны памерці задоўга да таго, мы дасягнулі іх.»

"ці хочаце вы застацца тут назаўсёды?" спытаў тарзан.

"не", сказаў д'арно.

"тады мы пачнем заўтра. Мне тут больш не падабаецца. Я павінен хутчэй памерці, чым застацца тут".

"добра," адказаў плячыма д'арнот, "я не ведаю, сябар, але я таксама хутчэй памру, чым застануся тут. Калі ты пойдзеш, я пайду з табой".

"урэгуляваны", - сказаў тарзан. "я пачну з амэрыкі заўтра".

"як вы дабярэцеся да амерыкі без грошай?" спытаў '.

"што такое грошы?" дапытваўся тарзан.

Спатрэбілася шмат часу, каб ён зразумеў нават недасканала.

"як мужчыны атрымліваюць грошы?" - спытаў ён нарэшце.

"яны працуюць на гэта".

"вельмі добра. Я тады буду працаваць на гэта".

«не, мой сябар,» вярнуўся д'арна, «вам не трэба турбавацца пра грошы, і не трэба, каб вы працавалі для гэтага. У мяне ёсць дастаткова грошай на два-дастаткова для дваццаць. Значна больш, чым гэта добра для аднаго чалавека, і вы павінны мець усё, што вам трэба, калі мы калі-небудзь дасягнем цывілізацыі ".

Таму на наступны дзень яны пачалі на поўнач, уздоўж берага. Кожны мужчына нёс вінтоўку і боепрыпасы, побач пасцельныя прыналежнасці і крыху ежы і посуду.

Апошні здаваўся тарзану самым бескарысным абцяжарваннем, таму ён выкінуў яго.

"але вы павінны навучыцца есць прыгатаваную ежу, дружа", - пераказаў д'арно. "ні адзін цывілізаваны чалавек не есць сырую мякаць".

"будзе дастаткова часу, калі я дасягну цывілізацыі", - сказаў тарзан. "мне не падабаюцца рэчы, і яны толькі псуюць густ добрага мяса".

На працягу месяца яны падарожнічалі на поўнач. Часам знаходзіць ежу ў дастатковай колькасці і зноў галадае цэлымі днямі.

Яны не бачылі прыкметаў тубыльцаў, і іх не дзівілі дзікія звяры. Іх падарожжа было цудам лёгкасці.

Тарзан задаваў пытанні і хутка вучыўся. ' Навучыў яго шматлікім удасканаленням цывілізацыі - нават выкарыстанню нажа і відэльца; але часам тарзан скінуць іх з агідай і схапіць ежу ў яго моцных карычневых руках, раздзіраючы яго з яго карэннымі зубамі, як дзікі звер.

Тады ' будзе выстаўляць з ім слова, кажучы:

"вы не павінны ёсць як грубая, тарзан, у той час як я спрабую зрабіць з вас джэнтльмен. ! Джэнтльмены не робяць гэтага - гэта страшна".

Тарзан сарамліва ўсміхнуўся і зноў узяў нож і відэлец, але на душы ненавідзеў іх.

Падчас падарожжа ён расказаў д'арно пра вялікую грудзі, якую бачыў, як маракі хаваюць; пра тое, як ён выкапаў яго і аднёс да месца збору малпаў і закапаў там.

"гэта павінна быць скарбніца прафесара партэра", - сказаў д'арно. "гэта вельмі дрэнна, але вы, вядома, не ведалі".

Потым тарзан успомніў ліст, напісаны джэйн яе сяброўцы - той, які ён скраў, калі яны ўпершыню прыйшлі ў ягоную каюту, і цяпер ён ведаў, што ў грудзях і што яно азначае.

"назаўтра мы вернемся пасля гэтага", - заявіў ён д'арно.

"вяртацца?" усклікнуў д'арнот. «але, дарагі мой, мы цяпер ужо тры тыдні пасля маршу. Гэта запатрабавала б яшчэ тры, каб вярнуцца да скарбу, а затым, з гэтым велізарным вагой, які патрабуецца, вы кажаце, чатыры матроса, каб насіць з сабой, было б месяцы перш чым мы зноў дасягнулі гэтага месца ".

«гэта павінна быць зроблена, мой сябар,» настойваў тарзан. "вы можаце ісці да цывілізацыі, і я вярнуся за скарбамі. Я магу ісці вельмі значна хутчэй у адзіноце".

"у мяне ёсць лепшы план, тарзан," усклікнуў д'арно. «мы будзем працягваць разам да бліжэйшага населенага пункта, а там будзе зафрахтаваны лодку і плыць ўніз па ўзбярэжжы да скарбу і так транспартаваць яго лёгка., што будзе бяспечней і хутчэй, а таксама не патрабуюць ад нас аддзяліцца., што рабіць вы думаеце пра гэты план? "

"вельмі добра", сказаў тарзан. «скарб будзе там, калі мы ідзем на гэта, і ў той час як я мог узяць яго зараз, і дагнаць вас у месяц ці два, я буду адчуваць сябе больш бяспечна для вас, каб ведаць, што вы не самотныя на след, калі я. Ўбачыць, як бездапаможныя вы, д'арно, я часта задаюся пытаннем, як чалавечы род ацалеў усе гэтыя стагоддзі, якія вы распавесці мне а., чаму , адной рукой, можа знішчыць тысячу вас «.

' Засмяяўся.

«вы будзеце думаць больш высока вашага роду, калі вы бачылі яго войска і флаты, вялікія гарады, і яго магутны інжынерных работ. Тады вы зразумееце, што гэта розум, а не мышцы, што робіць чалавечае жывёла больш, чым магутны звера з джунгляў.

«у адзіночку і без зброі, адзін чалавек не падыходзіць для любога з буйных жывёл, але калі дзесяць людзей былі разам, яны аб'ядноўваюць свае розум і мышцы супраць сваіх лютых ворагаў, у той час як звяры, будучы не ў стане розуму, ніколі б не думаць у адваротным выпадку, тарзан з малпаў, як доўга вы пратрымаліся б у дзікай пустыні? "

"вы маеце рацыю, д'арно," адказаў тарзан, "бо калі б керчак прыйшоў на дапамогу тублату ў тую ноч у дум-думе, гэта было б мной у канцы. Але керчак ніколі не мог падумаць, што дастаткова наперад, каб скарыстацца. Любыя такая магчымасць. Нават калы, мая маці, ніколі не мог планаваць загадзя. Яна проста ела тое, што ёй патрэбна, калі яна патрэбна, і калі прапанова было вельмі мала, нягледзячы на тое, што яна знайшла шмат для некалькіх страў, яна ніколі б не сабраць любога наперад .

«я памятаю, што яна прывыкла думаць, гэта вельмі па-дурному з майго боку абцяжарваць сябе дадатковым харчаваннем на маршы, хоць яна была вельмі рада, каб з'есці яго са мной, калі шлях выпадкова бясплоднымі пражытка.»

"тады вы ведалі сваю маці, тарзан?" - здзіўлена спытаў д'арно.

"так. Яна была цудоўнай, цудоўнай малпай, большай за мяне і важыла ўдвая больш".

"а твой бацька?" спытаў '.

«я не ведаю яго. Калы сказаў мне, што ён быў белым малпу, і голы, як я. Я цяпер ведаю, што ён павінен быў быць белым чалавекам.»

Д'арно доўга і сур'ёзна паглядзеў на свайго спадарожніка.

«тарзан», сказаў ён, нарэшце, "гэта немагчыма, што малпа, калі, была ваша маці. Калі такая рэч можа быць, што я сумняваюся, вы б атрымалі ў спадчыну некаторыя з характарыстык малпаў, але не - вы чысты чалавек, і, трэба сказаць, нашчадства высока выхаваных і разумных бацькоў. Хіба ў вас няма ні найменшага паняцця пра ваша мінулае? "

"ні найменшага", - адказаў тарзан.

"у салоне няма пісанняў, якія маглі б распавесці пра жыццё сваіх арыгінальных зняволеных?"

"я прачытаў усё, што знаходзілася ў салоне, за выключэннем адной кнігі, якую я ведаю, зараз напісана на іншай мове, а не на англійскай мове. Магчыма, вы можаце яе прачытаць".

Тарзан вылавіў маленькі чорны дзённік са дна калчана і перадаў яго свайму суразмоўцу.

' Зірнуў на тытульны ліст.

«гэта дзённік джон клейтан, лорд грейсток, англійская дваранін, і напісана на французскай мове,» сказаў ён.

Потым ён працягваў чытаць дзённік, які быў напісаны за дваццаць гадоў да гэтага, і ў якім запісаны падрабязнасці гісторыі, якую мы ўжо ведаем - гісторыя прыгод, нягодаў і смутку джона клейтона і яго жонкі алісы, з дня іх адыходу англія да гадзіны, перш чым яго збілі керчакі.

Не чытаю ўголас. Часам яго голас лопнуў, і ён вымушаны быў перастаць чытаць пра жаласную безнадзейнасць, якая размаўляла паміж радкоў.

Час ад часу ён пазіраў на тарзан; але чалавек-малпа сядзеў на кукішках, падобна да вырашанай выявы, і погляд упёрся ў зямлю.

Толькі пры згадванні маленькай дзеткі тон дзённіка змяніўся ад звыклай ноткі адчаю, якая прабілася ў ступень пасля першых двух месяцаў на беразе.

Потым урыўкі былі прымеркаваны прыглушаным шчасцем, якое было яшчэ сумнейшае за астатнія.

Адзін запіс праявіў амаль спадзявальны дух.

Сёння нашаму маленькаму хлопчыку споўніцца шэсць месяцаў. Ён сядзіць у каленях алісы каля стала, дзе я пішу - шчаслівае, здаровае, ідэальнае дзіця.

Чамусьці, нават супраць любой прычыны, я, здаецца, бачу яго дарослым чалавекам, займаючы месца бацькі ў свеце - другога джона клейтона - і прыносячы дадатковыя ўшанаванні хату грэйка.

Там-як бы даць майму прароцтва вагі яго адабрэння, ён схапіў мяне за ручку ў яго пухлых кулачкамі і з яго пальчыкаў паставіў пячатку сваіх маленькіх адбіткаў пальцаў на гэтай старонцы.

І там, на палях старонкі, былі часткова размытыя адбіткі чатырох маленькіх пальцаў і знешняя палова вялікага пальца.

Калі д'арно скончыў дзённік, двое мужчын сядзелі моўчкі некалькі хвілін.

"ну! Тарзан з малпаў, што ты думаеш?" спытаў '. «але не гэтая маленькая кніга растлумачыць таямніцу вашага паходжання?

"чаму чалавеку, ты ўладар".

"кніга кажа толькі пра аднаго дзіцяці", - адказаў ён. «яго маленькі шкілет ляжаў у ложку, дзе ён памёр плакаць для кармлення, з першага разу я зайшоў у кабіну, пакуль партыя прафесара швейцара не пахавалі яго з яго бацькам і маці, побач з кабінай.

«не, гэта быў немаўля кніга кажа, і таямніца майго паходжання глыбей, чым раней, таму што я шмат думаў у апошні час аб магчымасці гэтай кабіны пабываўшы маю радзіму. Я баюся, што калы казаў праўду, "сумна заключыў ён.

' Паківаў галавой. Ён быў пераканаtыны, і ў яго свядомасці, наляцеўшы рашучасць даказаць правільнасць сваёй тэорыі, таму што ён знайшоў ключ, які адзін можа раскрыць таямніцу, ці выракчы яго назаўжды царства неспасціжна.

Тыдзень праз двое мужчын прыйшлі раптам на паляне ў лесе.

Удалечыні было некалькі будынкаў, акружаных моцным частаколам. Паміж імі і агароджай раскінулася культываванае поле, на якім працавалі шэраг неграў.

Двое спыніліся на краі джунгляў.

Тарзан апрануў лук атручанай стралой, але д'арно паклаў руку на руку.

"што б вы зрабілі, тарзан?" - спытаў ён.

"яны паспрабуюць забіць нас, калі ўбачаць нас", - адказаў тарзан. "я аддаю перавагу быць забойцам".

"можа, яны сябры", - прапанаваў д'арно.

"яны чорныя", быў адзіным адказам тарзана.

І зноў адцягнуў вал.

"вы не павінны, тарзан!" закрычаў д'арно. "белыя людзі не забіваюць беспадстаўна. ! Але вам трэба шмат чаму навучыцца.

"мне шкада руфія, які перасякае цябе, мой дзікі чалавек, калі я адвяду цябе на парыж. У мяне будуць поўныя рукі, трымаючы шыю з-пад гільяціны".

Тарзан апусціў лук і ўсміхнуўся.

"я не ведаю, чаму я павінен забіваць негроў там, у маім джунглях, але не забіваць іх тут. Выкажам здагадку, што нума, леў, павінен узнікнуць над намі, я павінен сказаць, тады, я мяркую: добры ранак, мсье нума, як мадам нума; а? "

"пачакайце, пакуль на вас пачнуць цягнецца чорныя", - адказаў д'арнот, - тады вы можаце забіць іх. Не лічыце, што мужчыны будуць вашымі ворагамі, пакуль яны гэтага не дакажуць ".

"прыходзьце", сказаў тарзан, "адпусціце і ўявім сябе забітымі", і ён пайшоў прама праз поле, высока падняўшы галаву і трапічнае сонца білася па яго гладкай, карычневай скуры.

За ім прыйшоў д'арно, апрануты ў адзенне, якое было адкінута ў салоне клейтона, калі афіцэры французскага крэйсера прыстасавалі яго больш прэзентабельна.

У наш час адзін з неграў падняў вочы, і, угледзеўшы тарзана, павярнуўся, з віскам накіраваўся да частакола.

Ў адно імгненне паветра напоўнілася крыкамі жаху ад тых, што бягуць садоўнікаў, але да таго, як дасягнуў частакол белы чалавек выйшаў з шафы, вінтоўкай у руцэ, каб выявіць прычыну перапалоху.

Тое, што ён бачыў, прынесла вінтоўку да пляча, і тарзан з малпаў зноў адчуў б холаднае павядзенне, калі б не ' гучна закрычаў чалавеку з выраўнаваным пісталетам:

"не агонь! Мы сябры!"

"тады прыпыні!" быў адказ.

"стоп, тарзан!" закрычаў д'арно. "ён думае, што мы ворагі".

Тарзан упаў на шпацыр, і яны разам з д'арно прасунуліся да белага чалавека да брамы.

Апошні глядзеў на іх збянтэжана здзіўлена.

"што ты за мужчына?" - па-французску спытаў ён.

"белыя людзі", адказаў д'арно. «мы страцілі ў джунглях на працягу доўгага часу.»

Мужчына апусціў вінтоўку і зараз прасунуўся, працягнуўшы руку.

"я тут пастаянны ўдзельнік французскай місіі", - сказаў ён, - і я рады вітаць вас.

"гэта месье тарзан, бацька канстанціна", - адказаў д'арно, паказваючы на чалавекападобнага чалавека; і, як сьвятар працягнуў руку тарзанам, д'арно дадаў: «і я поль д'арно, французскага флоту.»

Бацька канстанцін узяў руку, якую тарзан працягнуў, пераймаючы ўчынак святара, у той час як апошні хуткім, вострым позіркам узяў цудоўную целасклад і прыгожы твар.

І, такім чынам, тарзан з малпаў стаў першым фарпостам цывілізацыі.

На працягу тыдня яны заставаліся там, і чалавек-малпа, уважліва назіраючы, шмат чаму навучыўся мужчынам; тым часам чорныя жанчыны шылі для сябе адзенне з белай качкі і д'арно, каб яны маглі працягваць падарожжа як след.

Кіраўнік

Вышыня цывілізацыі

Яшчэ месяц вывеў іх у невялікую групу будынкаў у вусці шырокай ракі, і там тарзан убачыў мноства катэраў і быў напоўнены нясмеласцю дзікай рэчы перад выглядам многіх людзей.

Паступова ён прывык да дзіўным шумах і няцотных шляхах цывілізацыі, так што ў цяперашні час ніхто не мог ведаць, што два кароткія месяц раней, гэты прыгожы француз ў бездакорных белых утках, якія смяяліся і балбаталі з вясёлым з іх, было пампуецца голым па першародныя лясы накінуліся на нейкага неасцярожнага ахвяру, які, сыры, павінен быў набіць яго дзікунскім жыватом.

Нож і відэлец, так пагардліва кінутыя ў бок месяц раней, тарзанам зараз маніпулююць гэтак жа вытанчана, як і паліраваны д'арно.

Так схільны вучань быў ён, што малады француз працаваў над тым, каб зрабіць тарзана малпаў паліраваны джэнтльмена настолькі, наколькі тонкасцях манер і гаворкі былі занепакоеныя.

"бог зрабіў цябе на душы джэнтльменам, мой сябар", сказаў д'арно; "але мы хочам, каб яго творы былі паказаны і на знешнасці".

Як толькі яны дасягнулі невялікі порт, д'арно тэлеграфаваў яго ўрад яго бяспекі, і прасіў адпачынак на тры месяцы, які быў прадстаўлены.

Ён таксама тэлеграфаваў сваіх банкіраў сродкаў, а таксама вымушанае чаканне на працягу месяца, у адпаведнасці з якім і раздражняўся, быў з-за іх няздольнасці да зафрахтаваны судна для вяртання ў джунглі тарзана пасля скарбу.

Падчас знаходжання ў прыбярэжным горадзе "месье тарзан" стаў дзівам як белых, так і негроў з-за некалькіх здарэнняў, якія тарзану здаваліся самай простай верай.

Аднойчы вялізны чорны, звар'яцелы ад напою, пабег у амук і тэрарызаваў горад, пакуль яго злая зорка не прывяла яго туды, дзе чарнявы французскі гігант закатваўся на верандзе гатэля.

Мантаж шырокія крокі, з размахваў нажом, негр прама да парты з чатырох мужчын, якія сядзяць за сталом, пацягваючы непазбежны абсэнт.

Ускрыкнуўшыся ў трывозе, чацвёра кінуліся наўцёкі, а потым чорны шпіёнскі тарзан.

З грукатам ён зарабіў чалавекападобнага чалавека, у той час як паўтысячы галоў выглядалі з прытулку вокнаў і дзвярэй, каб засведчыць расправу беднага француза гіганцкім чорным.

Тарзан сустрэў парыў з баявой усмешкай, якую радасць бою заўсёды прыносіла яму на вусны.

Калі негр закрыўся на яго, сталёвыя мышцы сціскалі чорнае запясце прыпаднятай рукі нажа, і адзін імклівы гаечны ключ пакінуў руку, звісаючы ніжэй зламанай косці.

З болем і здзіўленнем вар'яцтва пакінула негровага чалавека, і калі тарзан апусціўся назад на крэсла, хлопец павярнуўся, заплакаў ад пакуты і дзіка кінуўся да роднай вёскі.

У іншым выпадку, як тарзан і д'арно сядзелі за абедам з шэрагам іншых белых, размова ўпаў на львоў і леў палявання.

Меркаванне падзялілася адносна адвагі цара звяроў - некаторыя сцвярджаюць, што ён быў страшным баязліўцам, але ўсе пагаджаліся, што яны, адчуваючы вялікую бяспеку, сціскалі свае экспрэс-вінтоўкі, калі манарх з джунгляў рыў каля лагера ноччу.

Д'арнот і тарзан пагадзіліся з тым, што ягонае мінулае будзе захоўвацца ў таямніцы, і таму ніхто, акрамя французскага афіцэра, не ведаў пра знаёмства чалавекападобнага чалавека са звярамі з джунгляў.

"мсье тарзан не выказваўся", - сказаў адзін з удзельнікаў партыі. "чалавек сваёй доблесці, які некаторы час праводзіў у афрыцы, як я разумею, мсье тарзан, мусіць мець досвед працы з львамі? Так?"

"некаторыя", суха адказаў тарзан. «дастаткова, каб ведаць, што кожны з вас прама ў судзе характарыстык львоў-вы сустракаліся. Але можна і судзіць усё негр ад хлопца, які кіраваў накідвацца на мінулым тыдні, або вырашыць, што ўсе белыя трусы, таму што адзін сустрэў баязлівага белага.

«ёсць столькі, колькі індывідуальнасць сярод ніжэйшых саслоўяў, спадары, так як ёсць сярод нас. Сёння мы можам выйсці і натрапіць на льва, які празмерна нясмелым, ён уцякае ад нас. Заўтра мы можам сустрэць свайго дзядзьку ці яго брат-блізнюк, і нашы сябры задаюцца пытаннем, чаму мы не вяртаемся з джунгляў. Я для сябе заўсёды мяркую, што леў люты, і таму я ніколі не трапляю пад сваю ахову ".

"ад палявання было б мала задавальнення", - адказаў першы выступоўца, "калі хтосьці баіцца таго, што ён палюе".

' Усміхнуўся. Тарзан баіцца!

«я не зразумець, што менавіта вы маеце на ўвазе страх,» сказаў тарзан. «як львы, страх розныя рэчы ў розных мужчын, але для мяне адзінае задавальненне ў паляванні з'яўляецца веданне таго, што загнаны рэч мае права шкодзіць мне столькі, колькі я павінен яму шкоду. Калі я выйшаў з парай вінтовак і пісталета носьбіта, і дваццаць ці трыццаць загоншчыкаў, каб паляваць на льва, я не павінен адчуваць, што леў быў вялікі шанец, і таму задавальненне ад палявання будзе паменшаная прапарцыйна павышэнню бяспекі, якія я адчуваў «.

"значыць, я мяркую, што месье тарзан аддаў перавагу голаму ў джунглі, узброіўшыся толькі джэкфінам, каб забіць цара звяроў", смяяўся другі, добразычліва, але з найменшым дотыкам сарказму ў ягоным тоне .

"і кавалак вяроўкі", - дадаў тарзан.

Толькі тады глыбокі роў льва гучаў з далёкіх джунгляў, як бы выкліку хто адважыўся ўвайсьці ў спісы з ім.

"ёсць ваша магчымасць, месье тарзан", - выбухнуў француз.

"я не галодны", - проста сказаў тарзан.

Мужчыны смяяліся, усё, акрамя '. Толькі ён ведаў, што дзікі звер прамаўляў па вуснах чалавекападобнага чалавека.

"але вы баіцеся, як і любы з нас, каб выйсці там голым, узброеным толькі нажом і кавалкам вяроўкі", - сказаў спадар. "гэта не так?"

"не", адказаў тарзан. "толькі дурань здзяйсняе любое дзеянне без прычыны".

"пяць тысяч франкаў - гэта прычына", - сказаў другі. "я стаўлю вам такую суму, якую вы не зможаце вярнуць з джунгляў льва пры ўмовах, якія мы назвалі - голымі і ўзброенымі толькі нажом і кавалкам".

Тарзан паглядзеў у бок д'арнота і кіўнуў галавой.

"зрабіць гэта дзесяць тысяч", сказаў '.

"зроблена", адказаў другі.

Узнік тарзан.

«я павінен буду пакінуць сваю вопратку на краі пасёлка, так што, калі я не вярнуся да світання я павінен мець нешта, каб насіць па вуліцах.»

"вы не збіраецеся зараз", усклікнуў найміт ... "ноччу?"

"чаму не?" спытаў тарзан. "нума ходзіць за мяжу ноччу - лягчэй будзе знайсці яго".

«не», сказаў іншы, «я не хачу тваёй крыві на маіх руках. Будзе досыць безразважлівы, калі ты выйдзеш за днём.»

"я зараз пайду", - адказаў тарзан і пайшоў у свой пакой за нажом і вяроўкай.

Мужчыны суправаджалі яго да краю джунгляў, дзе ён пакідаў сваю вопратку ў невялікім сховішчы.

Але калі ён увайшоў у цемру падлеску, яны паспрабавалі адгаварыць яго; і найміт быў настойлівы за ўсё, каб ён адмовіўся ад сваёй дурной задумы.

"я далучуся да таго, што ты выйграў", - сказаў ён, - і дзесяць тысяч франкаў твае, калі ты адмовішся ад гэтай дурной спробы, якая можа скончыцца толькі тваёй смерцю ".

Тарзан засмяяўся, і ў іншы момант джунглі праглынулі яго.

Мужчыны нейкія хвіліны стаялі маўчалі, а потым павольна павярнуліся і вярнуліся да веранды гатэля.

Тарзан раней не ўвайшоў у джунглі, чым ён пайшоў да дрэў, і ён, адчуваючы вострую свабоду, яшчэ раз замахнуўся па лясных галінах.

Гэта было жыццё! Ах, як ён яго любіў! Цывілізацыя не мела нічога падобнага ў сваёй вузкай і акрэсленай сферы, падкаваны абмежаваннямі і ўмоўнасцямі. Нават адзенне было перашкодай і непрыемнасцю.

Нарэшце ён быў вольны. Ён не здагадаўся, што ён у палон.

Як лёгка было б вярнуцца да ўзбярэжжа, а потым зрабіць на поўдзень і ўласныя джунглі і каюты.

Цяпер ён адчуў пах нумы, бо ён рухаўся пад ветрам. У цяперашні час яго хуткія вушы выявілі знаёмы гук ватных ног і чысткі велізарных, футра апранутых тэл праз падлесак.

Тарзан спакойна падышоў да нічога не падазравалага звера і моўчкі перасунуў яго, пакуль ён не ўвайшоў у невялікі плям месяцовага святла.

Затым хуткая пятля асела і сцягнулася каля саромячага горла, і, як ён гэта рабіў сто разоў за мінулае, тарзан хутка паклаў канец да моцнай галіны і, пакуль звер змагаўся і кіпцюркаўся да волі, апусціўся на зямлю ззаду яго і, скокнуўшы на вялікую спіну, дзесяць разоў пагрузіў сваё доўгае тонкае лязо ў лютае сэрца.

Потым, нагою па тушы нумы, узнёс голас у дзіўным крыку перамогі свайго дзікага племені.

На імгненне тарзан стаяў нерашуча, хістаючыся супярэчлівымі эмоцыямі вернасці д'арно і магутнай прагай свабоды ўласнага джунгля. Нарэшце бачанне прыгожага твару і памяць цёплых вуснаў раздушылі яго раствaральную займальную карціну, якую ён маляваў са свайго старога жыцця.

Мужчына-малпа кінуў цёплыя тушкі нумы на плечы і зноў падняўся да дрэў.

Людзі на верандзе сядзелі гадзіну, амаль моўчкі.

Яны спрабавалі беспаспяхова гутарыць на розныя тэмы, і заўсёды рэч перш за ўсё ў свядомасці кожнага выклікала гутарка скончыцца.

" ", - сказаў доўгажыхар, - я цярпець яго больш не магу. Я іду ў джунглі са сваім экспрэсам і вярну гэтага шалёнага чалавека ".

"я пайду з табой", сказаў адзін.

"і " - "і " - "і ", прыпеў астатніх.

Як быццам прапанову порвало загавор якога жудаснага кашмару яны паспяшаліся да іх розным кварталах, і ў цяперашні час накіроўваліся да джунгляў-кожнаму з цяжка ўзброеных.

"божа! Што гэта было?" раптам усклікнуў адзін з удзельнікаў англічан, калі дзікі крык тарзана ледзь прыйшоў да іх вушэй.

«я чуў тое ж самае, аднойчы,» сказаў бельгіец, «калі я быў у краіне гарыл. Мае носьбіты сказалі, што гэта быў крык вялікага быка малпы, які зрабіў забойства.»

Д'арно запомніўся апісанню клейтона пра жахлівы рык, з якім тарзан абвясціў аб сваім забойстве, і ён напалову ўсміхнуўся, нягледзячы на жах, які перапаўняў яго, думаючы, што дзіўны гук мог выдавацца з чалавечага горла - з вуснаў ягонага сябра .

Калі партыя, нарэшце, стаяла ля краю джунгляў, абмяркоўваючы пытанне аб найлепшым размеркаванні сваіх сіл, яны былі здзіўлены ціхім смехам каля іх і, павярнуўшыся, убачылі, як прасоўваецца да іх гіганцкая фігура, якая на шырокіх плячах нясе мерцвяка. .

Нават д'арно было навальніцай, бо здавалася немагчымым, што чалавек мог бы так хутка адправіць льва з жаласнай зброяй, якую ён узяў, альбо што толькі ён мог перанесці велізарную тушу праз заблытаныя джунглі.

Мужчыны перапоўнены тарзанам са шматлікімі пытаннямі, але яго адзіным адказам было смешнае абясцэньванне яго подзвігу.

Для тарзана гэта было так, быццам варта прасіць прабаву мясніку за яго гераізм у забойстве каровы, бо тарзан так часта забіваў ежу і самазахаванне, што гэты ўчынак для яго здаваўся не толькі выдатным. Але ён сапраўды быў героем у вачах гэтых людзей - мужчын, якія прывыклі паляваць на буйную дзічыну.

Між іншым, ён выйграў дзесяць тысяч франкаў, бо д'арно настойваў на тым, каб ён усё захаваў.

Гэта быў вельмі важны прадмет для тарзана, які толькі пачынаў рэалізаваць сілу, якая ляжала за маленькімі кавалачкамі металу і паперы, якія заўсёды мянялі рукі, калі людзі ехалі, ці елі, ці спалі, альбо апраналіся, альбо пілі, альбо працавалі, альбо гулялі, альбо хаваліся ад дажджу, холаду ці сонца.

Тарзану стала відавочна, што без грошай трэба памерці. ' Загадаў яму не турбавацца, бо ў яго было больш чым дастаткова для абодвух, але чалавек-малпа вучыўся многаму, і адно з іх было тое, што людзі глядзелі на таго, хто прымаў грошы ад іншага, не даючы чаго-небудзь аднолькавага значэння у абмен.

Неўзабаве пасля эпізоду палявання на льва, ' удалося наняць старажытную ванначку для ўзбярэжжа на ўзбярэжжа гавані тарзан.

Гэта было шчаслівае раніца для іх абодвух, калі маленькая судна ўзважыла якар і выйшла на адкрытае мора.

Паход на пляж быў безвыніковым, і раніцай пасля таго, як яны апусцілі якар перад салонам, тарзан, зноў апрануты ў рэгаліі джунгляў і, несучы рыдлёўку, адправіўся ў адзіночку да амфітэатра малпаў, дзе ляжаў скарб.

Позна на наступны дзень ён вярнуўся, прывёўшы вялікую грудзі да пляча, і пры ўзыходзе сонца маленькі посуд прабраўся праз рот гавані і пачаў яе на поўнач.

Праз тры тыдні тарзан і д'арно былі пасажырамі на борце французскага парахода, які накіроўваўся ў ліён, і праз некалькі дзён у гэтым горадзе д'арно забраў тарзан на парыж.

Мужчына-малпа хацеў пераехаць у амерыку, але д'арно настойваў на тым, што ён павінен спачатку суправаджаць яго да парыза, і не будзе разгалошваць характар надзённай неабходнасці, на якой ён абапіраецца.

Адна з першых рэчаў, якія д'арно, учыненых пасля іх прыбыцця было арганізаваць наведванне высокапастаўлены чыноўнік дэпартамента паліцыі, стары сябар; і ўзяць тарзана з сабой.

Спрытна д'арно вёў размову з кропкі да кропкі, пакуль паліцэйскі патлумачыў зацікаўленыя тарзанам многімі з метадаў у модзе для злову і ідэнтыфікацыі злачынцаў.

Не менш важнай для тарзана была роля, якую адыгралі адбіткі пальцаў у гэтай займальнай навуцы.

«але якое значэнне гэтыя адбіткі,» спытаў тарзан «калі, праз некалькі гадоў лініі на пальцах цалкам зmeненыя нашэннем са старой тканіны і рост новага?»

"лініі ніколі не мяняюцца", адказаў чыноўнік. "ад маленства да старэння адбіткі асобных асоб мяняюцца толькі ў памерах, за выключэннем выпадкаў, калі траўмы змяняюць завесы і калаткі. Але калі адбіткі вялікага пальца і чатырох пальцаў абедзвюх рук павінны быць згубленыя, трэба пазбегнуць усіх, каб пазбегнуць ідэнтыфікацыі".

"цудоўна", усклікнуў д'арно. "мне цікава, як могуць нагадваць радкі на маіх пальцах".

«мы можам хутка ўбачыць,» адказаў афіцэр паліцыі, і звоніць звон, ён выклікаў памочнік, якому ён выдаў некалькі кірункаў.

Чалавек выйшаў з пакоя, але зараз вярнуўся з невялікай скрыняй з лісцяных парод, якую паставіў на стале свайго начальніка.

"зараз," сказаў афіцэр, "вы будзеце мець свае адбіткі пальцаў за секунду".

Ён дастаў з маленькага выпадку квадрат ліставога шкла, трохі трубкі з тоўстага чарнілаў, гумовы валік і некалькі беласнежных картак.

Сціскаючы кроплю чарнілаў на шкло, ён распаўсюджваецца наперад і назад з гумовым валікам, пакуль уся паверхня шкла не была пакрыта на яго задавальненне з вельмі тонкім і раўнамерным пластом чарнілаў.

"такім чынам, пакладзеце чатыры пальцы правай рукі на шклянку", - сказаў ён д'арно. "цяпер вялікі палец. Гэта правільна. Цяпер размясціце іх у такім жа становішчы на гэтай картцы, вось, не - крыху направа. Мы павінны пакінуць месца для вялікага пальца і пальцаў левай рукі. Там, вось так" зараз тое самае з левай ".

"прыходзьце, тарзан," усклікнуў д'арнот, "паглядзім, як выглядаюць вашы калючкі".

Тарзан ахвотна выконваў, задаючы афіцэру шмат пытанняў падчас аперацыі.

"адбіткі пальцаў паказваюць расавыя характарыстыкі?" - спытаў ён. "вы маглі б вызначыць, напрыклад, выключна па адбітках пальцаў, ці быў гэты прадмет негр або каўказскі?"

"я думаю, што не", адказаў афіцэр.

"ці можна было б выявіць адбіткі пальцаў малпы ў мужчын?"

"магчыма, таму, што малпы будуць значна прасцейшыя, чым для вышэйшага арганізма".

"але крыжа паміж малпай і чалавекам можа паказаць характарыстыкі альбо папярэдніка?" працяг тарзана.

"так, я думаю, верагодна," адказаў чыноўнік; "але навука не прасунулася ў дастатковай ступені, каб зрабіць яе дастаткова дакладнай у такіх пытаннях. Мне трэба ненавідзець давяраць яе высновы далей, чым адрозніваць людзей. Там гэта абсалютна. Няма двух людзей, якія нарадзіліся ў свеце, напэўна, калі-небудзь былі аднолькавыя лініі усе іх лічбы. Вельмі сумнеўна, калі які-небудзь адзін адбітак пальца калі-небудзь сапраўды будзе дубліраваны любым пальцам, акрамя таго, які першапачаткова зрабіў ".

"ці патрабуе параўнання шмат часу і працы?" спытаў '.

"звычайна, але некалькі момантаў, калі ўражанні відавочныя."

Д'арно дастаў з кішэні маленькую чорную кніжку і пачаў перагортваць старонкі.

Тарзан здзіўлена паглядзеў на кнігу. Як атрымалася ягоная кніга?

У цяперашні час д'арно спыніўся на старонцы, на якой было пяць малюсенькіх плям.

Ён перадаў адкрытую кнігу міліцыянту.

"ці гэтыя адбіткі падобныя на маіх ці мсье тарзана, ці вы можаце сказаць, што яны аднолькавыя альбо?" афіцэр прыцягнуў магутны шклянку з-за стала і ўважліва агледзеў усе тры ўзору, робячы натацыі таго часу на ліст паперы.

Тарзан цяпер зразумеў, у чым сэнс іх візіту да міліцыянта.

Адказ на жыццёвую загадку ляжаў у гэтых малюсенькіх слядах.

З напружанымі нервамі ён сядзеў, нахіліўшыся наперад на крэсле, але раптам ён расслабіўся і апусціўся назад, усміхаючыся.

' Здзіўлена паглядзеў на яго.

«вы забыліся, што на працягу дваццаці гадоў мёртвыя цела дзіцяці, які зрабіў гэтыя адбіткі пальцаў ляжалі ў кабіне свайго бацькі, і што ўсё маё жыццё я бачыў яго ляжаць там,» горка сказаў тарзан.

Міліцыянт са здзіўленнем узняў вочы.

"ідзіце наперад, капітан, з вашым экзаменам", сказаў д'арно, "мы распавядзем вам гісторыю пазней - пры ўмове, што мосье тарзан будзе прыемным".

Тарзан кіўнуў галавой.

"але вы злуецеся, мой дарагі д'арнот", - настойваў ён. "гэтыя маленькія пальчыкі пахаваны на заходнім узбярэжжы афрыкі".

"я не ведаю, як да гэтага, тарзан," адказаў д'арнот. "гэта магчыма, але калі вы не сын джона клейтона, то як у імя неба вы ўвайшлі ў гэты бог, пакінуты джунглі, куды ніхто іншы, акрамя джона клейтона, ніколі не ступіў?"

"вы забыліся - кала", - сказаў тарзан.

«я нават не лічу яе,» адказаў д'арно.

Падчас размовы сябры ішлі да шырокага акна з відам на бульвар. Нейкі час яны стаялі і глядзелі на насычанае натоўп пад ім, кожны агорнуты ўласнымі думкамі.

"спатрэбіцца некаторы час, каб параўнаць адбіткі пальцаў", - падумаў д'арно, паварочваючыся, каб зірнуць на міліцыянта.

Да свайго здзіўлення ён убачыў, як чыноўнік адкідваецца ў крэсле, спешна праглядаючы змесціва маленькага чорнага дзённіка.

' Кашляў. Міліцыянт падняў галаву і, кінуўшы вочы, падняў палец, каб наказваць маўчанне. ' Павярнуўся да акна, і ў цяперашні час выступіў супрацоўнік міліцыі.

"спадары," сказаў ён.

Абодва павярнуліся да яго.

"відавочна, што шмат у чым стаіць, і павінна ў большай ці меншай ступені залежаць абсалютная правільнасць гэтага параўнання. Таму я прашу, каб вы пакінулі ўсю справу ў маіх руках, пакуль мосье дэскерк не вернецца нашаму эксперту. Пытанне некалькіх дзён ".

"я спадзяваўся даведацца адразу", - сказаў д'арно. "месье тарзан плыве да амерыкі заўтра".

"я абяцаю, што вы зможаце даць яму справаздачу цягам двух тыдняў", - адказаў афіцэр; "але што гэта будзе, я не адважуся сказаць. Але ёсць падабенствы, але ўсё-ткі, лепш нам пакінуць яго, каб вырашыць мэсье."

Кіраўнік

Зноў гігант

Перад старадаўнім рэзідэнцыяй на ўскраіне балтымора складзены таксі.

Чалавек гадоў сарака, добра пабудаваны і з трывалымі, рэгулярнымі рысамі, выйшаў з пасады, і, заплаціўшы шафёру, звольніў яго.

Праз імгненне пасажыр увайшоў у бібліятэку старога дома.

"а, г-н канлер!" усклікнуў стары, падымаючыся, каб павітацца з ім.

"добры вечар, мой дарагі прафесар," закрычаў мужчына, працягваючы сардэчную руку.

"хто прызнаў цябе?" спытаў прафесар.

"эсмеральда".

"тады яна пазнаёміць джэйн з тым, што ты тут", - сказаў стары.

"не, прафесар," адказаў канлер, "бо я прыйшоў перш за ўсё да вас".

"ах, мне пашана", сказаў прафесар насільшчык.

"прафесар," працягваў роберт кенлер, з вялікай разважлівасцю, як бы ўважліва ўзважваючы яго словы, "я прыйшоў сёння ўвечары пагаварыць з вамі пра джэйн.

"вы ведаеце мае памкненні, і вы досыць шчодрыя, каб ухваліць маю скаргу".

Прафесар архімед . Насільшчык прабіўся ў крэсле. Тэма заўсёды рабіла яго нязручным. Ён не мог зразумець, чаму. Канлер быў цудоўным матчам.

"але джэйн," працягваў кенлер, "я не магу яе зразумець. Яна адпускае мяне спачатку на адну зямлю, а потым на іншую. У мяне заўсёды такое адчуванне, што яна ўздыхае з палёгкай кожны раз, калі я развітваю яе на развітанне".

", ", сказаў прафесар насільшчык. «рэпетуюць, рэпетуюць, г-н. . Джэйн з'яўляецца найбольш паслухмянай дачкой. Яна будзе рабіць менавіта так, як я скажу ёй.»

"тады я ўсё яшчэ магу разлічваць на вашу падтрымку?" - спытаў канлер, тон палёгкі пазначыў яго голас.

"вядома, сэр, безумоўна, сэр", усклікнуў прафесар портэр. "як вы маглі ў гэтым сумнявацца?"

"вы ведаеце, малады глінтан", - прапанаваў канлер. "ён вісіць месяцамі. Я не ведаю, што джэйн клапоціцца пра яго; але, акрамя ягонага тытула, гаворыцца, што ён атрымаў у спадчыну ад бацькі вельмі значнае маёнтак, і гэта можа быць не дзіўна, - калі ён нарэшце перамог яе , калі толькі… ", і кандлер зрабіў паўзу.

"-, містэр кэнлер; калі толькі што?"

"калі толькі вы не палічыце патрэбным прасіць, каб джэйн і я адразу пажаніліся", - павольна і выразна адказаў кенлер.

«я ўжо прапанаваў джэйн, што было б пажадана,» сказаў прафесар портэр на жаль, «таму што мы больш не можам дазволіць сабе трымаць гэты дом, і жыць так, як яе асацыяцыі попыту.»

"які быў яе адказ?" спытаў канлер.

«яна сказала, што яна не была гатовая выйсці замуж яшчэ нікому,» адказаў прафесар портэр «, і што мы маглі б пайсці і жыць на ферме ў паўночнай часткі штата вісконсін, які яе маці пакінула яе.

"гэта крыху больш, чым самадастатковая. Арандатары заўсёды заблялі на гэта, і кожны год яны маглі адпраўляць джэйн дробязь побач. Яна плануе правесці там першы тыдзень. Філандэр і г-н клейтан ужо пайшоў, каб даставіць нам гатоўнасць ".

"глінтан пайшоў туды?" усклікнуў канлер, прыкметна здзіўлены. "чаму мне не сказалі? Я з задавальненнем пайшоў бы і ўбачыў, што забяспечваецца кожны камфорт".

"джэйн адчувае, што мы ўжо занадта шмат у вашай запазычанасці, г-н канлер," сказаў прафесар портэр.

Кенлер хацеў адказаць, калі гук крокаў пайшоў з залы без, і джэйн увайшоў у пакой.

"о, прашу прабачэння!" усклікнула яна, спыніўшыся на парозе. "я думаў, ты адзін, тата."

"гэта толькі я, джэйн," сказаў кэлер, які падняўся, "вы не ўвойдзеце і не далучыцеся да сямейнай групы? Мы размаўлялі толькі пра вас".

"дзякуй", сказала джэйн, увайшоўшы і, прымаючы для яе кансервавае крэсла. "я толькі хацеў сказаць таце, што тобі заўтра сыходзіць з каледжа, каб запакаваць свае кнігі. Я хачу, каб вы былі ўпэўнены, тата, каб пазначыць усё, што

можна зрабіць, пакуль не ўпадзе. Віcконсін, як бы вы
перанеслі яго ў афрыку, калі б я не апусціў нагу ".

"быў тут дзеля таго?" спытаўся прафесар насільшчык.

"так, я толькі што пакінуў яго. Ён і эсмеральда зараз
абменьваюцца рэлігійным вопытам на заднім ганку".

", , я мушу адразу яго ўбачыць!" ускрыкнуў прафесар.
"прабачце на імгненне, дзеці", і стары спяшаўся з пакоя.

Як толькі ён з-за вушэй не паспеў звярнуцца да джэйн.

"глядзі тут, джэйн", - прама сказаў ён. "як доўга гэта
адбываецца так? Вы не адмовіліся ажаніцца са мной, але вы
таксама не абяцалі. Я хачу атрымаць ліцэнзію заўтра, каб мы
маглі спакойна ажаніцца, перш чым адправіцца ў вісконсін.
Я не хвалюйцеся ні за якую мітусню і пёры, і я ўпэўнены,
што вы таксама гэтага не зробіце ".

Дзяўчынка пахаладзела, але яна мужна трымала галаву.

"вы ведаеце, што ваш бацька гэтага хоча", - дадаў кейлер.

"так, я ведаю."

Яна ледзь прашаптала.

"вы разумееце, што вы купляеце мяне, містэр кэлер?" -
сказала яна нарэшце і халодным, роўным голасам. "вы
купляеце мяне за некалькі нязручных долараў? Вядома, вы
робіце, роберт кэлер, і надзея менавіта на такую
непрадбачаную акалічнасць была ў вас у галаве, калі вы
аддалі ў арэнду тату грошы за такую эскадрыю з валасамі,
якая, але пры самай загадкавай акалічнасці былі на дзіва
паспяховымі.

"але вы, г-н кенлер, былі б найбольш здзіўлены. Вы нават не ўяўлялі, што прадпрыемства атрымаецца. Вы занадта добры бізнесмен для гэтага. Вы занадта добры бізнесмен, каб пазычыць грошы на пахаваны скарб, альбо пазычыць грошы без забеспячэння - калі ў вас не было нейкага спецыяльнага аб'екта.

"вы ведалі, што без бяспекі вы больш трымаеце гонар насільшчыкаў, чым з ім. Вы ведалі адзін найлепшы спосаб прымусіць мяне выйсці замуж за вас, не думаючы прымушаць мяне.

"вы ніколі не згадвалі пра пазыку. Ні ў кога іншага чалавека я не павінен быў думаць, што падштурхоўвае велікадушны і высакародны характар. Але вы глыбокі, г-н роберт канлер. Я ведаю вас лепш, чым вы думаеце, я вас ведаю.

"я, безумоўна, выйду за цябе замуж, калі іншага выйсця няма, але давайце разбярэмся раз і назаўсёды".

У той час як яна загаварыла, роберт кэлер па чарзе пачырванеў і пабляднеў, і калі яна перастала гаварыць, ён узнік і з цынічнай усмешкай на сваім моцным твары сказаў:

"ты здзіўляеш мяне, джэйн. Я думаў, што ты валодаеш большым самакантролем - больш гонарам. Вядома, ты маеш рацыю. Я купляю цябе, і я ведаў, што ты гэта ведаеш, але я думаў, што аддаеш перавагу рабіць выгляд, што гэта інакш я павінен быў падумаць, што ваша павага і гонар насільшчыка сарваліся з таго, каб прызнаць нават сабе, што вы купілі жанчыну. Але па-свойму, дарагая дзяўчына, - злёгку дадаў ён. "я буду мець цябе, і гэта ўсё, што мяне цікавіць".

Без слова дзяўчынка павярнулася і выйшла з пакоя.

Джэйн не была замужам перад тым, як адысці з бацькам і эсмеральдай на сваю маленькую ферму вісконсіна, і калі яна халодна адправілася на развітанне роберта кенлера, калі яе цягнік выцягнуў, ён патэлефанаваў ёй, каб ён далучыўся да іх праз тыдзень-два.

Па прызначэнні іх сустрэлі глейтан і г-н. Філандр у велізарным ганаровым аўтамабілі, які належаў былому, і хутка пакруціў па густым паўночным лесе да маленькай фермы, якую дзяўчынка не наведвала яшчэ з дзяцінства.

Сядзіба, якая стаяла на невялікім узвышшы за некалькі сотняў ярдаў ад дома-арандатара, перанесла поўную трансфармацыю за тры тыдні, што глейтан і г-н. Філандр быў там.

Былы імпартаваў невялікую армію цесляроў і тынкоўшчыкаў, сантэхнікаў і маляроў з далёкага горада, і тое, што было толькі трухлявым снарадам, калі яны дабраліся да яго, цяпер быў утульным маленькім двухпавярховым домам, напоўненым кожным сучасным выгодай, якое можна атрымаць так хутка час.

"чаму, містэр глінтан, што вы зрабілі?" - закрычаў насільнік джэйн, і сэрца ў ёй патанула, калі яна зразумела верагодны памер выдаткаў.

"-", папярэджваў глітан. "не дазваляйце бацьку гадаць. Калі вы не скажаце яму, ён ніколі не заўважае, і я проста не мог бы падумаць пра яго, які жыве ў той жахлівай свавольстве і разважлівасці, якую я і г-н філандэр знайшоў. Гэта было так мала, калі я хацеў бы зрабіць так шмат, джэйн. Дзеля яго, калі ласка, ніколі не згадвай пра гэта ".

"але вы ведаеце, што мы не можам вярнуць вам", - закрычала дзяўчына. "чаму ты хочаш падкласці мяне пад такія страшныя абавязацельствы?"

"не трэба, джэйн," сумна сказаў клейтан. «калі б гэта быў толькі ты, павер мне, я не зрабіў бы гэта, бо я з самага пачатку ведаў, што гэта толькі мне балюча ў вашых вачах, але я не мог думаць, што дарагога старога, які жыве ў адтуліне мы знайшлі тут. Вы, калі ласка, не паверыце, што я зрабіў гэта толькі для яго і даставіце мне хоць маленькую дробку задавальнення? "

"я веру вам, г-н клейтан," сказала дзяўчына, "таму што я ведаю, што вы досьць вялікі і шчодры, каб зрабілі гэта толькі дзеля яго - і, о сесіль, я хачу, каб я заплаціў вам, як вы заслугоўваеце - як вы хацелі б пажадаць ".

"чаму ты не можаш, джэйн?"

"таму што я люблю іншага".

"кансер?"

"не".

"але вы збіраецеся выйсці за яго замуж. Ён сказаў мне гэтак жа, як я пакінуў балтымор".

Дзяўчына зморшчылася.

"я не люблю яго", сказала яна амаль з гонарам.

"гэта з-за грошай, джэйн?"

Яна кіўнула.

«тады я так значна менш пажаданыя, чым ? У мяне ёсць
дастаткова грошай, і значна больш, для кожнай патрэбы,»
сказаў ён з горыччу.

"я не люблю цябе, сесіль," сказала яна, "але я паважаю цябе.
Калі я буду ганьбіць сябе такой здзелкай з любым
мужчынам, я аддаю перавагу, каб ён быў адным, і я ўжо
пагарджаю. Я павінен ненавідзець чалавека, якому я "я
прадаў сябе без кахання, кім бы ён ні быў. Ты будзеш
шчаслівейшай", - заключыла яна, "у адзіноце - з маёй
павагай і сяброўствам, чым са мной і маёй пагардай".

Ён не націскаў на гэта больш, але калі ў чалавеку ў сэрцы
было забойства, гэта быў уільям сесіл глітан, лорд грэйсток,
калі праз тыдзень роберт кенлер склаў перад сялянскім
домам у варкатанні шэсць цыліндраў.

Прайшоў тыдзень; напружаны, безвыніковы, але нязручны
тыдзень для ўсіх выхаванцаў сялянскага дома маленькага
вісконсіна.

Кенлер быў настойлівы, каб джэйн ажанілася на ім адразу.

Яна доўга аддавалася ад нянавісці да нянавіснага і
ненавіснага імпарту.

Было дасягнута дамоўленасць, што назаўтра калер павінен
быў праехаць у горад і вярнуць ліцэнзію і міністру.

Грайнтон хацеў сысці, як толькі быў абвешчаны план, але
стомлены, безнадзейны позірк дзяўчыны стрымаў яго. Ён не
мог яе пакінуць.

Нешта можа здарыцца, ён паспрабаваў суцешыць сябе,
думаючы. І ў яго сэрца, ён ведаў, што гэта запатрабуе, але

малюсенькая іскра, каб ператварыць сваю нянавісць да ў крыві юрлівасць забойцы.

Рана на наступную раніцу канлер выехаў у горад.

На ўсходзе відаць дым, які ляжаў нізка над лесам, бо недзе недалёка ад іх бушаваў пажар, але вецер усё яшчэ ляжаў на захадзе, і небяспека ім не пагражала.

Каля поўдня джэйн пачала гуляць. Яна не дазволіла б глейтану суправаджаць яе. Яна хацела быць адна, яна сказала, і ён паважаў яе жаданне.

У доме прафесар насільшчык і г-н. Філандры былі пагружаныя ў паглынальную дыскусію пра нейкую важкую навуковую праблему. Эсмеральда драмала на кухні, і клейтан, цяжкія вочы пасля бяссоннай ночы, кінуўся ўніз на канапу ў гасцінай, і неўзабаве зваліўся ў перарывісты сон.

На ўсходзе чорныя хмары дыму падымаліся вышэй на неба, раптам яны закруціліся, а потым пачалі імкліва дрэйфаваць на захад.

Далей і далей яны прыйшлі. Насельнікі арандатара дома не былі, бо гэта быў кірмашовы дзень, і ніхто не быў там, каб убачыць хуткі падыход вогненнага дэмана.

Неўзабаве полымя ахапіла дарогу на поўдзень і спыніла вяртанне кансер. Цяпер невялікае ваганне ветру панёс шлях ляснога агню на поўнач, потым падзьмуў назад, і полымя ледзь не стаяла, як быццам трымалася ў павадку нейкім майстрам.

Раптам, з паўночнага ўсходу, па дарозе з'ехала вялікая чорная машына.

Са штуршком ён спыніўся перад дачай, і чарнявы гігант выскачыў, каб падбегчы да ганка. Без паўзы ён кінуўся ў хату. На канапе ляжаў клейтон. Мужчына пачаў здзіўлена, але з пераплётам апынуўся побач са спячым чалавекам.

Груба паціскаючы яго за плячо, ён закрычаў:

«божа мой, клейтан, ты ўсё тут вар'яты? Вы не ведаеце, што вы амаль акружаны агнём? Дзе міс портэр?»

Глітан падняўся на ногі. Ён не пазнаў гэтага чалавека, але зразумеў словы і быў у вязанай верандзе.

"скот!" - закрычаў ён, а потым, кідаючыся назад у дом, "джэйн! Джэйн! Дзе ты?"

У імгненнае эсмеральда, прафесар портэр і г-н. Дабрачынца далучыўся да двух мужчын.

"дзе міс джэйн?" усклікнуў клітон, схапіўшы эсмеральду за плечы і груба паціскаючы яе.

"о, габерэль, спадар клітан, яна пайшла гуляць".

"хіба яна яшчэ не вярнулася?" і, не дачакаўшыся адказу, клейтон выбег на двор, а за ім іншыя. "у які бок яна пайшла?" закрычаў чарнявы гігант з эсмеральды.

«па той жа дарозе,» усклікнуў спалоханую жанчыну, паказваючы на поўдзень, дзе магутная сцяна рову полымя закрыць з выгляду.

"пакладзіце гэтых людзей у іншую машыну", крыкнуў незнаёмец глінтан. "я бачыў, як я пад'ездджаў, - і дастань іх адсюль па паўночнай дарозе.

"пакіньце машыну тут. Калі я знайду міс партэр, нам гэта
спатрэбіцца. Калі я гэтага не зраблю, ён нікому не
спатрэбіцца. Зрабіце так, як я скажу", як клейлтан вагаўся, і
тады яны ўбачылі, як фігура павароту перасекла праз паляну
на паўночны захад, дзе яшчэ стаяў лес, не крануты полымем.

У кожным узнялося незразумелае пачуццё, што з іх плеч
была ўзнята вялікая адказнасць; своеасаблівая нояўная
ўпэўненасць у сіле незнаёмца выратаваць джана, калі яе
можна было выратаваць.

"хто гэта быў?" спытаўся прафесар насільшчык.

"я не ведаю," адказаў клейтан. "ён патэлефанаваў мне па
імені, і ён ведаў джэйн, бо ён папрасіў яе. Ён назваў
эсмеральду па імені".

"у ім было нешта самае дзіўнае," усклікнуў г-н. Філандр, "і
тым не менш, дабраславі мяне, я ведаю, я ніколі раней яго не
бачыў".

", !" закрычаў прафесар насільшчык. «самае выдатнае! Хто
гэта можа быць, і чаму я адчуваю, што джэйн бяспечна,
цяпер, калі ён адправіўся на яе пошукі?»

«я не магу сказаць вам, прафесар,» сказаў клейтан цнатліва,
«але я ведаю, у мяне ёсць такое ж дзіўнае пачуццё.»

«але прыйшоў,» крычаў ён, «мы павінны выйсці адсюль
самі, ці мы павінны быць адключаныя» і партыя
паспяшалася ў бок аўтамабіля клейтона.

Калі джэйн павярнула крок дадому, яна ўстрывожылася
заўважыць, як побач з дымам ляснога пажару здавалася, і,
калі яна паспяшалася далей, яе трывога стала амаль панікай,

калі яна зразумела, што імклівыя полымя імкліва прабіваюцца паміж сабой і дача.

У доўгі час яна была вымушана ператварыцца ў густы гушчар і паспрабаваць прабрацца на захад, імкнучыся абысці полымя і дабрацца да дома.

У хуткім часе марнасць яе спробы стала відавочнай, і тады яе адзіная надзея ўсклала крок да дарогі і паляцела на жыццё на поўдзень да горада.

Дваццаць хвілін, што ён узяў яе, каб вярнуць сабе дарогу ўсё, што было неабходна, каб адрэзаць ёй адступленне, як дзейсна, як яе прасоўванне было адрэзана раней.

Кароткая дарога па дарозе прывяла яе да жахлівага стэнда, бо перад ёй стаяла яшчэ адна полымя. Рука галоўнага пажарышча застрэліў з паўмілі да поўдня ад яго бацькоў, каб ахапіць гэтую малюсенькую палоску дарогі ў яе непрымірымых счаплення.

Джэйн ведала, што зноў бескарысна спрабаваць прабіцца праз падлеску.

Яна паспрабавала гэта адзін раз, і не атрымалася. Цяпер яна зразумела, што гэта было б, але на працягу некалькіх хвілін перш чым уся прастора паміж поўначчу і поўднем б бурлівай масай разьвяваю полымя.

Дзяўчынка спакойна ўкленчыла ў пылу праезнай часткі і малілася аб сілах, каб смела сустрэць яе лёс і аб выратаванні бацькі і сяброў са смерці.

Раптам яна пачула, як яе гучаць у лесе праз услых:

"джэйн! Джэйн насільшчык!" яно зазвінела моцным і ясным, але чужым голасам.

"тут!" яна пазваніла ў адказ. "тут! На праезнай частцы!"

Потым праз галінкі дрэў яна ўбачыла фігуру, якая вагаецца з хуткасцю вавёркі.

Вецер віравы абдзімаў аблокі дыму, і яна ўжо не магла бачыць чалавека, які імкліва рухаўся да яе, але раптам адчула вялікую руку. Потым яна была ўзнятая ўверх, і яна адчула імклівы вецер і перыядычную шчотку галінкі, калі яе неслі па сабе.

Яна расплюшчыла вочы.

Далёка пад ёй ляжалі падлескі і цвёрдая зямля.

Каля яе была махае лісце лес.

Ад дрэва да дрэва хісталася гіганцкая фігура, якая нарадзіла яе, і джэйн здавалася, што яна перажывае ў сне вопыт, які быў яе ў тым далёкім афрыканскім джунглях.

О, калі б не той самы чалавек, які яе так хутка нарадзіў праз заблытаную зеляніну ў той дзень! Але гэта было немагчыма! Але хто яшчэ ва ўсім свеце быў побач з сілай і спрытам рабіць тое, што робіць гэты чалавек?

Яна нечакана паглядзела на твар, блізкі да яе, і тады яна крыху спалохана ўздыхнула. Гэта ён!

"мой лес чалавек!" - прамармытала яна. "не, я павінен быць трызненне!"

«так, ваш мужчына, джэн портер. Ваш дзікі, першабытны чалавек выйшаў з джунгляў, каб сцвярджаць, што яго памочнік-жанчына, якая збегла ад яго,» дадаў ён амаль злосна.

"я не ўцякла", прашаптала яна. "я пагадзіўся б сысці толькі тады, калі яны чакалі тыдзень, калі вы вернецеся".

Цяпер яны падышлі да агню, і ён павярнуўся да паляны.

Яны побач ішлі да дачы. Вецер яшчэ раз змяніўся, і агонь згарэў на сабе - яшчэ гадзіну, і ён бы згарэў.

"чаму вы не вярнуліся?" спытала яна.

"я карміла д'арно. Ён быў цяжка паранены".

"ах, я гэта ведаў!" усклікнула яна.

"яны сказалі, што вы пайшлі далучыцца да неграў - што яны былі вашымі людзьмі".

Ён засмяяўся.

"але ты ім не паверыў, джэйн?"

"не; як я патэлефаную вам?" спытала яна. "як цябе завуць?"

"я быў тарзанам малпаў, калі ты ўпершыню пазнаў мяне", - сказаў ён.

"тарзан малпаў!" яна закрычала: "і гэта была ваша запіска, якая мне адказала, калі я сышла?"

"так, чый вы думаеце, што гэта?"

"я не ведаў; толькі што гэта не магло быць тваім, бо тарзан з малпаў напісаў па-ангельску, і вы не маглі зразумець ніводнай мовы".

Ён зноў засмяяўся.

"гэта доўгая гісторыя, але менавіта я напісаў тое, пра што я не мог гаварыць, - а цяпер д'арно пагоршыў, навучыўшы мяне размаўляць па-французску замест англійскай".

"прыходзьце", дадаў ён, "скачыце ў маю машыну, мы павінны абагнаць вашага бацьку, яны толькі крыху наперад".

Калі яны ехалі, ён сказаў:

"тады, калі вы сказалі ў запісцы тарзану малпаў, якія вы любілі іншага, вы маглі б мець на ўвазе мяне?"

"я мог бы", адказала яна проста.

"але ў балтыморы - о, як я цябе шукаў - яны сказалі мне, што ты, магчыма, ужо будзеш жанаты. Тут мужчына з імем кэлер прыйшоў сюды, каб пабрацца з табой. Гэта праўда?"

"так".

"ты яго любіш?"

"не".

"ты мяне любіш?"

Яна пахавала твар у руках.

"мне паабяцалі іншае. Я не магу адказаць вам, тарзан малпаў", - закрычала яна.

"вы адказалі. Скажыце мне, чаму вы ажаніцеся на тым, каго не любіце".

"мой бацька павінен яму грошы".

Раптам у тарзана вярнуўся ўспамін пра прачытаны ліст, а таксама імя роберта кенлера і намёк, які ён тады не мог зразумець.

Ён усміхнуўся.

"калі б ваш бацька не згубіў скарб, вы не адчувалі б сябе прымушаным выконваць абяцанні гэтага кансервара?"

"я мог бы папрасіць яго вызваліць мяне".

"і калі ён адмовіўся?"

"я даў абяцанне".

Ён на імгненне маўчаў. Аўтамабіль разважліва рухаўся па няроўнай дарозе, бо агонь пагражаў справа ад іх, і іншая змена ветру можа змясціць яго з лютаю лютасцю па гэтай алеі ўцёкаў.

Нарэшце яны прайшлі небяспечную кропку, і тарзан знізіў хуткасць.

"няхай мне трэба спытаць у яго?" адважыўся тарзан.

"ён наўрад ці далучыцца да патрабавання незнаёмца", - сказала дзяўчына. "асабліва той, хто хацеў мяне самога".

"теркоз зрабіў", - змрочна сказаў тарзан.

Джэйн здрыганулася і спалохана паглядзела на гіганцкую постаць каля яе, бо ведала, што ён мае на ўвазе вялікага антрапоіда, якога ён забіў у яе абарону.

"гэта не афрыканскія джунглі", - сказала яна. "вы больш не дзікі звер. Вы джэнтльмен, а спадары не забіваюць халоднай крывёю".

"я ўсё яшчэ дзікі звер на сэрцы", - сказаў ён ціхім голасам, як быццам бы сабе.

Яны зноў нейкі час маўчалі.

"джэйн," даўно сказаў мужчына, "калі б ты быў вольны, ты выйдзеш за мяне замуж?"

Яна не адказала адразу, але ён цярпліва чакаў.

Дзяўчынка спрабавала сабраць свае думкі.

Што яна ведала пра гэтае дзіўнае стварэнне побач? Што ён ведаў пра сябе? Хто ён? Хто, яго бацькі?

Чаму, само імя яго паўтарыла з яго загадкавым паходжаннем і дзікім жыццём.

У яго не было імя. Ці магла яна быць шчаслівай гэтай неспадзяванкай? Ці магла яна знайсці што-небудзь агульнае з мужам, жыццё якога было праведзена ў верхавінах дрэў афрыканскай пустыні, гарэзуючы і змагаючыся з лютымі антрапоідамі; вырваўшы ежу з дрыготкіх бакоў свежазабітай здабычы, пагружаючы моцныя зубы ў сырую плоць і адрываючы сваю порцыю, пакуль яго таварышы рыкалі і змагаліся за яго за сваю долю?

Ці мог ён калі-небудзь падняцца на яе сацыяльную сферу?
Ці магла яна спакойна думаць пра пагружэнне да яго? Ці
былі б шчаслівыя такія страшныя няўдачы?

"вы не адказваеце", - сказаў ён. "вы пазбаўляецеся ад
ранення мяне?"

"я не ведаю, які адказ зрабіць", сумна сказала джэйн. "я не
ведаю ўласнага розуму".

"вы не любіце мяне, значыць?" - роўным тонам спытаў ён.

"не пытайцеся ў мяне. Вы будзеце шчаслівейшыя без мяне.
Вы ніколі не прызначаліся для фармальных абмежаванняў і
ўмоўнасцей грамадства - цывілізацыя стане для вас
надакучлівай, і праз некаторы час вы прагнеце свабоды
старога жыцця" жыццё, да якога я такая самая непрыдатная,
як і вы да майго ".

"я думаю, я цябе разумею", - ціха адказаў ён. "я не буду цябе
заклікаць, бо я б хутчэй бачыў цябе шчаслівым, чым быць
шчаслівым сам. Я бачу, што ты не можаш быць шчаслівы з
малпай".

У яго голасе быў толькі слабы голас горычы.

"не трэба", - заўважыла яна. "не кажыце гэтага. Вы не
разумееце".

Але перш чым яна змагла ісці на раптоўны паварот, дарога
прынесла іх пасярод маленькага хутара.

Перад імі стаяла машына клейтона, акружаная тусоўкай,
якую ён прывёз з катэджа.

Кіраўнік

Заключэнне

Пры выглядзе джэна крыкі палёгкі і захаплення прарваліся з кожнай губы, і калі машына тарзана спынілася побач з іншымі, прафесар партэр схапіў дачку на рукі.

На імгненне ніхто не заўважыў тарзана, які моўчкі сядзеў на сваім сядзенні.

Клейтан быў першым, хто ўспомніў, і, павярнуўшыся, працягнуў руку.

"як мы можам падзякаваць вас?" - усклікнуў ён. "вы выратавалі нас усіх. Вы патэлефанавалі мне па імені ў катэдж, але я, здаецца, не памятаю вашага, хаця ў вас ёсць нешта вельмі знаёмае. Гэта як быццам я добра вас ведаў у вельмі розных умовах. Таму ".

Тарзан усміхнуўся, калі ён узяў высунутую руку.

"вы маеце рацыю, месь клейтан," сказаў ён па-французску. "вы памілаеце мяне, калі я не буду з вамі размаўляць па-ангельску. Я проста вывучаю гэта, і пакуль я гэта добра разумею, я размаўляю з ім вельмі дрэнна".

"але хто ты?" настойваў глітан, размаўляючы на гэты раз сам па-французску.

"тарзан малпаў".

Клейтан зноў пачаў здзіўлена.

"на жарт!" - усклікнуў ён. "гэта праўда."

І прафесар насільшчык і г-н. Філандэр прыціснуўся наперад, каб падзякаваць глінтану і выказаць сваё здзіўленне і задавальненне, убачыўшы свайго сябра ў джунглях так далёка ад яго дзікага дома.

Цяпер у партыю ўвайшлі невялікія маленькія інтэрнаты, дзе клейтан неўзабаве арганізаваў свае забавы.

Яны сядзелі ў маленькім, душным кабінеце, калі далёкая стуканка машыны, якая набліжалася, прыцягнула іх увагу.

Спадар. Філандр, які сядзеў каля акна, глядзеў, як машына выглядала ў поле зроку, нарэшце спыняючыся побач з іншымі аўтамабілямі.

"дабраславі мяне!" сказаў г-н. Філандр, адценне прыкрасці ў яго тоне. «гэта г-н. . Я спадзяваўся, эр-я думаў, або э-э, як вельмі рады, што мы павінны быць, што ён не быў злоўлены ў агні», скончыў ён непераканаўча.

", ! Містэр філандр", - сказаў прафесар портэр. «рэпетуюць, рэпетуюць! Я часта перасцерагаў сваіх вучняў лічыць дзесяці, перш чым казаць. Былі я вас, г-н. Донжуан, я павінен разлічваць прынамсі на тысячу, а затым падтрымліваць асцярожнае маўчанне.»

"дабраславі мяне, так!" згаджаецца г-н. Філандр. "але хто з іх выглядае кавалерычны джэнтльмен?"

Джэйн бланшыраваны.

Клейтан неспакойна перамясціўся на крэсле.

Прафесар насільшчык нервова зняў акуляры і ўдыхнуў іх, але змяніў іх на носе, не выціраючы.

Усюдыісная эсмеральда буркнула.

Толькі тарзан не разумеў.

У гэты момант у памяшканне ўварваўся роберт кенлер.

"дзякуй богу!" - закрычаў ён. "я баяўся найгоршага, пакуль я не ўбачыў вашу машыну, глітан. Мяне адрэзалі на паўднёвай дарозе і давялося ехаць назад у горад, а потым ударыць па дарозе на ўсход. Я думаў, што мы ніколі не дабярэмся да дачы".

Ніхто, здаецца, моцна не захапляўся. Тарзан з вачыма роберт канлер, як сабор вачыма сваёй здабычы.

Джэйн паглядзела на яго і нервова кашлянула.

"містэр канлер," сказала яна, "гэта мсье тарзан, стары сябар".

Канлер павярнуўся і працягнуў руку. Тарзан устаў і пакланіўся, як толькі д'арно мог навучыць джэнтльмен, каб зрабіць гэта, але ён, здаецца, не бачыць руку ст.

І нібы кансер не заўважыў недагляду.

«гэта шаноўны спадар. , джэйн,» сказаў , звяртаючыся да клерыкальнай партыі ззаду яго. "містэр туслі, міс портэр."

Спадар. Тусі схіліўся і заззяў.

Кансер пазнаёміў яго з астатнімі.

"мы можам правесці цырымонію адразу, джэйн", - сказаў кэлер. "тады мы з вамі можам злавіць паўночны цягнік у горадзе".

Тарзан імгненна зразумеў план. Ён зірнуў з паўзаплюшчаных вачэй на джэйн, але ён не варухнуўся.

Дзяўчынка вагалася. Пакой быў напружаны цішынёй напружаных нерваў.

Усе вочы павярнуліся да джэйн, чакаючы яе адказу.

"мы не можам пачакаць некалькі дзён?" спытала яна. "я ўсё разбураны. Я перажыў так шмат сёння."

Канлер адчуў варожасць, якая вынікала з кожнага члена партыі. Гэта раззлавала яго.

"мы чакалі, пакуль я маю намер чакаць", - груба сказаў ён. "вы паабяцалі выйсці за мяне замуж. З вамі больш не будзеце гуляць. У мяне ёсць ліцэнзія, і вось прапаведнік. Прыходзьце містэр туслі; прыходзьце джэйн. Шмат сведак - больш чым дастаткова", - дадаў ён з нязгодным. Перагіб; і, узяўшы джэйнавага насільніка за руку, ён пачаў весці яе да міністра чакання.

Але наўрад ці ён зрабіў адзін крок, калі цяжкая рука была зачыненая за руку з сталёвым захопам.

Яшчэ адна рука стрэліла яму ў горла, і праз імгненне яго ўзрушылі высока над падлогай, бо котка можа паціснуць мышку.

Джэйн у жахлівым здзіўленні павярнулася да тарзана.

І, калі яна паглядзела яму ў твар, яна ўбачыла малінавую паласу на лбе, якую бачыла ў той дзень у далёкай далёкай афрыцы, калі тарзан з малпамі закрыўся ў смяротным баі з вялікім антрапоідам-тэркозам.

Яна ведала, што забойства ляжыць у гэтым дзікім сэрца, і з невялікім крыкам жаху яна скокнула ўперад маліць чалавека-малпу. Але яе асцярогі былі хутчэй для тарзана, чым для кансер. Яна зразумела суровую расплату, якую справядлівасць наносіць забойцу.

Перш чым яна змагла дабрацца да іх, аднак, клейтан скокнуў на бок тарзана і паспрабаваў перацягнуць кансер з яго ўяўлення.

Аднаго размаху адной магутнай рукой англічанін перакінуўся па пакоі, а потым джэйн паклала цвёрдую белую руку на запясце тарзана і паглядзела яму ў вочы.

"дзеля мяне", сказала яна.

Схапіцца за горла касачак паслаблена.

Тарзан апусціў вочы ў прыгожы твар перад сабой.

"вы хочаце, каб гэта жыло?" - здзівіўся ён.

"я не хачу, каб ён памёр ад тваіх рук, мой сябар", адказала яна. "я не хачу, каб вы сталі забойцам".

Тарзан прыбраў руку з глоткі.

"вы вызваляеце яе ад абяцанняў?" - спытаў ён. "гэта цана вашага жыцця".

Кенлер, задыхаючыся, кіўнуў.

"ты сыдзеш і ніколі не будзеш гвалтаваць яе далей?"

Чалавек зноў кіўнуў галавой, а яго твар быў скажоны страхам смерці, якая была так блізка.

Тарзан адпусціў яго, і кенлер хістаўся да дзвярэй. У іншы момант яго не стала, і прапаведнік, які пацярпеў ад яго жах.

Тарзан павярнуўся да джэйн.

"ці магу я на хвілінку пагаварыць з вамі, адзін", - спытаў ён.

Дзяўчынка кіўнула і рушыла да дзвярэй, якія вялі да вузкай веранды маленькага гатэля. Яна чакала чакання тарзана і таму не пачула размовы, якая вынікала з яе.

"пачакай", усклікнуў прафесар портэр, бо тарзан ужо збіраўся прытрымлівацца.

Прафесар быў нечакана здзіўлены хуткімі падзеямі за апошнія некалькі хвілін.

"перш чым мы паедзем далей, сэр, мне павінна спадабацца тлумачэнне падзей, якія толькі што высветліліся. Якім правам, сэр, вы перашкаджалі паміж маёй дачкой і г-н канлер? Я паабяцаў яму руку, сэр, і незалежна ад нашы асабістыя сімпатыі ці антыпатыі, сэр, гэта абяцанне трэба выконваць ".

«я ўмешваўся, прафесар портэр,» адказаў тарзан «таму што ваша дачка не любіць тг. -яна не хоча выходзіць за яго замуж., што дастаткова для мяне, каб ведаць.»

"вы не ведаеце, што зрабілі", - сказаў прафесар портэр. "зараз ён, несумненна, адмовіцца выйсці за яе замуж".

"ён, безумоўна, будзе", настойліва сказаў тарзан.

«і далей», дадаў тарзан, «вы не павінны баяцца, што ваш гонар будзе пакутаваць, прафесарам портэрам, таму што вы будзеце ў стане заплаціць чалавеку, што вы павінны яму ў той момант, калі вы дасягаеце дадому.»

"тут, тут, сэр!" усклікнуў прафесар насільшчык. "што вы маеце на ўвазе, сэр?"

"твой скарб быў знойдзены", - сказаў тарзан.

"што - што вы кажаце?" ускрыкнуў прафесар. "вы звар'яцелі, чалавек. Гэтага быць не можа".

"яно, аднак, я краў яго, не ведаючы ні яго каштоўнасці, ні каму ён належаў. Я бачыў, як маракі пахаваюць яго, і, падобны да малпы, мне прыйшлося выкапаць яго і зноў пахаваць у іншым месцы. Калі ' сказаў мне, што гэта такое, і што гэта для цябе я вярнуўся ў джунглі і аднавіў яго: гэта выклікала столькі злачынстваў і пакут і смутку, што ' лічыў, што лепш не спрабаваць занесці скарб сюды. , як я і меў намер, таму я і прынёс акрэдытыў.

"вось ён, прафесар партэр", і тарзан выцягнуў з кішэні канверт і перадаў здзіўленаму прафесару "дзвесце сорак адной тысячы долараў. Скарб быў найбольш старанна ацэнены спецыялістамі, але каб там не было ніякіх пытанне ў вашай думцы, ці не купляеце яго сам ' і трымае яго за вас, калі вы аддаеце перавагу скарбу перад крэдытам ".

"да і без таго вялікага цяжару абавязацельстваў, які мы вам абавязаны, сэр," сказаў прафесар портэр, дрыжачым голасам, "цяпер дадаецца гэта самае вялікае з усіх службаў. Вы далі мне сродкі, каб выратаваць мой гонар".

Клейтан, які праз хвіліну выйшаў з пакоя, вярнуўся.

"прабачце мяне", - сказаў ён. «я думаю, што нам лепш паспрабаваць дабрацца да горада да наступлення цемры і прыняць першы цягнік з гэтага лесу. Ураджэнец проста праязджаў міма з поўначы, які паведамляе, што пажар павольна рухаецца ў гэтым напрамку.»

Гэта абвяшчэнне разарвала далейшую размову, і ўся партыя выйшла на машыны ў чаканні.

Глейтан, з джэйн, прафесар і эсмеральда занялі машыну глейтана, а тарзан забраў г-на. Філандр з ім.

"дабраславі мяне!" усклікнуў г-н. Філандр, калі машына рушыла следам за келітанам. "хто-небудзь мог падумаць, што гэта магчыма! У апошні раз, калі я бачыў цябе, ты быў сапраўдным дзікім чалавекам, прапускаючы сярод галінак трапічнага афрыканскага лесу, і цяпер ты вядзеш мяне па вісконсінскай дарозе ў французскім аўтамабілі. Дабраславі мяне але гэта самае выдатнае! "

"так", - асэнсаваў тарзан, а потым, пасля паўзы, "г-н філандэр, вы памятаеце якую-небудзь з падрабязнасцей знаходкі і пахавання трох шкілетаў, знойдзеных у маёй каюце побач з афрыканскімі джунглямі?"

"вельмі выразна, сэр, вельмі выразна", адказаў г-н. Філандр.

"ці было што-небудзь уласцівае ў любым з гэтых шкілетаў?"

Спадар. Філандр прыжмурыўся.

"чаму вы пытаеце?"

"мне гэта вельмі шмат трэба ведаць", - адказаў тарзан. "ваш адказ можа растлумачыць таямніцу. У любым выпадку гэта можа зрабіць не горш, чым пакінуць яго яшчэ загадкай. Я цягам двух месяцаў займаюся тэорыяй, якія тычацца гэтых шкілетаў, і я хачу, каб вы адказалі на маё пытанне наколькі вам вядома - былі тры шкілеты, у якіх вы пахавалі ўсе чалавечыя шкілеты? "

"не", сказаў г-н. Філандр, "самы маленькі, той, які знайшоў у ложачку, быў шкілет антрапоіднай малпы".

"дзякуй", сказаў тарзан.

У машыне наперадзе джэйн думала хутка і люта. Яна адчувала мэты, для якой тарзан папрасіў некалькі слоў з ёй, і яна ведала, што яна павінна быць гатовая даць яму адказ у самы бліжэйшы час.

Ён не такі чалавек, якога можна было адкласці, і неяк такая думка прымусіла яе задумацца, ці сапраўды яна яго не баіцца.

І ці магла яна любіць, дзе яна баіцца?

Яна зразумела загавор, якое было на ёй у глыбіні гэтых далёкіх джунгляў, але не было загаворы зачаравання цяпер у празаічнай вісконсіне.

А таксама бездакорны малады француз звяртаўся да першабытнай жанчыны, як і непахісны бог лесу.

Яна любіла яго? Яна не ведала - цяпер.

Яна паглядзела на клейтон з кута вока. Ня быў тут чалавек навучаны ў той жа школе асяроддзя, у якой яна была навучанай-чалавек з сацыяльным становішчам і культурай, як яна выкладалі разглядаць як простыя прадметы першай неабходнасці ў кангеніяльнасць асацыяцыю?

Ці не яе лепшае меркаванне паказвае на гэтага маладога ангельскага шляхціца, пра каханне якога яна ведала, як бы імкнулася цывілізаваная жанчына, як лагічны партнёр для такіх, як яна сама?

Ці магла яна любіць клейтан? Яна не бачыла прычыны, па якой не магла. Джэйн не холадна разліку па сваёй прыродзе, але навучанне, навакольнае асяроддзе і спадчыннасць былі ўсе аб'яднаныя, каб навучыць яе разважаць нават у сардэчных справах.

Што сіла маладога гіганта была ўзнята з ног, калі яго вялікія рукі былі каля яе ў далёкім афрыканскім лесе, і сёння зноў, у лесе вісконсіна, здавалася ёй толькі прычынай часовай псіхічнай рэверсіі на тып яе частка - да псіхалагічнага звароту першабытнага мужчыны да першабытнай жанчыны ў яе натуры.

Калі ён больш ніколі не чапае яе, разважала яна, яна ніколі не адчувала б да яго прывабліівання. Тады яна не любіла яго. Гэта было не што іншае, як праходзячая галюцынацыя, супер-выкліканая хваляваннем і асабістым кантактам.

Хваляванне не заўсёды будзе азначаць іх будучыя адносіны, яна павінна выйсці за яго замуж, і сіла асабістага кантакту ў канчатковым рахунку, будзе заглушаецца фамільярнасці.

Яна зноў зірнула на глінтан. Ён быў вельмі прыгожы і кожны сантыметр джэнтльмен. Яна павінна вельмі ганарыцца такім мужам.

А потым ён загаварыў - праз хвіліну рана ці праз хвіліну ўсё змянілася ў свеце на тры жыцці, - але выпадкова ўмяшаўся і паказаў на клейтон псіхалагічны момант.

"цяпер ты вольная, джэйн", - сказаў ён. "вы не скажаце так - я прысвячу сваё жыццё таму, каб зрабіць вас вельмі шчаслівымі".

"так", прашаптала яна.

У той вечар у маленькай зале чакання на вакзале тарзан на хвіліну злавіў джэна ў адзіноце.

«вы вольныя цяпер, джэйн,» сказаў ён, «і __ наткнуўся стагоддзя з далёкага мінулага з логава першабытнага чалавека патрабаваць цябе, дзеля цябе я стаў цывілізаваным чалавекам для вашых сакэ я перасёк акіяны і кантыненты- дзеля вас я буду ўсё, што вы мне быць. Я магу зрабіць вас шчаслівым, джэйн, у жыцці вы ведаеце і любіце лепш за ўсё. Ты выйдзеш за мяне? »

Упершыню яна зразумела ўсю глыбіню гэтага чалавека любоў-ўсё, што ён зрабіў у такі кароткі час выключна для кахання да яе. Павярнуўшы галаву, яна пахавала твар у руках.

Што яна зрабіла? Таму што яна баялася, што яна можа паддацца маленняў гэтага гіганта, яна спаліла яе масты ззаду яе, у яе неабгрунтаванага асцярогі, што яна можа зрабіць жудасную памылку, яна зрабіла горш адзін.

А потым яна расказала яму ўсё - сказала яму праўду слова за словам, не спрабуючы прыкрыць сябе альбо апраўдаць яе.

"што мы можам зрабіць?" - спытаў ён. «вы прызналі, што ты любіш мяне, ты ведаеш, што я цябе люблю,., але я не ведаю этыкі грамадства, з дапамогай якога вы рэгламентаваныя я пакіну рашэнне для вас, таму што вы ведаеце лепш, што будзе для вашага магчымага дабрабыту. ".

"я не магу сказаць яму, тарзан," сказала яна. «відаць, любіць мяне, і ён добры чалавек. Я ніколі не мог сустрэцца з табой, ні любым іншым сумленным чалавекам, калі я анулявяў сваё абяцанне мра. . Я павінен будзе трымаць яго, і вы павінны дапамагчы мне несці цяжар, хаця мы, магчыма, больш не ўбачымся пасля сённяшняга вечара. "

Астатнія былі ўвайсці ў пакой цяпер і тарзан павярнуўся да маленькага акна.

Але звонку ён нічога не бачыў - унутры ён убачыў зялёны ўчастак, акружаны матавай масай шыкоўных трапічных раслін і кветак, і, зверху, махаючы лістотай магутных дрэў і, над усім, сінім экватарыяльным небам.

У цэнтры зялёнага колеру маладая жанчына сядзела на невялікім кургане зямлі, а каля яе сядзеў малады волат. Яны елі прыемныя плады і глядзелі адзін аднаму ў вочы і ўсміхнуўся. Яны былі вельмі шчаслівыя, і ўсе яны былі адны.

Яго думкі ўварваліся ў агенцтва, які ўвайшоў, пытаючыся, ці ёсць у партыі джэнтльмен па імі тарзан.

"я месье тарзан", - сказаў чалавек-малпа.

"вось вам паведамленне, пересланае з балтымора; гэта праграма з парыжа."

Тарзан узяў канверт і разарваў яго. Паведамленне было ад '.

Прачытана:

Адбіткі пальцаў даказваюць, што ты хаты. Віншуем. '.

Калі тарзан дачытаў, глінтан увайшоў і працягнуў да яго працягнутую руку.

Тут быў чалавек, які меў тытул тарзана і маёнтка тарзана, і збіраўся ажаніцца на жанчыне, якую тарзан любіў-жанчыну, якая кахала тарзана. Адно слова з тарзана будзе мець вялікае значэнне ў жыцці гэтага чалавека.

Гэта забрала б яго тытул, яго землі і замкі, і - гэта таксама адабрала іх у джэйнавага насільніка. "я кажу, стары," усклікнуў клейтон, "у мяне не было магчымасці падзякаваць за ўсё, што вы зрабілі для нас. Здаецца, у вас былі поўныя рукі, ратуючы наша жыццё ў афрыцы і тут.

"я вельмі рады, што вы прыйшлі сюды. Мы павінны бліжэй пазнаёміцца. Я часта думаў пра вас, вы ведаеце, і выдатныя абставіны вашага асяроддзя.

"калі гэта займаецца маёй справай, як ты, чорт, калі-небудзь трапіў у гэты джунглі?"

"я нарадзіўся там", - ціха сказаў тарзан. "мая маці была малпай, і, вядома, яна не магла шмат пра гэта распавесці. Я ніколі не ведала, хто мой бацька".

CPSIA information can be obtained
at www.ICGtesting.com
Printed in the USA
BVHW071026150819
555975BV00015B/899/P